星際美男聯萌 3

王子紛紛來求愛

張廉

插畫／Ai×Kira

Kadokawa Fantastic Novels DX

星際美男聯萌

Contents

行駛在漫無邊際的宇宙中，其實會變得沒有時間感。而每個星球的時間也不相同，全靠月控制的生態系統來幫我們區分白天黑夜。

醒過來的時候應該是半夜，也算是餓醒的。我撐起身體時，東方沒有察覺。靜靜地伏在他的胸膛上，第一次看到他睡得和嬰兒一般安詳深沉。

「東方很久沒有睡得那麼沉了。」魁拔知道我醒了，對我說。

我對它豎起食指：「噓……」

「他晚上幾乎都不睡覺。」魁拔小聲地說：「一直在幫魁拔升級、改造伊塔麗，和唐別他們聯繫。」

我明白。只有晚上的時間，東方才能在自己房裡，白天他必須露臉。這麼說，他一天睡的時間其實很少。

「他不是把伊塔麗改造完成了嗎？」我疑惑地問。

「他想把伊塔麗改造成戰鬥機器人，幫助他離開。」

我點點頭。

「在你們睡眠時，來過幾個訪客。」魁拔說。

３Ｄ螢幕一個又一個在面前打開，我看到了月和爵，還有伊莎。

他們來的時間並不同。

月先來的，他站在魁拔下看了片刻，便消失在空氣中。而伊莎那時也站在遠處靜靜看他，然後隨他的消失而消失。伊莎對月的感情很深。

之後，爵來了。他似乎想叫我們，抬手在魁拔的腳上摸了摸，猶豫不決地站了一會兒，最終還是離開。爵……他可能更希望我沒聽到那天的話，只有這樣，他才能輕鬆自如地在我身邊。

「外面又來訪客了。」魁拔說完時，３Ｄ螢幕已經打開。意外地，來者是龍和胖叔。

魁拔拉近了鏡頭，我起身環胸看著，食指在手臂上輕輕敲打。他們大半夜不睡覺，又來盯我們？

只見龍和胖叔正站在遠遠的下方，揚臉朝魁拔看來。

「龍，這才是正常現象，星龍、星凰，他們本該在一起。」鏡頭拉近時，傳來胖叔微笑的話語：「我覺得你不該去打擾他們培養感情。」

龍沒有說話，螢幕裡龍的神情格外陰沉。

「而且，直到現在他們還沒有出來……呵呵……龍，我們都是成年男人了，應該知道會發生什麼。」

龍沉下了臉，雙拳微微擰緊：「不會的，小雨不會的。」

「喔？你那麼肯定？」胖叔瞇眼笑著看他。

龍俯下臉，陰沉地看他一眼，隨即轉身冷然離開。

寂靜的停機艙裡，只剩下胖叔一人。

慢慢地，他站了起來，他那肥碩的身體居然從椅子上站了起來，然後遠遠地看著魁拔。

胖叔到底是什麼身分？

「魁拔，你既然能上網，能不能搜尋靈蛇號成員的資料？」

「應該沒有問題。」

面前的3D螢幕立刻有光影閃耀，一些資料浮現在3D螢幕上。我一一拂開，爵的、月的、小狼的……都是一些不加密的常規資料。還有胖叔的。

資料上是一個年輕男子，比胖叔瘦很多，但還是可以看得出那是胖叔。資料顯示那是十年前的照片，後期一些照片裡的他就開始發福了。

胖叔，原名歐陽勇，對駕駛飛船非常有經驗，曾因成功迫降，挽救了飛船上所有旅客的性命而被授予銀河勳章。那是對軍人最高的讚譽，也是和平年代裡，女王頒發出的唯一一枚銀河勳章。看來他果然真人不露相，非常了不起。

接下去，我第一眼看的就是他的星籍，星籍一欄分明寫著：「地球」。胖叔是地球人，從名字來看也像。我隨即往後翻，還意外看到了胖叔的妻兒。這讓我更加疑惑。資料裡明明有胖叔家庭成員的照片，為何胖叔說自己沒有妻子？我繼續往後翻，在看到最後一頁時，愕然看到四個字：「已經復員」。復員日期，是在星際年三八七年。復員，也就是回家了！

如果歐陽勇已經回家，那麼靈蛇號上的胖叔又是誰？

我立刻重新翻查有關靈蛇號的所有資料。靈蛇號是在星際三八六年由星盟主席龍宇親自設計，每名成員都來自皇室，可謂是王子殿下們的御用飛船。看到這篇新聞報導時，我被報導中的一張照片吸引了目光。照片是一張合影，是立體成像，裡面除了靈蛇號上我認識的成員外，還有一些其他人，估計也是參與靈蛇號建造的人。我在這張合影裡看到了胖叔，那時胖叔還沒那麼胖，不過也已經和現在差不多了。資料上說胖叔三八七年已經復員，也就是說，他在靈蛇號上只待了一年。

忽然，一抹紫色身影吸引了我的目光，就在龍的身邊，站著一個有淡紫色長髮的男子。心中閃過一抹驚訝。照片裡，龍的右邊是迦炎；而左邊，就是這個淡紫色長髮男子。可見這個男子的分量是和迦炎一樣的。他又是什麼角色？

眼前掠過那個在諾亞城看到的淡紫色長髮背影，照片中的紫髮長度和現在的爵差不多，而我那天看到的長髮比照片中的這個長度更長一些，已經和月一樣長了。手指點落淡紫色長髮男子，他被獨立挑出、放大，我看到了一張雌雄莫辨、陰柔俊美的容顏。他的眼睛並不大，但是細細長長，眼尾很深的眼線讓他流露出一絲陰柔孱弱的美。精緻的五官幾乎可以說相當完美，鼻子小巧如同女人，薄薄的唇幾乎沒有唇色。一種病態的柔弱讓他顯得楚楚可憐、令人心生憐愛。

「這是誰？」我把他轉過身，看著他的背影，直覺竄過腦間，果然是他嗎？

「魁拔搜索一下。」

眼前再次螢幕閃爍、光影跳躍，最終停在了一個畫面上。畫面上需要登入帳號和密碼。

「此人的資料加密，魁拔無法進入。」

居然是加密資料，可見這個人非常重要。到底是誰？

「嗯……」身後傳來一聲低吟：「寶貝兒，妳在看什麼？」

聲到人到，他已經掛在我身上，一手攬住我的腰，睡眼惺忪地揉眼睛。

「喔？找到那個淡紫色長髮男了？」他看到我面前的這個淡紫色長髮男子說道：「嗯？長得有點娘啊！」

我無語地白眼，東方長得也挺內斂的好不好！

「還不能確定。東方，我一直覺得阿修羅的出現不是巧合，每一次，他都跟我們靈蛇號不期而遇。我懷疑阿修羅跟靈蛇號有某種聯繫。」

「妳這麼說……確實有點可疑……」他摸了摸下巴：「妳認為有什麼聯繫呢？」

「靈蛇號的行程並未公開，雖然對外宣布星際巡迴展，但每次都是離開前一個地點時才會決定下一個。所以，會不會有人和你一樣，侵入了靈蛇號的系統，知道我們的行程？」

東方靠在我肩膀上，懶懶地挑眉看著那個紫髮男子。

「嗯……應該不會，靈蛇號的系統防禦非常嚴密，我是利用伊塔麗的內部系統和唐別連接後，他才能順利進入。」

「也就是說……想入侵靈蛇號，需要一個內應？」

「嗯嗯……」他在我的肩膀上點頭，下巴在我肩膀上輕輕晃動，感覺癢癢的。

再次看向那個淡紫色長髮男子，旁邊是靈蛇號每個成員的照片，還有胖叔。既然想知道靈蛇號的行程就需要內應，難道……靈蛇號上有這個阿修羅的內應？如果假設成立，這個內應會是誰？而且最可疑的是，現在這個在我們身邊的胖叔到底是誰？如果現在的胖叔不是歐陽勇，他是透過易容還是整容？不對，在這個世界還有一種方法，就是變形。變形人，可以變成任何人的樣子……

忽地，有人抬手捏了我的臉。

「不愧是警察，喜歡推敲破案，揭開別人的祕密。怎麼，對那個阿修羅很感興趣？」

他摟緊了我的腰，另一隻手在我的臉上好玩地輕捏。

我雙手環胸深沉點頭：「當然，他親了我，不揍他一頓怎麼消氣！」

「嗯？哼！那是要好好揍他一頓。」他在我臉邊的冷笑，流露出了絲絲殺氣：「不過，這說明寶貝兒妳真的非常有魅力啊！」

只是片刻間，他又變得不正經起來，完完全全掛在我的後背上，熱唇貼上了我的臉，慢慢地輕輕摩挲。

我對紫髮男子的注意力一下子被他的親暱摩挲分散開來，就連氣力也彷彿在他的輕觸之中漸漸消散。

心跳開始緩緩脫離控制，他緩緩地輕吻我的耳際，我全身的神經在他這一下又一下的輕吻，集中在他那火熱的唇上。

「寶貝兒……我真的餓了……」他說。低啞的聲音，透出危險的、特殊的訊號。

可是，我……我還沒做好準備。我對他，還沒有、還沒有……到……那個地步……

「寶貝兒……」他抱住我撒嬌起來。

我慌忙轉身推開他，滿臉通紅：「還不行！」

他後退幾步，雙手環胸，勾起嘴角時滿臉賤賤的壞笑。

「寶貝兒……不過是要妳煮碗麵給我吃，妳臉紅什麼？」

「什麼？煮麵？」我頓時有一種上當的感覺！

「嗯？」他的壞笑越來越厲害，伸手輕輕扣住我的下巴搖晃起來：「寶貝兒，看來妳也不是那麼無趣，該不是……想到……某些……」

「東方你這個死賤人！」不知怎地，情不自禁地給了東方腹部狠狠一拳，把他剩下的話全打回肚子裡。都是這個賤人，害我思想也越來越不純潔，還被他取笑。

「噗！」他再次被我打彎了腰。

我怔了怔，看看自己的拳頭，臉一熱。

「對不起，咳，不知道怎麼回事，就忍不住打你……了……」

「沒、沒事……」東方艱難地咬牙說：「現在……好像……不太餓了……」

「噗哧！」我握拳笑了出來，轉身把雙手背到身後：「不是說餓了嗎？還不走！」

「Yes……Madam……」

再看一眼那個淡紫色長髮的男子，反正暫時沒有突破，不如去放鬆一下。

打開魁拔的頭盔時，我第一次嘗試召喚我的滑翔器，沒想到成功了！於是，我帶著東方飛馳在大家都入睡的靈蛇號中，就像電影裡，男生帶著他的女友騎著摩托車在馬路上飛馳。只是，這次是我在前面，東方在我的身後……

正常的戀愛，到了我蘇星雨的身上，似乎……有點脫離正常的軌道……那就……湊合吧……

和東方站在魁拔的腳下，仰視高大的魁拔。接下來，我們要替它重新上色、給它穿上漂亮的新衣服。不過這個傢伙也很矯情，居然不願進修理房讓機械手上色，一定要讓我們來上色，真奇怪！還好我們還有伊塔麗和伊可，它們可以一起幫忙。

「魁拔，你為什麼不願進修理艙？機械手上色很快的。」伊塔麗飛在魁拔的面前。

良久，魁拔才說：「我不習慣讓同性機械體觸摸我的身體。」

頓時，伊塔麗在他面前僵住，臉紅了起來。原來修理艙的智慧系統，是男性……

我看向東方，東方皺著眉撓頭：「哼……估計電影看多了，情感自己升級了。」

「……」反正，他是奇葩，造出來的更奇葩。

魁拔是一具很有自主意識的機甲，在上色的設計上，它堅持自己來，因為它認為它的審美觀和我們無法溝通。它為自己設計的主色調是銀黑藍色，設計圖顯得霸氣威武。

「好！我們開始！」東方一聲令下，我們每人拿了一把噴槍。伊可是用耳朵，它開心地蹦蹦跳跳：「好玩！好玩！喲！喲！」

巨大的影像從魁拔的眼中射出，它的設計圖展現在空曠的空中。

「伊塔麗，妳能噴我的頭嗎？」魁拔語氣平平地說：「這樣我可以欣賞妳的胸部。」

伊塔麗愣了愣，點點頭：「好。」

我再次瞪向東方。好色這點，絕對是東方的品種。他立刻拿起噴槍遮住自己的臉，吹著口哨踩上滑翔器去噴魁拔的手臂。

伊塔麗已經飛到魁拔的頭部，魁拔感激地說了聲：「謝謝。」

看著幫魁拔認真上色的伊塔麗，怎麼覺得東方把它改造得越來越有種熟悉的感覺？那份認真、那份專注的神情……嗯？怎麼有點像我？是我自作多情，還是……

抬頭看東方，伊可正從我面前飛過，在空中大喊著：「喔咿……」

東方飛那麼高，我怎麼上去？對了！我從口袋裡拿出了衣甲的盒子，揚唇一笑，將盒子打開，粉藍的手鐲便懸浮起來。

根據東方的講解，發出口令：「衣甲啟動。」

話音一落，手鐲已經飛出盒子，藍色的光線從手鐲裡射出，鎖定我的手腕上，接著在我的手腕投落一圈奇怪的圖紋。下一刻，它們飛速飛向我的手腕，銬上了我的雙手。

緊接著，神奇耀眼的光芒從手鐲裡射出，瞬間將我包裹，閃亮得我無法睜開眼睛，只感覺到像是有無數活的微粒從手腕開始爬上我的手臂，覆蓋住然後緊密地收緊，如同量血壓般一下一下收緊我的身體。

手中的木盒在衣甲遍布我胸口時落地，一下子緊貼的衣甲讓我深吸了一口氣。胸口像是被束胸一下子勒緊，直到面罩遮蓋住我的臉，擋住那片耀眼的光芒，整套衣甲才倏然放鬆，變得貼身合適。

我緩緩適應地睜開眼睛，眼前的視野並無遮蓋物，與沒有穿衣甲時無異。但是左右兩側，會有兩個小小的螢幕顯示我的各項身體數值，還有周圍的情況。

「您好，您現在穿的是新兵試用的初級衣甲，請盡量保持呼吸平穩，如有生命危險，衣甲會自動脫離。」出現一個好聽的女性聲音。

每次提到衣甲，魁拔都很不服氣，說至少穿著它不會有生命危險。

「請嘗試抬一下右手。」

心裡對這個提醒不以為意，認為那是件簡單的事。可是沒想到抬起手時，頓時感覺手臂重如千斤。

「請稍後，正在做分子調整。」

全身的衣甲像是有奇怪的液體在流動。片刻後，女性聲音再次提醒我嘗試，這次果然可以了，然後她一一指導我啟動左右手的引力場。衣甲的移動，靠的不是引擎的推動，而是製造特殊的引力場。東方說這比引擎更難操控，一旦熟練掌握後，會比機甲更加行動自如，而且不用揹一個大引擎。

當頭頂的引力場開啟時，我整個人飛了起來，但是因為控制有誤，我一直往上飛、往上飛……直到撞到艙頂，整個人像是牢牢吸在艙頂上，半天都沒把自己弄下來。

「哈哈哈……」東方的大笑傳來時，他已經飛著滑翔器落到我的面前，手拿噴槍笑看我。

「寶貝兒……要我幫忙嗎？」他張開手臂，一副讓我主動到他懷抱裡去的模樣。

我在面罩下冷臉看他：「不要！」

「ＯＫ！ＯＫ！」東方賤賤地壞笑，攤攤手：「那寶貝兒妳在這裡繼續掛臘腸吧！」

東方揮舞著噴槍，大笑離開。

賤人東方，就喜歡取笑我。

「請問，是否要轉入自動操作？」衣甲裡的女聲說。自動操作應是對還沒熟練操作的人而設計的，以免沒有屋頂擋著直接飛出星球。不過，自動操作僅限於回到原地。

「不用，我自己再研究一會兒。」

在經過跌跌撞撞、摔來摔去後，我終於掌握力場方位的操控，開始能夠自由上下，前進後退。拿起噴槍，開始和大家一起幫魁拔上色。

「咚！咚！咚！咚！」魁拔放出了動感的音樂，它還挺有情趣的。

手拿噴槍到東方背後，抵上他的後心：「說！為什麼我覺得伊塔麗和我越來越像？」

東方舉手投降：「寶貝兒，這還用解釋嗎？」

我不相信。我微微集中精神，聽到了他真實的心語：

「如果說真話，她肯定會殺了我……嗯？她一動不動盯著我，該不是又在讀心吧？」

他從魁拔閃亮的外殼上看向我。

黑氣開始在我身上燃燒：「你這個賤人的話，果然不能信！」

扣動噴槍，東方神色一緊，立時用滑翔器從我身前逃脫。

噴槍裡的黑色射在了魁拔的……呃……襠部……

「東方賤人——」

「小雨妳聽我解釋……」

「那你說真話——」

「伊塔麗救命啊……」

伊塔麗沒有救他，任何人都不會救他。原本寧靜的停機艙，因為我們而變得吵鬧……

當爵來的時候，我正拿起粗大的水管，準備幫魁拔從上到下沖個乾淨。只有我穿了衣甲，也只有我有這個力量。目前為止，我還沒感覺到身體不適。

爵站在下面遠遠看著我們，柔美的臉上流露出一絲羨慕的神情。他靜靜站在下面，以為我們沒有看到他；他也沒有上來，像是不想打擾我們。

「寶貝兒，下場雨吧！」東方坐在魁拔的身下，靠在魁拔巨大的腳邊，單腿翹起、神情悠然，準備欣賞美妙的雨景。

伊塔麗和伊可也站在旁邊，目光裡充滿了一種特殊的期待。

我點點頭，打開了開關。立刻，水柱沖上天頂，然後在我的頭頂四散飛落，如同雨下，我被包裹在水簾之中。

魁拔忽然射出光束，打在飛落的雨簾上，形成了一道亮麗的彩虹，跨過我的身旁。我低頭看向爵，頭盔收起時，他在那一刻愣住了神情。我讓伊塔麗拿穩水管，緩緩飛落爵的身前，懸停在空中。我向他伸出了手，他癡癡看我片刻，朝我伸出手來。爵，跟我一起去有彩虹的地方……

在他的指尖要碰觸到我的手指時，殺氣忽然從左側而來，一個人直接衝撞上我的身體，眼中映入圖雅藍色的衣甲。

「小雅！」爵大吃一驚，急急朝我追來。

圖雅把我撞上旁邊的牆壁，扣住了我的脖子。頭盔褪落時，露出她憤怒的臉。

「蘇星雨，妳根本不配爵哥哥喜歡妳！」

「小雅！」爵追到我們這邊，站在下面著急而生氣地看她：「不要傷害小雨！」

圖雅咬了咬唇，難過地在我面前低下頭。東方已經駕駛滑翔器從上面飛下來。

圖雅的銀瞳裡，開始閃現淚花。

「我們利亞星人，喜歡一個人，是希望他能快樂。爵哥哥喜歡妳，沒關係，只要他高興、他喜歡就行！可是……」

她抬眸朝我狠狠瞪來，淚水從她眼角滑落。

「妳一點也不珍惜他的這份感情，妳只知道跟那個東方卿卿我我，妳有沒有考慮過爵哥哥的感受！蘇星雨，妳是個自私的女人！」

我怔怔靠在牆上，看著晶瑩的眼淚，從圖雅眼中不斷地湧出。

「小雅……」爵在圖雅的話語中失去了神采，銀瞳裡透出了失措、慌張，還有難堪和羞窘。

一直以來，他都小心翼翼藏起他這份感情，但真摯誠懇的他，屢屢忍不住想對我說出他的心意。可是每每到最後，他還是忍住了。因為他珍惜我們之間的感情，擔心說出後我會刻意與他遠離。

圖雅沒有轉身，痛苦地咬緊下唇，她想強忍住淚水，可是眼淚還是無法控制地越流越多。

爵的身體微微緊繃，站在下面低下了頭，無法再看向我的臉。

「小雅，別再說了，我從來沒有奢望小雨能夠喜歡我，我們種族不同……我們也不可能在一起……」

他的話讓我心裡劃過絲絲抽痛，他怎麼能認為被我喜歡是一種奢望？他不知道我覺得被他喜歡，是一件多麼幸運的事。

「我不明白，我不明白！」圖雅痛苦地搖頭：「既然這樣，你為什麼還要退婚？爵哥哥，蘇星雨不喜歡你，我喜歡你，我會對你好，我會一直一直對你好的……」

「因為他不想騙妳。」我緩緩地、心痛地說了出來。看著爵痛苦，我也難受起來，我最不想看到爵因為我而陷入痛苦之中。

圖雅滿眼淚水地吃驚看我，我抬眸看她：「在喜歡我之前，妳的爵哥哥已經有退婚的打算。」

「為什麼……」她完全無法理解地看我。

「因為利亞星人，不想說謊。」當我說完時，圖雅驚訝地睜圓了銀瞳，淚水從裡面倏然滾落。

東方緩緩落到爵的身旁，靜靜地俯看他。

「他知道自己對妳只是對妹妹的感覺，因為他把妳像妹妹一樣疼愛，所以，他希望妳幸福。他希望能有一個真正愛妳的男人真心真意地疼愛妳，而不是像他，為了逃避這段感情而選擇在靈蛇號上漫遊宇宙、發掘考古。」

「怎麼會……」圖雅顫顫地收回扣住我脖子的手，看向爵：「爵哥哥，你總是在靈蛇號上，是因為……逃避我？」

爵擰了擰眉，東方拍了拍爵的肩膀，宛如在給他勇氣。

爵咬了咬下唇，倏然抬臉正視小雅。

「是！我因為懦弱，不知道該怎麼跟妳說，所以只有躲在靈蛇號上。可是，妳漸漸長大了，我不能再耽誤妳、延誤妳的幸福、繼續讓妳對我充滿期待。所以，這次才決定無論如何都要說出口。小雅，對不起！」

「爵哥哥……」圖雅顫抖地捂住臉龐，淚如雨下：「我討厭你……」

當她大聲喊出時，她忽然轉身朝我打來。我立刻閃身，她一拳打在我原先身後的牆壁上，金屬的牆壁瞬間出現了一個凹坑。

「小雅！」爵吃驚地大喊，我立刻朝東方揮手：「把爵帶走！」

「ＯＫ！」東方迅速帶走爵，爵急得手足無措，東方壞壞笑看他：「女人的事，讓她們自己解決。」

東方話音剛落，圖雅就朝我揮拳而來，淚水飛落。

「妳為什麼要說出來？為什麼？現在妳開心了！是不是？」

我躲開她的攻擊，她對衣甲的操控自然比我更加熟悉。

「本來我可以裝不知道，可以繼續留在爵哥哥身邊，可是妳！是妳毀了這一切！」

她手心光芒閃耀，該不是……

正想著，光束已經從她手中射出，我立刻躲開，但那光束依然擦過我的手臂，手臂上的一側出現一抹焦黑，衣甲下的皮膚，也感覺到一絲灼熱。

衣甲並非堅不可破！當人類發明衣甲時，可以破壞衣甲的粒子光束也隨之發明。

「都是妳！是妳！全是妳的錯！」她一束又一束光線朝我射來，我一下又一下躲開，她對我步步緊逼。她真是被寵壞了，被爵當妹妹一樣呵護，還不知福。

衣甲的能量開始慢慢提昇，感謝她的攻擊，讓我又熟練不少。我可以在她的光束中熟練閃避，但依然無法回擊，主要是怕出錯傷到她。

當我把她引入水簾時，她微微閃神，我立刻騰空躍起，在空中翻過她頭頂落在她的身後，手掌按上她的後心。

「夠了！爵是愛妳的，所以才不想欺騙妳！難道妳想要一輩子跟一個把妳當妹妹，不知何時會愛上別的女人的男人在一起嗎？」

「我無所謂！」她在我身前失聲大吼：「只要是爵哥哥，我都無所謂！我無所謂他會娶哪個女人，只要我能在他身邊！」

我陷入愣怔，水落在我的臉上、髮上和衣甲上，涼涼的。

「我只知道，我只想和爵哥哥在一起……」她哽咽地說完，低下了淋濕的臉：「即使……他當我是妹妹……」

原來圖雅是那麼癡情。我緩緩收回手。

「小雅，或許妳現在聽不進我的話。但是，人生不是只有愛情，我們女人也不該被愛情束縛。我見過無數癡情的女孩，她們遠遠比你更癡，但是最後，她們只得到了一樣東西……」

我頓住口，抬眸看她滿是水流滑落的衣甲。

「什麼……」她哽咽地問。

「痛苦。」我只說出了這兩個字。

她的身體，在水簾下微微發怔。

「如果不痛苦，為何妳現在那麼恨我？既然妳說只要跟爵在一起，他愛誰都無所謂，那麼現在妳和他也是在一起的，妳又在痛苦什麼？妳又為什麼哭？如果我和爵在一起，妳真的能開開心心地看著我和爵卿卿我我？甚至……同床共枕？」

「不！我不要聽！我不要聽！」她痛苦地捂住了雙耳，而我繼續說道：「我的話對妳可能比較殘忍，但是你們利亞星人不說謊，所以我也不想對妳說謊。魁拔也說我們人類很虛偽，一邊說希望聽到實話，可聽到實話後卻又生氣懷恨。我完全可以虛偽地告訴妳，反正我和爵不會有結果，妳可以慢慢等他回心轉意。但是，我不想那樣，那樣只會害了妳，讓妳繼續傻傻地等下去，等到最後只剩下傷心和難過。小雅，有些話不要輕易說出口，說自己一定可以做到，但是當妳真正經歷的時候，妳只會後

悔當初選錯了人……」

「別再說了——」她猛然轉身，光束立刻劃過我的胸口，灼痛燒痛了我的右胸，我剎那間失去了呼吸。

我怔怔摸上胸口，深深的灼痛讓我擰緊了眉。

「妳……怎麼不躲？」面前傳來圖雅驚訝的、顫抖的聲音。

我擰眉咬唇：「我……還在適應階段……」

「妳！」

「衣甲破裂！衣甲破裂！」我眼角邊的螢幕快速閃爍。

身體的力場出現了偏差，我直直掉落下去。

「小雨——」當東方腳踏滑翔器朝我俯衝來時，我已經落入了一個冰涼的懷抱——是月。

月擰眉看著我的胸口，然後帶著我倏然移至下方，我看到東方朝我趕來，而月已經帶著我再次瞬移。

幾次瞬移後，我們已經到了他的醫療室，他把我放在病床上，對我只說了一句話：「解除衣甲。」然後轉身去翻藥櫃。

我命令衣甲解除，衣甲從我身上脫落的那一刻，我忽然感覺整個人有種進入深水的壓力感。明明平常適宜人類的氣壓忽然變得巨大起來，壓得我呼吸困難，心跳加速。

「深呼吸……」忽地，月艱難地、哽啞地提醒我。

我立刻深呼吸，在微微有些暈眩模糊的視線裡，月正一手撐在藥櫃，一手捂住胸口像是很艱難地呼吸著。

月怎麼了？

在心跳漸漸平穩後，我像是從一口氣跑了八千公尺後緩過勁，感覺到很口渴。原來衣甲的耗能是在不知不覺之中。衣甲一定是放大了人的潛能，故而在一下子脫下後，才會有這種虛脫感，因此才會要求人體本身要注重體能的加強。怪不得東方提醒我脫衣甲前先休息一會兒，不要馬上脫。

全身好像狠狠出了一身汗，脫下衣甲後涼絲絲的。我立刻低臉看自己的胸部，只見自己右胸上的衣服已經裂開，露出一抹雪乳，挺立的雪乳上方，有一道細細的裂傷，微微有些焦灼，並不厲害，衣甲還是擋住了大部分的傷害。不過傷口雖然細小，依然染紅了我胸口的衣衫。

「啪！」有什麼東西在我身前掉落，我立刻看去，只見月顫巍巍地站在醫療室前，面色蒼白，身體也在隱隱發顫，地上正是他掉落的膏藥和藥刷。

不好！我流血了！

倏然，他捂住了自己的右眼，痛苦地擰緊雙拳，渾身緊繃輕顫起來。

「小雨……快走！」他發抖地、低啞地說。

沒有絲毫猶豫，我躍下病床直接跑向門口，但全身的細胞還沒完全復甦，疲累與乏力讓我的速度大打折扣。在我即將到門口時，忽然一條細繩捆上了我的腰，緊緊拉住我的身體，讓我無法再上前一步。低頭一看，正是月的尾巴。

他月牙色的尾巴緊緊捆住了我，小小的三角頭直直朝上，這個信號，很危險。但是我依然能感覺到月還在掙扎、還在努力克制，那繃緊的尾巴也在輕輕顫抖。

其實，我跑什麼？月遲早要吸我的血的，直到這次行程結束，他回派瑞星和伊莎結婚前，我始終是他的飼主，到時伊莎也會為他找個處女作為替代食品。

倏然，他的尾巴一用力，我隨著那股力量轉了個圈，已經被拽到他的身前，撞上他結實的胸膛。當我看到他的右眼變成血紅時，他倏然俯下臉，月牙色的長髮掠過我面前，我咬緊下唇，做好被他吸血的準備。

他在我面前完全俯下，我側開頸項時，他卻繼續往下，我心驚起來，他該不是要……冰涼的唇落在了我右胸的傷口上。我徹底地……陷入了……僵硬……涼薄的唇印在我柔軟的雪乳上，我清晰地感覺到他的舌撬開了衣衫的裂口，舔上了我的傷口。

這個位置不太妙！

我慌忙想推開他，手心剛觸上他的胸口，一條細繩已經捆住了我的手腕，牢牢纏住了我的雙手手腕。來不及反抗，雙手已經被他拉高過了頭頂。尾巴捆住我的雙手，他用手攬緊我的腰。他一手牢牢按住我的後背，一手托住我的右乳好讓他更加順利吮吸。

「咕嘟……咕嘟……」安靜的醫療艙內，是他吞咽的聲音，還有越來越急促的喘息：「呵……呵……」宛如他來不及吞咽，吞咽讓他的呼吸變得有些困難。

血液從身體裡快速流逝，身體的力量也隨之減弱。手臂開始發麻，我無力地輕喚：「月……」渾身軟弱地站在他的身前，如果不是他尾巴拎住我的雙臂，我此刻已經無法站立。

慢慢地，他的尾巴放落我的手臂，我的身體軟了下去，他攬住我的腰也慢慢隨我跪落。

他的手撫上我的後背，另一隻手放開我的右乳撫上了我的後腦，我清晰感覺到他的牙齒從我的皮膺裡緩緩退出，我無力地往後倒落。他托住了我，一手托住我的後背，一手托住了我的後腦。他慢慢隔著我染血的衣裙吻上了我的身體、我的鎖骨，一點一點吻過我的鎖骨，吻上了我的頸項。月牙色的長髮滑入我的頸項，帶來一絲絲輕癢。有什麼摸上了我的大腿，冰冰涼涼的，小巧如小蛇的腦袋，一點一點順著我的大腿溜進我的裙襬之下，然後纏上我的腿，進入我的大腿內側。

我的心跳越來越慢……越來越慢……但是，我的神經因為月的異樣而越來越緊張，月到底怎麼了……

不可以……不行……這不正常……

「月……」我用最後的力氣呼喚……

「第一次血癮會很厲害……」腦中只劃過這句話。

是很厲害，厲害到讓月瞬間失去了理智，那麼淡漠清冷的一個人，也會因為血癮而發狂。甚至，做出現在超乎常理的事情。他在親吻我的身體，他到底知不知道自己在對我做什麼？

忽然，那小東西勾起了內褲的邊緣，還要往裡面鑽去。我的大腦瞬間一片空白，為什麼沒人告訴我，月第一次犯血癮還會引發強烈的性慾？他自己知道嗎？

我開始害怕，我不能跟月。我無法想像接下去的事會引發怎樣的後果！可是，我的神智卻因為失血過多而漸漸恍惚。

「砰！」忽然，有什麼巨大的東西直接撞開了門。

「嗷——」響起一聲震耳欲聾的大吼，緊接著，銀灰的巨大身影直接撞開了我身上的月，在我要倒落時，他一手撈起我的身體，護在他毛絨絨的銀灰色肚皮下。

我躺在他巨大的爪裡，不會……吧？小狼什麼時候變身了？

「這是——」東方終於帶著爵趕到，可是他們完全被變身的小狼驚得呆立在滑翔器上。東方還沒見過小狼變身。

「小、小狼？」爵也一時呆住了神情。

小狼呼呼地喘著氣，顯得非常憤怒。忽然，他對著他們就是一聲巨吼：「嗷——」

剎那間，把他們直接從滑翔器上震落。

隨即，他把我扔到了後背上，馱起我直接從東方和爵的身上躍了過去。我掛在小狼的背上，他變身的毛和他的髮絲一樣柔軟，體溫比他是人形時更加火熱，這讓我因為失血而失溫的身體感覺很溫暖。

完完全全沒想到，事態會混亂到這種地步。圖雅傷了我，結果我的血誘發了月的第一次血癮；緊跟著，小狼又突然變身了。當小狼馱著我跑出醫療室時，嚇到了躲在門邊的圖雅，她臉色蒼白地看著我們。小狼停在她的面前，揚起了巨大的手掌，朝圖雅拍去。

圖雅完全嚇呆了，身體一動也不動。

「住手！」我用最後的力氣厲喝。

小狼的爪子停了下來，轉而朝圖雅張開布滿獠牙的大嘴，朝她憤怒地大吼：「嗷——」

登時，圖雅被直接震暈過去。然後，小狼馱著我飛奔在靈蛇號上。

我掛在他後背上陷入一絲迷惑。小狼還沒到二十歲，他變身後會失去理智，可是，在我情急地喊住手時，他停下了手，沒有攻擊圖雅。難道，小狼還是有一點理智的？

獸族獸化後，雖然會處於瘋狂狀態，但是他認識自己的親人、同族，靠氣味分辨敵友。難道小狼平時說最喜歡我，不是說著玩，而是真的把我當作了親人？一個姊姊？所以他現在是想保護我。

心裡一下子變得溫暖，和小狼的身體給我的溫度一樣。小狼，謝謝……

小狼馱著我一路飛快跑向天頂的草坪，他輕輕把我放在草坪上，然後躍到天頂唯一的入口處，拍上牆壁上的感應區。立刻磁場隱現，這裡成為最安全的地方。

可見小狼獸化後，依然非常聰明。難怪他是靈蛇號系統程式的防護員。然後，他站起身體，在門口徘徊，呼哧呼哧地喘氣，喉嚨裡發出「咕嚕嚕」的響聲。

很快地，龍、迦炎、巴布趕來了，他們停在了磁場門前。龍遠遠朝我看來，在看到我無事時露出一抹安心。

「小狼！快開門！」迦炎朝小狼大吼。

小狼立刻張開嘴，用大吼來回應：「嗷——」

那是比在神域更強百倍的大吼，讓迦炎、龍和巴布無法忍受。

小狼迅速跑回我的上方，護住我，對他們瞪眼。當他在我上方時，我看到了小狼還穿著的內褲，居然……還是小狗花紋的。

就在這時，只聽一聲巨響，天頂不遠處的地面被轟出了一個大洞，小狼立刻全身戒備地豎起了狼尾，利爪在光芒下閃現森森寒光。緊跟著，我看到從地面浮出了魁拔銀藍色、黑色條紋的頭頂。是東方！這傢伙也太亂來了！居然破壞靈蛇號！

轉眼間，魁拔飛了上來，小狼也朝他撲去，毫不顧忌對方比他大了數十倍。魁拔抬起一腳，直接

將小狼踹飛，要去踩小狼時，我無力地阻止：「東方！小狼是要保護我！」

魁拔的腳頓在半空，他原地飛起，然後「砰」一聲落在了我的上方，我又被護在魁拔的腳下。

「保護你？」東方疑惑的話音從魁拔中傳來。

我無力呼吸：「是的，保護我，別打了，我現在只想睡一會兒。」

魁拔再無聲音，小狼從遠處踉蹌地站起，試探地走過來。

見魁拔沒有再動，他飛快跑到我的身旁，開始用利爪攻擊魁拔。那模樣像是小狗跟電線桿過不去似的。

「小狼……」我嘗試喚他。

他真的停下手，低下頭，巨大的碧藍眼睛裡映出我的臉，裡面是難過的目光。

「呼……」他哀傷地埋下臉，張開了嘴，口水從裡面滴答滴答流了下來，落在我的身上。我躺在地上看他，他慢慢伸出舌頭，然後舔上了我的臉。

粗糙的舌頭像是板刷，舔過後留下一絲疼。

「乖……趴下……魁拔是來保護我的……他不是敵人……」我無力地說。

他「呼」一聲，眨了眨眼睛，真的慢慢趴下，靜靜伏在我的身邊。

我對他點點頭，他緊貼在我的身邊，把他身上火熱的熱量源源不斷地補給到我身上。

「嗤——」一聲，是魁拔的頭盔打開，東方從魁拔的手臂躍了下來，小狼立時緊張起來，耳朵豎起。

我無力地抬手，摸上了他的臉。他愣了愣，我抓了抓他臉側的毛髮，他變得安靜，不再去管東方。東方看到小狼時依然驚訝，但顧不得驚訝，先餵我吃下生命藥丸，撫上我的臉。

「睡吧！有我和魁拔在。」

我微笑地看著東方，他看著我胸口的血，心疼地撫落。我抬手握住了他的手。

「讓龍他們離開，我不想他們進來。」

他點了點頭，輕笑一聲。

「哼，這些人平日說要保護妳，等到妳真的出事，還是捨不得破壞他們這艘破船。」

他的目光發了寒，一定是在生氣龍他們沒有硬闖天頂救我。說到底，靈蛇號還是龍的心血，我與他也無關係，他怎會像東方這樣急於救我。但是，今天的事，我擔心龍會限制東方接觸魁拔。

東方朝龍他們走去，我安心地靠在小狼柔軟火熱的身上，閉上了早就沉重的眼睛。

「謝謝，小狼……」

「小……雨……姊姊……」耳邊是他的嗚咽，聽說獸族二十歲後，獸化時才有語言能力。小狼能叫出我的名字已相當厲害。

他又舔了舔我的耳朵，然後貼在我的臉邊靜靜呼吸。

「呼……呼……」

醒來時，看到小狼已經恢復人形。他全身赤裸地伏在我的腹部熟睡。還是那個像狗狗一樣的姿勢。雙腿屈起跪在我的身邊，然後趴在我的腹部。雙手枕在自己的臉下。不遠處有機器人正忙著修補東方破壞的大洞。抬起有點力氣的手，摸上他的頭和他的耳朵。他熱熱的狼耳朵在我手心下轉了轉，發出一聲輕吟：「嗯……」

隱約感覺有液體流上我的腹部。抖了抖眉……不會又是這小子的口水吧？

手臂從他的身上滑落，落在了他的尾巴上，毛絨絨的尾巴，暖暖的。我捏了捏，他沒動靜，我繼續捏著，軟軟的尾巴讓人愛不釋手。

「寶貝兒，感覺怎樣？」上方傳來東方的聲音，我往上看去，他一定是在魁拔的身體裡。

我對著魁拔做了ＯＫ的手勢，魁拔身上的紋路閃了閃。

「看來那吸血鬼吸了妳的血後，讓妳的恢復能力也增強了。」

他是在說派瑞星人吸血時會同時分泌出具有生血和恢復功能的激素。這是派瑞星人的一種自癒能力。他們自癒起來會比普通人快，而且也因為吸的血不同，自癒能力也不同。不過，這次我確實比上次要恢復得更快，說明月在吸了我的血後，我的自癒能力也在不斷進化。

想到月在吸血時所出現的異樣，心跳不禁加快，如果那真是性慾，下次……我是不是抽出來給他喝更好些？

「我在妳睡覺的時候，查了妳想查的事情。」接著，耳內傳來東方的話語，打斷了我的思緒，他轉為我們之間的內部通信，顯然是我查的事有了眉目。「我實在不忍心看妳再為這件事費神……」

心跳加快了一下，心裡暖暖的。我不說話，只是繼續躺在草地上，看上方的魁拔。

「我雖然沒能進入靈蛇號加密資訊庫，但是，我查到了一些有趣的事情。」

我靜靜聽著，看來這段時間東方做了不少事情。

「我看了妳之前所查的資料，既然胖叔不是胖叔，那麼現在的胖叔不是易容，就是變形人。」

東方跟我的想法一拍即合。

「然後，我開始查變形人，結果讓我很吃驚。原來在妖星臣服星盟後，妖星人最主要的作用是成為重要議員，或是各星球主席的替身。他們變化成他們的樣子，出現在公眾場合中，以保護真正的主人。真是可悲吶……不過，也說明星盟裡的人有問題，否則怎麼需要替身？顯然是怕死，或是怕那個阿修羅。」

妖星人成為替身，替別人抵擋危險？

「根據星盟的習慣，龍應該也會有一個變形人的替身。可是，為什麼這個變形人要變成胖叔的模樣，嗯……這就有點奇怪了。不過，如果他真的是變形人，那麼他們的資料是絕對保密的，因為不能對外面暴露。以此推論的話，妳看到的那個資料加密的紫髮男人，也有可能是變形人。」

他是變形人嗎？這是極有可能的事情，只有變形人才能順利逃過追捕。他可以變成任何人的模樣。

「另外，我還查到一些有趣的事，迦炎和龍……說不定有血緣關係。」

什麼？我一下子驚坐起來。

「具體情況，我讓唐別繼續查，他現在沒了主人，維多利亞家族的資源給他帶來不少便利。」

是了！維多利亞這個龐大的家族！現在我們等同於有一個人已經悄無聲息地滲透入星盟之中。他擁有維多利亞公爵的電腦，而且，他還是一個駭客。

活動了一下身體，果然沒有任何不適，揉了揉眼睛往前看時，陷入驚訝，只見天頂的玻璃已經透明，可以清楚看到外面的宇宙。而我的眼前，是一個巨大無比，帶著一種奇特金屬色的星球，即使靈蛇號離它還有數千里遠，它的巨大依然給人強烈的壓迫感。宛如它會隨時隨地墜落到人的身上，把人

壓成碎片。

在它的周圍有一圈咖啡色，和土星相似的光環，明暗不一、如夢如幻。此刻，正有大型的機械在上面搭建什麼，飛船和機器人來來往往，顯得十分忙碌。而在周圍還有三艘巨大的，像是空中城堡一樣的母艦。這些母艦上有清晰的標誌，像家族的徽章，可是三者並不相同，可見這三艘母艦來自三個家族。

它還有兩顆衛星，我這裡也可以看到。不過現在行星的衛星一般用來做停機場用，用來停泊路過的飛船。

我驚嘆地看著那顆飛船、機器人來來去去的星球：「那是什麼星，怎麼這麼大。」

「那是鋼蒂爾，衣甲與機甲的來源之星，也是現在已知星球中最大的人居星球……」

空中傳來的，是東方通過魁拔的洪亮聲音。

那就是鋼蒂爾，滑翔器比賽的賽場，也是我們新希望的關鍵一站。這一站的成敗，直接關係著我和東方是否能順利離開靈蛇號。隨著離鋼蒂爾越來越近，我的心情也越來越緊張和激動。

「小雨……」東方的話聲再次轉入我的雙耳，他變得欲言又止，我抬頭看向魁拔，他靜靜站在我的上方。在我的眼中，他就是東方，東方用他高大的身軀守護著我。

「如果山田博士成功，我們可能……」

「嗯……」忽然間小狼在我的腹部蹭了蹭，東方的話音就此止住，心裡還是劃過一抹痛。我知道，他的意思是如果山田博士成功，那麼就會迎來我們分離的那一刻。

「啊……」小狼伸了個懶腰慢慢起身，然後他僵住了身體，眨眨碧藍水靈的眼睛。下一刻，他就

「啊」一聲看看自己身上，上下摸了摸，再摸向自己的屁股。我看到了他的小內褲，小內褲屁屁上有一隻可愛的小狗狗，狗狗屁屁上有個洞，那裡就是小狼尾巴出來的地方。

我笑了：「內褲沒破。」

他的臉騰地一下子紅起來，雙手握拳放在跪在地上的膝蓋上，全身緊繃，並漸漸發紅。

「我、我……」

看著他這副可愛的模樣，情不自禁撫上了他的側臉，他全身立刻緊繃起來，手心下的皮膚更加發紅、發燙。

「謝謝你，小狼。」我靠近他的臉，然後輕輕吻上了他的側臉。

感激的吻，讓他的小尾巴瞬間繃直，我笑著拍了拍他的頭，他可愛的小耳朵被我的手心壓塌在他的腦袋上，小腦袋後面的長髮已經可以紮出一個小辮子。

「你怎麼會突然變身了？」我一邊揉著他的腦袋一邊問。

他臉紅緊張地跪在原地動也不動，全身炸成了粉紅色。

「我、我、我聞到血腥味，所、所、所以很擔心妳，可是月的速度沒人可以追上。伊莎喜歡月，肯定不會救妳，我一著急就……變身了……」

「他們獸族分有意識變身和無意識變身。前者只要有需要，可以隨時變身。」

東方忽然再次落地，半蹲在小狼對面，壞笑地看他漲紅的臉。

「平時不變身是因為沒必要。後者只要看到明亮的圓形物體，就會被催眠變身，即是無意識變身。會這樣的，除了他們狼族，還有熊族、龍族等等。」

「你、你知道得真多……」小狼還是低著臉，害臊得不肯抬頭。東方笑咪咪地勾唇。

「那當然，你突然變身叼走了我的老婆，我當然要搞清楚你會不會傷害小雨，所以跟迦炎了解了一下，不管怎樣？謝謝。」東方也伸手去摸小狼的頭。

「啪！」突然，小狼揚手把他打開，紅著臉鼓起臉瞪他：「我不是為你！是為小雨姊姊！憑你怎麼保護小雨姊姊！」

小狼的神情分外認真，光著身子，穿著小狗內褲，跟東方較著勁。

東方攤攤手，指指上方：「我對你可是留情了喔！」

小狼隨意瞟了一眼，立刻呆住神情，緊接著他站起來仰臉驚訝地看著魁拔，全身緊繃起來。

「我記起來了，我記起來了！你差點打死我！」小狼光著膀子指東方。

東方好整以暇地坐到我身邊，單腿屈起，看他像看一個孩子。對著他只是笑，沒有絲毫道歉的意思。

小狼氣呼呼地瞪他片刻，忽然撲到我的懷裡來，抱緊我的腰。

「小雨姊姊……東方欺負我！我明明是在保護小雨姊姊！他打我……我現在肚子都好痛好痛……哇……」他撲在我的肩膀上哭。

「喂喂喂，別乘機佔小雨便宜啊！」東方想去拎他，發現他沒衣服，無處可拎。

我抬手把他的手打開，白他一眼，摸上小狼的頭髮。

「這是你不對，小狼那個時候是血肉之軀，你怎麼用魁拔來打他，把他打傷怎麼辦？」

「就是！就是！」小狼抱住我對東方做鬼臉。

東方又好氣又好笑，搖搖頭，托腮看向別處。

「對了，小雨姊姊妳傷口沒事了嗎？」小狼放開我，看著我染血的胸口，伸手要來拉我的衣領，立時被東方扣住。小狼碧藍的眼睛瞪向他，東方勾起的笑容變得很陰森。

「那裡可不是你能隨便看的。」

小狼瞇起了眼睛，耳朵和尾巴漸漸有些繃緊。忽然有人來了，是龍。

他走到我們的面前，俯臉之時，溫柔的目光落在我的臉上，銀白的耳釘在髮間閃耀。

「沒事了吧？」

他的話音讓東方和小狼停止對峙。東方抬臉看他，發出一聲冷哼：「不需要你來假好心。」

小狼也雙手環胸，自得地昂首。

「放心，小雨姊姊有我保護，絕對沒問題！靠你們，小雨姊姊早被月吸乾了。」

龍沒有說話，唇角始終保持微笑的幅度。

東方站起身，朝我伸手，我拉住他的手起身，龍垂落眼瞼，淡淡而語：

「既然沒事，準備一下，我們要上鋼蒂爾星了。」

「知道了！」

東方拉著我轉身時，身後傳來龍的話音：「東方，恐怕你不能再靠近魁拔了。」

東方的腳步微頓，不以為意地冷笑：「哼，早知道了！不用你提醒！」

我看看東方，東方應該預料到會有這樣的結果，但他還是義無反顧地用魁拔來救我。

「誰叫你瞎擔心。」小狼雙手放在腦後，一邊走一邊唸東方：「我那是保護小雨姊姊！你這個笨

蛋，靈蛇號是龍的心血，現在被你弄破一個大洞，他肯定心疼得要死。」

東方笑看他一眼，不再說話。

轉眼間，我們遇到了迦炎和巴布，他們看我無事，也放了心，讓我回去好好休息。然而，卻始終不見爵和月。

因為擔心月和爵，我只有詢問迦炎，哪知東方和小狼一起生了氣，說如果不是爵，圖雅也不會傷我，我也不會流血，也不會誘發月的血癮，小狼也不會情急變身，也不會惹出那麼多的亂子。

他們兩個一起嚴重警告我，這段期間不准我搭理爵和月，否則他們就不理我。此時，他們倒是同仇敵愾起來。當然，我是不會把他們的威脅放在眼裡的，因為那是孩子氣的舉動。於是，我以要洗澡的理由把他們趕回，自己獨自回房。只是，我沒想到會遇到夢。

在我趕走小狼和東方時，夢出現在走廊的盡頭。我走上前，她微笑看我，一身性感的黑色制服，D以上罩杯的胸部把胸口的衣領繃緊，露出性感的乳溝。

「沒事了吧？」她也關心地問我，目光落在我血紅的胸口，那裡的衣衫微微裂開，裸露的程度遠遠不及吊帶背心，所以我並不在意。

我低頭拉開衣領看了看，因為還是有點擔心牙印會被人看到。隱隱看到裡面的傷口已經癒合，和周圍的牙印形成一塊特殊的、淡淡的花紋，花紋並不明顯，很容易被血紅的衣衫遮蓋住。這次癒合的速度比上次快了許多。

「沒事就好，真是把大家忙壞了。」夢笑咪咪地看我。

「對不起，又給大家添亂了。」

「嗯嗯！」她搖了搖頭：「沒關係，以後不會那麼亂了。只要換了妳，我想，無論是月還是爵，都會慢慢平靜下來，不是嗎？」她笑咪咪地看著我。

我看了她一會兒，揚起了唇：「不錯，只要我離開靈蛇號，一切都會回歸正軌。」

她高興地拍了一下手。

「太好了，妳果然明事理，我還以為妳會捨不得呢！那我也就安心了，不然趕妳下船，我也會很為難、很難過的。」

我看著她黑色的眼睛，裡面紋路閃耀。

「妳放心，我不會賴在這裡。相反地，離開靈蛇號是我甦醒後的首要目的。我不會再給你們添麻煩了。」說罷，我揚唇與她擦肩而過。

夢是一個高傲而自負的女人，因為自負，所以認為自己的判斷絕對正確。比如認為我和其他女人一樣，有意於龍，想賴在靈蛇號。或許，這就是她所想的。因此她會認為她想要的東西，別的女人自然而然也想要。如果我生在這個年代，或許真的會如此。但是我有她想不到，但是更想得到的東西，就是——自由。

當回到自己的草坪時，看到伊莎站在月的門口，我的心因此而沉落。我輕輕走到伊莎身邊，伊莎只是看著門。

「自從醒過來後，他就把自己關在房裡……」

伊莎的感嘆，讓我心憂。我想上前，她伸手攔住了我。

「派瑞星人一旦開啟血癮，會出現兩種情況。一種像夜，只把人類當作食物，不會有感情。另一種就像月這樣，無法接受。我想妳在他的心裡應該是很重要的朋友，所以他才覺得沒臉見妳……」

我在伊莎身邊擰起了眉，一時也不知道該怎麼勸慰月。

「現在的情況還是讓他一個人冷靜一下比較好……」伊莎轉身靠在月的門邊，愁眉緊擰。目光落在我胸口的血跡時，也微微擰眉，撇開了目光。「妳現在血腥味還是很濃，為了月，快去換了吧！」

伊莎與圖雅不同，伊莎沉穩許多，處事也很大氣。

我點了點頭，看了她一會兒，問道：「你們派瑞星人血癮犯的時候，會不會對食物……」

我頓住了口，第一次不知道該怎麼問，臉也感覺要紅了起來。

以前審問犯人從沒這樣難以啟齒的時候，即使抓嫖客，有時還會問清楚做了幾次。

伊莎看向我，紅瞳之中劃過一抹銳光，我忽然有種她明白我說的話的感覺。如果讓她知道，月會更加難堪，我面對月時也會陷入尷尬的境地。而且還在月的門口，被他聽到會更加尷尬。

我還是搖了搖頭說：

「沒什麼，我想說，我沒怪過月，這很正常。自從上了靈蛇號後，一直受他照顧，他還擔心我寂寞孤獨，問我要不要擁抱。我心裡其實很感激他，也一直當他是朋友，如果沒有把他當朋友，也不會自願做他的飼主。所以，如果他心裡真的覺得對我有所愧疚，可以買份禮物給我，我雖然總被他當作男人，但也是個女人，所以首飾我還是挺喜歡的，記得越貴越好。」

說完我對伊莎笑著揚揚唇。伊莎愣愣看我片刻，開懷地笑了，抬手落在我的肩膀上，對我點了點頭：「我現在終於明白為什麼大家那麼喜歡妳，謝謝妳。」

和伊莎對視片刻，她其實也是一個很好的女人。只是在特殊的環境下，月對她產生了恨意。月應該聽到了我剛才的話，希望他能早點釋懷。

休息調整半日後，伊可取來了這次要穿的衣服。去鋼蒂爾星的服飾很別致，民族風，直筒的衣裙，規則的彩色花紋，有點像我們那個年代的印第安人的服飾，但更簡潔，也更豔麗精美。

套上色彩斑斕的直筒裙後，對著鏡子照了照，乾脆幫自己梳兩根麻花辮，伊可還替我拿來了這次的飾品，是掛在額頭的寶石。粗大的彩色手鐲替代了我的衣甲手鐲。衣甲破了，需要回收修復。

「主人主人，別喪氣，這次是初級衣甲，所以防禦等級並不高。」伊可安慰我：「如果主人穿的是星神戰甲，一定不會受傷的！」它目光閃亮地看我，像是堅信我是它心目中最厲害的女神。

我笑著摸摸它的頭，真想帶它一起離開。雖然它是智慧型機器人，可是我對它已經有了感情。

換好衣服，穿上配套的布鞋出來時，看到伊莎已經換好了裙子，手拿男式的長袍等在月的門口。

她還是愁眉不展，看到我出來對我說：「蘇星雨，麻煩妳跟大家說一下，我和月不去了。」

我擰了擰眉，走到月的門口：「月，我希望在鋼蒂爾晚宴上能看到你，也希望你在之後的滑翔器大賽上，為我加油。我會在靈蛇號門口等你。記得到鋼蒂爾星買禮物補償我。」

說罷，我對伊莎露出讓她放心的笑容，走出了草坪。

★　★　★

在走往船尾，經過爵的房間時，我停下腳步，看入石像裡的小屋，爵也一直沒有出現。準備抬步時，隱隱聽見了哭聲。

「嗚……嗚……」

哭聲斷斷續續的，已經轉為啜泣，是從爵小屋背後而來。聽這哭聲，好像是圖雅。我輕輕走了進去，繞過爵的小屋，看到他小屋後原來還擺放了不少奇奇怪怪的石像。那些石像密密麻麻，大小不一。在一個奇怪的象鼻人石像邊正站著爵，他低著臉，神情微沉地看著石像下。他沒有說話，也沒有上前，只是那樣站著，像是不想說話。

我輕輕走到他身邊，他察覺地朝我看來，看見我時目露欣喜，然後看著我的裝扮開始發愣。在他發愣時，我看下去，果然是圖雅。她蜷縮在石像下，啜泣不已，喉嚨也顯然有點哭啞。

我走上前，蹲到她身邊，她哽啞地說：「爵哥哥你不要怪我，我、我、我真的不是故意的……嗚……」

她把我當作了爵。我嘆一聲說：「我沒怪妳。」

倏然間，她僵住了身體。

我繼續說道：「不過，下次可要注意喔！不是所有人都會遷就妳的公主脾氣的。這次幸虧是我，如果是別人，妳誤殺了他，又該怎麼辦？」

她低下了頭，把臉深深埋入她的膝蓋裡。

「可見爵平日多麼寵愛妳，可以包容妳的公主脾氣。我想妳的爵哥哥也沒怪妳，不然他就不會站在那邊一直陪著妳哭了。」我拍了拍她的後背：「妳有寵愛妳的父母還有爵哥哥，而我，什麼都沒了，所以，沒有什麼可哭的。」

她身體顫了顫，我起身看向爵，爵有點愧疚地低下頭說：「對不起，沒有去看妳，我……也幫不上忙。小狼、東方，他們都能保護妳，而我……什麼都做不了……」

爵的聲音越來越自責起來：「如果不是我，小雅也不會……」

「不關你的事。」我打斷了他：「這是女人之間的事。而且，你已經幫了我很多。從上靈蛇號以來，你一直在幫助我、照顧我，謝謝你，爵。夢說了，這次巡迴展後，會把我替換掉，到時……」

「替換妳？為什麼？」爵發急地扣住了我的肩膀，我不再說話。他著急地看我：「我、我是因為妳才留在靈蛇號上，如果妳被替換，我也不想待在靈蛇號上了！」

他傷心地低下臉，久久不發一語。難以言喻的低落氣氛，讓人沉悶。

「是因為……我嗎？」輕輕的傳來圖雅的聲音，她慢慢站了起來，一雙眼睛哭得又紅又腫。「是不是……因為我？」

爵無奈地看著她嘆了一口氣，再次瞥落視線。

圖雅的眼淚一下子落了下來。

「爵哥哥，你怪我吧！你不要不說話，那樣我好傷心，求你了！你怪我吧！是我任性！是我不好！我不應該找蘇星雨打架！蘇星雨，妳怪怪我吧！」

圖雅哭著拉住我的手臂。

「妳罵我吧！對不起，真的對不起，我不是故意要傷妳的！我當時沒想到那麼多，我真的不知道妳流血會惹出那麼大的事情，我真的不知道。我也想去跟妳道歉，可是我沒有勇氣，不敢去見妳。但那之後，爵哥哥再也沒跟我說話，比罵我一頓還難受。爵哥哥，我知道錯了，我真的知道錯了……你不要不理我……嗚……」

她哀求地看著爵，爵雙眉緊擰也是無言以對。

「爵哥哥……」圖雅傷心地抹眼淚。

她是一個驕傲的被人寵壞的小公主，今天的事對她來說，算是人生中最大的打擊。

我看看爵，他蹙了蹙眉，才慢慢抬起手，落在圖雅聳動的肩膀上。

「既然……小雨不怪妳，妳快回去換衣服吧！」

圖雅雙眸裡浮出開心，抽泣著點點頭，從我們身邊跑過。爵看著她的背影，依然帶著不放心。

「你很愛她。」我笑著說。爵嘆了一聲低下頭。

「我們從小一起長大，我也一直很想要一個妹妹，可是母親生的都是男孩，所以我就把圖雅當作了妹妹，我的皇兄們也把她當作妹妹一樣寵愛。那時也不懂結婚是什麼，父王說要訂婚，就那麼訂了。我們訂婚的時候，我才六歲，圖雅才三歲，只覺得她喜歡黏著我，讓我感覺到很有價值，於是覺得和她一直在一起也很好，沒想到……」

「你們都長大了……」

我輕輕拍了拍他的肩，他的神情卻更加落寞起來。

「從小我就喜歡看童話故事，喜歡王子打敗惡龍、拯救公主的故事。呵！」他自嘲地笑了笑：「每一次都讓小雅演被龍所困的公主，我就是拯救她的王子。可是，當我長大後，卻發現自己是那麼的懦弱，甚至……連自己喜歡的公主……都無法保護……」

他緩緩抬起臉，銀瞳裡的目光深深地落在我的臉上。

我臉熱了熱，尷尬地轉開臉。

「小雨……」他輕輕地，像是怕碰壞我似地執起了我的雙手：「從小，我就想當保護公主的王子殿下，從惡龍的手中拯救她，可是，我卻救不了妳，沒辦法從龍的手上贖出妳、給妳真正的自由，我真的……很沒用……」

他痛苦地低下頭，聲音帶著一絲哽咽。

「明明從第一眼看見妳開始，就把妳當作了心裡的女神，可是到最後卻什麼都做不了，甚至就算妳被月擄走，我也只能眼睜睜看著，最後還是小狼救了妳，而我卻完全被震暈了過去。醒來時發現妳已經被東方保護著，自始至終，我什麼都沒做……東方才是妳的騎士，才是妳的王子殿下，而我……什麼都不是……什麼……都不配……」

「爵……」

「啪搭！啪搭！」一滴滴淚水，從他低垂的臉龐落下，墜落在他拉住我的手上，在我的手背上破碎、濺開，映入他心裡的冰涼。

我默默地走上前，從他的手中抽回自己的雙手。他失落地雙手輕顫時，我伸出雙手輕輕環抱他，他怔立在我的懷抱中。下一刻他突然伸手緊緊抱住我，靠在我的肩膀上開始哽咽哭泣。

「我為什麼那麼弱？為什麼……我有時真的很恨自己的懦弱……」他哽咽著、痛苦著、自惱著。

「不，爵，你守護了我！你還記得嗎？當初是你把我從夜的手中救了出來……」我抱緊他。

「那時如果沒有迦炎，我根本無法做到……」

「你錯了，當時是你的目光讓我相信你，不管你信不信，那時你就是我心目中的英雄、我的騎士、我的王子！雖然頭髮和耳朵跟我知道的王子不同，還是讓我有些吃驚。」

「小雨……」他停止了哭泣。

「而且……從那之後，我一直覺得爵很厲害，你遠端控制了銀獅，幫助龍捕獲了他。你說迦炎厲害，但是你的精神力卻把他給牢牢制住。爵，不要自卑，你只是缺乏經驗。我第一次執行任務的時候，腿都軟了，落在隊伍的最後面，直到任務結束，我都處於失魂狀態，沒有幫上任何忙。所以，爵，不要看低自己，你還記得我被夜擄走，你當時的神情嗎？那時的你堅定和果敢，讓我安心，覺得可以依靠信賴。那不正是讓公主殿下有安全感的騎士嗎？還有上次我在維多利亞星，從公爵的陽台上跳下去找耳環，那麼高的陽台，你卻跟著一起跳了下來！爵，你哪裡不勇敢了？每每在關鍵時刻，你總是會爆發出你自己不曾察覺到的勇敢，去守護你想守護的公主，只是你自己不知道而已。」

「我……」他輕輕地放開我，雙手還放在我的肩膀上，銀瞳裡還帶著一分懷疑：「我……真的有嗎？」

「有！當然有！」我認真點頭，鏗鏘有力地對他說：「爵，我蘇星雨從未看錯人，所以我想做你永遠的好朋友，當然，如果你覺得為難的話……我可以迴避……」

我尷尬地低下臉，他卻著急地抓緊了我的肩膀。

「不，小雨！我喜歡妳是我的事，之前不敢跟妳說，也是怕給妳帶來困擾，害妳得迴避我。小雨，我們在一起的時間已經不多，所以，我想時時刻刻在妳身邊，看著妳、守著妳，即使不說話，我也已經心滿意足，所以……小雨，就讓我們當什麼事都沒發生過，還是像以前那樣相處好嗎？」

我抬起臉，他的銀瞳裡是他的真情和他的一絲恐慌，他在害怕我迴避他、遠離他。

「怎麼能當什麼事情都沒有發生？」我有些生氣地看他：「爵這麼真心對我，我不能把爵對我的感情當作淡薄的空氣。說實話，知道你喜歡我的時候，我感到很榮幸。真的，爵，我真的覺得自己很幸運，能被這麼優秀的爵喜歡著。所以，我更要珍惜之後為數不多的日子，和爵好好相處，才不會在分開時，留下遺憾……」

「小雨……」爵在我說完時，黯然地低下了頭：「如果星盟真的要替換小雨……我也不想再留在靈蛇號上，我沒有辦法去面對另一個替代小雨的星凰……」

心不由得因他真摯的話而感動，像是有隻手揪緊了我的心，我喜歡爵，也喜歡跟他相處。但是，我們最後注定會分開。

「小雨……謝謝……」他再次抱住了我：「謝謝妳願意繼續做我的朋友，謝謝妳對我說了這些，謝謝……」

他的謝謝，我受之有愧。

我一直站在他的擁抱中，他藍色的髮絲在我的臉畔，我雖然因為東方而心動，卻因為爵而對愛情有了更多的看法。爵和東方對我的感情，顯然是不同的。從爵身上而來的感情如同涓涓細流，綿綿不絕；而東方是強烈的火焰，把我熊熊燃燒。他們一個是水，一個是火。可是，他們卻都說了一樣的話，就是對方都比自己更適合我。

爵認為東方才是我的騎士、我的王子，殊不知東方卻認為他更適合照顧我，守護我的一生……心裡有些哀傷，他們都沒想到，其實到最後他們誰都不會跟我在一起……

「請大家到停機艙集合。」上端傳來龍的催促聲。

爵放開了我，我笑看他：「我幫你打扮怎麼樣？」

爵笑了，再次露出他純真純然的笑容，沒有汙垢，沒有多餘的雜念，只有喜悅和孩子般的開心。

我在爵的兩鬢梳了兩縷小辮，他的容貌很柔美，髮留長了之後就更加雌雄莫辨了，也難怪以前靈蛇號的人總讓他扮女生。

「如果你非要找人繼續捉弄解悶，我代替她！」在幫爵梳辮子時，腦中忽然閃過這句話。之前在龍房間昏睡時的一些對話，突然變得清晰起來。心裡熱熱的，再次笑了。

爵有些疑惑地看向我：「妳在笑什麼？」

我為他扣上了圓冠的頭飾。

「我在龍房間昏睡的時候，其實聽到了很多對話，但記不清楚。就在剛才，我想起了一句。」

爵銀瞳裡的視線落在我的臉上，依然一頭霧水。

「那句話是：『如果你非要找人繼續捉弄解悶，我代替她！』」

那瞬間爵銀瞳閃爍，匆匆低頭。緊接著臉紅起來，一直紅到尖尖的耳根。

「大多數救公主的王子只想到殺死惡龍，但是他們往往被惡龍殺死。而你，卻願意代替公主讓惡龍折磨，這份勇氣，是他們沒有的，包括東方。所以，爵，謝謝你。」

想到他們利亞星人不喜歡肢體接觸，我把感激的吻落在自己的手指，然後送到了他的臉龐。

他開始僵硬，呆呆站在原地一動也不動。我笑看他，如果可以，真想帶他一起離開吶……

當我們和大家會合的時候，依然不見月和伊莎。爵有點擔心，但如果月真的不願面對我，也不能勉強。

大家都是民族風的衣裙和長袍，女生戴著寶石頭飾，男生則都是一個小冠。無論怎樣的衣服，穿在靈蛇號成員的身上，永遠都流露出王子和公主的尊貴。

圖雅也恢復過來，起初小心翼翼地看爵，在看到爵恢復如常，對她面露微笑時，她放心地走到他的身邊，開心地低下頭。

靈蛇號上的小插曲總是不斷，每次都考驗著靈蛇號裡的每個人。這樣的小插曲，我想在我和東方離開後，將會結束。到時，就不是小插曲，而是讓人心情跌宕的終章。

第2章 美人計

鋼蒂爾星是一個非常美麗的星球，修剪整齊的草坪、樹木、花圃，一切都是整整齊齊的。從上空俯瞰下去，它的每一處景色都像是經過精心的修剪。城市的河流平靜得像一條條美麗的藍色線條，與白色的路、綠色的草坪繪製出一幅美麗的畫面。很難想像一個製造衣甲和軍械的星球，卻有著這樣和平祥寧的環境。

巨大的彩色遊艇飛翔在空中，當我們經過時，上面的人對我們熱烈歡呼，歡迎我們的到來。

看到鋼蒂爾星人後，才知道我們今天的衣服是他們星球的服飾。鋼蒂爾大部分特徵和人類相同，不同的是他們的皮膚透出一種隱隱的藍色，這使他們的嘴唇看上去帶著一種銀藍色。他們穿著豔麗彩色的衣袍，臉上還繪了彩妝，讓人感覺這是一個熱情洋溢的民族。

晴空之間，隱隱可以看見鋼蒂爾星的光環，它像是一條銀色的河道，橫在天際。

來迎接我們的，除了鋼蒂爾星的剛鐸家族，另外還有其他三大顯赫的軍火家族：擅長製造戰艦和太空船的西風家族，只賣重型武器和遠端武器的里昂家族，和擅長生化基因改造合成的沃夫特家族。

因為這次的滑翔器大賽，第一星國四大軍火家族齊聚在鋼蒂爾星球上，這比滑翔器大賽本身更加吸引人。其他三個家族中，西風家族和里昂家族是地球人，前者像是中義混血，後者像是英德的後裔。即使他們之中有中年人，依然俊美非凡。而沃夫特家族是和星盟副主席那條蛇一樣的種族，皮膚隱隱透著綠，眼睛、嘴巴都很細長，個子也是三個家族中最高的。在看到他們時，我在想副主席那條蛇會不會來？

正想著，副會長已經站在了飛船的台階下，我有些吃驚地看他，今天他沒有穿那身怪怪的，像清朝太監一樣的衣服，而是入境隨俗，穿上了這裡的服飾，但主色調依然是綠色。上次他戴了一個帽子，這次看到了他的頭髮，是深綠色的長髮，可見上次他把頭髮都藏到了帽子裡。深綠色的長髮用同樣深綠色的絲帶束起，然後髮間戴上了這裡的小冠。

他的身後便是四大家族。他先迎了上來，筆直走向龍。龍與他在台階上擁抱，然後才放開彼此，龍在台階上俯看他：「最近辛苦你了，奧晶。」

我和東方相視一眼，東方微微擰眉，看向這位星盟副主席奧晶。從上次見面開始，就覺得他可不是個好糊弄的角色。而現在，他更是軍火家族沃夫特家族成員，這次的會面，不知道是否會順利。

「我倒是覺得主席比我更辛苦。」奧晶的聲線比較細，細細長長的眼睛朝我看來：「聽說星凰給主席惹了不少麻煩。」

那分外銳利的目光射在我的臉上，彷彿也能帶出一絲疼。

「哼……」龍溫和一笑，和奧晶一同下了飛船。夢和圖雅跟在他們身後，然後才是我們。

接著，剛鐸家族先迎了上來，分別是一位長老、一位年輕人和一個女孩。在老者和龍說話時，年輕人和女孩分別到東方和我的面前，他們真誠地對我們微笑，然後拿起手裡一個漂亮的水晶瓶，從裡面倒出了金屬色的顏料，像是祝福一般塗在了我和東方的臉上。

我在他們身後不遠處，看到了萊蒙特和山田老博士。萊蒙特激動地遠眺我，山田老博士也對著我

們微笑點頭。終於見到了，但現在我們還不能對話。

然後，西風家族等其他三個家族也迎了上來，一下子上來很多人，有年輕的繼承人，也有現任的掌家。

「聽說這次靈蛇號的小狼少爺也要參加滑翔器大賽，不知和他搭檔的是哪位公主殿下？」說話的是西風家族成員，一個中年女人，雍容華貴得像十八世紀的貴婦，美麗的大眼睛裡充滿了精明的算計。

「我們西風家族願意拿出最先進最好的滑翔器。」

原來她是這個目的！商人從古到今都是那麼精明。

「我的搭檔一定會讓你們大吃一驚。」小狼在我身旁神祕地笑，他的尾巴搖搖，一臉得意。

「我想，一定是夢了。」話音從貴婦身旁傳來，是一個一百八十公分高的混血美男子，也是黑髮、咖啡色眼瞳，像義大利帥氣的球員，又像男模。他此刻正用期待的目光看著夢。

「夢，好久不見。」他閃亮的咖啡色眼睛裡全是夢一個人的身影：「龍有沒有欺負妳？」分外溫柔性感的聲音，讓人心底蕩漾。

夢揚笑看他，挽住了龍的胳膊，嬌嗔一聲：「他敢！」

他的眸光微微一斂，轉而看向龍。龍也溫和回視。

「西風，好久不見。」龍伸出手來，西風和他握在了一起。

隱隱覺得，這次的行程更像是龍和四大軍火家族的會面。

「那是西風雷，是夢的傾慕者。」迦炎小聲地在我和東方耳邊提醒：「那個是他的母親美露夫人。別看她是個女人，嫁到西風家族後，幫西風家族拓展了百分之三百的業務，成為西風老爺子最寵愛的妻子，現在是西風家族的掌家。」

「最寵愛……那麼說西風老爺子還有其他妻子？」我輕聲問。

他點點頭：「西風老爺子在第一星國有上百名妻子，子嗣也不少，所以想成為西風掌家，可不是件容易的事情。」

不再一夫一妻制後，貴族的男人過著像國王一樣的生活。

「龍，這次的滑翔器大賽，我們里昂家族也會幫小狼配上最高端的射線炮。」

又一個褐髮美少年出現，他看上去十八、九歲，正滿目崇拜地看著龍。

「那是里昂家族十七公子——里昂諾姆，他非常崇拜龍，跟龍野同一個校區。」

我和東方看向那個少年，東方在想什麼我不知道，我則是在想一些他絕對不會想的事情。這個世界的愛情觀很開放，不是嗎？

每出現一人，迦炎便對我們小聲介紹，讓我們之後可以應對。果然，在和龍會面後，他們一一來跟我與東方握手寒暄，這種公式化的會面，真是累死人，真希望早點結束。

參觀了剛鐸家族的領地後，我們在一片草坪上進行自助形式的宴會。靈蛇號俊美的成員瞬間被女孩們包圍起來。圖雅立刻保護爵不被別的女人過於親近，這讓爵也無法像往常一樣脫身到我身邊。不過，在這樣一個公眾場合，又都是軍火家族成員聚會的地方，四處也都是眼線，似乎讓龍對我和東方十分放心。

他和夢還有那幾個家族相談甚歡，那個褐髮的里昂也始終用崇拜的目光仰望他，而迦炎也跟性感

的外星美女「勾搭」起來。巴布被鋼蒂爾星的美食吸引，小狼被一群姊姊圍住，因為他是可愛的小正太。而我們也和我們的人坐在一起，可惜月和伊莎不在。

這次讓人高興的是不僅僅山田老博士和萊蒙特到場，還有其他三個家族購買的冰凍人也來了。大家圍坐在草坪上，激動地聊著天。有舞蹈家露西、高級教師陳教授，還有世界級的廚師法蘭西斯。

忽然間，萊蒙特拉起了我，激動地說：「小雨姊姊，我帶妳去個地方！」

我與東方相視一眼，東方和山田老博士他們繼續留在草坪上，萊蒙特開心地拉起我就走。可愛的萊蒙特金髮碧眼，身上鮮麗的衣衫讓這個少年看上去分外陽光。

「萊蒙特，你要去哪兒？」喊住萊蒙特的，正是他的「爸爸媽媽」，剛鐸家族的成員。

萊蒙特激動地雙頰緋紅：「爸爸媽媽，我要帶小雨姊姊看這個星球真實的一面。」

他們笑著點點頭，萊蒙特繼續拉我往前跑。忽然小狼出現在我們面前，攔住我們的去路。他一眼看到萊蒙特的金髮碧眼，沉下了臉：「喂，你要把小雨姊姊帶到哪兒去？」

萊蒙特沒來由地對小狼起了敵意，挽住我手臂，沉臉看著小狼。

「我知道你們把小雨姊姊看得很緊，你放心，我只是帶她去看看這顆星球的真實面貌。」

「我不准！」小狼鼓起臉，豎起了狼耳朵。萊蒙特挽緊我手臂。

「憑什麼不准？小雨姊姊又不是你的！小雨姊姊我們走！」他白了一眼雙目圓瞪的小狼，打了一個響指。「啪」一聲，白色的飄浮車到我們面前，萊蒙特拉我上了車。小狼冷冷看萊蒙特一眼，也打了一個響指，「啪」一聲，同樣喚來了滑翔器，緊緊跟在我們身後。

萊蒙特加快了速度，下面是他爸爸媽媽擔心的呼喊：

「萊蒙特——小心點——別傷了蘇星雨小姐——」

大家朝我們看來，我們和小狼一前一後飛向高空，躍出了這片草坪，耳內傳來東方的聲音：「那隻小狗貼得可真夠緊的。」他的話音裡滿是醋意。

我忍不住笑：「你不會連孩子的醋都吃吧！」

東方的笑聲在我耳裡迴盪。

萊蒙特立刻問我：「是東方嗎？」他雙目灼灼，同樣喜歡機械的他，東方可是他心目中的偶像。

我笑著點點頭，順便問：「山田博士真的造出了消除微腦細胞的儀器嗎？」

「嗯！」他看看遠遠跟在我們後面的小狼，得意地說了起來：「山田爺爺在家族的幫助下，造出了那東西。」

「可是如何定位？」腦細胞那麼小、那麼多，這又不是綠豆裡挑紅豆。

「很簡單，微腦細胞現在作為我們的控制器以及語言翻譯器，它會對周圍的腦細胞產生信號指令，像發射器一樣，所以只要它發射信號，我們就可以定位了！小雨姊姊，我們很快就自由了！爸爸媽媽已經找到了可以接收我們的星球，我們一定可以過上新生活的！」

他激動地抱住了我，我摸上他在風中飛揚的柔軟金髮。

自由只有在失去時，才讓人產生無限的嚮往。

隱隱感覺到殺氣從後面而來，忍不住笑了笑，小狼又在護食了。

「可是，萊蒙特，剛鐸家族對你很好，你不如留下來。」他還是一個孩子，沒必要跟著我們去拓荒吃苦。

「嗯……」萊蒙特在我懷裡搖搖頭：「爸爸媽媽是對我很好，可是在學校裡我過得很不習慣，總是被排擠、被同情、被圍觀。所以我想跟著山田爺爺，跟著小雨姊姊，跟著所有的地球人一起生活！」

我點了點頭，理解他的想法。

「對了，跟我說說冰凍人被謀殺的事。」我對此很在意，東方越是保密的事情，我越是在意。

萊蒙特放開我，搖搖頭。

「這個我也不是很清楚，只說有一個冰凍人被殺了，現在還沒找到凶手。」

看來萊蒙特也不太清楚這件事。不過，為什麼東方會對這件事那麼在意、那麼敏感？除非死的那個冰凍人是他認識的人。

飄浮車緩緩降落，懸浮在另一片草坪上方，小狼陰氣沉沉地懸停在我們身邊，一直盯著萊蒙特看。正疑惑萊蒙特怎麼突然把我帶到草坪，萊蒙特倏地在飄浮車上按了一個按鈕，立時聽到了機械滾動的聲音。

「嗚——」緊接著下面的草坪分開了。剎那間，七彩的霞光從裡面射出，閃到了我的眼睛。我瞇起眼睛，無法看清。當草坪完全分離時，亮光漸漸微弱，我才能睜開眼睛看下去，巨大的七彩水晶湖壯觀得讓我瞬間凝滯了呼吸。

這才是這顆星球的真面目？一顆巨大的水晶星球？我看到的美麗地景，像是畫出來的草坪、花圃，潔白的道路和人工湖等，原來真的是剛鐸人自己精心打造的星球表面。

「這是現在主要的能源，剛鐸晶石。」萊蒙特在我身邊說。

我驚嘆地張開了嘴，我們只是在這顆星球的表面，而表面下居然是那麼大一顆水晶球。

「不是方舟能源嗎？」

「方舟……」

「方舟能源不是隨便人能用的。」小狼冷冷地搶了萊蒙特的話，雙手環胸站在一旁沉著臉：「因為方舟能源只有當初人類發現的那一船，它到底在哪兒，到底怎麼發現的，沒人知道，已經成了一個謎。所以人類必須要盡快找到可以替代的強大能源，以供飛船運行。最後終於找到了這種晶石，它加熱後形成的強大能源可以推動太空船的飛行，於是它現在成了第一星國主要能源。」

「也就是說……方舟能源除了人類最初發現的那一艘船後再無發現，等於它總有一日會耗盡？」

我看向小狼，小狼點點頭。

「不過即使只有一艘船，也能供應人類數百年使用，方舟能源真的很厲害啊……」萊蒙特在我身旁驚嘆。

小狼白了他一眼：「當然，只要一滴方舟能源爆炸，就能形成一個小型的黑洞，可見它的能量有多麼巨大。一滴方舟能源可以支援一個人工太陽工作兩百年，可以供星際之門製造出人工蟲洞，所以對於飛船的運行，簡直是小意思。」

「我知道！我知道！現在只有靈蛇號和迅龍號上是用方舟能源！」說到能源，這兩個之前互相敵視的少年惺惺相惜起來。

我摸著下巴擰眉想了想：「說起來……我好像還沒見過方舟能源。」

「什麼？」萊蒙特和小狼一起驚呼起來。

小狼揚起眉角：「那是因為小雨姊姊只喜歡打遊戲和睡覺，對靈蛇號一點也不關心。」

小狼說得咬牙切齒，像是我身在福中不知福，不知有多少人想看一眼方舟能源——這種只有最高貴族才能使用並擁有的能源。

「沒關係，我們剛鐸家族也有，因為要用來研發異次元空間技術。」萊蒙特燦爛地、自豪地看著我：「我帶妳去看。」

說完，萊蒙特拉起了我的手。小狼立刻拉住我另一邊手。

「要看可以回靈蛇號看，小雨姊姊妳不要亂跑。」

萊蒙特拽住我瞪著小狼：「你們靈蛇號上那滴才多大！小雨姊姊可能連看都看不清！」

小狼拽緊我另一條手臂，也瞪起藍眼睛看他：「你們那顆也是星盟給你們的！」

好想撫額，可惜沒手了……兩個剛才還好好的少年，這時又開始爭風吃醋了。

「哼，那也比有的家族連一滴都沒有的好。」萊蒙特咧嘴一笑，登時小狼無言以對，生氣地鼓起臉放開我轉身就走。他腦後小小的辮子在風中飛揚，怒氣沖沖。

「小雨姊姊，我們走！」萊蒙特得意地說了一聲，帶我直接下降。巨大的水晶表面出現了一個入口，我們的飛船降入這水晶的通道之中。

透亮的七彩水晶美得讓人驚嘆，我們迅速往這顆星球的深處而去。或許，相對這顆巨大的星球來說，我們將前往的，仍只是它的外層表面。

剛鐸家族的採礦和技術研發都在這水晶球裡直接完成，一邊採集能源，一邊製造衣甲。萊蒙特帶我一路參觀，一邊對我講解。當我站在一顆懸浮在巨大水晶球內的透明液體時，萊蒙特告訴我，那就是方舟能源，一種像水一樣的神奇能源。

它平靜地懸浮在水晶壁內，成為一顆巨大的、圓形的水滴，水晶壁上裝有管道，從它身上吸取製作空間所用的能源。它看上去像安睡的嬰兒一般純淨安靜，卻沒想到爆炸時會爆發那麼巨大的能量。這就是方舟能源？它像水一樣，成為宇宙的生命之源。

接著，萊蒙特帶我到最深處的研究室，裡面有一套火紅色的、未完成的衣甲。

「小雨姊姊，那就是我為妳設計的衣甲，不過現在還在測試階段，而且存放的空間也還沒完成，所以現在還不能給妳。東方說手鐲太明顯，會被靈蛇號的人察覺，所以讓我們想辦法改變空間外觀。小雨姊姊喜歡什麼？」

「胸針……像流星一樣的胸針……」我隔著透明的水晶玻璃，看著那件火紅的衣甲，它像一隻火鳳，在裡面沉睡。

「胸針……很難啊……壓縮空間需要巨大的能量，不過小雨姊姊喜歡，可以嘗試一下……」

萊蒙特在我身邊說著，我的目光則完全被那件衣甲吸引，那就是我的衣甲，我的星神衣甲！一想到能夠穿上自己的衣甲，然後給龍一個狠狠的教訓，就興奮激動起來。

「我是根據鳳凰浴火重生來設計的，小雨姊姊喜歡嗎？會不會覺得過時？」

萊蒙特緊張地看我，我用力搖搖頭。這是他的心意，無論怎樣的設計我都不會介意。他燦燦地笑了，漂亮如綠寶石的碧眼裡滿是自豪與驕傲。

當我們回到草坪時，天色已近黃昏。龍朝我不悅地走來，他不遠處是夢、西風和里昂他們。

「小狼呢？」他似乎認為小狼應該跟在我的身邊。

「我不是他的保姆。」我抱歉地看他。萊蒙特在我身邊好奇而小心地打量這位星盟主席。

他微微擰眉，目光看向別處，說了起來：「小狼，我讓你跟著小雨，你跑哪兒去了。」

原來，只要我離開這片草坪，他還是會派人來看守我。

不知道小狼是否回話，但旁邊走來了副主席奧晶，他瞇眼看龍。

「我提醒過你，不能讓小狼看護星凰，他好動、心不靜，容易擅離職守。」

奧晶這個人很陰沉，很不好對付。

「小雨姊姊又沒傷著。」萊蒙特在一旁小聲嘟囔了一句：「這裡是我們剛鐸家族的地盤，沒人會傷害小雨姊姊的。」

當他說完這句話時，奧晶瞥眸看向他，從那雙細細長長眼睛裡射出的銳光，讓萊蒙特有些害怕地躲到了我的身後。

龍微笑地抬手放落奧晶的肩膀：「奧晶，你太緊張了，小雨不會惹事的。」

奧晶瞥眸看他一眼：「惹了事就來不及了。」

正說著，忽然從上方躍下一個女孩，漂亮的裙襬和銀色長髮飛揚。

她落到我們的面前，頓時龍擰緊了眉，奧晶睜大了眼睛，我太陽穴開始發緊。然後她撲了上來。

「小雨姊姊！我好想妳……」可愛的女聲、蘿莉的可愛臉蛋，還有……紮在腦後的蝴蝶結……是小狼……他怎麼突然又女裝了！

我們幾個僵硬地看他，他穿起女裝，其實和平時還是有很大的區別，不是熟人的話，基本上認不出來。更別說他還化了妝，把小狼耳朵藏了起來。

「你是誰？」他忽然故作陌生地看我身後的萊蒙特，我讓開了身，就看見萊蒙特完全呆愣，少年的臉上浮出了害羞的粉紅，癡癡看著女裝後的小狼。

「啊，不如你陪我玩吧！」說完，小狼居然把萊蒙特拉跑了。

「這、這、這到底怎麼回事？」我看著被小狼拉遠的萊蒙特，半天沒有反應過來。

「哼……美人計。」奧晶陰陰地說了一句。

「美人計？」我不解地看龍，他低頭笑了，微笑地看著我的眼睛。

「看來小狼不喜歡萊蒙特在妳身邊，所以他要用女孩子把他吸引走。」

我石化片刻，感覺自己都不及一個小男孩的心狡詐：「這、這招太厲害了！」

「是啊，美人計一直管用。」身邊是龍淡笑的聲音，視線始終落在我臉上。我回過神奇怪看他。

「你看我做什麼？如果要用美人計，你們靈蛇號上無論哪個男人，都比我扮相好。」

「噗哧。」他笑了，奧晶斜著眼睛看他，那目光倒是對我的話有一分贊同。

從那張靈蛇號女裝集體照上，就可以判斷出他們即使扮成女裝一樣迷人。

正準備離開，耳內忽然傳來東方的話音：「小雨，我要跟山田博士離開片刻，幫我引開龍的注意。」

龍是全域觀察者，現在其他人都沒把心思放在我和東方上，所以只要轉移龍的視線，自然沒人會去注意和冰凍人在一起的東方。擰了擰眉，說實話，我可真不喜歡這個任務。

停下腳步轉身看龍：「龍，我忽然想到有幾個問題，想單獨問問你。」

陽光漸漸黯淡，一輪巨大的彎月浮現在天空那條寬闊的星河之中。周圍漸漸浮出了火光，大家在

原始的、閃耀的火光中露出了驚喜的神色。

龍在忽明忽暗的火光中低臉俯視我片刻說：「好。」

「龍，小心。」奧晶眯著細細長長蛇似的眼睛提醒他，龍悠然而笑。

「怎麼？還怕她吃了我嗎？哈哈哈……」

奧晶沒有說話，轉身時抛下了一句話：「是擔心你中了她的美人計。」

龍看著他的背影，繼續保持臉上的笑容。

有人扛著一條巨大的、像蟲一樣的東西從我面前走過，擋住了奧晶離開的背影。我僵硬起來，那東西……該不是要吃的吧……

「那是鋼蒂爾星特有的生物，烤熟之後，外焦裡嫩，十分鮮美……」

「嘔！」我捂嘴乾嘔，轉身扶在餐桌旁，身後傳來他的大笑。

「哈哈哈……小雨……那東西真的很美味喔！」一隻手落在我的肩膀上，撫了撫。

不喜歡他的碰觸，見餐桌上有水晶叉子，隨手拿了一個藏在手中，塞入袖管。

轉回身看他一眼：「跟我來吧！」

我往一旁的樹牆迷宮走去，察覺到夢和爵的目光從不同方向而來，佯裝不覺地繼續前進，領著龍入了迷宮。

「小雨，小心。」耳邊是東方認真的提醒。

東方，你可要快，我不想跟這條惡龍長時間獨處。

迷宮裡沒有燈光，但天空裡的星光足以照亮這裡。走入迷宮不遠之後，我站定腳步，轉身想說話時，竟看到龍緊貼在我身後，一轉身便差點貼上他的胸膛。我立刻後退一步，他卻突然伸手要來攬我的腰，我本能地伸手扣住，回身想要來個過肩摔時趕緊收起力量。

「怎麼不摔？」他靠在我的後背，犯賤地問。溫熱的氣息吐在我的後頸，手臂乘機環上我的腰。

我立刻放開他，離開他的範圍，轉身看他。

「對不起，那是一種本能，下次請離我遠點，我不想誤傷你。」

他略帶玩味地溫柔注視我：「其實……我一直在等妳對我使用美人計。」

「哼！」我好笑地撇開臉，深吸一口氣轉回臉看他：「我現在很嚴肅地想跟你說一些關於胖叔的事情。」

他黑色的瞳仁收縮了一下：「胖叔？」

「嗯，胖叔。我發覺他好像不是地球人。」

「所以呢？」

看著他平常的神情，我點了點頭：「看來是我多慮了，原來你知道胖叔不是地球人。」

「妳在擔心我？」

「鬼才擔心你呢！」一不小心這句話就衝出口。懊悔地咬咬唇，擰眉看他，他倒是開心地笑了。

「胖叔的確不是地球人，不過靈蛇號上大多數都不是地球人不是嗎？」

「可是迦炎他們怎麼會認為胖叔是地球人？這說明胖叔的身分並未公……」

「噓……」他的食指突然壓在了我的唇上，熱熱的手指帶著他以往的侵略性。他半眯眼眸，深深地看我。「小雨，妳知道得越來越多了，讓我該拿妳怎麼辦好呢？」

我立刻拍開他的手，冷冷看他。

「把我換了，我就不會再給你惹麻煩。我是一個警察，我對任何事有強烈的好奇心，小心被我查出你不想讓人知道的祕密。」

「是該把妳換了。」龍直接地說出口，微微揚起的唇角是他聖人般的祥和微笑：「夢已經不止一次向我提出更換妳的要求。」

「呵！」這是讓我覺得好笑的另一件事，我雙手環胸笑看他。

「其實，我一直想不通，夢那麼優秀的女人，在忌憚我什麼？你不覺得她是在杞人憂天嗎？」

他在星光下靜靜地注視了我片刻，外面漸漸安靜，傳來了奇特的音樂。銀白的星光讓他的黑髮染上了一層迷人夢幻的銀色。

「夢不是在杞人憂天。」他說，神情帶著一分認真：「她是在嫉妒妳。」

「嫉妒我？為什麼？」

他看著我頓了片刻，才道：

「夢是銀河大統帥的女兒，一直以來，在戰鬥上、軍事上，沒有人能超越她，至少在女人裡。她想做最強的女統帥。可是，在看過妳的幾次實戰後，她察覺到自己只是紙上談兵，遠遠不及妳的隨機應變，和戰術上的靈活變換，這是她最不允許自己輸的地方。另外就是……」

他的手朝我的臉頰伸來，拾起了我耳邊的髮辮，手指擦過我的臉側，留下一股隱隱的熱意，半眯的眸中，視線變得越來越深邃。

「她還嫉妒妳的黑髮和黑瞳……」

我抬腳後退，戒備地看著這個讓人捉摸不透的男人，他纖長的手指上居然還戴著那枚調教指環。

「她不也是黑髮黑瞳？」我頓住了口，想起來髮色和瞳色是可以改變的。原來夢不是黑髮黑瞳，也就是說她不是純種的東方人。而龍獨獨喜歡黑色，於是她……她真的對龍很癡迷吶！

他緩緩收回手，神情變得認真。

「她來自古地球紅髮一脈，所以她是紅髮，她的瞳色也不是黑色，而是灰色。夢知道我喜歡純正的黑色，才染成了黑髮，用黑色的微縮儀遮蓋了原本的瞳色。」

我在他話中微微失神，夢因為愛龍，而為他做了那麼多，那樣高傲強勢的女人也會因為一個男人而默默改變一切，並因為我在實戰上更有經驗而對我產生了嫉妒。原來她是那麼的不服輸，無論在任何地方，都不能輸給任何人。

忽然間，面前閃過熟悉的流光，我幾乎反射地揮起藏在衣袖裡的水晶叉，「噹」一聲擊碎了眼前的流光。收緊雙眸看去時，正是那熟悉的調教指環。此刻它已經分散，飛在了空中。我驚訝地看向龍，他的黑眸裡也閃過一絲驚訝，似是完全沒想到小巧的指環會被我精準地擋開。

他居然又想讓我戴上環？還來不及繼續驚訝，被我打開的指環又朝我飛來，我心神專注地直接甩出了水晶叉。高度集中精神的我，連蒼蠅都能釘在牆上，更何況是比蒼蠅大得多的指環！「噹」一聲，那串分散的指環被水晶叉牢牢釘在旁邊的樹牆上，電光閃過，它恢復原狀，無力地掛在叉尖上。

原來還是有辦法對付這破東西的！上次是因為對龍沒有防備，才會被他乘虛而入！

「為什麼？」我憤怒地瞪向龍。

他的目光深沉地落在那枚似乎已經損壞的戒指上，漸漸瞇起了眼睛。不祥的直覺掠過腦間，他想

再次控制我！

「哼……」他的目光落在水晶叉上，發出一聲輕笑：「看到妳發呆的可愛模樣，不知為何……今晚突然想好好地……」

他緩緩轉回臉，邪魅的視線落在了我的臉上：「寵愛妳……」

三個字低低說出之時，讓我心顫。那幾個地獄一樣的夜晚！我立刻後退，當腳步抬起往後落地時，我已經徹底無法動彈。是微腦細胞！我恨他對我時時刻刻的控制！他的手已經伸向了我的臉，居高臨下的目光，寒光閃閃，他的唇角已經勾起了邪惡的幅度。而他的手背正緩緩撫過我的臉，沉沉的話語從他口中而出：「蘇星雨，做我的女人怎樣？」

登時，驚詫讓我的大腦出現片刻的中斷點，熟悉的話從塵封的記憶中而來，那個強勢的男人，那個擅作主張把我調離的男人，那個和東方追殺的擁有同一張臉的男人，也對我說過相同的話。

「發什麼神經啊！」當話語脫口而出時，我看到了他深沉目光中的一絲驚訝。

我能動了！

他擰起眉在我面前緩緩轉身，在他轉身側對我時，爵藍色的身影慢慢浮現在他的身後。他的目光正牢牢鎖定在龍的身上，原來是爵干擾了他。寒風拂過身旁，月牙色的髮辮掠過眼角，我驚喜看去，正是月落在了我的身旁，月牙色的長袍讓他如同月下的精靈王子，飄然降落。

「月，帶小雨過來。」爵挺拔地立在月下，緊盯龍沉沉地說。藍色的髮辮在夜風中輕輕揚起。他和龍一直注視彼此，他的精神力需要他的專注。

月拉住了我的手臂，沉臉冷哼之時，已帶我瞬移到了爵的身旁。星光之下，月和爵冷冷站在我的身旁，我在他們的守護之間，和龍在樹牆狹窄的空間之內對峙。

我沉下了臉，冷冷看著臉色已經陰沉的龍。

「剛才的話，我可以當作沒聽見。你的要求，完全駁回！」

龍瞇起了眼睛，爵輕輕攬住我的身體，發沉的臉上是難以掩蓋的怒氣。

「龍，小雨是我們的朋友，不是你的私人財產，她也是一個人，不是你房裡的那些玩偶！請你尊重她！」

我們在龍的面前一起轉身，月的尾巴纏上了我的手臂，我看向月，月則掠過我的頭頂微笑地看爵。爵低下臉，長長鬆了口氣，似乎剛才與龍對峙讓他緊張萬分。

「爵，你進步了。」在遠離龍後，月很高興地說，很少看到月高興，今天他為爵的勇敢而高興。

爵靦腆地笑了笑，看向我：「這要感謝小雨，是她鼓勵了我。」

我們停在了漂亮精美的水晶裝飾下，爵深深地、感激地看我。我在他感激而深情的目光中低下頭，臉頰微微發熱，被他這樣深情盯視，難免有些尷尬。

「也是你內心有想保護小雨的強烈願望，才能做到。爵，你這個樣子，我就放心了。」

月的話讓爵疑惑看他：「放心？月，你什麼意思？」

月垂下了臉，神情中浮出了一抹哀傷：「下次你記得要阻止我……」

爵微微一怔，也再次面露自責：「對不起……我當時看到變身的小狼，一時失去思考能力……」

月因為吸了我的血而內疚，爵沒能及時阻止月而感到自責，導致氣氛越來越低落。

我立刻拍上他們兩人的肩膀。

「喂喂喂，你們別那麼掃興好不好？你們這個樣子，我會很不開心的。」

他們同時朝我看來，我對他們揚起了笑：「我們已經有了經驗，下次就能更好地應付，不是嗎？」

爵和月在我的笑容中，看向彼此，然後笑了。

月的神情變得認真起來：「爵，記住，下次你一定要阻止我，因為我怕自己把小雨吸乾。」

吸乾……不過，這次如果不是小狼及時進來，真有可能。

爵對月鄭重點頭，抬手放上月的肩膀：「一定！可是……我該什麼時候阻止你？如果吸的血量不夠，是不會促發你的自癒基因，從而幫助小雨恢復的。」

月側開臉想了想：「大概十五分鐘吧！我記得前面我還有意識，後來就……也不知道發生了什麼事……嗯……也不記得小狼變身……」

我在月的回憶中漸漸放心，如果他知道他失控時對我所做的事，不知該怎麼內疚了。下次有了爵的阻止，我就安心了。

不過……這次可能只是巧合？對派瑞星人的了解還不夠，問伊莎也不好開口，如果問東方，他一定會懷疑，到最後說不定會想殺了月。還是找個機會自己查吧！

忽地，好像有人在我身後盯視，熟悉的感覺油然而生，我立刻轉身。可是人來人往中，不見熟悉的身影。

我的直覺不會錯，剛才一定有人在我身後看我，這也是長期訓練出來的，因為要防止有人跟蹤，我們必須有這樣的敏銳度。可是，會是誰？一眼望去，不見熟悉的身影。

「對了，小雨，龍剛才對妳要求什麼？」月忽然問道。

我轉回臉沒有答，因為我覺得那是他一時頭腦發熱說出來的玩笑話。

「龍除了夢之外有多少女人？」我隨口問。

月愣了愣，右手放在下巴，托腮回憶起來：「應該不多，因為他的要求很高……」

「不過也不少……」旁邊又傳來爵的話，他也在認真思考：「我記得我們每到一個星球，都會有他的情人……你們人類比我們好像更需要生理上的滿足。」

月也在旁邊點了點頭：「可能是因為我們體溫比較低，有部分冷血生物的習性；可是你們人類不同，我記得有一次炎好像叫了三、四個妓女吧……」

他們兩個你一言，我一語地討論起人類的生理需求。所以……我是男人嗎？他們可以如此淡定地在我面前討論另兩個男人滾床單的內容。

「以結婚對象來說，龍以後也會娶很多女人……」爵繼續說著，他和月的神情都是一樣的嚴肅，像是在討論一個學科理論，反倒顯得我思想齷齪了。「很有可能會娶三大軍火家族的子女……」

「子……女？」

「嗯！不過龍暫時的性取向是女人，所以不會娶男人，但是迦炎的事之後……或許我們對他的性取向並不了解……」

月微微蹙眉，他那副神情真的像在研究課題。隨即，他琥珀的眼睛裡透出一絲同情。

「這也是很無奈的事，四大軍火家族都有自己的傭兵，而四個家族裡只有剛鐸家族崇尚和平，其餘家族一直在煽動第一星國對其他星國開戰。」

「因為沒有戰爭，武器就沒人買……」爵嘆了一聲，面露憂愁。他們利亞星也是喜歡和平的星球。

「也因為他們手中有兵，為了維繫第一星國的內部和平，政治上的聯姻是有必要的。」月作出了最後的總結。

「龍不希望他的弟弟龍野也和他一樣被這種政治聯姻束縛，所以他一個人承擔，好讓龍野找尋自己的愛情。從這點上，龍其實是一個很溫柔的男人。」

「除了那點惡趣味……」爵說到此，臉也黑了起來。相信在我之前，他和迦炎沒少受龍的「折磨」。

龍像一個謎，他矛盾的性格讓他變得越來越複雜。是的，他很矛盾。他溫柔得可以為弟弟犧牲，同樣強勢得可以把任何人當作玩偶。

「做我的女人……」

哼，這算什麼？一定是他蟲子吃太多，腦子長蟲了。想到他說那蟲子美味，就受不了。

他強勢的一面和那個男人很像，不由得問爵：「爵，小平板帶了嗎？」

他點點頭，拿給了我。一千五百個男人，我哪裡看得完，之前也只是演給靈蛇號上的人看，隨意地胡亂掃過罷了。今天，卻想看看那個男人。那個男人……那個名字我總是叫不全的男人，那個同樣霸道地對我說，讓我做他女人的男人！

龔煌澤日！那個居然在我相親時用槍狙擊我的男人，怎麼會有那樣的男人存在？

一千五百個男人我一時無法找到，東方也沒告訴我他的名字。好在，可以用容貌識別來查詢，我可以通過畫素描來找出他。月和爵站在我的身旁，看我翻查星龍資料時，目光微露不悅。

「小雨，妳……」爵見我在小平板上畫素描：「妳還會素描？」

「嗯，學過一點，方便找犯人。」他的表情有一絲僵硬，月在旁邊笑了，伸手摸了摸他的頭，爵和月在一起，更像是受照顧的小弟弟。

很快地，在我一筆一劃中，人物搜索的範圍迅速減少。最後我從三十幾人中一眼看到了他，上面的資料顯示他叫陳輝，中國人，是一名商人。

這些資料都是冰凍人醒後自己敘述的，他們的私密檔案需要經過買家同意後，星盟才能查看。很多買家配合星盟的工作，但也有不願意的。比如東方的檔案就是遺失了，不然星盟買了他後，只要看到那隨冰凍倉帶來的檔案，就知他有問題。

冰凍人期間被解凍過一次，並作為戰鬥的武器，這種不人道的行為在人類歷史中一定會被抹殺。這種恥辱的事，不會被流傳下來。就像人造人，當權者總是不願承擔一些被人唾罵的責任。最好的方法是掩蓋，然後用時間沖刷一切。東方當時又是在戰亂中被塞回冰凍倉，期間的混亂可想而知，算他運氣好，檔案被弄丟了。而眼前的陳輝顯然並未公開他隨身攜帶的那份檔案。

「這不是一個多月前被謀殺的冰凍人嗎？」爵的話讓我瞬間起疑，既然他已經死了，為什麼東方還要去追殺他？難道，東方認為他並沒死？

「小雨，妳從沒看過資訊，怎麼知道？」爵疑惑起來。

我正想解釋，月在一旁指著我的素描說：「這是小雨畫的，顯然小雨認識這個人，所以想找他。小雨，他是妳什麼人？」

「難道……是男朋友？」爵臉紅地問。

我搖搖頭：「不是，是我以前的同事，我們不怎麼熟悉，只因為冰凍千年，所以忽然想……」

正說著，不遠處喧鬧起來。我正好打住話題，把小平板還給了爵。原來遠處開始了「騎獸大賽」，這是剛鐸族喜歡的運動。

人騎在巨大的怪獸身上，那怪獸巨大得像三角龍，不過皮膚卻很光滑，人們騎在牠們頸部，然後開始比賽，非常熱鬧。我在人群中看到了伊莎和圖雅，伊莎對我頷首微笑，然後安心地看了月一眼，轉開臉只看比賽，不再看我們。

圖雅偷偷轉過臉，看了一眼爵，然後又匆匆轉回。爵在我身邊微微一怔，轉臉看我。

「小雅剛才向我傳遞了一句話，說伊莎對妳能勸慰月表示感激。」

我看向月時，他側開了臉，月牙色的長長髮辮遮住了他的神情，然後細細的尾巴纏上了我的手臂，他變得沉默不語。伊莎現在給了月最大的自由，包括和我在一起，相對於他們派瑞星女尊男卑，男人要潔身自好，與其他女人保持距離的習俗來說，她的愛大氣而包容。

正看著，忽然小狼回來了，他甩著銀色的假髮，還穿著女孩的裙子一臉得意。我問他萊蒙特呢？他壞笑得分外邪佞。然後，萊蒙特出現了，看見小狼就直接揮拳，小狼輕鬆閃過，萊蒙特羞得滿臉通紅。他自然不是小狼對手，小狼對他又是做鬼臉又是搖尾巴，他無論如何也碰不到小狼半分。

萊蒙特氣得撲到我懷裡哭，小狼看見，沉著臉要去拽他的頭髮，幸好被月即時阻止。真是一團亂。月用尾巴揪住了小狼的尾巴，沉臉警告他不要欺負萊蒙特，小狼才停了下來，雙手環胸站在一旁氣得鼓臉。

「寶貝兒，看來妳忙不過來了！」耳內傳來東方壞壞的笑聲。

直覺讓我直接抬眸，視線穿過盛裝的人們，和東方含笑的視線相觸，他的身邊，正是微笑的山田老博士。然後，他揚起手，遠遠地對我做了一個「V」。

我笑了，他成功拿到那個儀器了。然而，我的笑容在他越來越燦爛的笑容中慢慢逝去，既然那個人死了，為何東方還要堅持去追殺他？

「怎麼了？」他關切地問。

我轉過身，不想讓他看出自己的悲傷，低頭問還抱著我的萊蒙特：「萊蒙特，今晚睡哪兒？」

萊蒙特眨了眨水汪汪的碧綠眼睛。

「我帶妳去，妳一定會喜歡的！」他篤定的語氣，讓我對今晚的房間有了一絲期待。

萊蒙特帶我們前往我們的房間，飛出人群後，看到了一片陷入地下的廣闊盆地，裡面有巨大植物，和這裡的生物一樣，鋼蒂爾星上的植物也非常巨大。它們是一種非常巨大的花，排列非常整齊。粗大的花枝被一串整齊的花苞壓低，每個花苞都有一間小屋那麼大，每根花枝上分別有四個垂掛下來的花苞。

而當我們靠近時，才發現那真的就是小屋。

「小雨姊姊，這是鋼蒂爾星才有的花屋！」萊蒙特激動地介紹著：「這種花開花後就是這個樣子，然後十年後才會凋謝，花朵裡面非常結實，花瓣也有一堵牆那麼厚，所以可以住在裡面，花香有益於睡眠……」

「呿，有什麼稀奇的！」小狼又在一旁對萊蒙特冷嘲熱諷起來：「每年都要來這裡度一次假，我

住到都不想住了。」

「那你別住！」萊蒙特冷冷白了小狼一眼，月和爵分別看了他們一眼，相視一笑，宛如在看兩個小孩子吵架。

這花屋顯然他們也來住過。

小狼冷下了臉，忽然他壞笑地甩起剛才那頭銀色長髮。

「不知道剛才誰被我迷得神魂顛倒的，居然還想親我……」

萊蒙特的臉倏地一下子刷紅起來，憤怒大喊：

「我沒有！你不要在小雨姊姊面前胡說！是你硬把我拖走的！我以為你是小雨姊姊的朋友才陪你遊覽！根本沒想過要親你，是你非要挨過來親我！你說什麼都沒用，你根本不是人類，你有狗耳朵和尾巴，就別想跟小雨姊姊在一起，她只喜歡人類！」

萊蒙特的怒語讓月和爵也微微發怔，紛紛轉開了臉龐，變得有些失神。

小狼憤怒地豎起狼耳朵和狼尾巴，萊蒙特揚唇冷笑看他，對他搖搖手指：「你、沒、機、會。」

「哼！」小狼瞇了瞇眼睛，還以冷笑：「我可是跟小雨姊姊Kiss過了，小雨姊姊最喜歡親我了！」小狼得意地點點自己的臉，萊蒙特吃驚地瞪圓了綠色的眼睛。

我撫額，這兩個熊孩子！

「Kiss？」萊蒙特立刻朝我紅著臉看來，碧綠的眼睛裡是大大的震驚，一把抓住了我的手臂。

「小雨姊姊是真的嗎？網路上不是說妳最喜歡金髮碧眼的男人嗎？他是藍眼睛，我才是純正的金髮碧眼！」

「這個……」我一時無言，搞什麼啊！兩個孩子在鬧什麼彆扭？剛才還好好的。

「好了，小狼，不要欺負萊蒙特。」爵按住了小狼的肩膀，小狼壞笑地揚起下巴，身上的女裙在風裡飄揚。

飄移車已經落在一串花屋前，每個花苞前有一塊白色的移動浮板，可以上下來去。近看時，那花瓣真的有如牆壁一般厚，清新淡雅的花香正從裡面幽幽飄來。

「萊蒙特，謝謝你。」我伸手去摸他的金髮：「我跟小狼……」

「啪！」他突然拍開我的手，低下頭悶悶地跳下了飄移車，往宴會的方向跑去。我愣愣看了一會兒，我果然不太擅長哄正太。

「哼！」小狼得意地哼一聲，伸手打開了花瓣上的門。立時，明亮又帶著花香的房間出現在眼前。

我新奇地走進去，花瓣原色的牆壁上還掛著精美的掛畫。整個花房布置得非常簡單，花心下正對著一張大床，那張床好像也是植物，看上去像蓮花心，花床上也沒有我們地球人傳統的被褥。當然，除了床還有盥洗室、衣櫃等簡單的小空間。

忽然，小狼的脖子被月的尾巴圈住、拽回，月淡淡看他：「這不是你的房間。」

小狼奇怪地看著月：「我知道是小雨姊姊房間啊！不是每次都要有人陪在她身邊？現在怎麼看都是我最合適。難道是你這個吸血鬼？」

他的話讓月身上寒氣陡增。小狼搖頭晃腦地要進來，隨手已經脫掉了身上的裙子，裡面是少年的緊身黑色背心和短褲，露出他中間那段赤裸的小腹，可見結實的腹肌。從認識小狼開始，便知他對緊

身衣情有獨鍾。月看見他脫衣服，就已經皺眉。

「現在不用了，小狼。」爵忽然也伸手拉住了小狼腦後的小辮子，笑著拉住他的辮子往外拖：「我們還是去自己的房間吧！不要打擾小雨休息，別忘了，她還要陪你參加比賽。」

經爵提醒，小狼才願意離去，撓著頭和爵離開。

門口只剩下月，我高興地看他：「月，很高興你能下來。」

月微笑地點點頭，帶著謝意看我：「謝謝妳原諒我，小雨，妳對我很重要，所以我……」

深深的痛從他的眸光裡湧出，他變得無言以對。

「我知道，伊莎跟我說了……」我輕輕拍了拍他的手臂，讓他放輕鬆：「你因為吸了我的血而內疚自責，換作是我吸了好友的血也會這樣。我不是有意撮合你和伊莎，不過，我覺得除去那個婚約，你們是可以做朋友的。」

「是的。」第一次，月很坦然地承認：「從小時候開始，我和伊莎就是最好的朋友，可是現在因為她，使我無法做自己想做的事，甚至不敢去喜歡自己想喜歡的女孩，所以……」

「對她有恨是嗎？」

月變得沉默，靜立在門口，身上月牙色銀紋的長袍在燈光中顯現一層典雅的光輝。一陣夜風從外面吹入，揚起了髮冠下的瀏海，也吹動了我額頭上細碎的小珠。

「或許，沒有這個婚約，我現在已經原諒她了……」

他隨夜風淡淡地說出了這句話，琥珀的瞳仁裡出現了絲絲感嘆。他緩緩抬眸，柔柔的目光中有著不同以往的深深情愫。

「小雨，妳鼓勵了爵勇敢面對戰鬥，也鼓勵了我放下對伊莎的恨，謝謝妳。我想，我現在可以心懷平靜地和她結婚，接受這份命運……」

「月……」心裡因為他的認命而難受，忍不住伸手抓住了他的手臂：「對不起，我不是想讓你去認命，但是你有家族，和我不一樣。如果你和我一樣，我會鼓勵你去抗爭、去尋找自己想要的生活、去爭取那個女孩……」

「呵……我知道。」他微笑起來，打斷了我的話，似是想起什麼，伸手拂開我一邊的髮辮：「對了，我要幫妳去一下牙印……」

他琥珀的瞳仁在看到我光滑無痕的頸項時收縮了一下，目露疑惑，又落在我另一側的頸項上。心裡劃過一絲心虛，我慌忙把他推出了房門。

「這次我恢復得很快，月你的自癒能力越來越強了，就這樣，晚安。」

在他疑惑的目光中反手關上了門，把自己扔在那張花床上。愣愣看上方片刻，那件事不能讓月知道。我跟他在一起的日子也不久了，還是想好好珍惜和他還有與靈蛇號其他人剩下的時光。之後我想聯絡東方。可是，呼喚半天也沒有聲音。他應該在忙。東方到底為什麼要去執著一個死人？

當燈光漸漸熄滅時，花瓣浮出了淡淡的白色螢光。萊蒙特說得對，這裡的花香適合人入睡。讓我終於有了這些天來唯一的一次安眠。

第3章 最後的夜晚

第二天開始了對我的特殊訓練。這裡是衣甲之星，衣甲的製作、調校、試用、完成都在這裡，所以訓練室、適應艙，以及體能加強的設施等，這裡也一應俱全。我的訓練由迦炎和小狼指導，月則時時觀測我的身體狀態，而東方則跟著他們去遊覽鋼蒂爾星其他地方。爵雖然想留下，但這樣靈蛇號的成員越來越少，他還得跟龍一起應酬其他軍火家族的成員。這幾天，東方他們也不會回來，他根據旅遊的行程，住在鋼蒂爾星別的地方。所以現在這裡只剩下月、小狼和迦炎陪伴我。

「喔！騎在怪獸上面感覺到底還是不同啊！」

「哇嗚！好大的水晶山！」

「哈，鋼蒂爾星的景色真是奇特啊！」

「喔！原來龍真的男女通吃啊！」

「喂喂喂，妳不來，妳的小藍貓又被那小丫頭纏上了！」

東方這個死賤人還實況直播，影響我的訓練！

「嗯？那個西風很欽慕夢啊！不過，男人都只看女人的表面，寶貝兒，如果當初妳也像夢一樣注意偽裝，說不定我早被妳迷上了！」

「你去死吧！」我終於忍不住大喝，面前的螢幕裡是月疑惑的臉：「怎麼了？小雨？」

該死！

都是東方這個死賤人。

此刻我正身穿高級衣甲和小狼對練，看來只有關閉小蜘蛛，不然完全無法集中精神。隨著衣甲等級的提昇，防禦值、能量值也在提高，但是體能的消耗值則會越來越低。不過，不要就此以為普通人就可以穿上衣甲戰鬥了。衣甲是十分神奇的戰甲，它的戰鬥力像是活的，至少我這麼覺得，它會根據你的意志、體能等各種狀態而升高。所以，即使高級衣甲對體能要求低，但沒有高體能的普通人穿上的話，或許連衣甲的作用都無法發揮出來。這也就能解釋為何人需要從初級衣甲開始訓練，這樣不斷增加體能後，在穿上高級衣甲時才能爆發出驚人的力量。

「小雨姊姊，現在開始進入模擬戰鬥。」小狼對我說時，整個訓練艙已經轉換成模擬賽道。一條星光帶在我們周圍形成，他帶我到賽道上，前方不遠處有一道綠色的光門。

「在滑翔器大賽中，衣甲的戰鬥系統和防禦系統暫時是關閉的，通過綠色門後，衣甲的防禦系統會開啟；通過紅色門後，戰鬥系統會打開……」小狼說到此處時，迦炎已經將綠門換作了紅門。

「但是門開啟的時間有限，所有參賽者都會爭相過門，也會讓同組隊員拖延別人過門，這樣就能讓對手錯過門開啟的時間……」

我認真聽著，隨即小狼帶我通過相應的門，適應這種奇特的比賽。

同時，在賽道中還會有黃色通道開啟，這段通道裡會飄浮各種武器，以供參賽者選擇，非常有趣。但武器數量也有限，不會超過十樣，至比賽最後階段，數量會越來越少，所以只有先進入黃色通道的人才能擁有武器。

「小雨，妳那樣不行！太靠邊如果被敵人推一下、掉出賽道，就會受到引力影響，被吸回鋼蒂爾星的。」

「小雨！妳要時時注意小狼的動向，用衣甲追蹤他、配合他！」

「對，就這樣！要多聯繫！」

迦炎在場外不停地指導我，傳授他的經驗和各種戰術。

「小狼、迦炎，可以讓小雨休息了。」月每隔兩個小時會提醒一次，他認為我的身體還不適應長時間穿衣甲。

小狼點點頭，我們一起離開了訓練艙。

「衣甲解除。」命令出口時，身上這件銀白色的高級衣甲褪入手鐲，露出我緊身的米色奈米衣，這也是為了穿上衣甲而訂製的。而我和小狼的滑翔器也被西風家族拿到母艦上，做進一步的武器加強和調校。

小狼、迦炎和月開始圍在螢幕前看剛才的訓練，分析我的情況、研究戰術。我獨自一個人走出訓練艙外呼吸新鮮空氣。瀏海和鬢角的髮絲因為汗水而黏附在臉上，風吹在臉上一陣清涼，辮子在腦後輕輕飛揚。往後躺落在平坦的、繪滿圖騰的地面上，富有的剛鐸族把整顆星球打扮得像一幅精美的畫。

涼風習習，放鬆了全身。上面是那條橫在天際的光帶，那條光環讓鋼蒂爾星無論白天還是夜晚都有一條銀河。閉眼假寐時，熟悉的、被人遠遠注視的感覺再次而來。我睜開了眼睛，陽光刺目，看不到任何人影，只有那條天空裡的寬河。

有人遮住了我的陽光，金色的髮絲在陽光中絲絲飛揚。

「小雨姊姊，妳真的跟那個小狼Kiss過了嗎？」

我眨了眨眼睛，眼前是萊蒙特氣鼓鼓的臉。他碧綠的眼睛裡滿是深深的糾結。

「萊蒙特，你不會因為這件事糾結這麼久吧？」

他雙手撐在膝蓋上，在我上方彎著腰。鼓起的臉撇開，不開心地說了起來：

「我以為小雨姊姊和別的女孩不一樣，不會那麼隨便，結果沒想到……」

他不再說下去，純真的臉上是大大的失望。

「呵！」我搖頭笑笑坐起來：「當時的情況比較複雜，只能說，那是普通的親吻，像你們西方人友善的親吻。」

「真的？」他倏地揚起臉，金髮在陽光中飛揚，純真燦爛的笑容再次滿溢他的臉，碧綠的眼睛眨了眨。他突然說：「那我也要！」

我愣了片刻，看著他再次鼓起的、不甘的臉，笑了。抬手撫上他的臉，他的臉此刻就在我的面前，伸手就能碰到。他碧綠的眼睛裡浮起了一層顫顫的水光，水汪汪的眼睛越睜越圓，然後在我靠近時慢慢閉起，長長的金色睫毛開始輕顫，歐洲人分外白皙的臉已經紅得如同豔麗的紅寶石。

然後，我在他的唇上輕輕一啄，柔軟的唇分外的嬌嫩。在我離開時，他依然雙手撐在膝蓋上，閉眼等我。看著他充滿期待地等待，我忍不住捏住了他的鼻子：「喂，結束了，你還想要什麼？」

他一愣，紅著臉睜開眼睛：「這就結束了？」

「嗯！就是這樣，當時我就是這樣親小狼的。對了，還有一個。」我捧住他的臉親在他的臉側，

而他的臉上已經露出大大的失望。

「原來只是這樣，我還以為……」

「以為什麼？」我勾起唇，壞笑看他。

他臉紅了紅，站起身嘰起嘴：「真沒勁。」

我站起來勾住他的肩膀，像兄弟一樣拍他的頭：「難道你還想佔我的便宜？」

「我！」他一時語塞，轉開臉咕噥了一會兒，忽地拉起我的手：「小雨姊姊，妳的衣甲今天要注入方舟能源，妳要不要自己來？」

給我的衣甲注入能源？聽起來好像很有趣！萊蒙特已經拽起我往地下研究所跑去。我回頭再次望向高空，到底是誰？難道真的只是我的錯覺？

再次站在那個獨立的研究室面前，隔著水晶窗，我的衣甲懸浮在裡面的磁場中，一支針管精準地接入衣甲的能量介面。原來衣甲能源的提供不是像引擎那樣，而是直接注入衣甲，如同幫人輸血。

機器人小心地取來一個手掌大小的球體，透明的球體裡有一滴幾乎不可見的方舟能源。這簡直不能說是一滴，而是一顆微粒。

萊蒙特放到我的手中，對我微笑：「小雨姊姊，妳來！」

我接過這越來越稀少的方舟能源，剛鐸家族的人真好，就這樣無條件地送給了我。然後，厚重的防護門打開，我進去之時，身體就在磁場中懸浮起來。門在身後關閉，我飄浮到自己那件紅如火焰的衣甲前，心裡很激動，這是屬於我自己的衣甲。

和它對視良久，拿起機械手送來的和衣甲相連的針管，整個人難得緊張起來，心跳也開始加速。

「小雨姊姊，把針頭刺入小球的埠上就可以了。」萊蒙特在外面提醒。

我拿住了細細長長的針，一手拿球，一手拿針，整個人變得很緊張，拿槍都不會抖的手，居然發起抖來。我真是丟臉。深吸一口氣，讓手穩了穩，想到方舟能源可怕的爆炸力，在刺入小洞時又抖了一下，針頭擦過拿球的指尖，立刻帶出了一條血絲。

我驚訝之時，我的血沒有在磁場中懸浮，反而被針頭的刺入口一下子全數吸入，順著針頭已經進入了手中的小球，血絲立即在小球裡旋轉成為一滴血珠，緊接著小球在我的手裡劇烈震動起來，我開始心慌。糟了，我闖禍了！

血珠在小球裡像是被什麼能量瞬間汽化，化作了紅色的氣霧，順著針管衝入連接衣甲的管道，紅色的氣體充盈了管道，朝衣甲迅速而去。

「小雨姊姊，怎麼回事！妳快出來，危險！」

萊蒙特在外面大叫，而我怔怔看著那鮮紅的「血」注入了我的衣甲，忽然，我的衣甲每一個部分都爆發出耀眼的紅光，將我徹底淹沒。

「小雨姊姊——」萊蒙特的大喊淹沒在這片紅光中。

我驚詫地懸浮在慢慢鼓起、頭盔也慢慢升起的衣甲前，它活了，它像是一個神靈一樣站在我的面前。那片紅光慢慢收入它的後背，有一瞬間，那些紅光化作了一對燃燒著火焰的翅膀，在我面前閃耀……

「小雨姊姊！小雨姊姊！」有人搖晃我的身體，我從那幻覺中醒來，面前的衣甲已經如常，身邊是萊蒙特嚇壞的臉：「小雨姊姊妳沒事吧！妳不要嚇我！」

我搖了搖頭，剛才到底發生了什麼？

萊蒙特長舒一口氣。

「嚇死我了，方舟能源雖然很穩定，一般情況下不會爆炸，但現在的人還沒完全掌握這種能源，也不知道有什麼未知的危險，小雨姊姊，剛才到底發生了什麼？這或許對研究方舟能源很有幫助。」

我抬起了手指，想給他看傷口時，卻發現傷口已經沒了，宛如方才的一切都沒發生過，只是我一個人的幻覺。

「萊蒙特，你還是讓小雨回去休息一下比較好。」山田老博士不知何時來了：「下次可不能再一個人亂來了。」

萊蒙特知錯地低下臉：「對不起……」

「你呀，想炫耀也該有個限度！至少也要有大人在場！」山田老博士開始數落萊蒙特的擅自行動，萊蒙特也知錯地陷入懊悔。

經過測試後，發現衣甲沒有異常，大家才安心下來，算是虛驚一場。在得知那忽然變紅的方舟能源原來是摻入了我的血時，大家更加放心了，只說方舟能源如果摻入雜質會影響能源的純淨度和使用。問我要不要更換衣甲，因為方舟能源一旦注入，無法取出。我搖搖頭，眼前浮現那紅色精靈的畫面，總覺得那件衣甲在注入我的血液後，復活了。

不過，血進入方舟能源這種現象以前從未發生，因為每個人都很小心，不會讓方舟能源摻入任何雜質，所以他們之後還會繼續幫我做一些檢測，以免衣甲出現品質問題。我蘇星雨的血，在這些科學家眼中，成了影響方舟能源的雜質。

接下來，滑翔器送回，我和小狼繼續為比賽做祕密準備。龍不希望我參加比賽的消息公開，他擔心這樣會有人在比賽裡故意傷害我，比如對冰凍人反感的人。而東方這些天就爽了，跟龍他們玩了好幾天，還總是現場直播來氣我。他有怪獸騎，我只能在滑翔器上單調重複地飛來飛去；他穿梭在巨大的樹葉之間，我只能在賽道上跑來跑去；他看怪獸打架，我跟小狼打架。他和美女們一起游泳，我只能在花房裡沖涼。

這個死賤人！看到那些外星美女穿泳裝又激動了！而且，那些女人穿的根本不是泳裝，就是我之前看到的那種胸飾！這個爛人還竟敢傳給我他左擁右抱的照片，我差點就想衝到那裡把他狠狠揍一頓！迦炎也彷彿知道他們這天要去瀑布水上狂歡，一大早就說肚子痛，走了後沒再回來，肯定也是去那裡了！

期間，東方又傳了幾張照片給我，一張是爵穿著衣服躲在樹上，圖雅在樹下保護他的畫面。樹下圍滿了只戴胸飾的可愛女孩，爵一定嚇壞了。呵呵！然後是巴布在水裡，肩膀上坐了兩個蘿莉，正在跟別人打水球。同樣戲水，巴布看上去像英雄，一點也不猥瑣。

接著，我就看到了猥瑣的迦炎。看看看！他跟東方根本是一丘之貉。然後是夢，黑寶石的胸飾因為她那巨大的胸部，基本上只遮住了她比較重要的亮點。她緊貼在龍的胸部，在陽光下燦笑。龍的……定力真好。而在他們不遠處，正是雙眼冒火的西風少爺。

東方這些照片的訊息量足夠在八卦日報登上一周了。

洗了個澡出來，已經黃昏了，那個死賤人應該快回來了，因為明天就要比賽了！這個時候就覺得正太好，小狼和萊蒙特自始至終都在我的身邊，雖然他們一見面就吵架，但其實看他們吵吵鬧鬧也很有樂趣。

「蘇星雨小姐，龍野殿下現在正在線上，請問是否連接？」花房裡出現了聲音。

我看了看，是在房頂。龍野……真奇怪，他還從沒單獨找過我。

「連上吧！」我說，從櫃子裡取出飲料，喝了起來。

光線從上方落下，由下而上出現了龍野的3D影像，他雙手環胸踀踀地看我，我靠在窗台邊疑惑地看他。

「你忽然找我有什麼事？」自然的風吹在我半乾的長髮上，很舒服。

他挑眉看了我一會兒，說：「妳確定明天真要去參加比賽？」

「當然。那是一個很有趣的比賽，不是嗎？」

「哼，我怕妳到時會沒命！」他陰沉沉地，眼睛上翻地說。

我挑眉看了他一會兒：「說實話，跟著你們龍家，我還不如死了。」

他立刻轉回臉，昂起下巴看我：「我們對妳不好嗎？」

「哼！」我手拿飲料轉開臉，窗外的風把我的冷笑直接吹在他的臉上。

「喔！我知道了。」他走了過來，走到我的身前，一手撐在我的窗台上，一手插入褲子口袋，壞壞地笑。「一定是妳受不了我哥哥的欺負，我就說嘛！要妳小心他，他很變態的。」

「欸！這點我完全贊同！」我舉起雙手：「所以，我想擺脫他。」

「那就來我這兒。」他挑起眉踀踀地說，像是去他那兒是對我的恩賜。

我上上下下打量他：「你幾歲？」

「十七。」

「很好，我不做保姆的。」

立時，他臉沉了下去，瞬間陰沉的臉跟他哥哥龍一模一樣。

我離開窗台，經過垃圾桶入口時，往後拋扔了飲料瓶，飲料瓶準確無誤地進入入口，被迅速分解，不留半點痕跡。

「難道妳想做我哥哥的女人？」他有些發沉地說：「我可提醒妳，我哥女人很多，他對妳的興趣不會長久的。」

漸漸覺得事情有點蹊蹺，龍野在說龍的壞話。

於是，我轉回身，擰了擰眉。

「嘶……不是你哥為了能讓你自主婚姻而把那些女人全打包的嗎？」

抬眸看他時，他怔住了神情，不自在地撇開臉，咬緊下唇狠狠地說：「誰要他多事！」

他那副彆扭的神情顯然不想要龍為他做那麼多事，他不想因此對龍越來越感激。偏偏他那高傲的性格，又不想受龍的照顧，欠龍的人情。

「那你也幫他分擔點啊？」

「我不要！」三個字，在他甩臉時衝口而出：「我還在讀書，沒工夫應付女人！」

我搖頭笑，坐在花床的床沿上看他：「哎……我說，龍野殿下，你今天找我到底想做什麼？」

他轉開臉不說話，用後腦勺對著我，不讓我看他的表情。他的傲嬌讓他無法坦誠對人。

「那我掛了。」

「我想……」他突然轉回臉，話音一時頓住，尷尬地咬了咬牙，紅著臉凶狠地瞪大眼睛：「我想看妳被我哥折磨死了沒有！我哥那麼變態，上次妳又在他房間，還被他戴調教指環，誰知道妳會不會被他玩死，或者變成他的女人。」

他發狠地說完，身體有些緊繃。雙手握了握拳，緊貼在他那件漂亮制服的褲腿兩側。

原來他是在關心我，雖然說出來的話更像是要我的命。哼，傲嬌的少年，這種少年以前也常見過，認為說出真心話會很丟臉，所以會用凶狠的表情和一些難聽的話來掩飾。

「你放心，成為你哥女人這種事永遠不會發生。」我笑了笑。

他緊繃的身體一下子放鬆，再次昂首挺胸，像高傲的公雞踿踿地雙手環胸，帥氣的制服讓他盡顯一名學生會主席的英姿。

「妳不喜歡他？」他唇角揚起壞笑看我：「我哥那麼有魅力的人，凡是女人都會喜歡他。」

我抬臉瞇眼看他：「那你……想不想我喜歡他？」

他一時僵住了。我笑了：「所以……你今天特地找我，就是想問我會不會喜歡你哥哥？」

他沉下臉，反而發狠地看我。

「有什麼不可以嗎？我警告妳，不准妳靠近我哥！更不准妳勾引他！」

他那副神情，更像是在為夢打抱不平，怕我搶走他哥哥。

正想說不會，窗外忽然落下小狼的身影，他落下時看到了龍野，面露吃驚：「龍野！」

龍野也有些意外地轉身，然後單手插入褲袋踿踿地看小狼。

「小狼，要不是我忙著星際聯賽，這次我真想看看你輸的表情。」

小狼站在窗外對龍野勾起一抹陰沉的笑：「哼，就憑你？小心在聯賽上輸給湀。」

「哈哈哈，除非我死了！」龍野瞇起雙眼，少年帥氣的臉一旦陰沉下去，就是渾身的煞氣。

這些狂妄的少年，有時真想把他們一個個吊起來狠狠打一頓，讓他們知道人外有人、天外有天的道理。

小狼看了他片刻，也勾唇含笑：「我不想你死，我只想看你哭。」

當他說完時，他的眸中劃過一抹不易察覺的寒光，那抹寒光讓平日純真的小狼瞬間陰暗起來。

我立時收眉，剛才那片刻的陰暗難道是我的錯覺？總覺得會有不好的事發生。

「小雨姊姊——」門外又傳來萊蒙特的聲音，我的房間快成為正太聚集的場所。

見龍野和小狼還在打眼仗，我去幫萊蒙特開門。當門打開的那一刻，我驚訝地看到了龍，還有他身邊的東方。

「小雨姊姊……」萊蒙特高興地走了進來：「東方哥哥回來了！」

東方回來我並不驚訝，只是有些吃驚龍會突然出現。

當東方和龍進來時，看到了房內的龍野，龍微笑的臉漸漸陰沉下去。

「嗯？寶貝兒，妳房間可真熱鬧啊！」東方瞇起了雙眸，伸手勾住了我的肩膀：「從大叔到正太，寶貝兒，妳的狩獵範圍是不是有點太廣了？」

他的話音吸引了小狼和龍野的視線，當龍野看到龍的那一刻，也一時驚訝在原地，似乎他跟我單獨見面的事並不想讓龍知道。

「哼哼！」小狼在他身後陰沉沉地笑：「這就是我想看你哭的原因，忘記通知你，龍往小雨姊姊的房間來了。」

龍野慢慢收起笑容，踧踧地看向龍：「我是來看看星凰被你玩死沒。龍，你可要記住，星凰是我寄存在你這裡的，別把她給弄死了！」

龍再次面露微笑，那充滿寵溺的溫柔可以讓人掉一層雞皮。他正要開口時，東方壞壞地勾起了唇：「龍野殿下，您好像搞錯了吧？」

龍野踧踧地看向他：「什麼搞錯了？」

東方輕扣我的下巴：「小雨可是我東方白的未婚妻，不是你或是龍的玩具，你們這些小正太無法給我寶貝兒幸福。今天讓你看看成年男人是怎麼讓自己女人開心的……」

忽然，他攬住我的腰，我疑惑看他時，他已經扣起我的下巴吻了下來，含住我的唇，在這些情竇未開的少年面前，Kiss！

登時，房內的空氣像是瞬間封凍一樣，僵滯到了極點。無論是就在我們旁邊的萊蒙特、仍在窗外的小狼，還是只有一個影像的龍野都僵住了身體，呆呆看著東方這個真正的成年男子如何來吻我這個女人。

我瞪著眼睛看東方，他含笑的眸中是深深的柔情，我在他深情的視線中漸漸失守，慢慢閉上了眼睛。就讓這個Kiss讓龍知道，我到底屬於誰。綿長而溫柔的吻，卻迅速加快了我的心跳，原來戀愛中的吻，是那麼甘甜，讓人不捨。他的舌尖劃過我的唇，卻沒有深入，帶著一分尊重和膜拜，與我的雙唇纏綿，我伸手圈上他的脖頸，耳邊傳來萊蒙特的話：「我、我先回去了！」

「嗯嗯！」東方吻著我揮手，我睜開眼睛時，瞄到萊蒙特通紅的臉和飛速離開的身影，以及小狼陰沉地飛離。

東方放開我，唇角揚起壞壞的幅度。瞥眸看向還堅守著的龍野，他的臉一片緋紅，抿了抿唇，偷偷咽了口口水，像是有些乾啞，然後撇開臉，看向別處。

我低下臉，心跳還未完全平復，臉也很熱，嘴角抑制不住地甜甜上揚。

「對了，小雨，這次妳沒有跟我們一起去遊覽，所以我帶了很多照片和影像回來給妳看。」

說話的是龍，他的語氣還是如常，沉穩鎮定。

我還未從甜美的接吻中完全回神，這個吻讓我有了一種輕飄飄的感覺。面前塞入了小平板，當看到上面的照片時，我登時從雲端直接摔到地面，環抱我的東方也全身僵硬起來。只見小平板上，正是他懷抱外星美女的畫面！雖然他之前已經傳來刺激過我，可是從龍的小平板裡看到，又是另外一回事！

我毫不猶豫地甩了他一巴掌，「啪！」一聲。

東方捂住臉，我拿起龍的小平板沉臉問捂臉揚眉的東方：「這是怎麼回事？」

東方咬了咬牙，瞇眼狠狠看龍，龍淡定自若地站在一旁，面帶微笑。

「小雨，不要誤會，男人有時玩得比較瘋是正常現象。」

是啊，男人總有好色的藉口！

東方恨恨地盯視他片刻，轉回臉揚起大大的笑：「喔……寶貝兒，那是一個男人……」

「男人？」我指向外星美女快要G的巨乳：「那請問這兩個是什麼？」

「水袋。」東方非常淡定，非常正經地說：「新型水袋。」

「噗！」龍野登時噴笑出來。

很好，這是我有史以來聽到的最誇張解釋。

我指著照片。

「既然你問我為什麼喜歡大叔、正太，我現在正好告訴你！」正好也說給另一個男人聽：「大叔有心無力，正太有力無心，而你們這種有心又有力的男人，就在做這種事、這種事，還有這種事！」

我一張張翻過照片，既然龍給我看，肯定不止一張。果然，全是東方和美女們的戲水圖，龍還真是有心，裡面沒有一張是他的。

「我蘇星雨警告過你，管好你的下半身，別說你抱的是女人，就算是男人我也絕對不會原諒！現在，你覺得我剛才那一巴掌怎樣？」

東方咬咬牙，再次擺出一張笑臉：「打得好！」

「那還不滾！」

「嗆！」他彎腰往後退，退到門口時，他站直身體發狠地笑看龍：「龍，怎麼都是我的照片？我可記得你身邊美女比我多多了，那些女人穿衣服了嗎？」

龍微微擰眉，鎮定地微笑轉身，走到他的面前，溫和地說：「你該回去休息了，明天小雨不在，你還有很多事要做，晚安。」

說完，他竟在東方的面前淡定自若地關上了門。我立刻後退，站到龍野身邊。

「聽著，如果這變態對我使用微腦細胞，你馬上通知爵和月。」

站在門口的龍背影微微一滯，側臉露出了他已經揚起的邪惡唇角。

「知道了。」龍野的影像站到我的身前，雙手插入褲袋跩跩地看龍：「妳放心，我是不會讓這個變態整妳的。」

龍在他的話音中緩緩轉身，臉上已經是看待可愛弟弟的溫柔微笑。

「小野，你怎麼突然來找小雨了？」

「誰教你這個獨裁的暴君不讓我跟星凰單獨連線。」龍野在我前面生氣地說，我在他身後繼續看照片，正好看看還有沒有別人的。而龍野繼續在我前面說：「星凰可不是你一個人的，母親大人說了，因為你的女人鬧彆扭，他的家族強烈要求更換星凰一號，所以這次巡迴展後，蘇星雨歸我了。」

「夢？」

「嗯哼，還能有誰？哥，你不是很擅長對付女人？看來這次你沒有擺平嘛！」

原來是夢的家族對女王施壓了。女王真可憐，星國太大，各方勢力很難均衡。要維繫和平不是那麼容易的事，這或許是她對貴族的某些事睜一眼、閉一眼的原因。

找到了，果然還有別人的，而且還是迦炎的。這個好色的傢伙，都埋在女人堆裡了。嗯？還有一個心形的資料夾，這麼悶騷一看就是他的風格。裡面一定是他的照片。毫不猶豫地點開，當照片入眼時，我登時全身僵硬。裡面的照片，全是……我的！

這是比爵更多、更齊全的照片。爵只是為了記錄我日常生活，作為資料保存，每一張照片的拍攝我都知道，也經過我的允許。而龍的是偷拍、偷拍、全是偷拍！看得我登時渾身起了雞皮疙瘩，就像是被跟蹤狂每天盯梢。

「你居然偷拍星凰！」龍野也看到照片，受不了地驚呼起來：「龍宇！你真是變態得讓我噁

心！」

我抄起小平板就扔向了龍：「你這個變態偷拍我做什麼？不怕夢吃醋嗎？」

龍穩穩接住了小平板，依然保持他的親和微笑，別的偷拍者讓人覺得猥瑣，而他卻讓人感覺到他所做的一切都是光明正大。

「蘇星雨，妳應該知道我為什麼偷拍妳。」他揚起了唇角，深邃的視線牢牢鎖在我的臉上，一絲邪氣油然而生，耳垂上的耳釘在燈光中寒光閃閃。

我在他那毫不避諱龍野在場的灼熱視線中渾身發寒。他一步一步朝我而來，唇角的幅度開始加大，加深他的邪氣。他朝我伸出手，龍野看見立刻擋住他，而他完全無視龍野，從他的影像中穿過，繼續朝我而來。

「小雨，我要讓妳成為我生命裡最完美的作品，我會一直愛著妳。」

當他的話語出口，龍野後背徹底僵硬之時，我全身驚怵地大步後退。到了窗邊、撐上窗台，噁心地喊出：「你真是變態得沒救了！」

說完，我直接往後翻出了窗，真是寧可跳樓也不能成為他手裡的玩物！

我蘇星雨還是第一次那麼狼狽地去躲一個男人。如果不是忌憚微腦細胞，跳窗的怎麼可能是我蘇星雨？我早就把他一腳踹出門。

在角落躲了好久，等看到龍離開，我才敢摸回自己房間，他之後應該跟龍野說了些什麼，因為他在我的房間又待了一會兒。怎麼會有這麼一個變態？看來當星盟主席讓他壓力很大，才生出這種邪惡的性格來。

過了一會兒，爵和月來了，爵也帶了照片給我看，看到他拍攝的只有天空、植物和動物的照片，剛才被龍玷汙的心瞬間得到了洗滌和治癒。爵把照片留給了我，讓我可以放鬆精神入睡，為明天的比賽養足精神。我躺在床上開始沉思，第一次去思索感情的問題。

我確實對東方第一個動心……跟東方在一起，又愛又恨，感情跌宕起伏，激情滿滿，可是他花花公子的本性讓我感覺到很疲憊。而我對爵雖然沒有動心的感覺，但是和他在一起很輕鬆、很治癒也很舒適，有如跟家人在一起。雖然沒有激情，但卻從他那裡得到了平靜和安穩。女人需要的愛情，到底是怎樣的……

我帶著這個問題，在爵優美的照片中沉沉睡去。

熟睡時，被危險的直覺驚醒，睜眼起身之時，一支射線槍的槍口，已經抵在了我的額頭。我頓住了身形，夜風吹入，窗戶被人打開。

床邊是一個身穿黑色衣甲的男人，黑色的衣甲讓他適切地隱入黑暗中。我收緊心神打量他，他靜靜地站在那裡，沒有發出任何聲音，也沒有說出他的目的。他身上的衣甲不是阿修羅和龍的衣甲。而且以他們一個張狂、一個變態的性格，不會那麼安靜。

這個人是誰？

「你要做什麼？」我鎮定地看他，能感覺到他無意傷害我。

他沒有說話，依然只是靜靜地站在我的床邊，用槍抵住我的額頭，然後慢慢伸出了手。我收緊了眸光，他的手朝我而來，然後他的手背緩緩撫過我的側臉。輕柔的動作、冰涼的衣甲，如同羽毛輕輕掃過我的臉。

我腦中劃過所有可疑人士，也無法跟面前這個神祕人對上。他身穿衣甲，手裡有槍，我無法反制他，倒是可以找到機會逃跑。

這個男人十分內斂，做事也十分謹慎小心，他偷偷闖入我的房間，到底是什麼目的？難道……只像這樣摸摸我的臉？他慢慢後退，射線槍依然對準我的額頭，顯然他不想讓我有任何行動。這並不正常。

正常狀況下，男人靠近女人時不會拔槍，而且還是在身穿衣甲的情況下。因為正常邏輯裡，男人是強過女人的。尤其是在對方不了解我的前提下，所以我這個女人的身分，很容易讓男人輕敵。一開始也是靠此來讓靈蛇號的男人們對我放鬆警戒。

但是當我睜眼的那一刻，他已經把槍抵在了我的額頭上。當然，他也可以用手掐住我的脖子，像我就很喜歡用這個方法，可以直接制住對方。而他僅僅是用槍來警告我不要靠近他，也不要反抗。可見他不想傷害我，他尊重我。

他退到了窗邊，然後俐落地轉身跳上了窗。

「不要去看滑翔器大賽。」他對我突然說道，然後迅速躍下了窗。

我立刻跑到窗邊，黑色的夜裡已經沒有他的身影。我不認識他的聲音，不過變聲並不困難。他為什麼叫我不要去看滑翔器大賽？心口忽然產生不祥的預感，腦中劃過東方的名字，這份不好的直覺，是對東方的！忽然，不遠處一抹耀眼的光芒劃破了黑暗，靜謐地讓熟睡的人們完全無法察覺。心裡立刻產生了強烈的不安！

不好！

匆匆開門踩上花房前的浮板，朝那裡而去。趕到時正看到方才那個黑衣人用手心對準花房，而花房已經破了一個大洞，裡面有一個倒地的男人，正是……東方！這是東方的房間！

當那個男人手心閃現能量聚集時，我飛快地衝了過去，然後撐開手臂擋在了東方的面前。

「小雨！危險！快走開！」身後是東方的急喊。

我撐開手臂盯著面前那個身穿黑色衣甲的男人，他手心裡的光能因為我的出現而慢慢收起。

「為什麼要殺東方？」我大聲問他：「你到底是誰？」

他和剛才一樣沒有說話，而是轉身直接離開，沒做任何停留。我陷入深深的迷惑，為什麼有人要殺東方？

「小雨！」東方的急呼從我身後而來，我立刻轉身躍入他的房間，燈光亮起，他的房內一片狼藉。

因為是射線槍，所以在黑夜裡這場攻擊分外寧靜。

「到底怎麼回事？」我扶起東方，先檢查他的身體。

他右邊的手臂一片灼傷，一塊血肉被射線削除，還帶著焦糊的氣味，心裡一陣抽痛，立刻檢查其他地方，好在無礙。

東方坐在地上擰眉忍痛，額頭是細密的汗，臉色也變得蒼白。

「不知道，不太清楚。」他咬牙說著。

「不知道？不清楚？」因為憂急而憤怒，我生氣地質問他：「你真的不知道怎麼回事嗎？你要殺的那個男人已經死了！你為什麼還要去殺他？」

他徹底怔住了神情，我生氣到心痛。他想復仇，好！我讓他去復仇，那是數千條人命和一個女人的臨終囑託！可是，那個男人明明已經死了，東方為什麼還想向一個死人復仇？

他緩緩垂下臉，聲音無力而低沉：「我了解他，他不會那麼容易死的，一定是一個替身……正因為他知道我還活著，所以他派人來殺我……這個世界上我唯一的仇人……只有他……」

我徹底怔在他的身旁，那個被謀殺的冰凍人、那個男人，根本沒有死，而是有人成為他的替身而死？如果他沒死，那麼東方和我一直那麼張揚地頻頻出現在電視裡，他當然也就知道東方沒有死，那個人要殺他自然是理所當然。

東方的這個宿敵到底有多強大？他不僅已經擺脫了冰凍人的身分，並以其他身分活在這個世界上，還學會使用衣甲，並潛入了現在四大軍火家族聚會的鋼蒂爾星！

他是怎麼做到的？

鋼蒂爾星因為四大軍火家族聚首，所以設起了層層防護，其他三個家族更是帶來了自己機器人部隊保護自己。這麼周密的防護，他是怎麼進來的？

對了，是滑翔器大賽！因為滑翔器大賽，各方的觀眾蜂擁而來。貴族住進了鋼蒂爾星，普通觀眾也被安排住在兩顆衛星上，更有記者無數，也安排在別的區域，這些天出入鋼蒂爾星的人多如牛毛。他既然有衣甲，說明他也有了這個世界的貨幣，他可以有無數種方法混入。

「小雨，妳快走，這裡危險！」東方趕我走，我生氣看他：「沒發現那個人不會傷我嗎？只有我在，他才不會動你。」

東方的神情開始發愣，他愣愣看著我的臉，我生氣看他。

「看什麼看？現在你需要先治療。真是的，手剛好又傷了。你實在太廢了！」

「呵……」他擰眉笑了，射線槍的傷因為是直接灼傷，所以沒什麼血。他揚起嘴角，想像平日一樣壞笑，但傷口的灼痛讓他的笑容有些抽筋。

「寶貝兒，該不會是妳的癡迷粉絲看不慣我，所以想暗殺我吧？」

這句話讓我火氣上來！真是忍不住想揍他！

「到底發生了什麼事？」忽然間，爵的聲音出現在門口，月、小狼、迦炎和巴布都趕了過來。

月吃驚地看著東方，立刻過來檢查他的傷口：「小狼，快回我的房間取藥箱。」

「好。」小狼迅速去拿藥箱。

「小雨，妳這次玩得有點大啊！」迦炎有點害怕地看我，他以為是我做的。

「不是我，是有人要殺東方。」當我的話音一落，所有人都露出驚訝的神色，一時發愣。

是啊，這個世界誰會想要殺東方？我們沒有機會單獨行動，自然也不會結什麼仇家。

「該死，難道是反冰凍人組織？」迦炎倏然回神，擰眉咬牙，看向巴布：「巴布，讓剛鐸家族警戒起來，我通知龍。」

「嗯！」巴布「砰砰砰」地跑了出去，迦炎不忘提醒他悄悄行事，這裡附近有記者，龍不喜歡把事情鬧大。隨後，他立刻聯繫龍。

我看向爵：「你們怎麼來了，這裡沒發出聲音。」

爵和月對視一眼，臉紅了紅：「我……不放心妳，所以用精神力……感應妳的房間……」

「原來如此。」我笑了：「爵，沒什麼不好意思的，如果不是你，大家也不會那麼及時趕到。」

「嘶……」東方擰起了眉：「小藍貓，你居然用你的精神力監視我的寶貝兒，你沒偷看她洗澡吧？」

「沒、沒有！我怎麼會做那種事！」爵急得滿臉通紅：「這是念力……不是靈魂出竅……」

月冷冷看了一眼東方，尾巴纏上了他的手臂倏然收緊，登時痛得東方咬牙：「月你做什麼？」

月淡定地看他的傷口，只說了四個字：「正常止血。」

爵是月的好友，月自然是替爵出頭。東方此刻的不正經也讓我很生氣，我打算不管他！他每次都這樣，在別人都很擔心的時候，總是露出那副滿不在乎的樣子。小狼取來了藥箱，月開始剪掉他的衣袖。

接著，龍來了，還有夢、伊莎和圖雅，大家開始視察東方的房間以及外面。事態被控制住，夜深人靜，無人察覺這裡的異樣。巴布回來的時候站在花房下，戒備地看著四周。

月開始為東方清理傷口，所有人的神情變得異常深沉，這是第一次有人襲擊我們冰凍人，而且不是普通的襲擊，是暗殺。

「肯定是反冰凍人的那批人。」迦炎非常篤定。

我看向東方，東方唇角勾勾看我。我知道，他的事不想讓龍他們知道，我順著迦炎的話問：

「反冰凍人？」

迦炎點點頭，對我說了起來：「他們反對解凍冰凍人，也反對冰凍人交易，他們對貴族用錢買冰凍人非常憤慨，認為有錢應該救助窮人，而不是去買一批和他們無異的人類！」

也就是……這個時代的憤青？不過確實如此，貴族用來購買我們冰凍人的錢，可以買好幾顆星球，如果用這筆錢救助窮人，可以救很多人。

「也有邪教，認為解凍冰凍人會給這個世界帶來未知的災難。」小狼翻著白眼：「總之很無知，不過確實有很大一批擁護者。」

「既然如此，讓銀河突擊隊逮捕所有可疑的人！」龍忽然的沉語，讓迦炎和小狼他們露出吃驚的神情。

圖雅的臉上還帶著一絲懵懂，伊莎看向夢，夢微微擰眉。

「龍，這樣大規模的逮捕……是不是不太好？畢竟……現在沒有證據，而且，那些成員裡大多數都是學生，不過是受到蠱惑跟著起鬨罷了！」

龍深沉地擰眉。

「中國有句古話，叫作殺雞儆猴，他們這次針對的不僅僅是東方，而是我們整個星盟！」

他沉沉的話語，讓大家沉了聲。

我和東方是星盟的財產，有人傷害我們，那麼挑釁的自然是我們背後的星盟。其實事實應該不如他們想像得那麼複雜，而且如果大規模逮捕學生，會引起很大的不安和騷亂。

爵和月的神情也變得凝重，爵溫和地說起：「龍，夢說得有理，還是等查清……」

「爵。」龍微笑地打斷了爵，聲音卻是從未有過的深沉：「我知道你的精神力不像你所表現出來的那麼弱，而且，我也已經領教過……」

登時，圖雅驚訝地看向爵，爵的神情裡劃過一抹緊繃，月立刻沉眉緊緊盯視龍。

「你知道，那次爵不是故意的。」

龍依然微笑，他的微笑讓我心裡發沉，龍說的就是爵救我的那次。一直以來，龍的精神力很強，強到普通利亞星人無法入侵，龍也是那麼認為爵的。或許，他知道爵有所隱藏實力，但他沒想到會隱藏得那麼深。

「我並未怪你。」龍依然面露微笑：「反而很高興知道原來爵你是這麼強，那麼，你為何方才不及時搜索一下周圍？或許已經能找到那個凶手，而現在，他有足夠的時間逃出這片星域。」

爵臉色微微泛白地低下臉。月臉上的神情已經緊繃，渾身的寒氣讓周圍的溫度迅速降低。

他正要為爵不平，東方忽然調笑起來。

「龍，你不會指望這隻只會考古的小藍貓幫你找到凶手吧？」他好笑地撇撇嘴：「不是我小看他，藍修士這個書呆子只會被動地聽命令，你沒命令他，他怎麼會想到第一刻用自己的精神力去搜索罪犯？所以說，是你沒及時下命令……」

龍深沉的雙眸瞇了瞇，爵有些驚訝地看向東方，東方依然壞笑地看著龍，月的神情稍顯輕鬆，繼續一言不發地幫東方上藥。再看東方時，目光變得友善。

大家的目光彼此偷偷交錯，在龍沒開口之前，誰也沒有再開口。

在這片刻的安靜中，我說：「我覺得逃犯應該不是反冰凍人組織，因為那個男人沒有傷害我，他的目標只有東方。」

當我說的時候，龍的神情帶出一絲疑惑。

「那會是誰？」夢沉思起來：「只傷害東方，不傷害星凰？蘇星雨，妳確定他不想傷害你？」

我擰眉點了點頭：「是的，其實他是先到我的房間的……」

「什麼？」東方驚詫不解地看我：「他先到妳房間？」

我點了點頭：「嗯，被我發現後，他就直接離開，而且……還對我說了句奇怪的話。」

「什麼話？」龍沉沉地問。

我抬眸看向他，說：「要我不要去看滑翔器比賽。」

一時間，大家面面相覷，最後視線統統鎖定在龍的臉上。

「這是什麼意思？」迦炎問龍，宛如龍應該像神一樣知道一切。

龍擰眉深思，久久不言。

「所以肯定是寶貝兒的瘋狂粉絲。」東方再次壞壞地說了起來：「他實在太愛我們的星凰，自然而然想殺了我……」

我斜睨東方，去死吧你！

「這倒是有可能。」伊莎贊同地說：「以前也常發生這類事情，一些瘋狂的追星者會做出傷害明星的事情。小雨妳可能不知道，妳在網路上的粉絲超過東方整整兩億，現在又成為冰凍人的形象大使，所以在第一星國擁有的粉絲量，大概是二十億。」

二十……億？

難怪以前夢會說我喜歡出風頭，我當時還有些困惑，出風頭給誰看？這些事因為我無法接觸到網路，所以並不知道。而東方每天和唐別網路會議，卻也從未跟我提起。

「雖然明星一般擁有的粉絲量有上百億，但小雨作為一個冰凍人，能有二十億的粉絲量已經不算少。那個男人很可能十分癡迷於小雨，小雨在他心目中可能是女神……」

當伊莎說到這句話時，爵怔了怔，不知為何低下頭去。

「所以他不想看見自己的女神跟任何男人在一起，於是做出傷害東方的事情。」伊莎看向眾人：「如果只是這樣，這個人對星盟不構成威脅，倒是東方要時時小心，小雨現在有了一個很厲害的騎士，在暗中保護她。現在戒備提高，那個人應該不會再來騷擾東方了。」

大家聽罷，紛紛點頭。

「欸欸！」東方抬起完好的手臂靠上我的肩膀：「寶貝兒，做妳的老公還有生命危險，我能不能提前辭職？」

提前辭職，是想提前離開嗎？

「哼！」我冷冷一哼，東方的臉上露出我熟悉的賤笑。

龍看了看東方，吩咐迦炎：「炎，你留下來保護……」

「不，我來保護。」見月幫東方上藥完畢，我隨手扶起了東方。

龍沉下臉：「小雨，對方不是簡單人，妳留下來很危險。」

「不，只有我留下來，東方才是安全的。」我認真地說：「我能夠保護他，不需要你們靈蛇號的人。」

東方露出了一抹壞笑：「寶貝兒，妳這是變相想跟我一起睡嗎？」

在眾人的目光中，我冷冷斜睨他：「你閉嘴！如果不想另一條手臂殘廢就給我老實點！」

他賤賤地笑著，露出滿嘴整齊漂亮的白牙。

我執意帶走東方，龍的臉色雖然陰沉，但並未阻止我。我把東方帶到自己的房間，在我冷冷的盯視中，迦炎尷尬地看向別處：「那個……是龍……命令我……」

「我們上床你也要聽嗎？」當我的沉語出口時，迦炎立刻一時僵硬，對我擺擺手。

「我沒那麼變態，那我到下面去。如果不看著你們，龍那裡我也不好交代。」

說完，他躍了下去，蹲在對面花房下撓頭。

關門轉身，該審問那個賤人了！

「寶貝兒，長夜漫漫……」

「別廢話了！你確定是那個人嗎？」我在黑暗中開門見山，憂心氣惱地注視他的臉。

他佇立在我的身前，賤賤的笑在他臉上慢慢消逝，他在黑暗中久久俯視我，手臂上的傷被月好好包裹著。

「你怎麼確定他沒死？」我上前一步繼續逼問。

「直覺。」他終於說話了，黑色的眼睛在黑暗中劃過一抹銳光：「和妳一樣，是一種直覺。直覺告訴我，像他那種惡魔怎麼可能那麼容易死。而且，屍體的長短也跟他不一致。那個人，就算化作骨灰我都認得，我反覆看過那張照片，影像放出來後，會按照比例拉長，那身高絕對不是他。現在我更加可以確定，他沒死！」

我過於吃驚而一時無話，東方稱那個人為惡魔……難道，預言裡跟他如影隨形的惡魔是那個人……神域聖者的預言果真如爵所說的，從未出錯。平靜了一會兒，我低下頭，靜靜坐在床沿上，他隨我一起坐下，受傷的手臂在黑夜中還飄出一絲淡淡的血腥。

「如果他沒死，那死的會是誰？」我問。

「很有可能是他的主人。」他說。

「什麼？」我立刻看向他，他擰眉抿唇，單手托在下巴下，神情變得異常嚴肅深沉：「根據我的調查，他是被古中國華氏家族買去，那是一個快要沒落的家族，現任的掌家華葉十分揮霍，而且還很喜歡虐待，被他虐待致死的家僕無數。這些都是醜聞，又因為他們住得比較偏遠，所以很少有人知道。我是通過唐別進入維多利亞家族的情報庫才得知。我現在還不清楚到底他如何偷天換日，但是他死後，華葉忽然縮減開支、增加軍備，這反常的現象就足夠讓人懷疑。」

「交給星盟不行嗎？」我握住了他的手：「讓他們去抓捕他不行嗎？」

東方輕輕一笑，轉臉看我。

「小雨，別忘了，我們都是骨董。星盟是不會殺他的。華氏家族已經是個沒落的家族，華葉的命說不定還不如一個冰凍人的價值。而且，現在對我們冰凍人不利的傳聞也很多，如果讓冰凍人殺人的事件傳遍網路、引起恐慌，使我們從一件受保護的骨董變為讓人恐懼的魔鬼，政府說不定會迫於無奈將我們再次集體封凍。所以，小雨，冰凍人的事，讓我們冰凍人自己解決！」

他的目光分外堅定，已無商量餘地。我久久仰臉與他對視，我知道如果他穿上衣甲，絕不會輸給那個人，但我還是會擔心。

心裡的不安讓我一下子抱住了他，埋入他的胸口，他微怔地放開雙臂，低頭看我。

「答應我，一定要活下去！我真的很擔心你，你太廢了，沒有我，你會死的……」

我緊緊地揪住了他後背的衣服，揪成了一團。

「呵，我真是失敗。」他放鬆了身體，撫上了我的長髮：「被小雨小看了。」

「你有沒有很重要的東西？」

「自然有。」

「給我！」我放開他，抓住他的衣領灼灼看他：「這樣你就能活著回來跟我拿！」

他深深看我許久，然後從脖子上取下了他的項鍊，項鍊的末端，正是那個從舊基地拿回的小球儲存器。

漂亮得像容納了宇宙星雲的小球在他手心，他注視片刻，目光裡有懷念、有感嘆，還有更多更多濃濃的深情。他緩緩地把它掛在了我的脖子上，小球垂在我的胸口，和神石一起，在黑暗中隱隱閃耀。

他輕輕撈起了那顆小球，一手撫上我的臉。

「小雨，這裡面是我所有的回憶，還藏了一張地圖。可惜，我至今不知道這張地圖到底想指引我們做什麼。當時很混亂，為了在戰鬥中活下去，每個人都無法再分心。給我這個儲存器的人說，這裡面是新世界的希望。或許，妳能在這張圖裡找到我們新的地球。」

他將儲存器放入我的手心，包裹住我的手、包裹住它、包裹住這個新希望。

一直平靜的心湧起了驚濤駭浪。我撲了上去，將他撲倒在床上，伏在他的心口，再次抓緊他的衣衫：「一定要活下去！」

久久才傳來他的聲音：「嗯！」

他默默地把我擁緊，良久我們都沒有再說話，只是這樣相擁躺在床上。

「這個儲存器不是你的？」

「嗯，是一個戰友的，不過他是那個年代的人。他在臨終前把這個儲存器託給我，交給我守護，不讓別人知道。如果我戰死，就要把它再轉交給另一個值得信任的人，因為裡面有新世界的希望。」

這真是一個富有深意的囑託，不能讓任何人發現，卻又要傳遞下去。到底是什麼東西不能在戰亂中公開？多半是寶物。

「對了，那個要殺你的人叫什麼？」我伏在他的胸口問。心裡有點亂，為什麼那個人和龔煌那麼像？還有他特意來找我……

「他叫血赫。」

那就不是龔煌，他為何突然出現在我房裡？

「小雨，其實，我有點不確定那個要殺我的人是不是他。」

「為什麼？」

「因為他是一個殘忍冷血的男人，他不會因為妳的出現而放棄他的目標，依他的習慣，會把妳也除掉，而且妳剛才說他先到妳的房間，這是怎麼回事？」他擔心地看著我，等我的回答。

「其實……我也不太清楚。」

他不解地看著上方：「他到底想做什麼？」

「我不知道，但是我很確定，他不想傷害我，所以才會在我出現時，放棄對你的追殺。東方，你確定血赫是出生在那個年代？」

「小雨妳什麼意思？」

「東方……」我撐起了身體，俯看他的眼睛：「這個血赫和我之前跟你說的，那個愛上我的上司

——龔煌澤日，長得一模一樣！」

他的神情在我的話語中，逐漸變得吃驚。

我在他困惑驚訝的視線中覺得有些不可思議。

「難道真的是輪迴？因為在之前我也遇到過這樣的情況，明明生在兩個時代，卻長得一模一樣，然後對曾經愛過的人有一種莫名的熟悉感。聖靈小王子也說過他曾是遊走在宇宙的靈魂，因為真的有靈魂，所以曾經愛過我的龔煌，成了那個年代的血赫？然後現在看到我，覺得我很熟悉，才來我的房間看我，也沒有做出傷害我的事？」

我看向東方，他眸光閃閃，也開始沉思。

「我曾聽婧說過，他那個時候對一個女冰凍人特別感興趣，還讀取了她的記憶。但具體是誰，婧也不知道，只知道那個女冰凍人是他唯一命令過不能解凍的人，難道……是妳？」

當他驚詫的目光落在我臉上時，我一時發了愣，有太多東西我們人類無法解釋。

忽地，東方長長鬆了一口氣，臉上露出了安心的微笑，抬起手撫上我的臉。

「如果是這樣，我就放心了，至少他不會傷害妳……我說，寶貝兒，妳魅力可真夠大啊！」

他又開始不正經起來，那微捲的髮梢和壞壞揚起的唇角，整個神情看上去就像個十足十的花花公子，特別欠扁！

「寶貝兒，不如由妳親自來幫我動手術吧！」忽然，他說出了這句話，我疑惑看他。

「手術？什麼手術？」

他對我眨眨眼，從口袋裡取出一個手機大小的儀器，遞給了我。

「幫我消除微腦細胞，怎樣？」
我看著他手裡只有手機大小的儀器，上半部分為一個螢幕，下半部分是一個可以旋轉的小圓盤，圓盤中心是一個綠色的按鈕。
「來，不難。」他躺平在我的面前，面露輕鬆：「我相信寶貝兒妳一定能做到。」
我坐起身，看著手裡的儀器，這就是可以讓我們自由的儀器？
「沒……危險吧？」我問。
他躺在床上攤手挑眉：「怎麼可能有危險？頂多鎖定錯誤，傷了別的腦細胞而已。」
什麼？只會誤傷其他腦細胞而已？那是會腦癱的！虧東方還說得那麼輕鬆。東方這賤人怎麼可以這麼無所謂？那麼不重視自己？
「寶貝兒，別怕，妳精準度那麼高，一定沒問題。Come on！我不會有事的。」
他對我眨眨眼，靠近我身邊的手摸上了我的大腿。我往下看去。
「如果你不怕，你摸我腿做什麼？」
「這個嘛……」他揚了揚眉：「自然是喜歡妳！」
我知道他在緊張，他想靠摸我來讓自己轉移注意力，保持放鬆。
「按下當中的鍵，開啟它。」他的語氣開始嚴肅：「之後它會發射出微腦細胞能接受到的訊號，這樣就能鎖定它。鎖定它後，妳再按下當中的鍵，它就會消除微腦細胞。小雨，妳放心吧，不會有事的。」
我在他的話中越來越難以鎮定。這不是取子彈，而是直接在他的大腦裡摘除微腦細胞。呼吸變得沉重，心跳也不受控制地開始加快。

我擰了擰眉，起身跨過他的身體，坐在了他的小腹上。他怔了怔，目光筆直落在我的臉上，他摸在我腿上的手也逐漸火熱起來。

我臉頰發熱地撇開臉，抓緊了微腦細胞消除儀：「我想……讓你更放鬆點……」

「小雨……」身下，漸漸有硬物膨脹起來，我咬了咬唇：「你硬了……」

「嗯……」火熱的手掌順著我的腿慢慢撫上了我的腰，輕輕扣緊。

我低頭打開了消除儀，對準了他的眉心：「開始了。」

「嗯……」他撇開目光，第一次老實地一動也不動，即使某個地方已經起了生理反應。

一個開始凝神，消除儀上的螢幕開始閃亮，一片藍色的世界出現在螢幕裡，它們在跳躍、蠕動。

準心出現在螢幕上，藍色螢幕中忽然出現了一個光點，我開始轉動消除儀上的小轉盤，準心也隨之移動。果然是異常精密的儀器，我輕微地轉動，準心也只移動毫釐，這毫釐的差距足夠毀滅東方大腦裡未知作用的腦細胞。這讓我想起了狙擊槍，即使是心臟的脈動也會影響瞄準。

有那麼一刻，我的雙手開始顫抖，如果能刪除那一段可怕的回憶，如果能將他的大腦徹底格式化，忘記那些被害的冰凍人、忘記婧、忘記血赫，完全空白地活在這個世界，和我在一起，那該……多好。儘管這個混蛋很賤、很色，也很可惡，讓人總是忍不住想揍他，可是……只有他能刺激我的神經，讓我知道我蘇星雨是活著的，眼前這個世界是真實的。

而且……他那麼廢……

「小雨……」他握住了我的手，柔和的目光想要讓我安心：「放心，我不會那麼容易死的，不知

道為什麼，被妳打的時候很過癮，我果然是M體質吶！每次被小雨打，我都會莫名的興奮！」

說著，他挺了挺腰，好色的東西擦過我的後臀，我的太陽穴開始發緊。他在我身下色色地笑，我捏緊了消除儀，乾脆滅了他算了！

「很好，就是這個表情，是我最愛的。」

他的手順著我的腰摸上了我的臀，我立刻揚手搧在他的臉上，「啪！」

「不想腦殘就老實點！」

「Yes, Madam！」他賤賤地笑了。

不再看這個賤人，我一點一點轉動轉盤，凝住呼吸，在精神高度集中下，漸漸鎖定了目標。然後，按下了綠色的鍵。

無聲無息地，紅色的光點消失在螢幕內，那個世界恢復了一片藍色的清澈。控制我們那麼久的微腦細胞，在這片刻間被我消除。它控制了我們那麼久，然而除掉它時，卻只有一瞬間。

「呼……」長舒了一口氣，放下了消除儀：「東方，結束……」

我頓住了話音，身下的東方閉起雙眸，臉側在一旁，完全沒了反應。

「東方……」慌亂立刻湧上心頭，消除儀從手中掉落，我顫顫地摸向他的臉：「東方，你別嚇我啊，喂！醒醒啊！」

無論我怎麼呼喚，怎麼拍打他的臉，他都毫無反應。

對了，還有一個地方可以確定他的死活，那個地方不知在何時已經不硬了。我的心更慌了起來，我立刻一手按下去，真的軟了。這個下流的男人不可能連這樣都沒反應！難道？

心忽然空了，我立刻抓起東方的衣領，聲音止不住地顫抖：「東方，東方……你別嚇我啊……」

我不要，不要再有人從我身邊離開，我已經是一個人，我不要東方再從我生命裡消失。

「東方！東方！」我緊緊揪住他衣領大呼，淚水從眼眶中落下，我第一次陷入慌亂，不知道該如何是好。

忽然，一隻溫熱的手撫上我的臉，我怔怔看去，正是東方賤賤的笑容。

「寶貝兒，我只想捉弄妳一下！」

「你這個賤人！」揚手直接拍在了他的臉上。

這一聲「啪！」震落了我的眼淚，也讓他笑容擴大。

終於忍無可忍地一把扯起他吻上了他的唇，激情瞬間被點燃，他摟住我大口含住我的唇，火熱的舌直接進入我的嘴中。眼淚滑入我們的嘴唇之間，鹹澀的味道也沾滿了他的口腔，他大口大口激烈地吻我，摟住我的腰讓他起身，坐在我的面前。我勾住他的脖子回應他的熱吻，他火熱的呼吸在我的唇中燃燒，寂靜的房內是他開始變得粗重的喘息。

「呼，呼，呼，呼……」

火熱的手掌從我的腰摸上了我的後背、我的後頸，扣住我的後頸更加深了他的吻。熾熱的吻讓我漸漸失去了氧氣，我跨坐在他身上能清楚感覺到身下的硬物再次復活。

「呼呼呼呼……」他的吻從我的唇移開，重重啄下我的頸項，啃咬我的喉部，身體越來越熱，從來沒有過的感覺正源源不斷地從身體深處湧起，要將我徹底淹沒。

他火熱的唇再次而下，用一條手臂緊扣我的後背，開始隔著我貼身的緊身銀絲睡衣啃咬我的肩

膀、鎖骨，他咬著、啃著。然後慢慢停了下來，沒有受傷的手深深攬緊我的腰，唇落在我的心口上。

「我不能……小雨……我要不起妳……我想對妳負責，但是，我負責不了……」顫抖低哽的聲音讓我同樣心痛起來。

深深地，我擁抱住他的身體，他埋入我的胸前，靠在我柔軟的胸脯上，帶著一絲哽咽的呼吸。手指插入他柔軟的黑髮，我貼上他的頭頂，隨著他的呼吸而呼吸，和他一起慢慢平靜。

「所以你在最後這幾天還要惹我討厭是嗎？好讓你自己更加安心地離開，是嗎？」

「哼……我是一個花花公子，我喜歡胸大的女人，外星美女更刺……」他沒有說完的話，被我再次堵在唇中。

我捧起他的臉，他睜大黑色的眼睛怔怔看我，我吻住他的唇哀傷地看他。

「東方……你真自私！為了讓自己毫無牽掛而這樣不斷地讓我生氣嗎？」

慢慢地，他閉上了眼睛，遮住了從裡面湧起的深深的痛。

輕輕地，他再次擁住了我的身體，吻上我的長髮。

「小雨，我想得到妳的愛，可是，我是一個沒有未來的人。所以，請允許我自私一次，我不想看見妳眼中的傷。所以，小雨，答應我，不要想念我，也不要等我。當你想起東方白這個人，你只要想到他喜歡左擁右抱，喜歡和不穿衣服的女人一起戲水，東方白這個賤男人配不上妳蘇星雨，那樣妳的心就不會痛了……」

我緊緊地抱住了他的身體：「東方白你這個賤人！」

「嗤！」他在我的胸口嗤笑：「剛才妳摸我下面，還真是把我嚇一跳。」

我忍住眼淚撇開臉：「誰教你給我的印象就是這樣，我怎麼知道原來你下面還是受你大腦控制的！我以為你每天大部分時間都是硬的。」

「呵……」他長嘆一聲：「那無論從生理角度還是科學角度都不可能吧！如果是那樣，我只怕早就脹死了。小雨，妳如果不是處女，我今晚肯定下手。」

「哼……」我在他的玩笑中心痛地笑，他想對我負責，可是他無法負責。他太矛盾了，矛盾得讓他陷入掙扎的痛苦，最後，也選擇用我是處女這個原因來阻止自己。

「微腦細胞沒了，語言翻譯怎麼辦？」

「我已經把自己的氣壓儀導入翻譯系統，應該可以應對，之後山田博士會幫我重新植入新的微腦細胞。」

我放心地伏在他的肩膀上。

東方，你要走了嗎？我知道，你要走了……

微腦細胞的消除、魁拔的升級、氣壓儀的改裝、滑翔器大賽人多混雜，當所有人在關注我的比賽時，就是你離開的最好時機……而你對我的情，也在催促你早點離開我……

東方……今晚……是不是我們最後一晚了……

第4章 星凰的騎士團

「咚！咚！」古老的炮聲在鋼蒂爾星響起，宣布滑翔器大賽開始了。

這次的賽道選在鋼蒂爾星的一段光環上，全長為五萬公尺，當中有大小不一的碎石、冰層，還有未知的顆粒塵埃和金屬。除了要閃避參賽者的攻擊，還要閃避那些危險的碎石。

每隔五百公尺會有門，但是紅門還是綠門，賽前不會公布，只會在比賽時隨機開啟。黃色通道的武器段也會用現在的近距離傳輸技術臨時傳送。

「小心。」從早晨開始，這是東方白對我說得最多的話，他的臉上不再有風流不羈的表情，第一次長時間保持這種嚴肅。

我和東方相擁到清晨，他沒有碰我，只是緊緊擁抱著我，沒有其他任何動作。這一晚，他像一個君子，也正因為這樣的反常，才讓我更加心傷。

他是個矛盾的男人。對於他的兄弟們和婧來說，他是無私的。因為他為了他們，放棄了對我的愛。對我而言，他無疑是自私的。他為了完成自己的使命，而讓我成全。那個血赫、他的宿敵，如果他沒有來到這個世界，該有多好。這樣，東方會放下過去，在這裡和我重新開始。他會和別的女人保持距離，他會全心全意地來追求我，我知道，他會是一個很好的愛人。

可是現在，全部是因為那個男人，那個和東方命運牢牢糾纏在一起的男人——血赫。東方為了他而離開我去尋覓他，他們是宿敵，我無法解開他們命運的羈絆。忽然間，我希望那個血赫再來找我，這樣東方就會跟來，我們能再次見面。

「女人太強，會讓愛她的男人自卑。」不知為何，腦中響起了龔煌對我說的這句話，當時他很自負地說這個世界除了他，再也沒有男人適合我，所以，他要我做他的女人。

而現在，我忽然覺得這句話是有道理的。正因為東方了解我的實力，才那麼放心地離開我。他知道靈蛇號上的男人，即使是龍對我也不構成任何危險，相反地，如果他離開了我，他未必能逃離靈蛇號。而我失去了他，依然能夠找尋機會逃離。我開始後悔，我應該扮演一隻柔弱的小鳥，這樣東方騎士才會留下來保護我，守護在我的身邊。

迦炎一早就來拍門，他怕龍看到他在花房下而不是花房內，會責怪他。迦炎似乎很懼怕龍，卻又很愛他。

東方說他跟龍可能有血緣關係，那麼這層關係是龍的父親？還是龍的母親？如果血緣關係成立，那麼他對龍又愛又恨的感情就可以理解了。在龍的家族裡，從來沒有迦炎的地位，說明迦炎應該是一個私生子。這樣的身分，也足夠他對龍愛恨糾葛了。又是兩個命運糾纏的男人。

自從東方和血赫的事後，我眼中的男人忽然都是一對一對了……月和爵、炎和龍、小狼和龍野……

之後龍面帶微笑地來了，他似乎很確定我和東方不會發生什麼。

他微笑地看著我，然後也囑咐我小心不要勉強，玩玩就可以了，不要太當真。顯然在他看來，我去參加比賽簡直像是讓自己的寵物出去透透氣，就像我以前也會出去遛遛狗。因為東方受傷，所以准

許他留在花房裡，由迦炎陪伴，而其他人前往會場觀看。

觀看滑翔器大賽的人聚集在鋼蒂爾星內，普通百姓可以在家裡看直播，其他人可以在廣場或是當地的集會場所看到轉播。

當龍和大家準備前往會場時，我和小狼也穿上衣甲進入靈蛇號的專屬飛船。沒人知道參加滑翔器大賽的女人是我星凰，因為是以團隊的方式報名，所以每個螢幕上出現的，只有「靈蛇號」三個字。

我站在飛船裡看著東方，他對我揮揮手，說了一聲「再見」。

那一刻我黯然轉身，引來月和爵擔心的目光。他們一直看著我，是不是他們已經感覺到了什麼？曾經問過東方，他是如何對付爵的讀心術的。他笑得又賤又壞，說只要看到爵盯著他看，他滿腦子就會自動放A片，嚇得爵滿臉通紅，匆匆逃離。久而久之，爵對他總是避而遠之。東方這個賤人，用的方法總是那麼賤。

我知道，他希望我能和爵在一起，可是，怎麼可能？頂多我以後找男人會找爵這種類型。東方，這個又賤又色的男人，不知道幾時才能和他再遇了。東方，如果你死了，也死遠點，別讓我蘇星雨知道。不然，我會忍不住為你報仇！

因為今年有了靈蛇號的參加，觀眾比往年多了幾十倍，更多的攝影機、更多的人趕來這裡，只為一睹靈蛇號成員的本領。據說，下注是每年的慣例，很多人壓我們靈蛇號輸，這使得靈蛇號的賠率猛增。對我來說，我無法理解人類在溫飽之後，為何會喜歡這種充滿殺戮興致的比賽？是想追求刺激、血腥還是殘酷？但是這種現象古已有之，而與之伴隨的是奢侈、腐化和糜爛這類詞。

我不關心這個世界的未來，我只關心我們冰凍人的未來。聽東方說，已有上百名慈善買家願意還給冰凍人自由，並贊助我們第一批資源，這讓人為之振奮和感動。這批善良的買家開始祕密與萊蒙特的父母聯絡，一旦我逃離成功，將和第一批冰凍人一起轉移，我們一共是一百零八人。如果我沒有成功，他們依然會按照原定計劃轉移。現在新星盟的主席為東方，副主席是唐別和山田老博士。我一定會成功，然後保護他們到達我們安全的新世界。

有人輕輕地握住了我的手，是小狼。我看向他，他的神情在今天也格外深沉，感覺有些老成。他緊緊握住我的手，狼耳朵高高豎起，已經陷入高度戒備的狀態。飛船已經飛出大氣層，往賽道飛去。

雖然依然不明白神祕人昨晚的告誡，但是龍讓四大軍火家族的機器人部隊嚴密防護在鋼蒂爾星球周圍。密密麻麻的戰船圍繞在鋼蒂爾星球四周，更像是要攻佔這顆巨大的星球。

數十架飛船和我們一樣停落在賽道的埠上，腳下的光環已經不再是從鋼蒂爾星裡遠觀那般窄細，而是無邊無際看不到盡頭，光環裡有密密麻麻、或大或小的石塊，大的猶如一座高山，小的只有普通石頭般大小。當比賽開始後，就得進入光環中，在這樣一片全是亂石的世界裡戰鬥，很容易因撞上石塊受傷。而且這樣複雜的地方也不利於快速飛行，因為那些石塊也在快速地飛行。

在光環兩邊，每隔一百公尺左右會有巨大如牛角般的建築，它們相互對稱，在光環周圍形成不受星球引力影響的獨立引力場，在裡面參賽的人不再受星球引力的影響。一旁還有搭建起來的臨時玻璃建築，裡面有無數攝影機器人，和一個人工智慧的主持人。機器人的出現讓人類不用再涉足任何危險的地方，它們替代人類進行更加前線、危險的工作，包括四大家族的機器人部隊。

一塊巨大的螢幕在旁邊播放出參賽者的名字，什麼「銀河殺手」、「暗夜狂魔」、「迅捷號」等，我們的「靈蛇號」在最前、最顯眼的位置。

公共頻道裡已經傳來其他參賽者或是嘲諷、或是激動的聲音。

「居然真的有靈蛇號成員，喂喂喂，你們可要手下留情啊！」

「哈哈哈哈，有他們參加，這次比賽更有趣了！喂，靈蛇號的，可別讓我們失望啊！」

「是啊是啊，別是菜鳥，那可太沒意思了。」

小狼拉住我的手，眼前小小的螢幕裡浮現他深沉的臉。

「關了公共頻道，不用管那些雜魚說什麼。」

「嗯！」退出了公共頻道，今天的小狼很不同。隱隱有種感覺，小狼似乎也對靈蛇號的成員隱藏了些什麼。他平日純真的目光忽然狠辣起來，殺氣讓他拉住我的手激動地輕顫。

這麼殺戮的遊戲，居然讓這個平日看上去那麼無害的少年如此興奮！

「西風家族！」小狼看到了不遠處的另一艘飛船，飛船上有西風家族的徽章。他一身銀灰黑的衣甲，雖然戴上頭盔，但是我眼前的小螢幕裡可以看到他的臉。作為搭檔，我們必須時時聯繫。此刻他瞇起了眼睛。「他們怎麼也來參加了，不知道對方的女人是誰。」

我看入飛船，裡面兩個人已經身穿衣甲，頭盔也遮住了他們的面容。但是從體型上看，男的多半是西風，而那女的身材也十分……這是一種職業敏感，在辨識一個人時，有時不僅僅是他的臉，因為那是最容易區別的部位。可是，如果這個人在犯罪時遮起面容，我們就需要觀察其他特徵。這些特徵包括身高、體型、三圍，從而判斷出體重、手腳大小是否有缺失，以及其他可與旁人區別的專有特徵。所以，在我看到那個女人時，心裡劃過一抹驚訝，我轉臉看小狼。

「小狼，我懷疑那個女人是夢。」

小狼立刻面露驚訝。就在這時，飛船外傳來主持人高昂激動的聲音：

「相信今天大家最期待的就是靈蛇號的表現，以及參賽的這位女士到底是誰？是夢公主殿下、伊莎大公主，還是可愛的圖雅小公主？」

「妳確定那是夢？」小狼的目光變得有些陰沉：「哼，看來她想今天跟妳一決高下。」

我擰了擰眉，外面繼續傳來主持人的聲音。

「靈蛇號至今保密參賽者的身分，真恨不得馬上看到他們的廬山真面目！好！接下去比賽即將開始，規則大家也都知道，不再多說，獎品依然是超——誘惑人的一個願望，無論是想用人造人技術復活逝去的愛人……」

我一怔，一直沒關心過這個比賽的獎勵，也以為大家要的不過是膚淺的錢，卻沒想到會是像神一樣的願望！難怪大家要如此拚命！讓逝去的愛人復活，這是多麼誘人的條件！在這個人造人技術成熟的年代，完全可以用一道ＤＮＡ復活愛人。正因為人造人技術已經禁止，所以才讓這成了難以實現的願望！

「……還是想讓夥伴離開監獄，或是想要無數的財富，還是太空船等等，只要你贏得這場比賽，第一星國的女王陛下都會幫你實現！開始吧！各位！為了這獨一無二的願望努力戰鬥吧！」

飛船的門開始打開，我看向遠處的主持人，問小狼：「小狼，你有什麼願望？」

「我什麼都不需要，給妳好了，妳想要什麼？」

我看向他，他像是感覺到什麼，怔了怔，隨即，眼前的小螢幕裡現出他的冷笑。

「小雨姊姊，妳別妄想獲得自由了，那些願望會有很多附加條件，第一條就是妳必須是第一星國

的公民，而妳，現在連人都不是。」

我沉下了臉，他勾了勾唇：「所以比如妳想要點錢，還是可以的。」

果然女王不是神，議會也不是神會，各種獎勵都有著陷阱。

「嘟！嘟！嘟！」賽道上開始閃爍紅光，小狼拉起我躍下飛船，站在一座飄浮的岩石上，環顧四周的石山，已經站滿了參賽者。

小狼的臉在我眼前。

「按照計畫，我做先鋒，妳不要離我太遠，隨時保持聯繫，夢的目標是妳，所以妳要小心。」

夢，妳終於忍不住了嗎？

「叮……」當綠光籠罩整個賽道時，參賽者並未有太急躁的動作。這是一個殺戮的比賽，不是誰衝在最前端就能贏得比賽的。

「颼颼颼！」有人腳踏滑翔器，飛躍過我的身邊，現在被稱為安全期，因為大家的衣甲與滑翔器的戰鬥系統和防禦系統都處於關閉階段。忽然，前面出現了紅門，大家登時陷入驚訝。據說比賽從來不曾在一開始就出現門，剛才的平靜瞬間被這紅門的出現而打破，所有人向紅門蜂擁而上。

「我去了。」小狼迅速從我身邊躍離，滑翔器飛入他的腳下，矯健的身影穿梭在巨石之間，周圍到處是飛躍的人們，漂亮的衣甲和滑翔器在巨石之間劃過一抹又一抹美麗的華彩。

帶著黑藍紅的滑翔器，我正準備躍下巨石，眼前忽然落下一身深紫戰甲的夢。她腳踏黑紫白的滑翔器站在我的面前，高聳的胸部挺出了逼人的氣勢。她身後掠過一個墨綠戰甲的男人，和她招了招手，往紅門飛去，應該就是她的搭檔西風。

她盯著我看，我沒動。忽然她躍下滑翔器出了拳，朝我揮來。主持人立刻灑狗血地喊了起來：

「太驚訝了！太讓人驚訝了！尚未進入紅門，已經有兩位女參賽者開戰了！如果我沒看錯，應該是靈蛇號的女戰士！」

我伸手擋住，衣甲加快了她的速度，她出拳踢腿都非常快速。她站在我的滑翔器上開始與我近戰。我迅速用手格擋、用腿架住，彎腰、閃躲、後翻，看周圍漸漸沒了人，她一腿飛踹過來，我側身躲開的同時，用肩膀侵入她的範圍，狠狠撞上她的胸。

看，胸大有時沒好處，縮短了我攻擊距離，本來還有一段距離。衣甲加強人的力量，這一撞讓她登時彎了腰。萝，這是比賽，我不會因為妳是龍的女人而留情。她彎下腰的同時，我撈起了她的腰毫不猶豫地直接扔了出去，有多遠扔多遠，眼前只剩下她的滑翔器。衣甲真好，能讓我做到平日做不到的事情。我不想跟萝糾纏下去，在她還沒來得及返回的同時，我腳踏滑翔器躍下了巨石，竄入巨石之間，迅速追趕小狼。

「寶貝兒，妳可真夠粗暴的！」耳內傳來東方的聲音，我心跳一陣加速，關閉所有外部頻道說：「你這個賤人，給我少廢話！」

「哈哈哈……」

「小雨！小雨！」居然還有山田老博士的聲音：「妳真的幫東方除去了微腦細胞？」

「嗯！」

「你們真是太亂來了！」登時，咆哮從耳朵裡傳來，差點震破我的耳膜：「那個還沒經過測試，還存在很多問題！如果失準，會導致腦癱的！哎！你們太亂來了！」

心裡登時一陣心跳，果然是這樣嗎？東方真是亂來，也就難怪他當時緊張地靠摸我來分散注意力。他知道如果我出錯的後果，他也在害怕。這個賤人！

「我這不是好好的嘛！」

「那是因為小雨超乎常人的精準！如果是別人，成功率可能百分之三十都不到！哼！真是氣死我了，你太胡來了！我說需要人測試，你居然用自己！哎！說到底你也是為了小雨，以身試險，好讓我採集資料改良消除儀，在小雨使用時才能達到百分之九十九的安全……」

「怎麼不是百分之百？」

「你好歹也算是個科學家，科學裡哪有百分之百的事？你……」

「東方……你是為了我？」我緩緩停下，心裡哽咽地難受，像是巨石壓在那裡，讓我無法再前進一步。

「是啊，東方是為了……唔！唔！」

「寶貝兒！我可是為了所有人，所以我真是太……偉大了！喔……快用妳的吻來答謝我吧！唔……」

氣壓儀裡是他故作親吻的噁心聲音，宛如我被他親了一臉的口水。東方……這個死賤人！你居然又為了我們犧牲自己！你為什麼總是在為別人？東方你這個爛人！比賽後別讓我再看見你，否則我會把你捆住，管你報不報仇，都不會再讓你身處危險！

抬臉看向前方，再次打開對外頻道，我要加快進程，阻止東方離開！因為夢的耽誤，紅門已經關閉，不過這沒關係，這是小狼最初的計畫。前面已經光芒閃耀，激戰開始。

我全速前進，除了閃避那些時不時出現的大小石塊，還要閃避時不時被人打敗的、突然飛出來的人。更重要的，是那些沒有限度、亂射的射線，前面簡直成了一張光網，稍有不慎就會被誤傷。

果然，前面兩個本來平飛的人，其中一個突然撞向另一個，另一個立刻失去平衡，被射過來的射線射中墜落下去。

本能揮離腳下的滑翔器，它飛向那個人，接住了她的身體，回到我身邊，她的衣甲和我上次一樣被灼燒。她呆呆仰臉看我，我讓滑翔器把她送到安全的巨石上，然後快速回到我腳下，繼續飛速向前。雖然這是一個殺戮的比賽，但是我沒必要隨波逐流，我會做自己認為對的事情。

在又一個人擦過我身邊摔出賽道時，我看到了衝在前方的小狼。我隨手撈住了那人，和之前一樣扔到安全的巨石上，之後醫療隊會趕來。如果不接住這些人，說不定他們會被巨石撞上，進入更危險的境地。一旦摔出賽道，如果衣甲是破裂的，失去了衣甲的保護，那這個人是必死無疑了。

「太厲害了！太厲害了！」主持人熱血地大喊：「靈蛇號的成員真是太——厲害了！他們已經遙遙領先，只靠一人殺出一條道路，先前落後的女孩也追了上來！她實在太敏捷了，不但閃過那些亂飛的鐳射射線，居然還順便救了很多人，她到底是誰？喔！靈蛇號的成員是那麼善良，真是讓人大吃一驚，這還是太空滑翔器史上第一次出現救人的參賽者。讓我們為她歡呼、為她加油！」

這個嘴賤的主持人，真想把他嘴封上。

「比賽進行到現在，已經有五分之一的人被淘汰，之後的比賽將會更加慘烈！她是不是還有空閒去救別人呢？讓我們一起來關注！」

面前的小螢幕裡閃出淘汰出局的參賽者，他們的名字從比賽排名中翻落，真是一個殘酷的比賽。

追上小狼時，前方突然出現了綠門。光束猛然從我身邊掠過，小狼立刻提醒我：

「是西風！衝著妳來的！我擋住他，妳去綠門開啟防禦系統。」

「知道！」

說罷，小狼的滑翔器懸停下來，揚手朝我身後射出了光束，我與他擦肩而過，在他的掩護中一頭衝進了綠門。

立刻，衣甲提示：「防禦系統電磁盾開啟。」

防禦系統被開啟了。轉身看，小狼和西風已經戰在一處。我飛了出去，在西風的射線射向小狼時撞開小狼，揚手之時，滑翔器豎在了身前，形成了一塊巨大的盾牌！

「小狼，你走！」

「嗯！」

小狼迅速往我身後飛去，兩個人的比賽更注重掩護與配合。只見西風的背後已有很多參賽者趕了上來。眼前的螢幕中顯示出上下左右、四面八方的景象。

「真沒想到一個冰凍人居然會有這樣的實力！」西風打開和我的對話頻道，螢幕裡出現他的臉。

我淡淡看他：「是不是夢讓你參賽的？」

他自得微笑：「龍那樣的膽小鬼怎麼敢陪她玩這種刺激的遊戲？」

看向他的身後，現在我們靈蛇號已是眾矢之的，不能再停留下去，不然我會被圍攻，這個比賽可沒什麼規則。

「哼！」我對西風輕嘲一笑，這個備胎還自鳴得意了。

他似是看出我的輕嘲，面露憤怒：「妳笑什麼？」

「沒什麼。抱歉，沒工夫陪你玩了。」

他一愣，趁他發愣的時候，我在滑翔器後迅速往後倒落，頭朝下開啟衣甲的功能，全速衝入下方密集的冰層之間。滑翔器隨我一起落下，隱跡在其中，然後穿過綠門倒追上高高在上方的小狼。

「怎麼這麼慢。」螢幕裡，小狼的神情透著鄙夷，他也飛了過來，冰層上映出他腳下銀灰黑的滑翔器。「那種雜碎也能浪費妳這麼長時間？」

我飛在晶瑩剔透的冰層中回說：「只是多說了兩句，夢參賽的事龍知道嗎？」

「我不知道。」忽然間龍的聲音插了進來。螢幕分開，多出一個視窗，裡面是龍微笑的臉龐：「是夢自作主張，不過，我很期待妳們兩人的對決。」

我瞇起眼睛：「我會再扔她一次的。」

「哼……那就要看妳的本事了。」他微笑說完，關閉了對話，小狼在旁邊笑咪咪地看我。

「其實我也很期待看到小雨姊姊和夢的對戰，不過剛才的第一局，夢似乎已經輸了。」

「小狼你剛才切換了嗎？」我看向前方問道。在比賽的最初，無論戰鬥系統還是防禦系統只能擇其一。所以小組之中有一人負責攻擊，一人負責防禦。直到最後的五百公尺，防禦和戰鬥才會全開，那時也是最後的廝殺。

「當然沒有！快到黃段了，妳可以選一樣武器。」選擇防禦系統的人，可以努力擠入黃色地帶奪取武器。忽然危險的直覺襲來，我立刻停在冰層之中，小狼隨我一起停下：「妳怎麼不走了！」

我揚起手讓他斂聲，戒備地看向四周，剎那間光束射來，在我們身邊交織。小狼迅速閃避，我立刻豎起滑翔器打開護盾。

好快，這麼快就追上來伏擊我們了。

只見四面八方有六個人，把我和小狼團團圍住。前方不到兩百公尺就是黃色地帶了，他們顯然不讓我們進入。緊接著有六人從我們上方飛速掠過，如果沒有猜錯，這是六個隊，他們臨時聯合起來，只為除掉我們靈蛇號。

如果讓另外六個人拿到武器就麻煩了！

「小狼，能突圍嗎？」

「當然，但是妳……」小狼和我背靠背站立，周圍六個人是已經開啟武器系統的六個人。

「計畫改變，你去拿武器，然後給我。」

「明白，妳小心。」小狼立刻射出一道光束，拉開了我們這裡的戰鬥。

我靈巧地閃避交織的光束，把四個人吸引到一處，看準空隙打開護盾，為小狼製造離開的機會。小狼立時從我背後離開，我用自己已經開啟電磁盾的滑翔器為他掩護，護送他前往黃色地帶。電磁盾可不僅僅是滑翔器上的，衣甲的電磁盾系統也已經開啟，我還沒用過，正好練練手。

六個人有些吃驚，兩個人飛快追了上去，在小狼身後發出猛烈的攻擊，但區區兩個人、四道射線，怎能難住小狼。

而我面前的四人也朝四個方向攻來。我翻飛在他們之間，當靠近其中一人時，他微微一愣，立刻朝我揚手，射線還未發出，我已經到他身前，冷冷注視他的頭盔、衣甲。讓我看看你的能力吧！

「護盾開啟！」命令出口時，手心衝出了一股無形的力量，隱隱可見一個黃色透明的電磁盾在我面前形成，我撐開護盾迎面直接撞上他的身體，護盾不僅僅可以用來防護，它照樣也可以用來攻擊！

他被我撞上，連連後退。我追上他，他手心已經光芒閃耀，在他將要射出時，我一把抓住他的手腕，轉身就將他的手對準了其中一人。射線立刻射出，將那人擊落。

被我抓住手腕的人全身顫抖起來，其他四人看得呆立在原地，因此沒察覺到後面一座冰山正朝他們飛速撞來。

身邊的人也看到了那座冰山，可是他完全僵立在原地，我立刻喊：「快攻擊啊！」

他還在發愣，忽然小狼的身影落下，從他手中拋出了一把巨大的射線炮，我接在手中直接扛上肩膀，對準那些人身後的冰山開了炮！粗大的光線筆直穿過他們之間射在他們身後的冰山上，冰山立刻炸碎，化作了星星點點的白光飄落他們身旁。

「走了！」小狼提醒我，我看看旁邊始終僵立的人轉身，此時滑翔器已回歸我的腳下，跟小狼繼續向前。飛入黃色帶時，看到裡面飄浮著另外八個人，小狼真是厲害！不過，他怎麼幫我拿了一支射線炮，就像我那個年代的火箭筒。當然，這把武器外觀比火箭筒美觀許多，銀白的身體上還有黑色的花紋。不過一個女人扛著炮真奇怪，開炮不是男人最喜歡做的事嗎？

撫額，罷了！反正他們也沒把我當過女人，只有龍那個變態，估計他其實喜歡男人，所以喜歡像男人一樣的我！

「精彩！太精彩了！靈蛇號果然帶給我們完全不一樣的比賽！」

那個討厭的主持人又在說了，我嫌他煩，對準了那個主持台。現在武器能瞄準的距離非常遠，這

支射線炮若想射到一千公尺以外也不成問題。

然後，我看到了那個智慧型機器人一臉僵硬。

「呃……靈蛇號，請問您現在瞄準的……是我嗎……」忽然間，瞄準鏡內又看到了別的東西，是主持人所在建築後面的機器人戰船，它們正慢慢朝這裡移動，密密麻麻像蜜蜂一樣前進。

這個現象有些奇怪，因為它們再靠過來便會撞上我們的賽道。疑惑間，一塊巨石擋住了瞄準鏡，小狼扣住我的手。

「小雨姊姊，冷靜，妳不能隨意破壞比賽外面的場所。星盟要賠償的！」

揚了揚眉，只好放過那個煩人的主持人，我向來喜歡破壞這個世界的智慧型機器人。

後面也有人飛速追來，一眼看到了深紫的衣甲，立刻轉身飛離。

在黃色地段裡，每個人只能拿取一把武器，之後其餘武器會被鎖定，不過可以更換。看到有射線劍，我毫不猶豫地更換，我果然還是喜歡劍。難怪會對賤賤的東方動了心……哎……

飛出黃色賽道時，感應到背後危險來臨，眼前的螢幕播放出我身後的景象，居然是夢拿起了那支射線炮。

「看，我為妳挑的沒錯吧！現在被夢搶去了。」小狼說話間，已經側飛躲閃出去。

在夢開炮時，我也飛速側飛、閃避。後悔了，不該把炮留下。

射線炮的射擊速度非常快，儲能片刻後又能射出，射程也非常遠，我一時陷入被動，躲在巨山喘息時，一束粗大的光束就從我臉邊直接而出，瞬間炸穿了整座山。僵了僵，剛才我射別人挺拉風的，現在被人射就不好玩了。

「呼！」還好，沒射中……

看來夢還不知道我已經看出她的身分，不然不會這樣肆無忌憚地攻擊我，可見她對我積怨已深。

「哇……女人真恐怖。」小狼還有心思開玩笑，我在螢幕裡瞪他一眼，開始不停地在巨石裡穿梭，和滑翔器分開前進，用巨石和滑翔器擾亂夢的視線。

我開始向她靠近，她扛著炮不斷捕捉我的身影。她的精準度也非常高，不愧是大統帥的女兒，難怪她容不得別的女人比她強。開啟全速，飛出了巨石，直接站在她的面前，滑翔器豎起在我身旁。她身後的參賽者不知為何都不動了，都懸停在四處看我和夢的對決。

當我飛出之時，夢雙腿飛開，拿好了炮，朝我瞄準。光源閃現之時，我指尖揮動，護盾打開，滑翔器到我身前，在射線衝出的頃刻間，我抱住滑翔器向前倒落並同時轉身，射線緊貼滑翔器的面板從我面前飛過。

然後，我緊貼滑翔器在射線下飛速前進。在滑翔器的電磁盾和衣甲的電磁盾雙重保護下，讓我即使緊貼光束邊緣也不會被灼傷。粗大閃亮的光線恰好隱藏了我和滑翔器的身影，在射線的光芒中是不會有人看到粗大射線下的我。當光芒消散，我已經飛過夢的腳下，懸停、轉身，慢慢升起，站在了她的滑翔器上，緊靠她的後背，而她還不知情地繼續看著前方。

「這、這是……」主持人變得結巴，手中射線劍開啟，沒有直接擊殺她，而是從她頸邊射出，登時，她僵住了身體。

「這、這、這到底是怎麼回事！靈蛇號到底是怎麼接近追風者的？」

周圍一片寂靜，我靠近夢的耳邊，輕聲說：「夢，有必要自相殘殺嗎？」

她的身體更加呆滯：「妳、妳怎麼知道？」

「是妳的胸出賣了妳。」說罷，射線劍揮落，劈斷了她手中的射線炮。然後再次撈起了她的腰。

「蘇星雨！妳敢再扔我試試看！」她在我手臂裡怒喝著。

她一句大喊，讓周圍的人立即發出了大大的驚呼！

「蘇星雨！難道是星凰一號！」

「什麼？居然是星凰一號！那個老骨董！」

「不可能吧！老骨董怎麼會做這種事！」

我在她身後翻了個白眼：「喔！謝謝，拜妳所賜，我更出名了。」

「到底怎麼回事？到底怎麼回事！」那個聒噪的主持人在宇宙裡大吼，蓋過了周圍的驚呼：「我相信大家和我有一樣的疑問！因為隱身迷彩系統在銀河滑翔器大賽裡是禁用的！幸好，我們有重播！不如讓我們看看到底怎麼……」

「轟！」突然一聲巨響，視角裡耀眼的光芒炸亮，登時一陣強烈的氣流朝我們衝撞而來，頃刻間掀起了我們身旁的巨石，朝我們撲來！

這是怎麼回事？有人替我炸了主持台？來不及猶豫，我將巨大的滑翔器揮來身邊，護住了自己和夢。

巨石撞上了我們，還有其他人，我們被震飛的同時，看到剛才還有巨大建築的太空，此刻已經空無一物。主持台的碎片受到行星引力的影響，正朝我們的賽道快速飛來，有的撞上了一旁的引力場建築。登時，賽道裡的引力系統全線癱瘓，我們感覺到了從鋼蒂爾星的引力。

幸好我們還在光環中，這引力不會把我們吸入，倒是會像光環裡的石塊一樣從此繞行。所以不能摔出賽道，摔遠了就要被吸回去了。被這波巨大的衝擊撞出光環的巨石受到了鋼蒂爾星的引力影響，開始墜入鋼蒂爾星，我們所有人穩住身形，以免被衝撞出賽道。

就在我們穩住時，無數飛船從我們上方掠過，直衝鋼蒂爾星，我們驚訝地怔立在光環中，看著大大小小的飛船從光環上方飛過，還有一艘巨大的母艦正從我們頭頂慢慢進入鋼蒂爾，巨大的壓迫感讓我們有如泰山壓頂。

「到底怎麼回事？」我問夢，她的頭盔對準我，面具的避光層打開，露出了比我更困惑的臉。

「我怎麼知道？」

「那、那是我們西風家族的母艦！」西風呆呆站在巨大的母艦下方，抓狂地大喊：「誰命令它進鋼蒂爾星的？難道是被侵略了！」

我和夢，還有聽到他話的所有參賽者都驚訝地看他。忽然，光線從我們面前閃過，那些戰船居然攻擊我們了！

「到底怎麼回事？」小狼出現在螢幕中，一臉著急：「小雨姊姊快閃避！」

「知道！」我放開夢：「現在沒空搞內戰了！」

「我當然知道！」她靠在了我的後背：「要是讓我知道是誰搞的鬼，絕對饒不了他！西風！你們家的母艦怎麼叛變了！」

「冤枉啊！夢！我西風對天發誓，我們西風家族絕對不會背叛妳斯圖爾家族的！」

西風說話間，一塊巨石撞上了他的後背。然後，他被撞到別的地方去了……

夢僵硬片刻，我看到前面飛船飛來，開始向我們攻擊。我立刻迎了上去，閃過對方的攻擊，直接站上了機頂，用衣甲蓄力於手臂，一拳下去，直接砸穿了機艙的玻璃層，毫不猶豫地拽出了智慧型機器人的腦袋。瞬間，失去駕駛員的戰鬥機歪歪扭扭墜落。

我躍回夢的面前，手裡是智慧型機器人的頭，夢僵硬地看我。我打開避光層，好讓她見到我生氣的臉。

「還發什麼呆，不戰鬥的話，死的就是妳，妳可不是智慧型機器人！」

她驚得撐圓了眼睛，我把機器人的頭拋在她手中。

「不是一直覺得實戰比不上我嗎？這次就是個機會！大小姐，別讓我看到妳腿軟的樣子。」

說罷，我飛落巨石，滑翔器迴旋在我身邊，擋住那些還在不停衝撞過來的石塊。

眼前的情況很蹊蹺，我發現戰鬥機並不攻擊別人，只攻擊我，或者應該說是靈蛇號。而更多的戰鬥機正朝鋼蒂爾星進擊，既然成了目標之一，自然先要找個地方隱蔽。

「小雨姊姊，右下方！」眼前的螢幕裡出現了小狼的座標，我追了過去，同時打開公共頻道邀請還活著的所有參賽者，眼前的螢幕裡迅速增加進入公共頻道的人。

趕到小狼身邊時，他正躲在一座巨山的凹洞裡，這裡確實是一個不錯的藏身之處。夢也很快趕了過來，西風似乎被拋得很遠，暫時還沒消息。

當我們齊聚時，光束從小狼頭盔裡射出，螢幕放大，龍出現在螢幕中。

「小雨、小狼、夢、西風，現在是緊急事態，有人控制了四大家族的母艦，現在正在攻擊鋼蒂爾星。」

攻擊鋼蒂爾星？那東方呢？

「怎麼會突然發生這種事？」夢覺得很不可思議：「誰敢襲擊四大軍火家族？活膩了嗎？難道不知道我們靈蛇號在？」

「我看對方就是衝著我們來的。」奧晶那張陰陽怪氣的蛇臉出現在螢幕中。龍的神情變得正經。「現在光環裡才是最安全的地方，好好隱藏，不要出來。限制裝置正好被他們破壞，戰鬥系統和防禦系統已經開啟，你們可以好好地保護自己。」

「龍！裡面情況如何？」夢憂急地看著他：「你有沒有事？」

龍溫和地看著她。

「剛鐸家族還留有一部分人類部隊，正在反擊，不用擔心。對方劫持四大家族的母艦，應該是有所圖，等他們的首腦露面，自會知道他們的目的。在此之前，你們躲到安全的地方隱蔽。」

「周圍防線那麼嚴密，怎麼會有突襲這種事？」小狼雙手環胸，面具裡的臉露出嘲諷：「副主席，看來你的情報網不怎樣啊……」

奧晶面不改色心不跳，依然那副陰沉的模樣。

「銀河系裡只有一批人的行為最難掌控，他們做事隨性、行為乖張，這次的突襲多半是他們。」

「誰？」我隨口追問，但見小狼的臉已經大驚失色，身邊的夢也露出同樣吃驚的神色：「難道、難道是海盜？」

「海盜？」我疑惑地看向他們，小狼擰起眉說明。

「星際海盜。比其他反叛組織更麻煩，他們做事沒有規律，也沒有計劃，而且非常殘暴。每艘被

他們擄劫的飛船，都不會留下半個活口。無論是星盟還是反叛組織的船，他們都會搶，之前的銀獅就是他們的成員之一。」

「這次會不會是為銀獅報仇？」夢面露沉思。

「海盜只求財，他們可沒友情這種東西。」奧晶陰陽怪氣地說。忽地，他細細的眼睛移向一邊：「龍，對方要跟我們對話了。」

龍微微一笑，他和奧晶都是那麼鎮定，面對飛船母艦的進攻絲毫未露緊張的神色，依然如同往常。他們從容不迫、鎮定自若，作為主席和副主席當之無愧。

說話間，面前的螢幕分出，另一個螢幕上出現了一個光頭男人，耳朵分外尖長卻耷拉下來，眼睛暴突，長相十分喜感。他沒穿衣服，只穿一條吊帶的褲子，上身披掛了各種武器。他出現的那一刻，小狼和夢就露出吃驚神色。

「海盜王索倫！」

他們的驚呼道出了這個光頭怪的身分。雖然我對星際海盜的了解不多，但是對於海盜王索倫還是有點耳聞。他就是現在最大的海盜頭目，自封為海盜王，並且擁有一艘神出鬼沒的幽靈號。他旗下的海盜不計其數，其中也不乏高科技的人才。

「喲！好久不見，星盟主席，龍。」他說話的聲音像小丑，咧開的笑容也分外詭異。

龍也揚起微笑：「真沒想到是索倫大王親自出馬，你能投案自首，我很高興。」

「哈哈哈……」索倫扠腰大笑，身上的八塊腹肌緊致分明，他身後忽然飛快晃過某物，我一時沒看清，只見他雙手撐上控制台邪笑：「投案自首？怎麼可能？看在你正處於妄想的年齡，原諒你。」

龍微笑的眸中劃過一道寒光。

「我要靈蛇號，一百億銀河幣，外加──」他瞇起了那雙暴突的眼睛，舔了舔嘴：「那個星凰一號。」

「不可能！」龍居然直接回絕，他的臉瞬間陰沉下來，夢側臉看向我。

小狼依然看著螢幕：「哼，真是獅子大開口！」

奧晶細細長長的眼睛也瞥向龍，龍瞇了瞇眼睛。

「索倫，既然你今天來了，我就不會讓你逃脫，援兵很快就到！」

「是嗎？」索倫完全無所謂地揮揮手：「那我現在就帶走四大家族的母艦，也不虧。順便再引爆你的靈蛇號……喔！」

他故作吃驚的模樣。

「聽說方舟能源爆炸是要產生黑洞的！哈哈哈，我居然要創造新的黑洞了嗎？好激動！好興奮！怎麼辦？」

「索倫！」龍的神情終於出現了波瀾：「你敢！」

索倫咧開嘴：「我為什麼不敢？我是無惡不作的索倫大人！不像你，你還是一個乳臭未乾的毛頭小子，哈哈哈。啊……對了，星凰好像不在你的手上，她去參加銀河滑翔器大賽了！」

「他怎麼知道！」小狼驚呼起來。

賽道內因為各種磁場以及距離太遠，攝影機無法捕捉聲音，所以夢叫出我名字時，攝影機是轉播不出去的，因此才需要一個聒噪的主持人來營造激烈熱血的氣氛。我微擰雙眉，知道我身分的，顯然

只有剛才聽到夢叫我名字的那些參賽者，那裡面有海盜的奸細。

「如果你不把她叫出來，在我等你考慮的時候，不如玩玩貓捉老鼠的遊戲如何？」索倫的話讓龍擰緊了眉，渾身的殺氣如黑洞一般可怕。「星凰一號，妳在哪兒？快到索倫大王懷裡來！」

小狼迅速關閉另一個螢幕，滿臉的嫌惡：「真讓我噁心！」

「小雨，現在的情況妳不能出來！」龍沉沉警告我。

「沒用的，龍。」夢認真地看著龍：「索倫如果出動飛船搜索，即使小雨用迷彩隱形，也還是能探查到她，發現她只是時間問題。」

「不錯。我同意夢的話。」我在久久的沉默後開了口。

小狼、夢、龍還有奧晶都看向我。

「與其坐以待斃，不如主動迎擊。我聽迦炎說過，機器人部隊的控制在母艦裡，只要佔領母艦就能控制機器人部隊，我們用海盜的方法來對付海盜，奪回母艦。不過母艦這麼容易被突破，顯然四大家族裡有海盜的人。」

正說著，洞外忽然劃過人影，幾乎是反射性的，我們三人的武器系統全開，無論是衣甲還是滑翔器上的武器都對準了來人！

登時把他嚇得雙手高舉：「是我，是我。」

原來是西風。他僵直站在外面，我們一起收回武器，他才長舒一口氣：「總算趕過來了。」

「有沒有人跟蹤？」夢沉臉問。

他搖搖頭，立刻飛進來跟我們會合。

「也未必是海盜的人。」奧晶在螢幕裡繼續說了起來：「多半是被海盜收買的人，人心隔肚皮，利益誘之，自然有人會出賣自己的主人。」

夢立刻冷冷看向西風：「果然還是你家裡出了內賊！」

西風嘆口氣：「我剛才也嘗試跟母艦裡的人聯繫，沒能聯繫上，看來多半是死光了。」

夢一直用火大的目光看西風，西風也很委屈，他又無法預測誰會是內賊。

「小雨，妳不要輕舉妄動，現在敵眾我寡……」

「不一定。」我打斷了龍，看了看公共頻道：「我們有三十人，十五個小隊，不必四艘母艦全部佔領，只要奪回三艘已經足夠。」

「三十人？妳哪來那麼多人？」奧晶吃驚看我，終於在他陰陽怪氣的臉上看到一絲變化。

「海盜能這樣悄無聲息地前來，勢必來的人一定不多，所以我們有贏的機會。他們能用錢收買四大家族的人，你們就不行嗎？來參加銀河滑翔器大賽的人，每個人都有內心想迫切實現的願望，就看你們星盟這次肯不肯出錢了。這批人能成為一群精良的傭兵！別忘了，他們現在是離所有母艦最近的人。雖然你們沒有把他們當人看，但是在我眼裡，他們是不錯的戰鬥力。在不利的戰局中，集結現有的戰鬥力是首要的。而且我想，相對於海盜提出的錢來說，你們星盟的面子和尊嚴才更重要。他們可以答應海盜的請求，但是這樣豈不只星盟，連四大軍火家族都怕了海盜？那才是他們要守護的最重要的東西，就是他們的尊嚴！」

當我說完時，龍睜了睜黑眸，定定看我，奧晶也張開長長的嘴，半天失神。他們沒有把我當作一個人，自然也不會把那些拚殺的參賽者放在眼中。星盟一直目中無人。

「這是個好主意！」身邊的西風激動起來：「我可以率領一隊進入我們西風家族的風暴號，這些搏命的人，絕對有以一敵百的實力！」

夢也一直看著我，我繼續看著龍：「如果同意出錢，我就開始集結。」

龍和奧晶漸漸回神，陷入對視似地沉思，奧晶對龍點點頭，龍越發深沉地看我。

「作戰計畫是什麼？我們可以配合妳。」

「我會靠近每艘要潛入的母艦，吸引對方視線，他們不是要和我玩貓抓老鼠嗎？」

「小雨！那樣很危險！」

「所以……」我垂眸淡淡地說：「我想見東方一面。」

抬眸時，看到了龍和奧晶更沉默的臉，他們擰緊雙眉，第一次視線落在別處，沒有看我。看到他們一副有口難言的神情，我的心已經沉落。

「東方是不是死了？」

「本來想等事情結束後告訴妳……」龍抬起眼瞼說道。他擰了擰眉，點開了一個螢幕，螢幕裡是一塊巨石落在我們所住的花房區，巨大的石山把那裡徹底摧毀。

「小雨姊姊。」小狼握緊了我的手臂，我的眼前倏地一片發白，身體止不住地輕輕顫抖。

「對不起，炎沒有保護好東方……」龍低低的聲音讓我緩緩回神，心劇烈地抽痛，我擰緊了雙拳，繃緊身體只為讓自己不再顫抖。

不！我不相信東方就這麼死了！就像他不相信血赫這麼容易死去，他一定趁亂逃走了！

「很好，那我沒牽掛了……」我淡淡地扯出了微笑：「你幫我拖住海盜，給我們部署的時間。」

「小雨！」在龍的厲喝傳來時，我直接揮去了螢幕。小狼愣愣看我，我忍住內心的痛苦和差點湧出眼眶的淚水，化悲憤為力量，沉沉看向洞外。

「將在外，軍令有所不受。現在，你們是想躲在這裡被海盜得逞，以後被人恥笑，還是跟我去奪回母艦？」我倏然轉臉，灼灼注視眾人。

小狼和夢怔怔看我，西風非常堅定地說：「只要妳能集結其他人，錢不是問題！」

我點點頭，深吸一口氣，開始恢復冷靜，揮開自己面前的螢幕：「現在，先要除去內奸。」

「怎麼除？這麼多人！」小狼回過神，看向我的螢幕。

我面無表情地答：「這不難，引蛇出洞就行了。」

東方，你最好盡快跟我聯繫，否則我死給你看！

開始向每一隊發送不同的座標，告訴他們我們靈蛇號還活著，就在那個座標上，讓他們原地等待救援。

「小雨，妳這是？」夢驚訝看我。

我再揮開全域地圖，看哪些座標被敵人的戰船迅速靠近。

果然，在第六個座標點，戰船轉向，開始靠近。

「我去除掉內奸！」小狼說罷飛了出去，前往收到第六個座標的第六組人方向而去。

我囑咐他小心。然後，我將剩餘的十四隊人拉入私密頻道，開啟視頻。

夢立刻上前一步：「我來說。」

「別！」西風拉住了她：「這些人裡，很多人對我們貴族還有星盟存有很深的成見，此刻妳的出

現，只怕沒有作為冰凍人的星凰一號效果好。」

蔓怔怔看西風。

時間緊迫，我沒時間等他們討論，直接連上線。

「大家好，我是星凰一號蘇星雨，現在，星盟需要大家協助奪回母艦！」

立刻，一個接著一個螢幕出現，不同星族的男男女女的臉出現在螢幕中，他們在片刻的驚訝後，變得不屑：「我們憑什麼要幫助星盟？」

果如西風所言，他們對星盟意見很大。我認真環視他們每一張臉。

「因為奪取母艦的是麻木不仁的銀河系海盜王索倫！」

「什麼？」男人、女人，當聽到索倫這個名字時，都露出驚詫甚至是恐懼的神色！

「他要什麼？索倫肯定向星盟提出了條件！你們給他！快給他！」有人失控地大喊，眾人也是一時沉默無聲。

我淡淡看著他們：「索倫提出要靈蛇號、銀河幣以及我。」

立時，眾人目光交錯，有人已經幾乎是嘶吼地大喊起來：

「那就給他們！給了他們，他們自然會走！快給他們！你們還在猶豫什麼？那是群魔鬼——」

很多人變得沉默，低下臉不再看我。我慢慢垂下目光。

「是嗎？所以你們認為應該犧牲我是嗎？原來我在你們的眼裡也不是一個人，只是一件骨董！我原本以為同樣不被重視、不被尊重的我們是一樣的。結果，你們和那些貴族也一樣，貪生怕死，不過一群盜賊就讓你們瑟瑟發抖。」

「他們殺人不眨眼的！」一聲恐懼的大吼衝出口。

「看來你曾受到他們的傷害，那麼，你為什麼不報仇？」我看向他驚恐的雙眸。

他驚恐地全身顫抖。

「既然你選擇了銀河滑翔器大賽，難道還怕死嗎？」

他愣住了神情，大睜的眼睛裡是紅紅的血絲。

我看向所有人，大聲質問：「在你們廝殺的時候，難道還會憐憫被你們殺死的人，心中還有愧嗎？你們那個時候跟海盜有什麼兩樣，不是一樣殺人不眨眼嗎？」

二十八個螢幕，二十八張臉，都怔怔看著我，身邊是西風和夢發怔的神情。我捏緊了雙拳。

「星龍已經被他們殺害，既然你們認為我應該去犧牲，我會去的。但既然同樣是去送死，我一定要先為星龍報仇！即使只有我一個人，也要殺到最後！讓那群海盜為我的星龍陪葬！」

抬眸之時，是我凜然的氣勢和渾身的殺氣！

二十八個人的視線集中在我一人身上，眸光中是閃閃的火焰。

「哼，我們銀河殺手是傭兵。」其中一個褐色皮膚的大漢說了起來：「只要給我們足夠的錢，我們願意跟妳去。」

「我也去，作為妳剛才救下我妹妹的報答。」

「我也是，我們萬若星最講義氣，妳剛才救了我夥伴，我會以命相助！」

「好吧！看在我是妳腦殘粉的分上，我會幫妳。」

「啊咧！好像比滑翔器大賽還要有趣喔！」

「我要去！我要為哥哥報仇！早就想找這群海盜了！他們這次自己送上門了！」

「我也去！」

「我也是！」

胸口有團火焰在燃燒，但是現在不是感動落淚的時候。我點點頭，繼續說道：

「我能為大家做的，就是任務完成後，達成你們每個人的心願。」

登時，二十八個人瞪大了眼睛。

「真的？」

「不會吧！」

「我們所有人的心願？」

「我們打得你死我活只有一個心願，這次可以是全部！我們為什麼不拚一次？」

「對！只要成功，我就是富翁了！星凰，妳不會說話不算數吧！」

他們一聲又一聲迫切地追問我，我看向夢：「該妳說了。」

夢怔了怔，立刻上前一步，正視眾人。

「大家好，我是第一星國大統帥長女，斯圖爾．夢，我可以在這裡跟大家保證，只要是星盟能夠完成的願望，一定幫大家完成！」

「太好了！」

登時，群情激憤。

「很好。」我看向西風：「西風，武器還能傳輸過來嗎？」

他點點頭：「短程傳輸系統鎖定的是座標，所以可以傳輸武器。」

我再次看向眾人：「我現在會和星盟主席龍宇聯繫，讓他傳輸武器給大家。」

說罷，再次連上龍的頻道，立刻看到了他格外陰沉的臉以及站在他身後的月，和坐在一旁似是陷入精神力探索的爵。

「蘇！星！雨！」第一次，龍咬牙切齒地喚出我的名字。

我面無表情看他，無視他的火大。

「人我已經幫你集結好，這是他們的座標，請按照他們的要求傳輸他們所需要的武器。」

「妳！」他咬牙切齒瞪了我一會兒，轉開臉，沉臉命令：「準備傳輸武器！」

「是！」

「月……」我看向他身旁的月。他悲痛地、自責地看著我，淚水在眸中顫落。

「對不起……小雨，我們沒有保護好東方……現在爵正在找尋他有無生還的希望。」

爵在找東方？如果東方是逃走，被爵找到怎麼辦？

「找到了嗎？」我立刻問。月悲痛地搖搖頭。

「還沒……但我們感應不到他的微腦細胞……」

莫名地有些放心，微腦細胞是我除去的，他們以此來判斷東方是否生還嗎？東方，你怎麼還沒聯繫我！就算你要離開，難道連聲再見也不跟我說嗎？忽地，爵擰了擰眉，慢慢睜開眼睛。月立刻到他身邊：「怎麼樣？找到了沒？」

我一時有些恍惚，爵的精神力不是探測東方的微腦細胞，而是東方這個人。東方怎麼可能避開他

的精神探查……難道東方他？

大腦嗡嗚起來，恍惚的視線裡是爵疲憊的臉龐。

「你們既然有利亞星人，不能用精神力控制母艦裡的人嗎？」面前的螢幕裡傳來疑惑。

身邊的西風解釋了起來：「正因為利亞星人的精神力，所以我們在母艦的設計上加入了精神力遮罩系統，會產生一個專門應對精神力的護壁，讓他們無法進入！」

聽到這句話，我心裡又重新燃起希望。東方是一個做事很縝密的人，他難道會沒想到要擺脫爵的精神搜查？他一定也用了什麼東西，遮蔽了爵的精神力。

西風說得有些得意，可是很快又氣悶撫額：「沒想到這次我們自己也進不去了。哎……」

「小雨，武器已經定位。我要知道妳所有的作戰計畫，這次不准再斷我的線！」面前再次出現龍生氣陰沉的臉。

我點點頭，開始部署。而龍的螢幕裡遠遠傳來索倫的聲音，顯然他們正在幫我拖延時間，跟索倫繼續談判，因為奧晶不在龍的身邊。

爵愧疚的目光從龍身後而來，我知道他又在自責。看著他疲憊的臉，我很感動，他在為我努力尋找東方。雖然我懷疑東方乘機逃走，但爵並不知道。

「爵，現在我們沒有時間悲傷，如果你真的覺得對不起我，為東方的事感到悲痛……」我頓住口，一時也變得難言。

夢撫上我的肩膀，輕輕說了聲：「節哀吧，讓我們一起為東方復仇！」

對，替東方報仇。因為我現在也只敢假設東方逃走了，我接受不了那麼厲害的東方，會造機器人、會改編機器人，甚至在靈蛇號眼皮子底下建立我們自己網路的天才，最終被一塊石頭砸死。我相信就算是那個血赫也不會相信的。

我再次振作，看向爵：「就幫助我們戰鬥。」

爵的銀瞳閃爍起來，掃去裡面的內疚、自責和悲痛。月重重按上他的肩膀，龍也轉身看他，他在他們的鼓勵中，對我們點了點頭。

龍立刻說：「月，讓圖雅休息一會兒，讓爵搜索內應。」

說罷，爵點了點頭，已經閉上眼睛，開始他的搜索，而月走出了螢幕。

龍繼續看我們：「我們懷疑星球裡面也有海盜內應，等我們處理後會來接應你們。」

我點點頭，就在這時，小狼正好返回，滑翔器飄過身邊，手裡拎著兩個人頭，滿臉的不屑。

「還以為有多厲害，呿！真不禁打。」

眾人看向了他，他也看向集結的十四隊人，面容流露出一絲輕蔑，舉起手裡的戰利品。

「這就是你們怕的海盜？沒想到你們這麼弱。」他隨手扔出，人頭飄浮到我和夢之間。夢嚇了一跳，下意識地拍開，人頭飄到了他處。

「啊！小狼，沒想到你平時挺天真，居然那麼血腥！」

「夢，不怕。」西風乘機攬住她肩膀：「小狼是獸族，獸性才是他們的本性。」

此時，二十八個人臉上露出不同的神情，有震驚、有不服、有不屑，也有盯著人頭滿臉憤恨。

雖然我很吃驚自從參加銀河滑翔器大賽後，小狼像完全變了一個人，但他這個舉動倒是成功地刺激到他們。他的首戰告捷，也為他們帶來了更多的自信。

接下去，我開始正式分隊。龍也傳來剛鐸家族和里昂家族母艦的設計圖，這在平時是根本不可能的事情。每個家族的母艦都有一個祕密潛入口，正是為應對今天這種特殊狀況而造，平時這個祕密潛入口只有家族最高成員才知道。這次任務是以奪取主控制室為主，以免耗損隊友。

第一隊，由西風帶隊，率領九人負責潛入西風家族的暴風號。

第二隊，由夢帶隊，率領十人進入里昂家族的阿波羅號。

第三隊，由小狼帶隊，率領九人進入剛鐸家族的巨人號。

部署完畢後查看現在的母艦位置。

暴風號離我們最近，可見是近距離威脅鋼蒂爾星。而巨人號、阿波羅號，以及沃夫特家族的富豪號居然正圍在靈蛇號周圍，難怪他們威脅龍要炸毀靈蛇號。靈蛇號如果被小飛船圍攻，護盾還能撐一會兒，但是三艘母艦就撐不住了。

所以，只要成功奪回母艦，也就能解救靈蛇號了。

大家商量完畢，我踏上滑翔器。小狼和夢還是略帶擔憂地看我，龍在螢幕裡神情嚴肅地說：

「放心，奧晶已經問索倫要星凰的原因，星凰現在是全銀河系最貴的女人，所以他要活的。」

我點點頭，再次看向被我拉入戰局的二十八人。

「各位，我蘇星雨不是要你們跟我一起去送死，所以，一旦有危險，各位的生命至上！」

他們看著我陷入發怔的表情。我繼續鄭重地囑咐：

「大家務必小心，記住，死了就無法實現願望，所以，一定要活下去！」

他們的眼眸同時睜了睜，忽然一起向我右拳砸上自己的心口，齊聲而喝：「一定活下去！」

我放心地看他們一眼，飛出了巨石的小洞。緊跟著，他們也開始運用迷彩系統隱身，紛紛進入指定地點會合。

小狼、夢和西風隱藏在我身後不遠處。迷彩系統可以隱身，但不是無敵，要看敵人是否注意。如果他們有所警惕，會用生物感應來搜查隱身者，所以需要一個人來轉移敵人的視線。就是我。

我直接飛向不遠處巨大的、像太空堡壘一樣的母艦暴風號，尚未靠近，幾艘飛船已經朝我而來。我切換頻道，看到了索倫邪獰興奮的笑臉。

「喔！星凰一號終於出現了！龍，你們現在可不能保護她了！看到我折磨星凰，一定有很多人跟我一樣激動興奮吧！哈哈哈哈……」

果然如龍所說，戰船雖然攻擊我，但並未直接瞄準我，而是在我四周掃射。真是跟龍一樣變態。腳踏滑翔器瞄準了其中一艘飛船，當射線射出時，「轟」一聲，戰船在我面前爆炸。瞬間，其他戰船停止了掃射。

螢幕裡顯現索倫興奮瞪大的眼睛。

「喔！看來你們教會她不少東西，有趣！真有趣！星凰，就讓我索倫大王來征服妳吧！」

我在他興奮的大喊中甩出了射線劍，迎上面前的戰船，快速在它們之間閃避，長劍狠狠刺入它們的身體，一艘又一艘戰船在暴風號周圍爆炸。我打開電磁場，全方位保護自己不受爆炸所傷，一個又一個爆炸在宇宙裡綻放一朵又一朵鮮亮的煙花。

我一邊戰鬥一邊後退，將暴風號周圍的小戰船吸引過來，拉長戰線，開始往靈蛇號方向慢慢移動，在那朵朵爆炸之中，傳來西風的話：「我們已經成功潛入，Over！」

很好，第一步計畫成功。

踏上滑翔器，開始吸引戰船跟隨我。我佯裝逃跑，它們在身後急追，利用光環裡的巨石又甩脫不少，然後飛出光環，更多戰船追在我身後。我裝作沒有方向地亂竄，帶領所有人往靈蛇號方向靠近。

終於，遠遠地看到了包圍在靈蛇號附近的三艘巨大母艦以及小型飛船，那些飛船也飛了出來。正要迎上去，忽然出現了較大的像是機甲的巨型工程機器人，它們伸出了機械手臂要來抓我。

我立刻揮起劍朝它們砍去。

「小雨姊姊！」小狼著急的臉出現在螢幕中；「太多了！妳一個人太勉強了！」

我只是看他一眼，毫不猶豫地砍斷了機械手臂：「小狼，完成你的任務，我才能脫險。」

小狼怔住了神情。

「小狼。」夢的臉也在旁邊出現：「工程機器人也是母艦控制，你越快突破，戰鬥越早結束。」

小狼咬咬牙：「小雨姊姊，妳堅持住！」說罷，他的畫面切斷，夢認真看我。

「蘇星雨，以前我一直很討厭妳，但是我忽然發覺，如果沒有一個像樣的情敵，反而襯出我的悲哀！所以，我要妳繼續做我斯圖爾．夢的對手！」

我看著她眼睛裡灼灼的目光，點了點頭。眼前已經被機器人團團圍住。

積聚滑翔器所有能源，朝靈蛇號的方向發射。粗大的、近乎射線炮的進攻為小狼和夢他們打開了通往靈蛇號的通路。這之後滑翔器已經再無戰鬥的能力。

看向四周，機器手臂太多了，我會被活捉的。

機器人開始朝我急速飛來。眼前出現了龍的影像。

「小雨，內應已除，現在我派人接應妳。」說罷，他看向一旁：「奧晶，掩護他們出去！」

會是誰？

就在這時，一條機械臂突然朝我砸來，我立刻揮劍，卻被一條機械臂扣住我的手臂！

發力之時，忽然機械臂斷開，我以為是被我自己扯斷的，卻有一個白色的身影突然落到我的身前。我怔怔站在他的後背，心情莫名地澎湃起來。他一身白色衣甲，衣甲上是龍形的水墨圖紋，霸氣中透出古人的儒雅。他是誰？

是龍說的接應我的人？可是，為什麼我的心情會莫名激動？激動得我無法呼吸，心跳不斷加快。

忽然，他雙手之間出現了閃耀銀光的電磁棍，在空中只是略作停頓就朝那些機械臂躍去！

「寶貝兒，妳還愣著做什麼？」當聽到他的話音時，我的心跳也在那刻停滯。混帳東方！你知道我有多擔心你嗎？真想此刻上去狠狠揍你兩拳，讓你知道讓我擔驚受怕的後果！

我就知道他不會那麼容易死，這個世界只有賤人活得長久！但是，面前依然開啟與龍的對話螢幕，我不能讓他看出我內心的激動，我立刻故作迷惑看他。

「你的人？」可是心裡已經洶湧澎湃，欣喜得胃有些抽筋。

他也面露疑惑，微微蹙眉後說：「看來是正義之士。」

心中暗暗地笑了，而面前的白衣戰士已經打開了一片天地，停落在眾飛船之間，舉棍仰天大笑，出現了和阿修羅一樣的金屬變聲：「哈哈哈哈……你們星盟不能守護星凰，我阿修羅來守護！」

這個東方賤人！居然冒充阿修羅！你那身衣甲就不對了好不好！

「噗！」發出這聲音的不是我，而是龍。我看向龍，他注視著別的地方，似是某個螢幕，眉峰擰緊，咬牙叫出了那個名字：「阿修羅！」

我故作安心：「原來是阿修羅，這樣我就不擔心了。」

「不是他！」龍憤然拍案，我驚訝看他，他微微一怔，側開臉：「炎和月很快就到，妳再堅持一下。」

說罷，他一臉憤懣地切斷了通信。他剎那間的憤怒是為何？雖然知道他一直與阿修羅敵對，可他那表情更像是阿修羅不該來插手我的事。

「別發呆了！」

「阿修羅」的棍子忽然揮到我的面前，撥開了想要抓住我的機械手臂，我與他正好面對面。

我複雜地看他，但現在不是煽情和訴衷腸的時候。他的面罩放落了遮光層，無人能看到他的臉龐。

「白癡。」他輕輕對我說了一句。

我咬咬唇，瞪他：「你才白癡！」

亮出雙劍，他舉起長棍，我和他相視點頭，同時轉身，一起面對眼前的敵人！

就在這時，遠處一陣紅光閃過，下一刻，月牙色的身影閃現我的身旁，是月！緊接著迦炎遠遠飛來，落到我另一邊，哽咽看我：「對不起……」

這才是龍說的接應我的人——炎和月。

「什麼都別說了。」我阻止他說下去，背後的人貼上我的背，幾乎是完全靠了上來，我甚至可以看到他臉上賤賤的笑容，他心裡一定在暗爽。

「阿修羅，沒想到我們也有並肩作戰的時候。」迦炎的語氣嚴肅起來，東方的事似乎對他打擊很大：「小雨就拜託你了，我和月會對付那些機器人。」

「好。」賤賤的東方說，那金屬的變聲讓人自然而然把他當作了真的阿修羅。

他倒是聰明，居然盜用阿修羅的身分，讓他的出現變得合理。阿修羅向來喜歡多管閒事，這樣他離開後，也沒人會去過分追查他到底是誰。

在迦炎和月衝出去幫我打落飛船時，我換了內部頻道：「賤人，你不怕真的阿修羅出來？」

「怕什麼？」他笑得有點壞，在我身後拿起長棍再次進入備戰：「既然妳認為阿修羅跟靈蛇號如影隨形，說不定他就在靈蛇號上。現在用他的身分是最好的，因為他可沒工夫變成阿修羅來救妳。」

我的神經瞬間繃緊，東方說得對！我之前走入死胡同，只想著阿修羅會不會和東方一樣入侵靈蛇號系統，卻沒想過他就是靈蛇號的成員。東方你太棒了！

忽然，面前飛來飛船，我揮起雙劍迎了上去。東方，我就知道，你不會扔下我不管！雙劍揮下，飛船被切成了兩段。雖然索倫不傷我，迦炎、月和東方那裡卻是激戰連連。

「你的手沒事了嗎？」我擔心東方手臂上的傷。

「怎麼沒事？暫時打了麻醉，不能被別人看出來。」

他說得對。我偷偷看了一眼他的手臂，果然運用自如。

「你這麼快就適應衣甲了？」

「雖然今天是第一次穿，不過我之前跟妳一樣沒閒著，一直在做準備。妳放心，我不會有事，這

是萊蒙特為我特製的，很適合我的身體。」

原來如此，心裡更加放心。一定是東方要先走，所以萊蒙特先做了他的衣甲，而我的還在調校階段。東方，我現在真想砍你一刀，讓你傷重不治，只好跟我再回靈蛇號。

「寶貝兒，妳如此火辣辣地看我後面，是不是我的臀部很性感？ＯＨ！ＮＯ！雖然宇宙裡的激情讓我熱血沸騰，可現在我沒空啊！」

這個死賤人！

「你滾吧！別讓我再看見你！」我惡狠狠地說完，衝向正攻擊東方的飛船，雙劍插入飛船機艙：「不然永遠別想走！」

他定定站在宇宙中，看著我把飛船刺穿。在他面前爆炸出耀眼的光輝，我撐開電磁場包裹自己，站在閃亮的光芒之中，手握雙劍高高俯視他。東方，這輩子我蘇星雨都是你的Madam了！

「龍宇，你到底在玩什麼把戲？」眼前切入了索倫的畫面，在這一刻，所有戰鬥也停了下來，他邪惡地看著龍。「看來你是沒誠意跟我索倫大王合作了，所有人聽著，活捉星凰後摧毀靈蛇號！」

當他的話終止時，瞬間，飛船朝東方、迦炎和月猛烈攻擊起來，更多的機器人朝我蜂擁而至！

戰鬥越發激烈，月輕鬆地在四周閃現，摧毀靠近我的機器人。

我感到了一絲慶幸，如果索倫不是想搶走我這個第一星國最貴的女人，他或許已經下令摧毀靈蛇號了。我揮舞雙劍在飛船之間穿梭、突刺、橫劈、砍落，飛船和機器人在我身邊摧毀，爆炸聲不斷在寂靜的宇宙中迴響。

忽然，螢幕出現了西風的畫面。

「成功奪回控制權！」西風得意地高昂下巴：「龍，看到了沒，你這次可是什麼都沒做喔！哈哈哈哈！」

在他跟龍得意調侃之時，索倫的畫面再次出現，臉上的笑容更加邪獰一分。

「很好！很好！龍宇，我會讓你為自己的行動後悔！所有人聽命，現在就摧毀靈蛇號，殺死星凰一號——」他察覺到暴風號被奪回了。

這個人果然喪心病狂！

「我索倫大王得不到的東西，任何人都別想得到！哈哈哈哈……」他猙獰地狂笑，然後消失在畫面中。

黑暗的宇宙中忽然浮出了一艘巨大的飛船，渾身漆黑一片，船身上是一個大大的海盜徽章。

「幽靈號終於露面了！」迦炎、月還有東方退到我身旁，在那艘飛船出現時，戰鬥再次停下。

我看著那艘巨大的飛船，它的前端正在積聚能量，但那個方向並非靈蛇號。突然，它射出了紫色的三角形電磁框，緊接著三角框內的空間開始收縮，像黑洞一樣吸入。

「那是？」我吃驚地看著那個景象。

「是人造蟲洞。」月沉下聲，凝重地說：「幽靈號上也有方舟能源，他們造出了最先進的空間跳躍和人造蟲洞裝置，所以它才能在宇宙裡來去自如，如同幽靈。索倫下令摧毀靈蛇號，如果黑洞形成，誰也逃不了，所以他要先跑。」

「他跑了就沒機會了！」迦炎憤慨要上前，月把他攔住：「蟲洞已經開啟，太危險了！」

只見幽靈號進入了蟲洞，蟲洞收縮，只在眨眼之間，巨大的幽靈號已經消失在宇宙之中。緊接

著，飛船開始撤回母艦，他們還要帶走三艘母艦。就在這時，原先暴風號的戰船迅速朝這裡飛來，立時激戰再次開始，而三艘母艦正慢慢移動，遠離靈蛇號。然而母艦上所有武器埠，已經對準了靈蛇號，只要到達足夠它們撤離的距離，它們就會對靈蛇號發動攻擊。

「一定要阻止他們摧毀靈蛇號！」迦炎立刻朝一艘母艦而去，在戰船中穿梭。

「阿修羅，帶小雨離開。」月看向東方說完，也朝母艦飛去。

東方撐開護盾，拉住我的手。原先不攻擊我的戰船接到摧毀我的命令，開始猛烈攻擊我，東方拉住我在密集的光束中穿梭，形勢越來越緊張、也越來越危險。

當他帶我進入光環，暫時閃避在巨石後時，我一把推開了他，他在巨石間緩緩往後飄浮，我認真看他。

「現在你再不走，就永遠走不了了。快滾！別讓我後悔放你走！」

說罷，我轉身離開巨石的掩護，吸引火力。轉頭看和巨石一樣飄浮的東方，他雙手撐開，一動也不動，然後，他在心口比了一個愛心，往下墜入雪白的冰層，然後慢慢消失。

「小雨，我愛妳，再見。」耳邊傳來了他最後的話語，心痛的淚水從眼角滑落。

東方，再見了。

眼前的戰船一片爆炸，更多的人從爆炸中飛出，是第一小隊，我認真數過每個人，是九個人，是九個人！

他們完完整整地落在我的周圍，我含淚看著他們，除了西風，他們全部安然無恙。忽然一個女人閃現我的面前，這種熟悉的瞬移，是派瑞星人！她的臉在我面前漸漸變化，最後竟出現了伊莎的臉寵。

我怔怔看她，她按落我的肩膀。

「本來想在銀河滑翔器大賽裡正大光明地贏妳，但是現在，蘇星雨，是妳贏了！」

我吃驚看她，她的臉上是坦然的微笑，正想著她的搭檔是誰，忽然有人飛落她的身旁，同樣面部也產生變化了，竟是龍野！

「是不是很驚訝？」龍野揚起了自得的踐笑：「我今天可是……」

忽然，伊莎狠狠拍了他後腦一下，他立刻瞪視她，伊莎冷冷看他。

「現在還不是邀功的時候，等夢和小狼那裡成功了再說。」

正說著，遠處的母艦已經漸漸停落，它們遠離靈蛇號，所有的武器埠開始冒出能量的光芒。

「不好！」我們所有人急急趕去，就在那光芒要射出的剎那，其中兩艘突然像是關閉了能量，瞬間灰暗下去，只剩下富豪號朝靈蛇號發動攻擊，射出了光芒。

立時，靈蛇號撐開護壁擋住了攻擊！

緊接著，所有母艦的武器指向富豪號，富豪號裡突然衝出了一艘戰艦，一束光芒瞬間從靈蛇號蛇口射出，直接擊中了想要逃竄的海盜。

「轟」一聲，那艘戰艦在黑暗的宇宙裡爆發出最美麗、最耀眼的巨大煙花。

我們所有人看著那朵煙花，相視而笑，鋼蒂爾星的危機終於解除，我們贏了！而讓人最高興的是，除了有人輕傷外，所有執行任務的參賽者，無一身亡。

我遙望無邊無垠的宇宙。東方，你現在去了哪片星域？報完仇，記得一定要來找我。

因為東方的死，靈蛇號接下去的巡迴展暫時取消。通過會議之後，認為星凰一號，也就是我的狀態不適宜再次太空旅行，所以讓我在鋼蒂爾星暫居，療養心傷。

所有執行這次任務的人將獲得褒獎，並且女王會親自駕臨，為所有人頒發啟明星勳章。這是一個僅次於銀河勳章的表揚，得到勳章的人將受到第一星國人的尊重，他們獲得了他們應有的榮耀。

靜靜地坐在湖邊，沒有人會來打擾我。這裡是一間單獨的花房，這朵花跟之前的不同，是直接開在地面上，這裡的花似乎都可以用來做成房子。今天風和日麗，我躺在躺椅上仰望天空，從今以後，星凰失去了星龍，成為了孤獨的星凰。星盟對我的看管也完全放鬆，我可以上網路、找資訊、看電影、聽歌，或許他們認為我需要散散心。我看到了自己的粉絲，第一次留言給他們，說：「我很好。」也看到了星盟對外的說明，表示東方並不是死了，而是重傷，正在急救。

星盟在掩蓋東方的死。據說東方的粉絲也不少，這是一個言論自由的世界，如果東方的死訊傳出，會有很多聲討的聲音，對星盟不太有利。儘管這是意外，但狂熱的粉絲只會歸罪於星盟的疏於保護。到時追究責任，只能犧牲迦炎。這不是我想看到的，我知道有時必須交出一個人來平息眾怒的為難和無奈。更何況，我心裡清楚，東方沒有死，不該讓迦炎為此革職受屈。所以，真正知道星龍已死的所有內部人員，全部噤聲。

幾天下來，我一個人住在湖邊的花房裡，面朝藍色的大湖療治心傷。有時爵和月會來看我，但他們只是靜靜地站在我的椅後，沒有說話，而是這樣靜靜地陪著我，然後無言離開。他們對於東方的死依然自責著，迦炎更是沒臉來見我。我一直平靜地看著那片純淨美麗的湖泊，他們卻不知道東方的離開，僅僅只是一個開始。

三天後，女王親自降臨，我們三十二人昂首挺胸，雙手在身後交握，站在獎台上。在萬里無雲的天空下，接受勳章。龍野、小狼、西風站在我的左側，伊莎和夢站在我的右側，龍野一身靈蛇號的制服讓他褪去了幾分少年的稚氣。

台下坐滿了人，周圍也都是攝影機器人。坐在第一排的是星盟和靈蛇號成員。美麗的女王為我們一一戴上勳章，感激地看著每個人。

「謝謝你們救了鋼蒂爾星和附近所有星球上的星民，也救下了我那兩個沒用的兒子……」

「呵呵……」一陣輕笑響起，這位女王很親民，還會自嘲自己的兒子。

女王的眼眶濕潤起來，下一刻，就落下了感激的眼淚。

「我很驕傲第一星國有你們的存在，我也知道這個世界有很多不公平，但是靠我一個人、一雙手，無法改變，所以我有時需要英雄，而你們，就是第一星國的英雄！你們將幫助我一起努力改變所有的不公平，讓我們擁有更加公平的未來！」

她慷慨激昂，感人落淚的話激起了台上每個人的熱血。他們有人也眼含熱淚，瞬間對第一星國的女王、對星盟大大改觀！

女王依然用感激的目光看著他們。

「我已經知道了大家的願望，有很多人想成為星盟的一員，讓我很高興，也很激動，星盟可以說是求之不得，這真的是你們的願望嗎？不是在便宜我這個老太婆嗎？」

「呵呵呵……」隨著一陣輕輕的笑，有人從我們之間站出。

他右拳打上左肩，行第一星國的軍禮，高昂下巴、鬥志昂揚道：

「尊敬的女王陛下，我們願意為您效忠。改變這個世界，也是我們的願望！而且，我們從星凰一號的身上，已經看到了這種改變！讓我們對星盟充滿希望！」

我一怔，感覺到女王的視線朝我而來，我只有繼續平視前方，不發一言。

女王走到了我的面前，忽然抱住我開始哭了起來。

「對不起，沒能保護好東方。妳放心，我們會盡全力醫治東方……」

「謝謝女王陛下，我也相信他會好起來。」我平靜地，沒有任何語氣地說著。

「小雨……妳真是一個勇敢堅強的孩子……」女王哽咽著，讓看著這裡的女人們淚流滿面。

坐在第一排的靈蛇號成員全部默然垂臉。台上的大家也默默低下臉，他們在為東方默哀。不知情的人們會以為他們在為東方的重傷悲傷。

「小雨，在東方康復前，請讓我為妳做些什麼吧！不如，做龍野的格鬥老師如何？」

我愣了愣，台下的龍立刻朝我看來，我已經感覺到身邊龍野的笑意。

女王放開我，真誠地請求我：「小野自大高傲，需要小雨這樣的老師來對他進行調教，我希望小雨能重新振作起來，東方一定也是這麼想的，是嗎，小雨？為了東方，快樂起來。」

女王情真意切地捧住我的臉，美麗的臉讓她猶如一位慈愛的大姊姊。

「這樣，小野隨便妳打，好嗎？」我在女王有些調皮的目光中怔立。

「母親大人！」龍野疾呼。女王沉下臉，冷冷看他。

「雖然你這次立了軍功，但不要以為自己就是一個英雄。你本該跟自己的隊員準備星際大賽，而你擅自離開，拋下隊員，你已經沒有資格做一個隊長去領導他們！」

女王瞬間的嚴厲，讓台上的人吃驚不已。這是一個公眾的場合，但女王並未因龍野特殊的身分，而對他留有絲毫顏面，相反的是更加嚴厲的斥責。

「第一星國一直賞罰分明，我更不會包庇你。」女王嚴厲的神情一時讓其他人也跟著緊張起來。

「小野，這段期間，你好好跟小雨學習，她是你的老師，你必須尊重她，她罵你，你不能還口；她打你，你更不能還手，聽到了嗎？」

女王沉沉喝出，龍野委屈而不甘地低下頭：「是，母親大人。」

「還有蘇老師！」

龍野抬頭瞪大眼睛看女王，女王沉沉注視他。

他咬了咬牙，看向我，我面無表情地回視，他再次低頭，對我彆彆扭扭地說了聲：「蘇老師。」

我擰擰眉，我可不想被一個小正太整天跟著，尤其還是傲嬌的龍野。

「女王，我沒資格做……」

「如果妳沒有資格……」女王溫柔地打斷了我的話，雙手捧上我的臉，傾身貼上我的身體。柔軟飽滿的胸部貼上來時，不知為何，我全身起了一層雞皮疙瘩，忽然有種龍在眼前的感覺。

「就沒人有資格了。」她微笑看我，她那畫了眼影、戴了假睫毛的眼睛裡，我感覺到了一絲強

勢。她這是在命令我，而不是徵詢我的意見。龍果然是她的兒子，他們在某一瞬間是那麼的像啊！女王放開我，又是瞇眼親善的微笑，這一點，跟龍更像了。

「那小雨有什麼願望？」她笑看我，眼中眸光閃閃。

我正想開口，女王已經開了口：「我知道小雨一直質疑銀河滑翔器大賽的比賽規則，認為那很殘忍、血腥。和平的年代，人們不該以平民之間的殺戮來取樂，所以，我們取消它如何？」

我怔怔看她，女王是想借我的口，來達成她的「心願」。可見，從頭至尾，她並不打算幫助我實現我的願望。

一夜之間，我成了一名英雄，擁有了更多星民的擁戴，我可以幫助女王做不少事情。

我微笑地看著女王。

「是的，我的願望是取消銀河滑翔器大賽的殺戮規則，請大家尊重生命，尊重各個階層的人。一千年過去，應該比我們那個時候更加文明、更加高尚，而不是退化去做野蠻人的行為。」

女王滿意而笑，握住我的雙手，對我輕語：「我欠妳一個人情。」

我笑了笑，女王很善良，但好腹黑。立時，掌聲四起，還傳來歡呼的口哨聲。我們走下授勳台，然後爵、圖雅、月、炎，和我們交替。爵和月目露恭喜，圖雅一直看著我，像是有話對我說。迦炎埋著臉躲在月和爵旁邊，匆匆逃過。我們坐在位置上，看女王為他們四人頒發勇士勳章，以表彰他們在此次戰鬥中的助力。

授勳之後，酒會開始。看著人來人往，還有議員朝我們而來，擰了擰眉直接離開，我並不喜歡這種應酬。那些參賽者見我離開，有的也紛紛和我一起離開。我走了幾步，感覺不對勁，轉身看他們。

「你們……怎麼跟著我？」他們看了看彼此，有的不好意思笑了起來。

「我們本是平民，這種場合並不習慣，還是跟著星凰吧！」

微笑點點頭，看到遠處無人的草坪，邀請他們一起過去。我們圍坐在草坪上，我笑看他們。

「這次能夠全身而退真好。」

「這要感謝星凰。」有人激動地說了起來，其餘人紛紛點頭。

「原本我們自相殘殺，只為一個願望，現在，我們都能好好活著，女王還幫我們實現了願望。」

「喂，你是什麼願望？」大家你一句、我一句說了起來。

「我想為妹妹治病，人造器官很貴，我們買不起。」

「我想要一艘飛船，可以星際漫遊。」

「我沒你們那麼有意義，我就純粹想要錢，然後去夜都快活。哈哈哈！」

又有人跑來、坐下，是加入星盟的特別行動成員。

「你們在聊什麼？」他們好奇地看我們，他們已經統一穿上星盟的制服。

「是你們？你們還不趕快跟星盟的人熟悉一下，你們可以幫他們把皮鞋舔乾淨。」有人尖酸刻薄地說，是自由傭兵喬瑟。

「你說什麼？」作為特別行動小隊隊長的克里斯多憤怒站起，兩邊人馬劍拔弩張起來。

「吵什麼、吵什麼？」二十八人中的大姊杜麗娜慵懶地揮手：「大家都同生共死過，你喜歡自由來去，你喜歡效忠星盟，星凰她們人類有句古話，叫『人各有志』，是不？」

我點點頭，兩旁的人把雙方拉坐下去，我在有些人困惑的眼睛裡解釋人各有志的意思。

「不錯，也就是說每個人都有不同的志向，我們應該尊重每個人的想法。既然我們之前能同生共死，說明我們之間是有默契的。在戰鬥中，能找到有默契、團結一起的隊友，並不容易。無論大家今後做什麼、在哪裡，我希望大家還能記起這場戰鬥，記起曾經和自己並肩作戰的戰友們。」

我伸出雙手，身邊的兩人受寵若驚地緊緊握住我的手，然後他們也有些激動地伸出另一隻手。一個接著一個，我們拉成了圈，相視而笑。

喬瑟紅了紅臉，對克里斯多大聲說：「對不起，希望你能達成你的願望，改造這個世界！」

喬瑟是個紅皮膚大漢，說起話來更像是吵架。

克里斯多是混種人，他也摸了摸頭：「沒關係，其實我們混種人一直被人看低，也因此進不了星盟，能有這樣的機會，我已經對這個世界有所改觀。」

我笑了。

「與其去憎惡這個世界、謾罵這個世界，不如從自己做起，去改變這個世界，你會發現，你能在不知不覺中慢慢影響身邊的人，他們也會和你一樣，一起一點一點地改變。所以，我相信第一星國的未來會更好！」

「星凰說得對！就是星凰改變了我們！」

「對！我同意！」

大家哈哈笑了起來，曾經拚殺的敵人，此刻坐在了一起，手拉著手，成了最好的朋友。

「妳又在激勵人心了？」身後傳來龍溫潤的話音，與此同時，所有人有些驚訝地看向龍，星盟的成員更是起身向他行禮。

龍微笑地看大家，雙手放落我的肩膀：「抱歉，我要借走你們的星凰一會兒。」

「沒關係沒關係，借多久都沒關係。」

「哈哈哈哈……」

忽然間，大家的目光曖昧起來。

龍拉起了我，隨手把我的手挽入他的手臂，我戒備地看他。

他目視前方，輕拍我的手，微笑低語：「別緊張，在這麼多人面前，我不會給妳戴上調教指環。現在妳可是第一星國的女英雄，如果我欺負妳，會被四十億星民的口水淹死。」

四十……億了……

粉絲對我來說，是個陌生的群體，數量在腦中也只是一個數字。忽然間，我看到了熟悉的肥胖身影，他被人圍在中間，還是坐著那張移動椅。

我立刻離開龍擠入人群：「胖叔，你！」

胖叔看到了我，大笑起來：「呵呵呵……小雨啊！妳這次可真是壓倒性地威武啊，呵呵呵……」

我撫額：「胖叔，你真是懶到不願走一步嗎？好幾天都沒看見你，我對你還真有點不放心。」

胖叔呵呵笑看我：「靈蛇號不能沒人看吶！尤其那次攻擊後，巴布到現在還在做各種維修測試。小雨啊，妳別擔心胖叔，胖叔不是活得好好的？妳對胖叔有什麼不放心的？」

我放下撫額的手，雙手放落他的扶手，靠近他瞇瞇的小眼睛，瞇起眼睛認真看他。他因為我頓時肅然的視線而面露困惑。

龍也走了進來，大家慢慢散開。

「小雨，胖叔不會有事。」龍的手放落我的肩膀。

我繼續盯視他片刻，站起身：「沒事就好，我就怕胖叔忽然瘦了，就不是我喜歡的胖叔了。」

胖叔愣了愣，依然帶著疑惑。龍再次挽起我，小狼忽然從前面跑來，身後緊跟著月和爵。

「小雨姊姊！妳不能跟這個人單獨一起！」小狼陷入高度戒備，比海盜入侵還要緊張。

月和爵也上前，月淡淡看他：「龍，你要把小雨帶到哪兒去？」

爵已經拉住我另一條手臂：「小雨，不用擔心，我們在妳身邊。」

我感激地看他們。

「是女王想見她。」龍的話讓他們三人微微吃驚。

但是，他們並未離去，而是直接跟在我們身旁。

月站在龍的身旁：「我們一起去，等小雨出來，我們可以接她。」

「哼……」龍搖頭輕笑：「所以，你們現在都成為她的騎士了？」

「沒錯！」小狼瞪大碧綠的眼睛。

就在這時，夢和伊莎，還有圖雅也走了過來。月默默讓開位置，夢挽住了龍另一條手臂，微笑看他：「我也去。」

龍微笑搖頭。

伊莎走在月的身邊，他們一直沉默不言。

圖雅擠到我和爵之間，卻不是想隔開我們，而是想跟我說話：「蘇星雨，對、對、對不起……」

我笑看她，她的臉已經通紅。爵欣慰地注視她，她也露出終於鬆一口氣的神情。

「月。」身後傳來伊莎的話，她頓了很久才說：「晚上一起跳舞嗎？」

爵有些擔憂地轉臉看，良久，身後傳來月的話：「好。」

「謝、謝謝。」

「伊莎，這次巡迴展結束，我就會跟妳回派瑞星。」當月說完這句時，他走到了爵的身旁。

爵不捨地看他，這就意味著，月將會離開靈蛇號。

月依然面無表情，周圍再無話聲。

面前出現了一間單獨的巨大花房，龍停下腳步，讓我自己進去。花房的門已經打開，隱隱可見裡面的辦公桌。我走進去，右側是坐在華美花藤搖椅裡的女王，旁邊有一個長相俊美的黑西裝男子。男子的眉宇間，跟迦炎有些相似。而女王……正在敷面膜……

她右手輕指一旁，那裡還有一張花藤搖椅。我躺了上去，機器人移了過來，我立刻抬手拒絕。

「小雨，放輕鬆……」女王努力不張嘴地說，滿臉的黑泥裡還閃爍水晶的光華：「鋼蒂爾星的水晶有特殊能量，對延緩衰老有很大的好處。」

「……」我被機器人按下，也開始敷面膜。

「女人吶……就要對自己好一點……我知道東方的死，妳很傷心。哎，那孩子長得也很英俊……讓我真是心疼……」

忽然間，我感覺到了從黑西裝男人身上傳來的一絲寒氣。

「這次我欠妳一個人情，所以，我決定為妳複製一個東方。」

女王想用人造人技術替我造一個東方？

「不……」胸口再次揪痛：「女王陛下，謝謝妳的好意，但是人造人技術也只能造出一個東方的軀殼，我……無法去愛一個軀殼，東方會永遠活在我的心裡……」

「妳果然是一個堅強的孩子……」女王握住了我的手：「但是，無論如何也請讓我為妳做些事情，否則我良心難安……」

「那就給我自由。」

「只有這個不行，抱歉，孩子……」

回絕得真乾脆。

「那……請女王陛下給我一個最好的調教指環吧！」

女王握住我的手一僵：「妳……該不是想用在我兩個兒子身上吧！」

「我沒那麼變態。」女王陛下，您說對了，但是，我不會承認的：「東方一直很喜歡那個東西，我想用那個祭奠他。另外……」

我哽咽起來：「他還很喜歡幸福伴侶，所以……我想燒給他……」

女王握住我的手慢慢收回，花房裡的氣氛有些僵硬。

良久，女王才乾笑地說：

「這個……絕對沒問題……呵呵，呵呵……小雨，我很喜歡妳，只有妳不把我當作女王，能這樣和我一起聊聊天。我也希望妳能盡快開懷起來，不如……妳再挑一個星龍陪妳吧！」

「謝了……暫時不需要，我現在還無法重新接受別人……」

「我明白，等妳準備好了再選……」女王拍了拍我的手，說話的語氣像是寵愛自己的女兒，準備了全世界的男人，讓她的女兒任意選擇。

「小雨，妳覺得我那兩個兒子怎樣？」她又問起了龍野和龍，充滿玩笑地說：「他們似乎都對妳很著迷！」

「我不喜歡。」我直接回答。

「呃……呵呵呵……小雨說話果然直接，呵呵呵……」女王努力抑制笑容，輕輕的笑聲迴盪在這個小小花房內。

我能感覺到女王的試探，她是在擔心我對她兩個兒子有意。無論龍宇還是龍野，他們因為身分都無法完全婚姻自主。說起來，還真是有些可悲。

第一星國的大選是五年一次，如果龍宇想在未來成為第一星國的主席，他只能從年輕時開始籠絡勢力，這樣才有數十年的積澱，能在他中年時接替他的母親，成為第一星國的主席。龍宇說讓龍野可以去愛自己愛的人，我想這個範圍也只是相對的。如果龍野愛上一個平民，女王陛下真的會同意嗎？

這段期間，鋼蒂爾星裡滿是議員、記者、貴族和士兵。我不接受任何訪問，也不接待任何訪客，包括各種議員和貴族，一切由星盟副主席奧晶發言與接待。我有足夠的理由可以拒絕，因為我的星龍死了。

和女王見面後的晚上，我沒有參加舞會，早早回了花房，一個人坐在湖邊的躺椅上看著天空裡那條寬寬的銀河，遠遠傳來舞會優美的音樂。閉上眼睛的時候，我恍若看到月和伊莎、爵和圖雅、龍和夢、迦炎和性感美人、小狼和色瞇瞇的大姊姊、巴布和他的女友連線，在夜空之下翩翩起舞。而我，和東方在那片星辰裡轉著、轉著……

「今晚的星光真美啊……」

身邊傳來胖叔的聲音。我慢慢睜開眼睛，他坐在我的身側，依然是他那張移動椅上。

他轉過臉微笑慈祥地看我，我看了他一會兒，說：「胖叔，我最近上了網，查了一些關於靈蛇號的資料，看到了一個很漂亮的男人，你認識他嗎？」

胖叔微露疑惑，我拍了拍扶手，花房裡的機器人送出了小平板。我循著上次的記憶，再次翻出了那張照片，切出那個紫髮男子，放大，立在了我和胖叔的面前。胖叔的視線就此再也沒從他的身上離開。他完全愣愣地看著那個淡紫色長髮、雌雄莫辨的美男子，變得失神。

「胖叔，這個人跟你們一起合影，你知道他是誰嗎？」我輕輕地問。

胖叔沒有回答，他依然看著那個男子。我再湊近他一分，靠近他的耳邊低聲問：

「還是……這個人就是你？」

他登時一怔，胖胖的臉上出現了片刻的凝固後，笑容再次浮上他的臉。

「呵呵呵……小雨，妳在開什麼玩笑，胖叔不也在那照片上嗎？」他指向照片上還比較苗條的胖叔：「當年我可真苗條啊！」

說完，他滿目懷念地看照片。我看他靠回躺椅。

「胖叔，你之前傳輸那麼多資訊給我，不就是希望我能知道你的存在？」

他沒有說話，而是繼續佯裝看照片。

「你和我一樣沒有自由，身心都屬於龍，所以你渴望和你境遇差不多的我能知道你的存在，能說上一兩句話，現在這樣不正是你所希望的？」

我看向他，他揚起臉遙望星河：「呵……小雨啊，妳在說什麼？我聽不懂。」

見他還不承認，我站起身，站到他面前，雙手撐上他的扶手，靠近他仰望天空失神的臉。

「在諾亞城，我明明看見一個淡紫色長髮男子離開，那個男人是不是就是你？」

胖叔沒有說話，無神的雙眼裡，是像死刑犯一樣的蒼茫。

「所以你是變形人嗎？正因為你是變形人，所以你其實很恨龍宇，是嗎？」

我的連連發問，他都以沉默來應對。

我伸出手，機器人再次送上小平板，我取出阿修羅領巾的照片，在他眼前放出３Ｄ影像，遮住了他全部視線：「認識這條紅領巾嗎？」

他的瞳仁微微收縮，清澈的眼睛裡映出了紅領巾，在那一刻，我看到他的瞳仁泛出了紫，開始拉長，化作針尖一般的瞳仁。

「你說你沒有胖嬸，但是，真正的胖叔有胖嬸，並且早已退役。那麼，現在在我眼前的這個胖叔到底是誰？阿修羅？」

他眼睛睜了睜，目光再次落在我的臉上，近在咫尺的胖臉揚起了笑。

「小雨，妳這是在審問我嗎？」

我擰擰眉，嘆口氣：「胖叔，我很喜歡你，所以我不想用審問的方式來對待你，而且我也沒資格審問你。你可以選擇繼續保持緘默，我也不會出賣你，但是，我以為你向我透露那麼多訊息，是想跟我做朋友，希望至少有一個人知道真正的你的存在，而不是以別人的身分這樣陰暗地活著。」

我撐在他的上方，同情地看著他，他們變形人沒有自己的生活，他們永遠是別人的替代品。

漸漸地，他花白頭髮的髮根透出了淡淡的紫，那紫色慢慢的、一點一點染上了華髮，短短的華髮在我的面前漸漸拉長，覆蓋上他正慢慢消瘦的身體。那張雌雄莫辨、精美小巧的臉也出現在了我的眼前。淡紫色的針尖瞳仁、薄薄的嘴唇、淡紫的纖眉，和眼角淡紫色的天生眼影，流露出一抹妖氣。而那沒有任何表情，只有一絲淒涼的臉，讓他染上了一分讓人心憐的孱弱。

他依然保持之前的姿勢，坐在我的身下，透著一絲悲涼地微笑看我。

「小雨，妳說得對，我確實很想要一個懂我的朋友。」清幽的聲音也有些雌雄莫辨。

這就是妖星人，他明明看上去很妖豔，卻讓人看著覺得心疼。他像是一朵快要枯萎的紫百合，在我面前漸漸失去芬芳。是這替身的生活磨去了他的生氣，所以……他才想要反抗？

「所以你真的是阿修羅？」

他淡淡地搖搖頭。

我不解地看他，他淡笑看我，瞇眸之時，眼角的眼影微微加深，透出深深的如同女人的嫵媚。

「妳不信？」

我擰眉想了一會兒，再次看他：「我有個辦法能夠確定。」

「什麼？」在他疑惑出口時，我俯臉吻上了他的唇。

靜靜的夜、靜靜的風，在靜靜的星光下我吻上了他的唇，這是我確定的唯一且最有效的方法。

他睜大了那雙近乎妖媚的雙眸，針尖的瞳仁裡顫出了水光。他的唇很薄，幾乎薄如蟬翼，跟我印象中那飽滿的嘴唇完全不同，而且我吻他時，他的嘴唇也沒有溫度，如果是阿修羅，肯定不是這麼冷淡的反應。

我離開他的唇，側開臉沉思：「果然不是，那麼，我可以確定阿修羅是誰了。」

轉回臉看他，他用懷疑的目光看著我：「阿修羅吻過妳？」

「嗯！」我站起身體，冷冷環胸沉下臉：「所以我才要找到他，然後跟他算帳！」

他愣愣看我一會兒，忽然，掩唇大笑起來。

「哈哈哈……哈哈哈……這個狂妄自大的人，哈哈哈……」

我氣悶地坐回躺椅：「現在，我已經知道他是誰，找到機會，我會狠狠教訓他！」

「哈哈哈……哈哈哈……」他繼續笑得前仰後合：「倒是讓我佔了個便宜，哈哈哈……」

我的臉一紅，轉向別處：「我沒有更快的辦法了，那個……對不起……」

「哈哈……小雨，是我佔了便宜，妳還跟我說對不起？哈哈哈……」他笑得很開懷、很快樂，我轉回臉看他，他沒有生氣的臉上終於染上了血氣的紅。慢慢地，他再次恢復胖叔的模樣，笑聲也隨之改變。「呵呵呵……我已經迫不及待等著看那個人的好戲了！」

我也笑了起來，對於折磨那個人的這件事，我和他絕對是同一陣線。

「對了，胖叔，你到底叫什麼？」果然還是覺得胖叔親切。

他長長舒了一口氣：「好久沒人問我的名字了，我自己都快忘了。」

「那以後有我記著了。」我拍了拍他胖胖的手臂，和他總有一種說不出的親切感，看來我果然是大叔控。

他看著我，針尖的瞳仁裡也滿是欣慰般的感謝。

「小雨，胖叔已經退役一事只存在靈蛇號的內部檔，妳是怎麼知道的？」他問。

我咬咬唇，心虛自己說漏嘴了，只好搬出萊蒙特。

「最近……我跟萊蒙特他們走得近，靠他們查了查。你……可別告訴龍啊！」

他看著我突然很感慨的樣子。

「難怪龍不准你們碰網路，你們只不過是生活在一千年前的古人類，但並不笨吶……」

我笑了笑：「我們那時的認識已經很廣泛，如果再往前一千年，或許就好控制了，現在的人對那時的人來說，應該是神吧！」

「神……嘛……」他微垂目光：「地球人到我們妖星的時候，我們也曾以為是神明……」

我靜靜看他，他在星光中的臉宛如又陷入了長長的回憶，微微的夜風拂起他花白的短髮，透著百年的滄桑感。那一刻，宛如我不是古人，而他，才是真正的時間穿越者。我沒有追問他任何關於妖星的事，只是靜靜等他回神。

慢慢地，他回過神，看向我時，神情嚴肅起來。

「小雨，我的事是星盟一級機密，所以妳即使知道，也要裝作不知道，知道嗎？」

我認真點頭，他看了看身邊的機器人，把它招過來，然後拿出一支發光筆，在它的面前閃了閃，機器人像是斷電一般垂下頭。

「我需要消除剛才存入它核心的記憶。」他對我解釋，胖叔做事果然比我更加小心。

然後，他再次看向我，說：「我是妖星第三王子殿下，尤辛露玹。」

「你、你也是王子殿下？」這個身分倒是讓我很吃驚。

他黯然地點點頭，神情透出幾分蒼涼，讓他看上去比靈蛇號上的任何成員都要成熟。

「但我是一個人質。」

「什麼？」

他再次仰望星空，陷入遙遠回憶。

「在地球人發現我們妖星時，他們邀請我們進入星盟，那時我們和星盟的關係很好，妖星人也受益於他們的科技，可以到達星系裡更遠的地方，看到外面的世界，或找到做貴族替身的好工作。雖然這份工作在你們眼中很危險，但確實帶給很多貧窮的妖星人翻身的機會，他們因此發了財。

尤其，那時找妖星人當演員的人也非常多。妖星靠變形的特殊能力漸漸繁榮起來，而妖星人的內心也開始膨脹。我的叔父便謀劃了替代滲透計畫，利用妖星人變形的特異功能，去漸漸替代所有的貴族、議員，甚至是女王陛下，以達到統治銀河系的最終目的。

但是最終，這個陰謀給妖星帶來了巨大的災難。一直想控制我們妖星的星盟抓住了這個機會，以督察者的身分入駐妖星、掌控妖星，把我們佔為己有。妖星的統治者，不過是傀儡政權……」

我吃驚地聽著，不可置信地說：「也就是……星盟乘機入侵了你們的星球？」

「嗯……」他無力地閉上眼，透著無助和認命：「……我只希望這種政治監視早點結束，還我們政權，還妖星族人自由……」

空氣因為他的話而漸漸凝滯，我變得無言。他像我一樣受困於靈蛇號，而與他一起失去自由的，還有整個種族。他想用自己完全的忠誠來為自己的族民早日換取自由。

「在星盟圍攻妖星之前，還有一部分妖星人在其他星球工作。事發後，他們被集體控制，有的逃脫，有的被遣返回妖星。我們妖星的子民過著顛沛流離、被人追捕的日子。所以，在看到妳和東方的

時候，我忽然覺得你們跟我們妖星人一樣，不被尊重，也沒有自由。我本以為靈蛇號會多兩個認命的、和我一樣的行屍走肉，卻沒想到妳和東方會活得這麼精彩……」

他仰望天際，眸光閃閃發亮，像是從哪裡獲得了力量，雙手握緊扶手，情緒出現少許的波動。

「所以，我想……或許我也可以改變自己的生活……」

「你可曾想過離開？」

他捏了捏扶手，最終放開：「逃不掉的，我無法擺脫靈蛇號，無法擺脫龍……」

「會離開的。」當我的話出口時，他有些吃驚地看我，我堅信地看他：「尤辛，我們早晚有一天會獲得別人對我們的尊重，你會讓你的族民重獲自由。」

「自由……」輕喃從他口中而出，無力的聲音像是遙不可及。

「像東方那樣通過死亡來獲得自由嗎……」

我一怔，遙望宇宙。

「不一定要通過死亡，是要問你自己的心，是已經習慣靈蛇號上這種籠中鳥的生活，還是真的渴望自由……尤辛，其實……我感覺你的心，似乎並不太想離開靈蛇號……」

身邊一時靜謐無聲，小小的星光在夜空中閃爍，是那些正忙著收拾戰後垃圾的機器人們。我感覺到了這個世界深處的動盪，和女王急於改變世界的迫切之心。第一星國星球距離遙遠，他們是否真心想維護和平？

如果是，為何在剛鐸家族強烈的反對下，另外三個家族還是把母艦開來，圍在鋼蒂爾星的周圍。這是不是可以視作是武力威脅？

「那……這次出現的阿修羅，又是誰？」許久之後，傳來他這句輕語。

「是啊……到底是誰呢……」我也隨他輕嘆。

眼中的星河悠遠而綿長，東方，你不會成為我的過去，而是未來……

這時傳來輕輕的腳步聲。胖叔和我一起扭頭望去，在星光之下見到一頭紅髮——是迦炎，好難得啊！他沒有跟美女們在一起。他有點無精打采，垂頭喪氣地走過來，一直低著頭，然後坐在我的身旁。髮絲輕揚之間，我看到了他唇角的傷。我立刻坐起扣住他的下巴抬起他的臉，他的嘴角果然有傷！

「居然有人敢打你？」

他拂開我的手，繼續無精打采。

「呵呵呵……只怕是被教訓囉！」

「胖叔你就別說了。」迦炎鬱悶地嘀咕，埋下臉煩躁地抓亂一頭紅髮：「所以我最怕女王來，女王來那個人就會來，這次我保護星龍不利，如果不是龍保我，我肯定會被那個人打死的。」

「打死？誰啊，那麼狠心？」

自從迦炎提到那地獄式訓練開始，我就覺得他很可憐，被人送去那樣的機構訓練。

「呵呵呵……既是他的領導，又是他的父親。小雨啊！你應該已經見過他了。」

腦中迅速閃過資訊，浮出一張人臉：「女王身邊那個近衛？」

「他不是我父親！」迦炎咬牙扭頭：「世上哪有父親會把兒子送到地獄去的，他絕不是我父親！」

「呵呵呵……迦炎啊，誰教你生在迦氏家族，他們世代守護龍氏家族，你呀！應該感到榮幸。」

迦炎依然撇開臉，渾身冒火。他忽然騰地站起，抓狂地看我。

「蘇星雨！為什麼妳從不怪我？為什麼妳不罵我？不打我？我沒有守護好妳的東方，妳應該一劍砍死我，也比我今天被我父親責罵好！我在他眼裡永遠一無是處！我不明白，既然他那麼討厭我，為什麼當初我生下來時，他沒有掐死我！」

迦炎抓狂的樣子，讓胖叔悠悠而笑。

我也騰地站起來：「你說得對！我確實應該狠狠揍你一頓，替東方報仇！」

「好！來吧！」他攤開雙手，大義凜然：「請殺了我！我受夠這樣的日子了！」

「好！我成全你！」腳尖用力，一個迴旋，揚腳，給了他一個毫不留情的迴旋踢，正中他的胸膛。他直接被我踹飛，向後飛向湖面，然後「砰」一聲落入了湖裡。

他揮扒雙手，又浮了上來，我站在岸邊昂首俯視他：「既然那麼想死，你還浮上來幹什麼？」

「啪！啪！」迦炎懊惱悔恨地拍打平靜的湖面：「是我，全是我！是我搞砸了一切，是我害死了東方！真不甘心，真不甘心！月為什麼要攔住我，我一定會殺死索倫替東方報仇！」

他在湖水裡痛苦地自責，湖水濕濕了他的臉，遮蓋了他臉上的淚痕。

「我真該死！」他真的沉了下去，不再冒泡。

我冷冷俯視他。

「連我都打不過，還想殺索倫？別搞笑了！保住你的賤命，等打贏我再說報仇的事！」

轉身之時，身後傳來「嘩啦」的水聲，和胖叔迴盪在星夜下的大笑：「呵呵呵……呵呵呵……」

既然胖叔不是阿修羅，那麼，只有那個人是阿修羅了。

之前怎麼沒發現？因為他溫潤的外表和溫和的性格欺騙了我們所有人。只有深交之後，才發現那個人狂妄自大，而且還有各種惡趣味。僅僅狂妄這一項，他已經和阿修羅劃上等號。

那麼，上次陪夢挑戒指的，其實是尤辛？而他讓尤辛傷他，也是因為我咬破了他的嘴？那一次，尤辛一定很開心吧！可以狠狠揍他一頓。而聖靈小王子入侵他身體時，他想殺尤辛，也是因為尤辛是知道他祕密最多的人。

他……其實對尤辛並非完全把他當作人質來對待，如果只是人質，他不會讓尤辛配合他扮演阿修羅。他對尤辛是信任的，因為阿修羅這個祕密，顯然只有尤辛知道。這份信任讓尤辛對他其實也產生了感情，就像迦炎對龍一樣，又愛又恨。無法完全地愛上，但也無法完全地去憎恨一個把他當作夥伴、戰友和搭檔的男人。

那個人……除了惡趣變態之外，還喜歡玩變身英雄，這麼……幼稚！可是，蝙蝠俠一點也不幼稚。為什麼……忽然覺得他又正義起來？見識到他的惡趣味一面後，真的不想承認他是一個擁有強烈正義感的人。龍……真是一個兩極化的人，他是雙子座外加ＡＢＯ混亂血型嗎？為什麼如此複雜多變？這樣的男人，還是遠離得好。

★　★　★

從第二天開始，我對龍野的教學也正式開始。打開人體穴位的３Ｄ影像，我對面前幾個「學生」

開始講穴位。這樣的課已經進行兩天，說的都是近身格鬥術。不知怎地，小狼和迦炎也來聽課，他們對今天的穴位很感興趣。龍野還是跩跩地坐在位置上，從來不叫我一聲老師；小狼和迦炎聽得倒是分外認真。

「龍野，你不叫我一聲嗎？」我雙手環胸冷冷看他。

他好笑地「呿」了一聲，眼睛外瞟地叫了一聲：「蘇……老……師……」他叫得有氣無力，像是牽魂。

我沉下臉：「叫師傅！」

他更好笑地撇撇嘴：「蘇星雨，那太老土了吧！」

小狼和迦炎小心翼翼看我，我沒有說話，依然冷冷地看著他，等著他叫這聲「師傅」。既然身為他的老師，必須讓這小子知道尊師重道！

我瞪著他，他瞪著我。他不叫，我不開課。我是警察，審問時眼神最重要，我們都練過，威懾的眼神能讓罪犯心虛，坦承犯案。僵持許久後，他在我的視線中眼神閃爍了一下，臉上的表情開始煩躁，雙手插入褲袋撇開臉咬咬牙。

「師……傅。」這兩個字像是讓他魚刺哽喉，艱難說出。

「哼……」我對他揚起笑，回到穴位影像前說了起來：「穴位在古代武術中有很重要的地位。」

我指向影像上的穴：「只要找準穴位，力道適中，能使對方出現片刻麻痺……」

「就像上次小雨姊姊制服龍野的那次？」

小狼哪壺不開提哪壺，他今天是一身女生打扮，因為他立了功，女王特准他可任意穿衣，不再受家族干涉。所以，小狼算是拿到了可在任何場所穿女裝的特別許可證。

小狼一說完，龍野面色難看起來。迦炎非常認真地做筆記。

我點點頭：「不錯，不過穴位在衣甲近身格鬥裡就失去了作用，所以衣甲近身格鬥時，如果有機會，只需要重擊三個地方。一是頸部，造成對脊椎的致命傷；二是胸口，造成對心臟的致命傷；三是腰部，造成對腎臟的致命傷。」

「嗯嗯！」迦炎連連點頭，我雙手環胸嘆氣看迦炎：「迦炎，你今天來湊什麼熱鬧？你是接受過專業訓練的，難道還不知道嗎？」

他臉紅了紅，低下頭撓頭：「小雨，妳跟我們的搏擊不太一樣，我們都是攻擊頭部。頭部是大腦，當然……有時不得已也會攻擊襠部，因為那裡是男人的弱點。」

小狼和龍野一起看著他，他們怎麼訓練的我並不知道，我只是根據自己穿衣甲的經驗來總結：

「按道理應該是這樣，但是，正因為現在習慣上總是攻擊頭部和襠部，所以衣甲在那兩個部位的保護做得最強，因此我們要選擇別的地方。人的很多臟腑受重創後，也會讓人失去還手能力，死穴就是這樣來的。跳出常規的攻擊模式，探索新的領域，才能在近身格鬥中讓人防不慎防。」

迦炎聽後認真點頭。

「可是，如果遇到外星人，你的攻擊都會變得無效。」龍野踧踧看我，右手的手指在課桌上一下又一下地敲。

其實，我並不理解女王為何叫我做龍野的老師，我覺得我知道的，他們應該都知道，而他們知道的，我未必知道。

「所以像妳的近身格鬥在這個年代沒有太多用處，因為大家都穿著衣甲。」龍野挑著一邊的眉毛看我，他和東方有點像，東方是大賤，他是傲嬌外加一點小賤。

我看了他一會兒，揮去了人體穴位圖：「你說得對，所以這些在現代失傳了，才能在你上次沒穿衣甲的情況下，讓我一招制伏你！但我想，你大多數情況，應該也都不會穿著衣甲。」

他勾起的唇角立刻收起，瞇起眼睛的同時，眼中透出了不甘。

「我那次是大意！妳敢不敢再跟我打一次？」

「為什麼不敢？」我在迦炎和小狼興奮的目光中對龍野勾勾手指：「你過來，我還是一招制伏你。」

「哼！」他拍案而起，活動了一下手腕，勾唇壞壞看我：「那我可不客氣囉！師、傅！」

說完，他飛速而來。他的速度其實已經極快，拳頭到我面門時，我立刻單膝落地，食指彎曲，力量匯聚魚際穴指關節，直接衝擊他的鳩尾穴。

這一下衝擊，力點集中，我可以把玻璃直接敲碎。登時，他僵滯不動，慢慢跪下，往我身上倒時，我隨手推開。

「撲通。」他倒落在地，雙目直瞪，完全無法動彈或說話。

我拍拍手起身，看著小狼和迦炎目瞪口呆的臉，面無表情地說了起來：

「剛才我擊中的是鳩尾穴，擊中後，衝擊腹壁的動、靜脈，以及肝、膽。如果震動心臟，會血滯而亡。不過你們不必為他擔心，我只用了七成力，他還死不了。我所用的格鬥術，是以弱勝強，包括太極之力，適合我這種力量不及男人的女人，可以更有效、更快速地打倒比自己強大的敵人，比如巴布那樣的巨岩星人。」

「咕嘟！」迦炎咽了口口水，小狼的嘴巴還是沒有合上。

正說著，門口來了人。

「小雨姊姊……」萊蒙特喊了聲，我轉身時，他已經歡快地跑了進來，站在門口的山田老博士掛著微笑。

萊蒙特看到倒地的龍野時呆住了。

我摸摸他的頭，溫柔看他：「不用管他，你找我什麼事？」

忽然間，一束陰冷的目光從小狼那裡而來，而萊蒙特看到了女裝的小狼，也再次呆住。

「萊蒙特？」因為我的呼喚，萊蒙特回過神，立刻充滿期盼地看我。

「小雨姊姊，我和爺爺能去參觀一下靈蛇號嗎？聽說你們就快走了。」

他碧綠的眼眸裡寫滿了期待。

我們不會在鋼蒂爾星久留，之後會和女王的女王號，以及其他議員、貴族，還有軍火四大家族的母艦，一起前往銀河系核心星域，觀看星際聯賽。這段期間的停留，也只是讓四大家族修整，同時讓我療傷，好讓我從失去東方中盡快振作起來。

「行，我去問問龍。」我笑著點點頭，回頭對迦炎和小狼一笑：「今天暫時就到這兒。」

「我要去！」小狼躍過龍野倒地的身體，鼓起臉挽住我另一條手臂。

萊蒙特見狀立刻牢牢挽住我另一邊，白了小狼一眼：「不男不女。」

「哼，我喜歡！」小狼特意甩起自己的辮子：「你不照樣被我迷住？」

「誰被你迷住了！」萊蒙特的臉騰地一下子紅了起來，他們歐洲人的皮膚特別透明，稍稍紅一點，就看得分外清晰。

「哈哈哈……」山田老博士看著兩個孩子鬧彆扭大笑起來。

就在這時，女王身邊的那個男人來了，手裡拿著一隻四四方方的綠色絲絨盒子。我立刻看迦炎，果然他早閃到門邊躲起來了。

男人並沒進門，我迎上去。他像是已經知道迦炎躲在門邊，目光朝那個方向看了一眼，然後把盒子交給我：「女王陛下讓我把這個帶給妳。」

我接過時，他一眼看到了倒地的龍野。

「殿下！」他想要上前，但還是頓住了腳步看我：「這是……」

我一邊打開盒子，一邊漫不經心地說：

「喔！剛學了兩招就自以為了不起，想跟我切磋一下，所以給了他一點教訓……」

當看到盒子裡一個像項圈一樣的東西時，我心中立刻湧上喜悅，是調教環裡的頸環！

感謝那個變態男人，讓我對調教環有了詳盡的了解。

闔上盒子，那個迦炎的父親仍僵硬看著龍野，我笑著說：

「沒事的，看在他是女王陛下兒子的分上，我沒打死他。」

他僵硬地眨眨眼、點點頭，臉上的表情還有些僵硬：「龍宇和龍野兩位少爺是女王陛下之子，所以平時訓練時大家也都放不開手腳，我想這正是女王陛下請星凰做龍野老師的原因。」

我微笑看他：「古中國有句古話，教不嚴、師之惰。女王陛下把他的兒子交給我調教，我必須負責到底，為了讓女王陛下放心，我不會留情的。」

「呃……咳！」他握拳咳嗽一聲，轉為嚴肅：「也請星凰老師能多多提點迦炎中尉，這次是他的自大高傲，犯下了無法彌補的錯誤。」

他嚴厲的話，讓躲在門邊的迦炎黯然悲傷。在東方的事上，他已經非常自責。

他在他的父親離開後，才低著頭，垂頭喪氣地出來。我還記得最初看到他時，他像隻驕傲的公雞，跟東方是狐朋狗友，兩個人總是待在一起，討論的話題不外乎是女人。東方在他心裡，其實早已不是他看押的罪犯，而是朋友。他又充滿內疚地看向我，我拍了拍他的肩：「幫我連一下龍吧！」

教室裡，龍野慢慢有了反應，翻了個身，躺在地上緩勁。迦炎幫我連上了龍，他微笑地看我。

「小野是不是找妳麻煩了？星凰老師？」

旁邊的小狼和萊蒙特已經偷偷笑了起來，山田老博士坐在移動椅上也滿臉笑意。

「龍，這不太可能。」迦炎調整鏡頭，龍的臉上立刻出現了有趣的神情。

「嗯？看來學得不錯。那麼，小雨有什麼事？」

完全，無視自己的弟弟啊……

「萊蒙特和山田老博士想參觀一下靈蛇號，我也想讓他們看看我住的地方。不知道……」

靈蛇號畢竟是星盟的飛船，不是隨隨便便說兩句就可以上去的，所以我還是有點擔心。

「可以喔！」出乎意料地，龍爽快答應！他微笑溫和地看我，那親和溫情的目光讓我止不住地肉麻：「最近無論小雨想做什麼都可以喲！」

這句話，讓我瞬間雞皮疙瘩掉落一地，避開他那種肉麻到骨子裡的目光。

「謝謝，我們很快下來。」說完讓迦炎直接關掉畫面，他那目光我實在受不了。

「不正常，這不正常。」迦炎也和我一樣，一副疙瘩快掉光的模樣，甚至露出了恐怖的神情：「我了解他，他那種表情離捉弄人不遠了。小雨，我害死了東方，所以，我不希望妳再有事，最近……」

他擰了擰拳：「讓我做妳的護衛吧！我對龍的動向還算清楚，讓我幫助妳防止他的偷襲吧！」說完，他對我鄭重行起了軍禮，大義凜然，一副準備背叛龍、慷慨就義的模樣。他那在外人眼中有點神經質的神情，嚇到了山田老博士和萊蒙特。我在小狼無聊的目光裡哈哈大笑，一邊讓迦炎放鬆，一邊答應他做我護衛的事。

我和他的感覺一樣，那個人最近估計壓力很大。這個變態壓力一大，遭殃的不是迦炎就是我……捏緊了手中的錦盒，這次，絕對要讓他大吃一驚！

靈蛇號是大部分少年心目中的渴望，就像我們那個年代男人愛車一樣，這裡的少年都想擁有一艘像靈蛇號一樣的宇宙戰船。胖叔和巴布迎接了我們，萊蒙特異常激動，跑到這兒、跑到那兒，跑個不停。山田老博士和胖叔一樣坐在移動椅上慢慢前行，參觀著靈蛇號。小狼因為看不慣萊蒙特，腳踏滑翔器緊跟他，並在旁邊不停嘮叨。

「喂喂喂，那裡不是你能去的。」

「小心！別亂動！」

「你給我注意點！」

「啊啊啊啊！那裡不可以！」

山田老博士和胖叔在他們身後和藹地笑。

「小狼缺少同齡的朋友，現在看上去很有精神啊。」胖叔一如往常，山田博士連連點頭。我和迦炎跟在他們身旁，看著遠處追逐、盯視萊蒙特的小狼，今天的小狼確實特別有活力。平時他不是找我打遊戲，就是窩在他那個球體裡看護網路。可愛的男生宅出了喜歡女裝的性格。

「對了，胖叔，為什麼幽靈號上有比靈蛇號還要先進的蟲洞製造系統？」很難相信那麼先進的技術會掌握在海盜手裡。

胖叔的神情變得沉重：「其實，幽靈號是迅龍號的前身。」

「什麼？」

「在運送迅龍號的途中，發生了海盜的襲擊。」迦炎擰眉補充，目光裡還有一絲憤怒：「迅龍號上一定有海盜的內應，他們搶走了迅龍號，當時掌握蟲洞技術的法耶里安博士也在上面，被海盜殺害。他是整個星系唯一掌握微縮蟲洞發生裝置的博士，所以，再無人能造出微型蟲洞裝置。」

說著，已經來到了停機艙。

「那就是從水星監獄裡挖掘出來的古機甲？」萊蒙特指向高高在上的魁拔，激動地問。

「沒錯。」我笑著走向他，帶他站上升降台，小狼的滑翔器飛在我們的身邊。然後，我帶萊蒙特站在魁拔的身下，他自從看見魁拔，視線再也沒離開過。

「魁拔，醒醒。」當我的話語出口時，傳來輕微的能量啟動聲，煥然一新的魁拔更加威武霸氣，銀藍的血液布滿了它的機身，它半蹲下來，低下頭。

「原來是小雨，我待機太久，有點悶了。」

「放心，不會讓你待機太久的。」我看著它微笑。東方那麼努力幫它升級，卻沒有帶它離開。確實，那麼大的傢伙，怎麼轉移？

我看向魁拔：「魁拔，讓這孩子進去見識一下吧！」

「好的。」魁拔向我們伸出手。

萊蒙特激動地雙眸閃亮，雙頰緋紅：「我、我真的可以嗎？」

我對他微笑點頭，拉起他一起跳上魁拔的手，小狼立刻飛了過來，鼓著臉說：「我也要去。」

「小狼，你想進去隨時可以，但駕駛艙裡只能容納兩個人。」我抱歉地看小狼，小狼碧藍的眼睛裡綻放冷光，裡面是萊蒙特幾分得意的笑臉。

不想讓小狼跟來，更重要的原因是我還有話跟萊蒙特說，比如東方到底是如何潛逃的、他還有沒有交代其他什麼？其實最近萊蒙特和山田老博士總是出現在我周圍，我能感覺到他們有話想對我說，但礙於我的周圍總有龍野、小狼和迦炎他們，無法找我單獨會面。

跳入駕駛艙後，萊蒙特被眼前的景象吸引。

「好棒！比爸爸他們的工程機械人棒多了！小雨姊姊，妳知道嗎？現在的機甲因為考慮到人身安全，都用遠端操控系統，可是哪有這樣手控帶勁啊！」

他激動地坐上駕駛椅，像是打遊戲一般動了起來。

螢幕一個個揮開，外面胖叔和山田老博士正聊著，迦炎只看著魁拔，自從東方的事後，他的笑容越來越少。至於小狼則在頭盔外面迴旋了一會兒，氣鼓鼓地回到迦炎身邊，雙手環胸生悶氣。

「好有趣！手動的果然有趣！」萊蒙特對東方的機甲特別感興趣，開始研究起它的線路。

「小雨，東方有口信留給妳。」

有口信！東方的？

心臟已經不受控制地收縮起來，我立刻說：「快放！」

立刻，眼前的一個螢幕裡浮現出東方的臉，在看到他微笑臉龐的那一刻，我的心慢慢歸於平靜，不由摸上了他留給我的圓形儲存器。東方，在你離開後，能看到你的口信，真好。

畫面裡他坐在駕駛椅上，雙手交握，隨意地放在膝蓋上，微笑地看著我。

「小雨，如果妳看到這段口信，說明我應該已經順利離開，之後，新星盟就靠妳了。請原諒我這麼不負責任地中途退出。」

「東方……」輕輕地，有人拉住了我的手，是萊蒙特。

「小雨姊姊，沒關係，東方哥哥已經做好了大部分事情，後面的事他也已經做好了安排。」萊蒙特安慰我。

而我，卻覺得自己很沒用。因為對智慧型機器人、程式什麼的，我一竅不通，也只能在外面盡量配合他，把大家的視線吸引到自己身上來。我做的事，比他做的不知簡單了多少倍。

我有些慚愧地繼續看他的口信。

「新世界的建設需要一些大型機械。魁拔、伊塔麗和伊可都已經改造完畢，我把它們留給妳，妳想辦法交到萊蒙特和山田老博士手上，他們會負責轉移，幫助妳建立屬於我們故地球人的世界。」

東方想得真周到。

「和妳一起轉移的一百零七個冰凍人，會前往觀看星際聯賽。所以，小雨，只有那個時候是妳離

開的最佳時機，機會只有一次，我相信妳一定能做到。」

我打起精神。果然是那個時候啊！

他的語氣立刻不正經起來，還對我拋了一個媚眼。

「呵……我在瞎操心什麼，考數學、語文妳不行；潛逃、撤退，妳絕對擅長，是嗎？大嬸？」

「寶貝兒，小正太和大叔都不適合妳，這裡沒有一夫一妻制，所以……記得給我留個位置喔！像我這種不喜歡負責任的人，做妳的情人是最棒的！」一個飛吻飛來，他又恢復了滿臉淫蕩的神色。

口信定格在他眨眼的畫面，這個混帳！這種時候還開玩笑。

「根據當時東方血壓、心跳、大腦皮層電波分析，東方想做妳情人的話，可信度高達百分之九十九點九。」平緩的，沒有什麼語氣的話從魁拔這裡而來。

我僵硬地看著面前賤笑的東方，確實，他的眼神裡不是不正經，而是一抹哀傷……東方在自嘲，他知道我不會等他。或許我們再見面時，我已經結婚生子，所以他才有這樣的想法嗎？東方？

「小雨姊姊……」萊蒙特輕輕握住我的手，再也沒有說話。

很長一段時間，他一直這樣輕輕拉著我的手，靜靜陪著我，像小狗靜靜地哀傷看著自己的主人。

我深吸一口氣，緩緩吐出：「東方怎麼逃走的。」

「他的房子下面有密道。」萊蒙特再次有了精神：「而且我一早就把衣甲給他，所以我們能夠及時轉移他。其實要感謝那塊落石，不然還要想別的方法。」

我點點頭。

「小雨姊姊。」萊蒙特忽然很認真地看我，他比我矮了半個腦袋：「我相信東方哥哥一定會回來的！」

他突然堅定的神情，讓人看到了他的一分沉穩。我欣慰地點點頭，是啊……我也相信他一定會回來。

「如果東方哥哥不回來，我、我……」他的臉一下子紅了起來，緊緊握住了我的手：「我一定會好好照顧妳！」

他幾乎是大喊一樣地喊了出來，喊出時整個人因為高度緊張還輕輕發抖。他閉緊眼睛，緊張得都不敢看我。看著他那個可愛的模樣，我忍不住大笑起來。

「哈哈哈……哈哈哈……」他愣了愣，小心地睜開眼睛看我，我繼續大笑著：「哈哈哈哈……哈哈哈……萊蒙特你真可愛，你放心，你小雨姊姊現在非——常強，還不需要你照顧喔！」

我摸上他的金髮，他立刻噘起嘴埋怨道：「小雨姊姊把我當弟弟。」

「嗯嗯！不過我相信，萊蒙特也會很快厲害起來，因為我一個人是無法守護一百零七個冰凍人的。在還沒有安定之前，萊蒙特，作為一個男人，你是不是應該幫助我，守護他們的安全呢？」

當我的話說完時，萊蒙特瞪大碧綠的眼睛，激動地看著我。我笑了，攬住他的肩膀，繼續摸摸他的頭。

「我沒把你當孩子看，在你這點年紀時我已經開始執行任務了。所以魁拔交給你了，好不好？」

「真的？」萊蒙特激動地幾乎跳起來，立刻跳上駕駛椅，興奮地說：「魁拔，以後多多關照！」

「我的榮幸。」魁拔依然語氣平穩：「如果魁拔再不移動，魁拔會跟老爺爺一樣動不起來了。」

看來，魁拔也很高興終於能動了。

啟動魁拔，坐上駕駛椅，起飛！

我帶著萊蒙特，駕駛魁拔衝出靈蛇號，飛入宇宙、跳躍在光環的巨石之間。在鋼蒂爾星上，工程機器人圍繞在我們周圍，我們緩緩降落。機艙打開時，我帶著激動的萊蒙特坐在魁拔的肩膀上，一起遙望遠方。

清新的風揚起我的長髮，萊蒙特的臉上依然是興奮的紅。我們相視一笑，繼續遙望遠方閃爍著璀璨光芒的水晶山。

面前飛落一輛飛車，上面是龍和奧晶，他們一起看著我還有魁拔。龍的目光流露出一分深沉。龍到底在想什麼？他那雙深沉的眼睛裡，到底又在想些什麼？這個複雜而又矛盾的男人，這個自己反抗自己，自己與自己作對的男人，任何人都猜不透他的心。

不知不覺，我與他陷入對視，他感嘆的話音也從他深沉的目光裡傳入我的心。

「她還是忘不了東方……」

我摸上了心口的神石，他以為我駕駛魁拔是在思念東方。既然如此……我就順水推舟。我站起身，繼續看著目光深沉的龍。

「龍，萊蒙特很喜歡這個大玩具，我想送給他。我知道這個要求有點過分，因為魁拔也是骨董，是星盟的財產，但是……」我落寞地垂下目光：「每次看到它……我都會不由自主地想起東方，想起那一天……想起我們一起幫魁拔重新噴漆，所以我……」

「我知道了。」面前已經傳來他的話音，我立刻仰臉哀傷地看他。他見到我哀傷的目光，神情不由得一怔。

「你真的知道？」我看著他怔怔的神情搖了搖頭：「不，你不知道，你會把魁拔存放起來。正因為魁拔是東方心愛的東西，所以我不希望它寂寞，或是……和我一樣變成一件展品……」

我開始哽咽。這些話，也是我久藏心底的脆弱。只是平日習慣堅強，而把這些軟弱掩藏。

垂下臉時，萊蒙特拉住了我的手，哀傷地看我：「小雨姊姊……別傷心了……」

我垂下臉，閉上了眼睛。

「我希望能有人好好對待魁拔，像東方一樣用心去愛它……照顧它……所以，龍，你能成全我嗎？」我揚起臉，淚水在眼中打顫。龍怔怔看著我的淚眼，眸中瞬間滿溢疼惜的柔情。

他從飛車上躍下，奧晶瞇起眼睛看他的背影。龍躍到我的面前，抬手撫上了我的臉，溫柔似水的目光如春天般暖人，也帶著秋的惆悵。

「可以喔！」他更加輕柔的聲音，帶著一種特殊的沙啞：「我說過，最近小雨無論想做什麼，都可以喔！」

輕輕地，他抱住了我，站在魁拔的肩膀上，擁我入懷，輕撫我的長髮。

「魁拔有個好主人，也是東方的心願，我會幫妳實現的。」

「謝謝……」這次，是真的謝謝。

我靠在他的肩膀上。東方，我終於把魁拔轉移到萊蒙特的手上了。接下去，就是伊塔麗了。

第6章 鋼蒂爾星的歡舞節

晚上，我身穿泳衣在花房前的湖裡游泳，湖水清涼，灑滿了星月之光。我仰躺在輕柔的水面上，仰望星雲。接下去，該怎麼做？

「嘩啦！」我從水中離開，水從身上掛落，流在草坪上，隨著我走向花房，留下一串濕濕的腳印。忽然，我聽到了風的聲音，立刻轉身，看到一個身穿銀色衣甲的人懸停在湖面上。

而在我轉身的那一刻，他正揚手對準我。光束射來，我立刻躍起閃避，落地、前滾，直接滾入花房，單膝跪地躲在花房門邊。

「龍野？」這件衣甲很眼熟，我記得是龍野的。

「不錯啊！師傅！」外面果然傳來龍野跩跩的聲音。

我笑：「你這算什麼意思？報仇？」

「當然不是。」他在外面朗朗說著：「正如師傅妳說的，人在大多數情況下都不穿衣甲，那麼當不穿衣甲的我們如何應對身穿衣甲的暗殺者呢？所以，今晚我特來跟師傅請教！」

他的語氣冷然凌厲，不好的直覺從身後而來。我立刻撐開氣壓儀，光束直接穿透花房打在我的磁場護壁上。奇怪，沒有衝擊，就如平時的光線打在牆面上，沒有絲毫的殺傷力，但卻能穿透花房。

「師傅，我已經瞄準妳囉！如果是實戰武器，妳現在應該已經是一具死屍了。哈哈哈……」

他在外面狂妄的笑，那一刻讓我產生一種阿修羅的錯覺，他們到底是兄弟，有時真有點像。

我緩緩走出門，站在門口，單手扠腰道：「你好好看看，我傷到了嗎？」

他停下笑，暗沉的面罩對準我的身體。

「即使我們平時不穿衣甲，防護措施還是要做好，以應對各種突發狀況……」

「沒想到過了一千年身材還能保持那麼好……」輕輕的嘀咕從他面罩下而來，我立時咽住話語，擰拳揚眉。

「臭小子你給我下來！」

他回過神，面罩開啟，踐踐地笑：「我為什麼要聽妳的？有本事妳追我啊！」

「幼稚。」咬牙。

「妳說誰幼稚？」他的目光瞬間陰沉，再次揚起手，我立刻退回房間。光束在我面前落下，依然沒有殺傷力，但我不能因此而不忌憚，否則明天他一定會分外囂張得意。所以，我必須要把這次作為實戰。連連後翻退到床邊，拿出了絲絨盒，在光束射來時，取出裡面的調教頸環從窗戶躍出。

「師傅，普通人是戰勝不了衣甲的，我一定要證明妳的格鬥術是毫無作用的！」

他出現在花房頂端俯視我，調教頸環在取出的那一刻已縮成手鐲戴在我手上。我站在花房下笑。

「如果你對武器、衣甲產生永久性的依賴，那麼在你失去它們的時候，你就會一無是處。」

「呿，誰會那麼蠢失去它們？」他躍下來，要來捉我，我迅速向湖邊飛奔。

他悠閒地追在我的身後：「師傅，妳是跑不過衣甲的。」

「是，但是衣甲對防護罩沒作用不是嗎？」

「誰說的！」忽然，一股巨大的力量撞上我的防護罩，我飛了起來，翻飛時看到他踢起的腳，他收回腳高抬下巴：「我可以把妳當球踢！」

我眯眼看他，然後和防護罩一起墜落人工湖。

「砰！」我迅速撤去防護罩潛入湖水之下，否則防護罩會讓我浮起來。

湖水上方隱隱出現了龍野的身影。他懸停在上面，手心裡射出了光束，照在湖面上，想搜索我的身影。我躲開，光束反而暴露了他的位置。

「蘇星雨！妳別以為妳躲得了！」

黑暗中，我看向手腕上隱隱閃爍暗光的手環，去吧！

手環像當初龍的指環一樣，從我手腕碎開、離開，悄悄飛向湖面上的人。而我的手腕上留下了一串奇異的基因碼，然後滲入我的皮膚不再隱現。

「喂！妳還不出來！小心淹死妳啊！」

龍野也是一個嘴硬心軟的少年。還記得那次他想關心我，最後說出口的是怕我被他哥哥玩死。

「蘇星雨！蘇星雨！」他在我上方變得煩躁，我再不出去，估計他要下來。

「嘩啦！」我浮出了水面，他立刻看過來，臉上是掩藏不住的驚惶和失措。但在看到我沒事時，他立刻收起那些表情，換上跩跩的神情：「到最後也只能證明妳可以從身穿衣甲的殺手手中逃離。」

「這難道不夠嗎？」我雙手在湖水中輕擺，保持身體的懸浮與平衡：「不是說遇到敵人非要拚個你死我活，智慧地撤離是保留實力的最好方法。孫子兵法裡，也是三十六計走為上計，可見全身而退並不容易。」

他不服氣地撇撇嘴，一串流光從他身後劃過卻絲毫沒察覺，他瞪著我說：

「逃跑就是逃跑，我將來是一個軍人！我要做銀河系的大統帥！在我的字典裡，不是贏，就是死！我是不會逃跑的！作為一個軍人，寧死也不做逃兵！」

「白癡。」我撇開臉懶得看他：「那要看情況而論。」

「你說誰白癡！」

我忍了忍，看向他：「女王陛下要你跟著我學習，你真的以為她是想讓你跟我學格鬥術？不是的，她是想讓你學會如何做一個領導人，在不利的戰況下能迅速集結有效實力，擊潰敵人！」

他在空中怔住了神情，那雙和龍相似的眼睛圓睜，短髮在夜風中輕輕顫動。

就是這個時候！

「束縛！」當我話音出口時，黑色的流光立刻圈住了他的脖子，他驚詫地去抓，可是為時已晚。黑色的項圈牢牢地圈在他的脖子上，惡意破壞會全身麻痺，甚至是死亡。

「調教頸環！」我在他的驚呼中悠然游回湖邊，揚手「啪」地打了一個響指，立刻，身後傳來某人重重落水的聲音，以及他咬牙切齒的喊聲：「蘇！星！雨！」

我不禁揚唇一笑。龍野，你在水裡好好玩一會兒吧！

悠然走入花房，淋浴房從平地升起，燈光亮起，房門關閉，我脫下泳衣進入淋浴房，先把湖水沖掉。讓那小子在水裡多泡會兒，衣甲戴上頭盔，不會淹死，過會兒再讓他上來。

猛地感覺到身後有風掠過，立刻一手抓起浴袍遮住胸口，一手抓下了蓮蓬頭轉身對準面前。空氣中掠過月牙色和藍色的身影，然後，我和他們都僵立在花房之內。

「月？爵？」

他們完全僵住了身形，月還保持著攬住爵腰身的動作，琥珀的瞳仁看著我半遮半掩的身體猛地收縮起來。爵已經完全目瞪口呆，銀色的瞳仁中是我赤裸的露在浴袍外的身體。

「你們！啊……」開啟蓮蓬，水直接噴上他們的通紅呆滯的臉……

房間外，兩個男人背對花房坐在草坪上，另一個還泡在水裡。我身穿浴袍，雙手環胸無語看著那兩個半濕的男人，爵的耳朵露出藍髮外，已經血紅。

「下次進我房間能不能先敲門？」

「對，對不起……」爵的頭更加低下：「我、我、我我我……」他結結巴巴說不出一句話。

「爵感應到有人襲擊妳，所以我們才趕來。」

「我打完了你們才來？」

爵立刻轉頭，擔心地看我：「妳、妳沒事吧？是誰？」

「你覺得我有事嗎？是龍野又來挑戰我，已經被我打跑了。」我攤開雙手。浴袍在夜風中揚了揚，涼涼的夜風灌入了我的胸口。他的目光落在我的領口，臉一下子又騰地紅了起來。

他立刻扭回頭，懊惱不已：「對不起……」

「所以，這種事如果發生在利亞星，你是不是應該對我負責？」我半開玩笑地說。

他的後背突然一緊，雙手繃緊：「我、我、我……」

「你負責不了，爵。」月握住了他緊繃的手臂。爵怔怔地，帶著一縷哀傷地看著他。他月牙色的長髮挽在腦後，在夜風中揚了揚，拉起爵起身，低低地說：「既然沒事……我們先走了……」

「嗯……」

月抱住爵，瞬然消失在了我的面前，尷尬讓他們飛快逃離。嘆一口氣，對著湖面揚起手，一身銀色衣甲的龍野從湖水裡像是被神祕力量輕輕地一點點提起。這個調教項圈果然是最先進的，可以做很多事情。我雙手環胸，他的衣甲慢慢褪下，露出了他那張不甘且咬牙切齒的臉。

「過來。」我只是輕輕命令，他已經落到我的面前，一動也不動，我伸手捏住了他的耳朵，他瞪大眼睛驚詫看我。

「蘇星雨！妳別想羞辱我！」

「我不是羞辱你，如果想羞辱你，剛才月和爵他們在的時候我就可以把你拎上來好好羞辱了。」

我捏住他耳朵，晃著他腦袋。他沉下臉，目光裡是滿滿的殺氣。我放開他的耳朵，沉沉看他。

「所以，我只是在教你，當沒有衣甲和武器時，要學會使用身邊任何一樣東西，它們都可以成為你的武器！」我眸光閃閃，他臉上的殺氣漸漸消散，露出驚奇的目光。

我看了看他身上，他裡面還穿著靈蛇號的制服：「你知道你身上有哪些東西是可以用的嗎？」

他愣了愣，低下臉看，擰起眉細想。

「首先鈕釦可以用作暗器。」我指向他的鈕釦。

我抓住他其中一顆鈕釦扯落，領口散開，露出裡面精緻的鎖骨，和一片V字白皙肌膚。再拿起鈕釦，指向他的眼睛。

「敵人用眼睛來瞄準，所以，失去眼睛，已經失去了一半戰鬥力。如果你的力量夠強，打中他的太陽穴可使他暫時暈眩。如果你的力量再強，直接擊穿顱骨也有可能，不過這種內家氣功已經失傳，

我也做不到。此外，鈕釦還可以做很多事。」

「還能做什麼？」他已經被我的話深深吸引，我拋了拋鈕釦，對他揚唇一笑，轉身甩出時，鈕釦飛速撞上了花房門邊的按鈕，門立刻關閉。

「可以遠距離開門或關門，這在被監禁的情況下很有用。」

「噠啦啦。」鈕釦滾落地面，龍野看得聚精會神，細細深思。

「現在，你還覺得身上有什麼是可以利用的？」

他手托下巴深思片刻，立刻說：「小平板！」

他從懷中摸出小平板：「把它擊碎，鋒利的部分可以用作武器。」

我笑著摸摸他的頭：「理解得很快呀！孺子可教。」

他怔住了，回神時立刻沉臉打開我的手：「別拿妳的髒手碰我！」

「就是脾氣大點，不過，可以慢慢調教。」我雙手環胸，瞇起一隻眼睛打量他片刻，他瞪著眼睛緊張看我。

「妳又想做什麼？」

我托腮想了片刻：「你這個年紀應該跟萊蒙特一樣可愛才對，讓我來教教你怎麼賣萌。」

「妳？」

我立刻揚起手，他已經無法說話，只能氣呼呼地瞪著我。調教環真的能讓人隨心所欲，真好玩。

我站到他旁邊：「機器人，來段音樂！」

花房的門再次開啟，機器人飄了出來，放了幾段音樂。我挑了其中一段，對龍野眨眨眼，勾唇一笑：「今天師傅我心情不錯，教你一段千年前的鴨子舞。」

他眨眨眼愣住了神情，於是我開始在音樂中用調教頸環迫使他跟我一起跳可愛的鴨子舞。

「1、2、3、4，2、2、3、4，往左扭一扭呀！往右扭一扭呀……」

我可以感覺到從龍野身上來的殺氣，然後這股殺氣慢慢減弱，變成了一種想死的絕望。

跩跩的青龍學院學生會主席，地球學園一等一的優等生，高高在上的二王子殿下，滿心要成為銀河系大統帥的少年，被我用調教頸環牢牢制住，在湖邊扭著腰和屁股跳鴨子舞。

我想，他此刻應該是恨不得馬上格式化這段恥辱的記憶。

「不防直接告訴你，這個調教頸環本來是給你哥準備的，結果你來了……」在音樂中，我對他說。

「太好了！」他咬牙切齒地說：「妳如果不用在他身上，妳就是小狗！」

他放了狠話，跟著我一起轉個圈繼續扭，我歡樂地笑著。

「哈哈哈……一言為定！哈哈哈……啊！跩跩的小野跳這樣的舞，我是不是該錄下來給女王看看，她一定會說：『喔！我的小野好可愛！看他的屁股扭得多棒！』」

「妳敢！」

「那你應該叫我什麼啊？」

「師……傅……」

「嗯？很不情願吶？」

「師傅、師傅、師傅！行了嗎？」

鴨子張嘴。

「哈哈哈……」

「妳！去！死！」耳邊傳來他咬牙切齒的心聲，我狠狠睨他一眼，他立刻撇開臉，雙手在面前做

★　★　★

第二天，課堂裡又多了兩個人，居然是圖雅和伊莎。我單手撐腰久久看她們。伊莎倒是很淡定地與我對視，圖雅眨著銀瞳略帶激動地看著我。雖然跟圖雅也算是化解了干戈，但也還不至於要像這樣激動地看著我。小狼單手撐臉，瞇著眼看圖雅和伊莎；迦炎老老實實地看筆記；龍野還是一臉陰沉，耷拉著眼皮盯著我看。

「小雨，妳還要看我們到什麼時候？」伊莎淡定地說：「如果妳覺得圖雅的眼神有問題，妳不必擔心。從妳化解鋼蒂爾星危機後，這丫頭已經沒有理智地崇拜上了妳，前幾天她已經想來聽妳的課，但爵懷疑她的目的，所以她沮喪了幾天。今天我陪她一起來。」

聽完伊莎的話，圖雅已經雙頰紅撲撲，激動地看著我。

我點點頭，開始講一些實用的戰術。

「……因為現在的人過於依賴高科技，用電腦來運算雙方的戰鬥實力、獲勝的機率，所以古代以少勝多的戰術被人漸漸遺忘、失傳。其實，如果在現代科技的條件下，加上古代戰術，勝算或許會扭轉……」

今天，每個人都聽得異常認真，整堂課也非常安靜。

午休時，圖雅追著我到了花房前，我疑惑看她，她咬咬唇欲言又止。我靜靜看她片刻。

「不急，想好了再說。」

她銀色的眼睛在湖光水色之中更加迷人。她還沒有畢業，還帶著少女的稚氣。她深吸一口氣，才鼓起勇氣說：「從很小的時候，我一直扮演爵哥哥的公主殿下……」

我愣了愣，她說這句話是什麼意思？懷念從她的銀瞳裡浮出，嘴角也甜美地上揚。

「爵哥哥很喜歡看各個星球的神話故事和傳說，利亞星加入星盟後，他得到了女王陛下送給他的古老童話，他一下子著了迷，非常非常喜歡裡面那些王子拯救公主的故事。所以，他想做那些勇敢的王子殿下，拯救柔弱的公主殿下……」

「所以……你們玩扮家家……他演英雄，妳演公主？」原來爵也挺可愛的嘛！他小時候一定也是一個非常可愛的小正太，因為他現在很漂亮。

「嗯嗯！」圖雅雙手抱在胸前激動地看我：「我喜歡扮演他的公主殿下，雖然他明明比我更像女孩子……但是我真的也很希望被騎士忠心地保護著。可是……漸漸發現，爵哥哥……很弱……」

她尷尬地低下臉。

「但，我知道，他內心一直渴望成為一個英雄，一個可以保護公主的騎士……」

騎士……難怪爵無法保護我的時候，顯得那麼自責。他在我的面前，隱隱感覺到他的一絲自卑。

「女人太強，男人會自卑的……」我想起那個男人的話，我或許能理解爵的心情了。不過，好在我現在治癒他了，他已經是一名合格的騎士了。

「其實……我一開始總是想不通爵哥哥為什麼那麼癡迷妳……」圖雅坦誠地對我說：「我最初以為因為妳是一件千年難得的骨董……」

「我也是那麼認為的……」我的感嘆讓圖雅笑了起來，她銀瞳閃閃地看我。

「直到那天，妳帶領夢、西風、伊莎和龍野他們突圍的時候，我才明白，爵哥哥癡迷妳不是因為妳是骨董，而是因為妳就是他想成為的英雄！他崇拜妳、他崇敬妳，所以，他才那麼喜歡妳！」

我的臉不由得熱了起來，想起爵對我的感情，心跳還是多多少少失控起來。

「我們利亞星人是希望自己喜歡的人快樂幸福，我最初是因為妳不過是件骨董而看不起妳，後來因為爵哥哥喜歡妳而嫉妒妳，但現在我也很喜歡妳！我知道妳不能跟爵哥哥在一起，所以，我會繼續努力讓爵哥哥喜歡上我的！」她目光閃閃，充滿了鬥志。

聽完後，半天我不知該露出怎樣的表情。她這些話是肺腑之言，正像她說的，他們利亞星人不會說謊，可是，聽起來怎麼那麼彆扭？

「我知道妳不能跟爵哥哥在一起……」這話怪怪的，但卻是事實。

「如果他們有機會在一起呢？」忽然間，身後傳來月的聲音，他和爵最近也是忙得不可開交。

我轉身看站在我們身後的月，他白色的長褂在清風之中飛揚。今天他把長髮紮成了一束，垂在身後。他靜靜看著圖雅，圖雅愣了愣，低下臉攪手指。

「我還是會繼續努力的，我可以做爵哥哥的第二王妃。」

月的目光漸漸轉冷，冷得有些殘忍。

「爵是不會喜歡妳的，你們利亞星人癡情，少有人會娶兩個以上的妻子。」

「這點……我知道……」圖雅的情緒更加低落起來：「但是……我還是想努力……」

「努力有用嗎？」月的聲音更冷酷了些，他輕哼冷笑：「既然妳說妳希望爵快樂幸福，那妳應該幫助他和小雨在一起，而不是趁他們不能在一起時繼續糾纏爵。」

月異常直接的話，讓圖雅全身輕顫：「我……我……」

「月！」我拉住了月的手臂，阻止他說下去。他看向我，琥珀的瞳仁裡是冷酷的寒光，我開起了玩笑：「何必那麼認真，未來的事誰會知道？」

「我說妳跟爵能在一起！」忽然間，他異常認真地對我說，我一下子呆立在原地，因為他忽然嚴肅的臉，而不知如何回應。

他忽地黯然垂下臉，淡漠無神地看著波光粼粼的湖水。

「我無法跟喜歡的女孩在一起，所以……我希望爵可以。他自主婚姻，他是有機會跟妳在一起的，為什麼……妳不能給他一個機會呢？」

他忽地轉回臉，帶著一絲近乎急迫地注視我的臉：「第一個愛上妳的男人，不是東方，是爵！」

胸口被一隻手猛地握緊，我迴避地側開臉，心裡很亂，亂如麻。

「妳跟我來。」倏然，他扣住我的手腕，在圖雅愣愣的目光中，帶我瞬移。停下時，驚訝地發現已經是城外的水晶山。

自從那天之後，我從未出過城。因為龍他們擔心那晚襲擊東方的人可能不簡單，他知道海盜的行為，但知道得並不詳細。如果他知道海盜要製造黑洞，那應會提醒我離開，而不是第二天不要去看比賽。所以他們覺得這個人對我有所企圖，不讓我離開他們的保護範圍。

站在四處都是水晶的水晶礦洞中，月忽然一手撐在我臉邊的水晶壁上，灼灼看我。

「東方是不是沒死？」

我心裡暗暗一驚，淡淡地轉開臉：「你在胡說什麼？」

轉身要走，腰間立時被他的尾巴圈緊。我垂下頭，眼中是他尾巴的小三角，正緊貼在我的腹部。

他站在我的身後，光亮的水晶壁面隱隱映出了他緊緊俯視我的臉。

「小雨，我和爵是忠誠於妳的！請妳相信我們！」

「忠誠……」我笑了笑，側下臉擰緊了眉：「月，不要用那麼沉重的詞，你忠誠的應該是星盟。」

「小雨！」他伸手緊緊扣住了我的手臂：「從爵愛上妳的那天開始，我們……不，不對，是爵的心已經是妳的了！而妳成為我飼主的那一刻開始，我的心也是妳的！」

我怔住了身體，呼吸不由得因為他的話而加快。

「小雨，請妳相信我們。這次我和爵已經感覺到，東方沒有死，即使那落石因為大氣層而變得高溫，能夠瞬間蒸發一個人，但是依然會留下骨骼的灰燼。我沒有在現場找到任何與東方ＤＮＡ相符的塵灰。小雨，現代的科技不是一千年前，微縮儀只要掃視那片區域，任何灰燼都逃不過我的眼睛。所以，小雨，東方是不是走了？」

信任，我到底要不要信任他們？愛著我、崇拜著我、愛護著我，為了保護我不惜鼓起勇氣，一改懦弱與龍抵抗的爵；以及一直默默幫助爵守護我、靜靜注視著我、關切著我的月……

「小雨！讓我們幫妳！後天，我們就要離開鋼蒂爾星，一旦聯賽結束，我就要跟伊莎完婚。」

月的話越來越急切起來，和他平日判若兩人。

「我們在一起的時日不多了，難道，妳還是不願在最後這幾天，信我一次嗎？」腦中有嗚音劃過，我們在一起的時間不多了……到底是什麼，讓平日淡漠的月變得如此急切。

「小雨……我！」

「是的。」話音出口，我轉身對上月琥珀色、充滿急切的眼睛：「不僅是東方，我也會走。月，你和爵會幫我嗎？」

他琥珀的瞳仁裡溢出了異常激烈強烈的情緒，忽然，他緊緊擁住了我，緊緊抱住我的後腦，在我耳邊點頭。

「會！我們會！只要妳告訴我們怎麼做。只要妳自由……妳只有獲得自由才會快樂……」

「謝謝你……月。」緊緊回抱住他的身體：「我以為失去東方後，我會一個人戰鬥……」失去東方的酸楚從心口溢出，讓我的淚水無法抑制地從眼中而出。

「小雨……」

「別放開我……」我深深鑽入他的胸膛：「我不想讓你看見我哭的樣子……」

「小雨……」他更加深深地擁緊我，靜靜地站在我的身前，讓我在他的胸口默默地落淚。

待我恢復平靜後，月連上了爵。他和爵如果同時失蹤太久，會引人注意。所以，爵以3D影像的方式，坐在我們的面前。我開始跟他們道出我和東方一直在做的事，當然，只是一部分，但僅僅如此，他們聽後也大為吃驚。

「妳是說你們已經造出了消除微腦細胞的儀器？」月不可思議地看著我：「看來我們都小看古人

了。」

我在他驚嘆的目光裡繼續說：「現在消除儀還在改良，因為後天就要走，所以山田老博士明天應該會給我，包括我的那件衣甲。」

「好，好。」爵變得有些激動，急急地看我：「那我有什麼可以為妳做的嗎？」

我想了想：「現在我還不知道怎麼轉移伊塔麗，她畢竟是一個人形……」

「這不難。」爵笑了起來：「她是智慧管家，原形是一顆蛋，所以她還可以變回一顆蛋。」

我愣了愣，不由得笑了：「原來那麼簡單。」

月和爵相視一笑，月摸上了我的頭，難得微笑看我。每當他微笑時，他整個人會帶上一層暖意，目光也會隨之溫柔起來。

「小雨，妳放心，我和爵會全力配合妳。之後我們也會離開靈蛇號，所以不怕龍那個傢伙。是不是，爵？」他回眸看爵，爵正深深地注視他，目不轉睛。

「怎麼了？爵？」

爵恍然回神，落下目光片刻，忽地抬眸認真看他。

「月，你是不是喜歡……」他猛然頓住口，沒再說下去，只是和剛才一樣注視著月。

月摸著我的手微微一滯，緩緩收回，月牙色的細細尾巴慢慢纏上了我隨意放落地面的手腕，側開了臉：「是……」

爵在得到月的答案的那一刻，垂下了頭，藍色的長髮和瀏海遮住了他的臉，他再也沒有說話。看見他們忽然變得沉默，我疑惑地問：「你們在說什麼？」

臉。

「沒什麼！」意外的，兩人異口同聲說道。因為一起說出口，他們看向了彼此怔了怔，再次側開

「炎來了，我先下線了。」爵低臉說罷，下了線。

靜靜的水晶洞裡，只剩下我和月。

他依然用他細細的尾巴纏住我的手腕，我感謝地拍了拍他圈緊我的尾巴。

「別為我擔心，等我自由我一定會去看你們。」

「真的？」他有些吃驚地看向我，我奇怪地看他：「為什麼擺出這樣一副吃驚的表情？好像我會一去不回的樣子！別忘了，還有更多的冰凍人需要解放，我的任務只是剛剛開始。既然會出來，自然會來看你們，除非你們不想見我。」

「怎麼會？我……」他看著我忽然頓住了口，琥珀瞳仁裡原本的激動漸漸消逝，他的雙眸再次被冰霜覆蓋。他站起身，卻是看著別處。

「東方不該先妳離去，我真懷疑他到底是不是真的愛妳。如果是我，怎會自己離開，留下心愛的女孩兒面對危險。」

我看著月搖了搖頭。

「月，東方信任我，他相信我。東方比我弱，如果反過來，我們只會拖累彼此。」

他怔了怔，看向我，我對他揚起自信的微笑。

「另外，東方也相信你們，他曾說爵比他更適合做我的男人，他也說到了你。」

「我？他怎麼說的？」月忽然在乎地追問，我一下子頓住，有些不知該如何開口。

「他……他說你也不錯，把我交給你和爵，他很放心。呵……」我好笑地搖頭：「他像交代身後事一樣，你別在意。」

我看向他，他的嘴角卻是微微揚起，目光再次柔和起來，看向旁處陷入失神。

「月？」

他恍然回神，神情卻透出了喜色，讓他整個人陽光起來。他握住我的手，笑著說：

「我帶妳回去，出來太久，會有麻煩的。」

「嗯！」我愣愣看著突然掃去陰翳，變得陽光的月。只是東方的一句話，卻能讓有些陰鬱的月揚起如此燦爛的笑容。東方，你的話帶有神奇的魔力。

★　★　★

靈蛇號、四大家族的母艦皆一一休整完畢，準備離開。在離開的前一天，正好是剛鐸族的歡舞節，這天晚上，每個人都會穿上漂亮的舞衣，忘卻煩惱一起翩翩起舞。正在鋼蒂爾星的女王、議員、貴族還有靈蛇號的成員也會加入到這場盛會中。這天的傍晚也尤其美麗，水晶山折射出的光芒讓整片天空蒙上了幻彩的面紗。

萊蒙特為我送來舞衣，他已經穿上了剛鐸族的舞衣，依然是鮮豔對稱的花紋，上面是只到腰的無袖圓領短衫，下面是長的裙褲，沒有穿鞋，光著腳。纖瘦的少年還有一抹腰線從短衫下顯露。

我的舞衣跟他的款式一樣，上面是短衫，下面是裙褲，因為女人有胸部，所以撐起了短衫，讓衣衫更短，腰部基本是裸露，然後下面是長裙，大大的裙襬旋轉起來像一朵盛開的大喇叭花。

當我拿起長裙時，下面的消除儀顯露出來，萊蒙特對我眨眨眼，我笑著摸摸他的頭，放好了消除儀。另外，剛鐸族的女性還要戴上很多首飾，項鍊、耳環、手鐲、腳環、腰鍊，萊蒙特放了滿滿的一盤。戴耳環時，摸上了被龍打的耳洞；隨手也戴上了調教環，用絲帶綁住手腕遮蓋。

穿戴完畢，外面已經是星月滿天，光亮打在水晶山上，繼續讓幻彩的光芒鋪滿夜空。

「小雨姊姊，今晚我和魁拔領舞！」萊蒙特激動地說，雙頰興奮得紅撲撲。

我驚訝看他：「喔？你準備跳什麼？」

他對我神祕一笑：「到時妳就知道了，反正小雨姊姊也一定會跳。」

我托腮想了想，我肯定會的……不由自信一笑，我蘇星雨也就琴棋書畫不會，蹦蹦跳跳、打打殺殺無一不精。

萊蒙特拉起我奔出了門外，月光之下，一排豔麗的男子映入眼簾。

淡漠的月、憨實的爵、純真的小狼、急躁的炎、冷靜的巴布，他們都穿上了舞衣。小狼坐在巴布的肩膀上，炎和爵正說著話，其他人在旁邊聽。他們站在波光粼粼的湖邊，湖光打上了他們豔麗的衣衫，讓他們光芒四射，也讓他們鮮豔起來。俊美豔麗的王子殿下們，今晚，他們將一起翩翩起舞。然後，他們看到了我，向我招手，我跑向他們，裙襬飛揚。

廣場上，已經火光閃耀，巨大的魁拔站在人們之間，像是一個巨人。貴賓席上是女王、龍、龍野、夢、伊莎、圖雅和四大家族、議員成員們。他們遠遠看著我們前來，女孩的目光流連在她們心儀的男孩身上。如果時光在此刻倒流，圖雅還是那個扮演柔弱小公主的藍髮小蘿莉，伊莎也還是那個和

月一起奔跑追逐的紅髮小公主……但時過境遷，每個人都不可能回到過去了。

魁拔在我們面前單膝跪地，雙手伸向了我和萊蒙特。我疑惑地看萊蒙特，萊蒙特對我燦燦地笑，讓我走上魁拔的手。我躍上魁拔的左手，他躍上右手，然後剛鐸族的族人手托一枚懸浮的水晶鳳凰胸針到我們身旁。

萊蒙特接入手中，我激動地看著他手中的胸針。一種奇特的共鳴正從那鳳凰胸針中源源不斷而來，讓我的心跳、我的血液，隨著它光芒律動般的閃耀而加快。

魁拔慢慢站起，雙手移在一起，萊蒙特大聲道：

「感謝星凰拯救了我們鋼蒂爾星，這是我們剛鐸族特製的鳳凰勳章，請星凰接受。」

我激動地看著那枚胸針，它璀璨晶瑩的身體裡，流過特殊的紅光。全場變得安靜，這是一份榮耀，是剛鐸族給我的殊榮，也蘊藏了一個巨大的祕密。

萊蒙特將胸針別上了我的胸口，星光的鳳尾如同流星墜落夜空，劃過一抹抹耀眼的光跡。這是我說的，我想要一枚像流星雨一樣的胸針。

「自從上次的事故後，胸針裡會有像血液一樣的紅光流過。」

萊蒙特一邊別胸針，一邊輕聲地說：

「不過爸爸媽媽說，這或許蘊藏著什麼神祕的、我們所不知道的力量。所以小雨姊姊，如果真有異狀發生，妳一定要盡快脫下。」

他還是有些擔心。事故？是指上次我的血流入了衣甲？我聽後點點頭，他碧綠的眼睛眨了眨，也變得激動起來。他被魁拔送入駕駛艙，我被送落魁拔腳下。月和爵像我的騎士一般上前，伸出了他們的左手和右手，我把雙手放入他們手心，他們一起扶我躍下魁拔的大手，對我微笑。

響徹雲霄的音樂忽然響起，我愣在了魁拔的腳下，這音樂！是「江南Style」！哈！難怪萊蒙特說這舞我一定會跳。然後，只見魁拔在動感的舞曲中跳起騎馬舞。哎喲喂！實在太可愛了！一下子把所有人都看傻了！魁拔的眼睛隨著節奏一閃一閃，巨大的臀部在我們面前扭，說不出的歡樂。曾經浴血殺敵的殺人機器，此刻在萊蒙特的駕駛下，成為大家的領舞者。只是，因為微腦細胞的翻譯功能，使江南大叔的歌到我耳中一下子成了中文，感覺有點不適應。

原來……這首歌唱的是這個？見大家只傻傻地看，我笑了笑，跑到魁拔的腳下，跟著它的節奏和步伐跳了起來，右手揮舞，一起跳歡快的騎馬舞。大家看著看著，也歡快地跳了起來。

「Sexy Lady……」

屁股翹起來、大腿摸出來，我們都是性感的女人。只有熱愛和平的民族，才會總是這樣歡歌樂舞。

看到遠處靜靜望著一切的胖叔，我離開跳舞的人群，走到他身前，他微笑看我，我蹲下仰視他。

「胖叔，為什麼不一起跳？」

他眸光淡淡的落在了遠方。

「在我的家鄉，每當豐收的時候，人們也這樣跳著、唱著，我們還一起喝菲利多酒，那酒非常美味，是菲利多蟲的分泌物，非常珍貴……」

原來是觸景生情。

「可是，自從你們地球人來，已經很久沒有唱唱跳跳了，地球人好鬥、好戰……」他說了起來：

「有強烈的權慾……」

「嗯！胖叔，不是所有地球人。」

我打斷了他，微笑看他，他的目光淡淡的，沒有贊同，也沒有反對。我雙手扶在他的膝蓋上，輕輕地說：

「在我的家鄉，逢年過節也會有聚會，元宵有燈會，春天有花會，夏天有龍舟會，秋天有果會，冬天有年會。胖叔，神創造了萬物，也創造了各種各樣的人。或許是為了達到祂心目中的平衡，所以會有好人、有壞人。胖叔，如果不是你叔父的野心，也不會讓那些對妖星有貪心的地球人有機可乘。胖叔，請相信我，我們大部分地球人，也是喜歡和平、共存共榮的。」

他怔怔看我，我笑著拉起他的雙手，他一點一點從移動椅上站起，我拉著他的雙手，在剛鐸族的樂曲中，和他一起跳舞。

「小雨……」他拉著我的手，認真地深深看我：「妳是不是認為只要有一線機會，都要戰鬥到底？」

我也認真看他：「是的，我會證明給你看的！」

他的瞳仁在我的話中猛地收縮，開始泛出絲絲紫色。

「胖叔，只要有機會，我們就要努力，但是我們不能走入歧途，不能再重蹈覆轍。我知道一顆星球的解放獨立並不容易，但並不是絲毫沒有機會。在此期間，我們不能著急，這樣或許會得到短暫的和平，但之後呢？我們需要的是星盟對我們的尊重，讓你的族人、你的星球，重新抬起頭做人，在星盟中享有平等的權力！」

他詫然地看我，紫色針尖的瞳仁中漸漸是顫顫的眸光。我帶著他在星光之下轉圈，他和我，需要贏得尊重。

「胖叔，看不出你那麼胖還能跳起來？」龍野踡踡地出現在我們身邊。

胖叔回過神，停下來大笑起來。

「呵呵呵……不行不行啊！我是真的老啦！才跳那麼一會兒，已經心臟有點受不了，哈哈哈……小雨，謝謝妳，讓我又年輕了一會兒。」

我笑了，放開他胖嘟嘟的雙手。

「胖叔，只要心年輕，任何時候都是年輕人。」

胖叔笑著點點頭，轉身消失在跳舞的人群中。面前是龍野踡踡的臉，我揚唇笑看他。

「怎麼，今天又想跟師傅我學一些可愛的舞蹈？」

他臉紅了紅，雙眉糾結地擰緊，撇開臉。

「哼！我是看妳的舞伴只有胖叔，可憐妳，才來陪妳跳的！」

正要說話，一條手臂從他面前穿過，直接從他面前拉走了我，扔下了一句話：

「小野，小雨可不需要你可憐。」

——是龍。

龍野回神時，我們已經被人群淹沒，我看著龍，他拉起我的雙手跟著周圍的人一起跳。他短短的衣衫隨著舞步輕揚，讓他肚臍上的蝴蝶寶石若隱若現。

「你剛才跟胖叔說什麼？」他問。

「我覺得胖叔一個人太寂寞了，所以陪他聊聊天。你知道，我一直喜歡胖叔。」我淡淡地答。

他微露一絲狡黠，懷疑地看我，像是在說，是真的嗎？我停下了跳躍的舞步，他隨我停下看我，我擦了擦汗：「我累了。」

他放開我的手溫和看我。

「那我陪妳走走吧！」說完時，他依然溫和地看我，深邃的目光裡是一絲笑意：「怎麼，不敢？」

我幽幽一笑，雙手背到身後，摸了摸手腕：「誰說的，走吧！」

他笑了笑，也雙手背到身後，隨我走出了人群。隨即，我們一起漫步在靜靜的湖邊，波光粼粼的湖面今晚也染上了一層夢幻的彩色。我們一樣是雙手背在身後，一樣的不言不語。我走在湖邊，他走在我的外側，面帶淺淺的笑意，目光平靜。他一直沒有說話，只是那樣走著，偶爾看我兩眼，隨後繼續看著前方。他身上豔麗的短衫在夜風中輕輕揚起，露出那一抹腰線。這個溫潤的，看似人畜無害的東方美男子，卻包藏著那樣複雜的心。

慢慢地我停下了腳步，因為來到了自己的花房，我凝望著湖水，心想那天龍野差點贏了我。

「聽說小野來妳房間鬧了？」他終於開了口，溫和地看著我的側臉：「有人說看見你們在湖邊跳舞。」

「呵！」我低下頭笑了笑：「沒錯，他一直很不服氣，所以……給了他一點教訓，讓他學會尊師重道，我……調教他，你不會介意吧？」

我轉臉看他，他微笑且溫柔地注視我，俊美的臉上沒有絲毫介意的神情：「不介意。」

他微笑抿唇，閃閃的黑瞳裡相反地帶出一絲趣味。這兩兄弟，果然一樣，將自己的快樂建立在對方的出糗上。他一直看著我，看著我的眼睛，看著我的臉，然後視線慢慢下落，滑過我的頸項看上了我的胸針。那閃閃的胸針像一隻聖潔的鳳凰浴火重生，翱翔在宇宙之中。他的手朝我的心口伸來，然後輕輕捏住鳳凰胸針鳳尾，胸針下的手指輕觸我心口的短衫。

「這胸針真美……」深深的感嘆從他口中而出，他喜歡美，他喜歡一切美的東西。正像他說的，如果不是女王的兒子，他或許是全宇宙最好的時裝設計師。

我低眸看心口的胸針，它何止美，它還是我的神器！

慢慢地，感覺到他緩緩靠近的臉，他已經俯落我的面前，額前纖細的髮絲垂落，輕觸在我的頭頂：「就像妳……」

溫柔帶沙的聲音，是那麼的性感。讚美的話從他口中而出，讓女人完全無法抵抗，最後陷入他的溫柔陷阱。

「龍……」

「什麼？」溫熱的氣息吐在了我的額前，輕輕吹起了我的髮絲。

「我一直覺得阿修羅很酷。」

「是嗎？」他的手指在我的胸針上輕輕摩挲，撫過那隻鳳凰纖細的頸項。

「每個女孩，都有點英雄情結，我小時候也喜歡超人、蜘蛛人、蝙蝠俠，所以我也成了阿修羅的崇拜者，為此我特意留意他，想知道伸張正義的他到底是誰。」

「那……妳找到了嗎？」他的左手緩緩撫上了我裸露的手臂，被夜風吹涼的手臂留下他一股熱意。

我低臉揚唇一笑：「我想……我還需要確認一下。」

我揚起臉，擦過了他的鼻尖，對上了他近在咫尺的臉。

他深深看著我，那雙幽深黑暗的眸中竄起了星星的火焰。我笑了笑，微微抬臉時，已經吻上了他的唇。飽滿的唇，充滿了質感。但還感覺不到阿修羅的強勢和霸道。然而，我這危險的試探點燃了這頭猛獸的心。他倏然扣緊我的手臂，重重壓下了他的唇。他張開了嘴，閉眼深深含住我的唇，充滿渴望的吮吻含住了我的唇瓣，如同大口大口啃咬美食一般，他也大口大口舔咬我的唇，火熱的氣息吐入我的嘴裡，在我的唇中深深呼吸。熟悉的吻，出現了！

一隻熱燙的手掌撫上了我短衫下裸露的腰，往我的後背撫去，他毫無顧忌地撫上我短衫下赤裸的後背。我擰了擰眉，抬手輕輕扣上他的脖頸，他張開了眼睛，火熱的手掌停在我的後背，熨燙我的身體。

他含住我的唇看我：「想殺我？」

略帶喑啞的聲音，帶著一絲玩味，黑瞳裡是火熱的，毫不掩藏的情慾。

我想退開，他張嘴輕輕咬住了我的下唇，光線從我們唇間流過，照亮了他白淨的牙齒。撫上我後背的手倏地將我按向他的胸口，我不由得上前一步，撞上他結實的胸膛，與他的胸口緊緊貼在一起。立時，灼燙從薄薄的衣衫下而來，直接熨燙了我的胸口。

他的胸膛隨著呼吸在我的胸前起伏，宛如化作兩隻有力的手，按上了我挺立的雙乳。他變得越來越霸道，渾身都透出獅王一樣的強勢，把我牢牢桎梏在他的胸前，被他火熱的氣息吞沒。

「想逃已經來不及了。」他放開我的唇，含笑灼灼地看我：「今晚我不想跟妳玩欲擒故縱，有些事既然由妳開始，妳是不是應該負責到底？」

他俯下臉，我側開臉，他順勢吻上了我赤裸的頸項，火熱的唇在我的頸項上輕輕摩挲，帶來讓人燃燒的奇異火熱感覺。我被這種怪異的感覺弄得有點恍神，渾身寒毛豎起，深吸一口氣讓自己冷靜下來。揚唇輕笑，唇上依然殘留著他的氣息、他的熱意和他的蜜液，還有他熱吻下的麻熱。

「我說了，我只想確認一下，阿修羅。」

他對我頸項的挑逗終於停止，身體也隨之微微緊繃，但沉著鎮定的他不會因此而慌亂，而是依然將我緊扣他的身前，和他結實的胸膛緊密相連。

扣住他脖子的手慢慢鬆開，順著他的頸項捏上了他的耳垂。

「我一直在奇怪，阿修羅怎麼會跟靈蛇號如影隨形，我一開始懷疑他可能切入了靈蛇號的網路，可是東方說，阿修羅說不定就是船上的人呢！」

「所以妳懷疑我了？」他的聲音漸漸深沉，和我捏他耳垂一樣，他也摸上了我的耳垂，輕輕摸著他幫我打的耳洞。

但是我和他的目的不同，對付一隻警惕性極高的猛獸，需要慢慢安撫，撫順他的毛。我的手指順著他的耳垂，摸上了他頸後的短髮。

「不，一開始我懷疑是胖叔，既然這個世界變形、易容，什麼都可以，為什麼胖叔不可以是阿修羅？所以，我去找他確認。」

「確認？」他輕捏我耳垂的手停滯，離開我的頸項，扣住了我的下巴，讓我面對他。我的手也停

落在他的後頸，調教頸環從腕帶下慢慢而出。

他的目光開始變得陰沉，視線落在我的唇上，扣住我下巴的大拇指撫上了我的唇，眸中倏然劃過一抹殺氣：「原來妳是靠這個來確認？這麼說，妳也這樣吻了他？」

我揚唇一笑：「不錯，我對別人的親吻向來印象深刻，所以，胖叔說他佔了便宜。」

「妳！」他轉開臉，神情變得陰沉：「他居然沒有彙報。」

「為什麼要跟你彙報？」我故作疑惑看他：「胖叔又不知道我是在確認阿修羅，我說他像我父親，忍不住親吻他，他自然暗自高興，為什麼還要跟你詳細彙報？他應該不像迦炎，得了吻會滿世界地大聲炫耀。」

他擰起了眉，沒再說話。

「看你這表情，好像胖叔是你的情人，難道……胖叔真的是變形人？」

他眸光一緊，轉回臉笑看我：「怎麼可能？」

「是不可能，所以，只有你了。阿修羅，我終於抓到你了！」眦眼之時，調教頸環已經環在了他脖子的周圍，等他察覺時，兩個字已經從我嘴裡吐出：「束！縛！」

他驚訝睜眸，立刻抽離我的身前，但漂亮的調教頸環已經牢牢扣上了他的脖子。漂亮的東方美男，戴上了一個精緻的黑色項圈。龍，你不是喜歡黑色嗎？這個項圈很適合你。

我雙手環胸笑看他，他摸上調教頸環，擰眉咬牙，臉上劃過一絲懊悔的神情。

「你比龍野鎮定多了。」我欣賞地看他，他深吸一口氣後笑出，摸著調教頸環笑看我。

「小雨，妳變壞了。」

「跟你學的。」我指指手腕上漸漸隱去的基因碼，他瞇了瞇眼睛。

「看來那天小野跳舞，也是被妳強迫的。呵，我應該想到。」他看落湖面，搖了搖頭：「以他的性格，怎麼可能跟妳一起跳舞。事後他什麼都沒說，可見他是想等妳來束縛我。」

「聰明！就是這樣。」

「小野。」龍幾乎是咬牙切齒地叫出他的名字。

我勾著唇角、揚起手，立刻，他雙手交叉捏在自己的衣襬上。他微微吃驚，然後隨即恢復鎮定，微笑地看我：「小雨，妳要做什麼？」

「自然是開始調教你。哼！」我輕笑。我的神情也漸漸嚴肅。龍宇，終於輪到我蘇星雨了！

他立時瞇起眼睛，轉而露出迷人的微笑：「小雨，別鬧了。」

我擺擺手指，沉臉毫不留情地手一揚，他已經脫下了上衣，赤裸的身體線條流暢，極棒的身材讓女人熱血沸騰。星光覆蓋在他身上，讓他變得如同水晶一般晶瑩剔透。

「這就是妳想看的？」他依然鎮定，大大方方微抬下巴，露出迷人角度。

我沒有理他，慢條斯理地走到他背後，手指往下，他隨即脫掉了裙褲，露出他飽滿結實、挺翹的臀部。他一絲不掛地站在了我的面前，我開始一步步後退，計算距離和起跳點。

「呵，怎麼？難道是看不夠我的身體？」他的語氣裡透出了一絲壞意。

我冷冷看他後背一眼，當初所有承受的憤怒和羞辱在這一刻爆發，我開始飛速朝他跑去、起跳，然後完美地狠狠踹在他後背上。他飛了起來，在月光下劃過美麗的弧線，「砰」一聲掉進了湖裡。巨大的水花炸起，化作月光下美麗的星光。

我冷冷蹲在湖邊，陰沉地看著沉到湖水裡的他，手指一上一下，他開始隨著我一上一下、一上一下，起起伏伏。我把他沉下湖底，直到冒泡再讓他上來。

他滿臉是水，因為時不時缺氧讓他的臉色變得蒼白。

「蘇星雨！」他憤怒地朝我怒喊。我淡淡看他一眼，手指往下，他再次沉了下去。

「上來記得換氣！如果只想著罵我，你會淹死的。」

手指上抬，他再次浮上來，狠狠瞪我，我繼續說：「順便告訴你，我不崇拜阿修羅，相反地，因為阿修羅變成了你，我開始懷疑你所謂的正義。」

他惱怒地瞇起眼睛。我的手指隨即往下，他又沉了下去。然後，再把他提上來。

「你扮演阿修羅到底是為了洩憤，還是真心幫助弱小？哼，你這種高傲狂妄自大的人，怎麼可能真心幫助別人？你這麼做也只是為了證明你很強大。」

「我！咕咚咕咚咕咚……」

在他說話前，我又把他沉了下去。僅僅這樣，怎能洩我心頭之恨，真恨不得找條鞭子狠狠抽他。再把他提起來，他「嘩啦」一聲，急切地跳出水面，短髮在星光下甩出一串晶瑩的水珠，整張臉已經因為憋氣過度而有點發紫，他「呼哧呼哧」大口大口喘氣，這次是真的沒力氣說話了。儘管他被我折騰地死去活來，他的眼神依然冷冽，狠狠地射殺我。

我面無表情地冷冷看他，我蘇星雨可不是那種學生妹，會因為他那張萬人迷的臉而手下留情。對於對付敵人喜歡爆頭的我，這點刑法已經算是留情。看看他那副陰狠的表情，這才是龍宇的真面目。

忽然，他似乎看到了什麼，深吸一口氣，自己沉了下去。正奇怪時，身後傳來急急的腳步聲，我轉身看去，是夢。

夢朝我跑來，看見我蹲在湖邊，面露疑惑：「龍呢？」

我蹲在湖邊往湖裡一指，夢也看到了湖邊的衣褲。

「他忽然說要裸泳，就下去了。」我說。

夢看著我啞然失語。

我站起身，湖面上很平靜，顯然他不想讓任何人看到他戴調教頸環的樣子。

我對著夢聳聳肩：「他會不會喝醉了？誰會這麼瘋狂大半夜裸泳？不過，我向來不懂他。」

夢看著我依然說不出話，半天，她略帶一絲不服地轉開臉，沉悶地說：

「如果連妳都看不懂，我就更看不懂了。」

她說這句話時，空氣裡多了酸酸的味道。

我笑了笑，說：「妳來了正好，我先走了。」

我轉身揮手告別。考慮到龍好面子，如果讓夢看到他戴項圈，夢說不定會被他滅口。

在走出不遠後，我偷偷撤去了龍的項圈。夢來得真不是時候，我還沒玩夠。然後，聽到了有人出水的聲音：「呼啦！」

「龍，你臉色好差，到底發生了什麼事？小雨說你突然想裸……泳？」

「呼呼呼，給我衣服……」

「喔，喔……」

「咳咳咳……」

「小心著涼。」

「咳咳咳……」

哼，雙手背到身後，調教頸環回到我的手腕，真是便宜你了，龍。今晚，我得小心，以我對他的了解，他不以牙還牙，他就不是我認識的龍宇了。

廣場上的音樂依然沒有停止，我準備回廣場。歡舞節這天，剛鐸族的人會跳到通宵達旦。和別人在一起，這個晚上我才安全。正沿著湖邊往回走，遠遠地看到了月和爵。

月正扶著爵，爵走路有些搖晃，像是喝了很多酒。我立刻上前，爵看見我揚起了手，藍色的長髮下是染上酒紅的臉。他瞇起有些失焦的眼睛，笑看我。

「小，小雨……真丟臉人，讓妳看到我這狼狽的樣子……」

「怎麼回事？」我問扶著他的月，月蹙眉嘆了一聲。

「沒想到剛鐸家的果酒這麼厲害，爵以為是果汁，結果……」

「呵呵，呵呵……」爵靦腆地笑了起來：「味道確實很好……」

「你呀！」月看著他無奈地搖搖頭，轉而看向我說：「照顧人我不太擅長，小雨，爵就交給妳了。」

說罷，他直接放開了爵，爵一時有些失措，像是無法與我獨處，他立刻著急地拉住月。

「月，我們回房吧！」

月抽離了手，忽然轉回臉生氣地大吼：「你是笨蛋嗎？」

他突然的怒吼讓爵一時愣在原地，右手還保持著想拉住他的姿勢，僵硬在空氣之中。月一直很平靜，也很冷淡，而且從來沒有對爵發過脾氣。我也是第一次看到他對爵生氣地大吼。想想這些天，月確實有些反常，難道是快要跟伊莎結婚，讓他有了某種焦慮？從而變得越來越焦躁？

月感覺到了我疑惑的目光，他轉回臉，藏起他緊繃隱忍的臉，月牙色的長髮在夜風中輕揚，他揚起了纖細的尾巴：「伊莎還在找我，我先走了。」

「月！」倏然間，月已經消失在空氣中，爵恍然回神想去追他，才踏出一步，身體已經搖搖晃晃，險些跌倒。

我立刻上去扶住他，他抱歉地看我：「對不起，小雨，我、我太沒用了……」

我看著他酒紅的臉，他整個身體的重量此刻都在我的身上，看來這果酒的後勁非常厲害。我將他的手臂環過我的脖子，一手環住了他的腰。短短的衣衫，我自然而然摟到了他裸露的腰，一時發愣。以前跟好兄弟們勾肩搭背摟腰的時候，也摟過男人的腰。可是，那幫漢子的腰十分有力，而且還有點硬，而爵的……怎麼像女孩子？軟軟的，還很有肉感，像是摟住了一隻柔軟適中的糖果抱枕，有一種讓人不想放手，只想摟住舒服睡覺的感覺。

「小雨……我自己能走……」爵低低地說。我看向他，他的臉更紅了，垂下頭用藍色的長髮遮住了他的臉，尖尖的耳朵露出，藍色的寶石在星光下閃亮。

「沒關係，這裡離我的花房很近，我扶你去湖邊的躺椅醒一下酒。」

他身體緊了緊，低著臉沒有再說話，我想，他是默認了。

他們利亞星人很在意肢體上的碰觸，月是男人，而我是女人，所以我扶住他，讓他有點緊張。很快地又回到了花房前，我扶爵到躺椅邊，湖邊已經空無一人，也沒了龍的衣褲。

哼，便宜他了，讓他跑了，下次再找機會就不容易了。

忽然感覺到一股冷風，這感覺太熟悉了，我已經不再做任何戒備。

「月……」誰知，我剛叫出口，爵突然像是被人狠狠推了一把，就朝我撲來了。因為我扶著他，所以也受推力影響，重心不穩地往後摔落。

「砰！」我躺在了躺椅上，上方是擰眉努力撐住身體的爵。

淡淡的星光下，是他絲絲縷縷落在我臉上的長髮，他雙手努力撐在扶手上，才沒有落在我的身上。但是他的一條腿正在我的兩腿之間，壓在我的裙襬上，不知道他……是否發覺……

「還、還好……」他睜開了銀瞳鬆了口氣，然後他看向了我：「小雨，妳沒事……」

他的話音在觸到我的眼睛時，慢慢停滯。

星光灑落在他的身上、藍髮上和我的臉上。夜風拂過時，帶來他身上的陣陣果香。我愣愣看著他，他的銀瞳美得像天上的星辰。

此刻，他正用那雙清澈無垢的銀瞳看著我，深深地注視著我的臉，癡癡的情意從他銀瞳深處溢出，讓他再也沒從我的臉上移開視線。那份真摯的，毫不掩藏的真情燒熱了我的臉。我側開目光避開了他深情的視線，心跳開始紊亂，被他盯視的臉也不受控制得越來越熱。眼下的情況，是我最不擅長處理的。

該死！這難道成了我的致命弱點？如果是東方，給他一拳就ＯＫ了，為什麼偏偏是爵。

「小雨……我……我想……我能不能……」他猶豫地，帶著一絲羞怯地低聲說：「我能不能跟妳……建立……連接？」

他沒有像以前羞怯地轉開臉，依然深情地注視我的臉龐。

靜靜地，風從我們之間而過，在我熱燙的臉上留下涼涼的痕跡，也拂起他絲絲縷縷的藍髮。那垂在我臉上的髮梢掠過我的臉、我的唇，絲絲輕癢，撩撥著人的心弦，讓我無法平靜。

那深深的視線在時間點點滴滴流逝中慢慢垂下，輕輕地，傳來他自嘲的輕語：

「我，我真的喝醉了……哈哈……哈哈哈……」

他從我身上匆匆逃離，我立刻拉住他的手。

「啪！」我握住了他熱熱的手，他就此頓住了身形，怔怔站在我的身前，緊張地不敢看我。

我慢慢坐起，拉住了他另一隻忽然熱燙的手，低下頭說：「開始吧！我已經準備好了。」

說完，我閉上了眼睛，不敢去看他的神情。

他似乎愣了很久，久到我睜開了眼睛，眼前是他豔麗的裙褲。沒想到睜開時，視線正好在他褲腰下！立刻放落視線，他在我的面前緩緩跪了下來。我愣愣看他，他像是虔誠的信徒一般跪在我的面前，輕握我的雙手放落我的膝蓋，他的手背向下，我的手背向上。他雙頰微紅，看我一眼便匆匆垂下目光，微揚的嘴角溢出一絲滿足和幸福的笑容。

他慢慢將額頭放落在我的手背上，深情的話語從他口中而出：「謝謝妳……我的女神……」

不知為何，明明鐵石心腸的我，還是因為他這聲呼喚而感動得心跳漏拍。我看著他的藍髮，再次閉上了眼睛。熟悉的清風拂過面前，我睜開雙眸，眼前是爵的那棵精神樹，平靜的世界裡，染上了一層淡淡的粉色。身邊投落一個長長的身影，他緩緩落在我的身後，然後伸出雙手輕輕將我環抱。我微微一愣，今日的爵，膽子大了。

「謝謝妳，小雨。」他激動地抱了抱我，然後匆匆放開：「對不起，我真的，實在是……太喜歡妳了，所以我控制不住想擁抱妳……呵……我的心跳現在還很快……我已經……不知道該怎麼辦了……」

我怔怔轉身，他已經背對我站立，右手像是撫在心口，微垂的側臉依然帶著滿足幸福的笑。

「爵……」

「小雨。」他放下撫住心口的手轉身看向我，深情的視線比在外面更加真摯灼熱，瞬間燒熱了我的心。他略帶一絲靦腆，青澀地說了起來：「我發現……我真沒辦法離開妳。我無法想像看不到妳的日子，每每想到，我的心都會莫名的慌亂，做任何事也沒了心思，整個人昏昏沉沉的。尤其想到妳會像東方一樣徹底離開靈蛇號，我會徹底失去妳，我的心就好痛……痛得……沒辦法呼吸……」

他再次撫上心口，落寞地垂下了目光，我在他深情直接的話語中，越來越無法正常呼吸。

「這些天，我也想了很多，心裡也很亂，我沒辦法看見妳，看到妳的每一刻，彷彿都在提醒我妳即將離開，我無法接受。小雨！是妳讓我越來越勇敢，是妳改變了我懦弱的性格，小雨，現在的藍爵是妳塑造的！」

他激動起來，緊緊拉住了我的雙手，灼灼地看我，赤裸的胸膛因為激動而快速起伏。他的銀瞳在閃爍、他的呼吸在加快，他在做一個巨大的決定！

「所以，小雨，我要跟妳一起離開！」

「爵！你……」

「除非……」他的語氣再次氣餒起來，落寞地垂下了目光，失去了神彩：「我的感情給妳帶來困擾，妳不希望我在你身邊……」

「怎麼會？」我立刻否定，他再次笑了起來，激動欣喜地看向我，我被他癡情的目光擊中，全身宛如一股電流飛速竄過，瞬間加速了我的心跳和血液，我匆匆低下頭。「你……確定要跟我走？」

「是的，我確定！我要跟我的女神在一起！我要永遠做妳的守護者！」

心裡因為他忽然的決定而亂了，因為這完全在我的計畫之外。不過，帶走他不無可能。

「是不是帶我走不方便？」他著急起來：「我是不是打亂了妳的計畫？是不是給妳帶來了麻煩？」

見他越來越急，我立刻搖頭：「不不不，沒有任何的麻煩。」

看向他時，他秀美的臉露出安心的表情，能被這樣一個誠實、認真、善良，並且長得俊美的男人如此癡癡戀著，我蘇星雨是何其幸運？誠實、認真、善良，不正是我的擇偶標準嗎？心裡也有了決定，既然要帶走爵，我就要對他的感情負責。我握緊了他的手，他微露疑惑，認真地看我。

「爵，如果你跟我走，等同於放棄了利亞星王子的身分，你願意嗎？」

我咬了咬唇，抬眸認真看他。

「我願意！」他毫不猶豫、沒有半分遲疑地說。

我被他感動得一時說不出話，呼吸也幾乎停滯。我的心跳完全因他而停滯，他到底用了什麼方法，讓我的心總是為他而停。

「呼……」我長長呼出一口氣，感覺到心跳總算恢復，我連連點頭：「好，那就沒問題了，你可以稍後跟我們會合，所以在離開上，沒有什麼問題。」

「太好了！」他激動地撲了上來，一下子抱緊我，可是下一刻，他又像怕褻瀆我一般匆匆放開我，臉紅地側開臉：「對、對不起……我又失控了……」

「沒、沒關係……」好尷尬，決定帶走爵確實有些突然。真沒想到自己會做出這樣一個決定來。

「爵……因為你要跟我走了……所以……你以後都會跟我在一起……而你的性格……確實……確實……」

我咬了咬唇，低頭看著他落在地面的陰影。

「確實跟我心目中的男友……標準……是一樣的……」

當我最後一個字停落時，他的身體立時激動地輕顫起來。我臉紅起來，依然看著他地上的陰影。

「只是……現在東方剛剛走……我的心裡……還一時……沒辦法放下，所以……所以我想……反正……來日方長……這之後……我們……是不是……可以……那個……你……聽明白了嗎……」

我繃緊了身體，蘇星雨，妳笨死了！妳這麼說人家怎麼會懂？為什麼不直接說：我要你做我的男人！

蘇星雨妳這個廢柴，砍人腦袋的時候眼睛都不眨一下，對男人表白怎麼變得這麼沒用！

「小雨……妳說的是真的？」他激動得連聲音也有些打顫，他聽懂了……

我心一橫，抬起緋紅的臉：「是的！我說我們可以培養一下感情！然後結婚！」

整個人一僵，結、結、結婚也太誇張了！我真是太Man了……

「小雨！」他完完全全激動起來，以前隱忍的感情一下子噴湧出來，溢滿了他興奮的臉龐。突然，他捧住我的臉，閉眼直接吻上了我的唇，幾乎是撞上來的力度，重重吻住了我的唇。他這突然的吻，讓我猝不及防，今天的爵，是不是因為那些果酒而特別大膽？

他火熱的手捧住我的雙頰，宛如深呼吸的吻，從我的唇裡抽走了他所需要的所有空氣。然後，他放開我的臉，睜開眼睛清醒時，又劃過一抹慌張，一把抱住我，將臉埋到我的肩膀。

「對不起，我又失控了，今天一定是我的幸運日！」

他緊緊抱住我，我貼在他熱熱的赤裸的胸口上，裡面是他比我快許多的心跳：「砰砰砰砰！」整個人因為說出那些話而輕鬆下來，我站在他懷抱中，緩緩伸出手，抱住了他軟軟的腰，暖暖的肌膚滑膩得像新生兒的肌膚。利亞人的皮膚似乎特別好，地球男人的皮膚可比他粗糙多了。

他因為我的回抱而僵硬片刻，下一刻他更加擁緊我，雙手環過我的身後緊緊扣緊了我的肩膀，用幾乎要把我揉進他身體的力度。

「謝謝妳，小雨，願意接受我。謝謝妳、謝謝妳……」

他對我的愛像膜拜，就像他總是女神女神地叫我。我在他的心口多多少少還是有些虛榮地竊笑。

「爵，以後不要女神女神地叫我了，很肉麻。」

「不行，我不能同意。」他執拗地說：「在我第一次見到妳的時候，就期待妳解凍，然後看到妳奪槍戰鬥時，那時妳就已經是我心裡的女神了。而今天，我的女神沒有嫌惡我，願意接受我，所以我現在……我現在……」

他緩緩放開我，臉越來越紅，銀瞳閃閃。

「我……我能不能……」他欲言又止，視線害臊地無法放在我的身上，只有落在別處。

「你想做什麼？」我疑惑地追問。

「能不能……我……呼……」似乎這件事讓他難以啟齒，需要極大的勇氣。他緩緩抬起手，朝我伸來，我疑惑地看著他的手，他的話音斷斷續續而來：「能不能……真正的……擁有妳……」

話音落下之時，他的手直接落在了我聳立的雙乳。登時，我大腦瞬間停擺，不敢在他的手心下呼吸，以免胸部起伏，但灼熱的溫度已瞬間從他的手心直接穿透那薄薄的布料，落在了我挺立的玉乳上。太過直接的話，會讓我完全失去反應能力。

「小雨，我愛妳……」低啞帶沙的深情話語再次襲來：「我已經不再是深深的喜歡或是崇拜，而是愛上了妳……所以……我想擁有妳，這是我們利亞星人表達愛的方式……」

他直接坦白的話語聲聲傳入我的心，那幾乎震盪我靈魂的濃情，讓我完全失去防守。

「請妳不要誤會我的心意，我不是想褻瀆妳，是真正地想和妳融為一體，合二為一。只有這樣，我們的心才可以真正相連，我們的聯繫也將不再受到時間和空間的任何限制，小雨，請允許我進入妳……」

他朝我勇敢地上前一步，按在我胸上的手緩緩下落，手心擦過我聳立的頂端，瞬間電流竄過，我的蓓蕊受到刺激瞬間腫脹起來。這本能的反應讓我徹底僵硬，感覺身體也在那一剎那的摩擦中發軟。

這，這就是敏感帶？原來這麼厲害，比……比死穴還厲害！

他的手緩緩落到了我短衫的下緣，然後輕輕捏住了那裡。他緊張起來，拉住我衣襬的手開始輕顫，他擰眉閉眼要掀我短衫時，我下意識一把扣住，他微微一怔，睜開眼睛朝我看來，裡面的視線染上了一絲情慾的火熱。我大驚失色地看他，同樣滿臉通紅、心跳失控。他們利亞星人的感情一旦袒露，真是迅猛得讓我無法招架。

他好不容易鼓起的勇氣被我打斷，也瞬間失措起來，銀瞳變得閃爍，著急地說：

「小雨，我，我真的不是想玷汙妳……」

「我知道。」我打斷了他。他已經面如火燒，無法直視我，我也一樣無法直視他：「我知道，我知道……可是……有點太快……我……我一下子……」

「對、對不起……」他也陷入混亂地低下頭，放開了我的衣襬：「是我……太急了……因為我想盡快與妳融合，這樣無論妳在何處，我都能感應到妳，即使隔了一片星域。這是我們利亞星人特有的能力，這樣在妳離開後，妳就不用聯繫我，我自然能找到妳。如果妳聯繫我，或許會被龍發現，到時反倒是我出賣妳了。」

原來……他是為了這個……

「而且，融合之後，我還能通過妳的身體來釋放精神念力，可以更好地保護妳，儘管效果不會太好，但也能幫助妳……」

他的話讓我有些吃驚，他這個能力有點像聖靈小王子。

放開他的手，我臉燙地像火燒：「對、對不起，我沒有誤會你，只是……真的……太快了，而且……我們……地球人不太適應……這種虛幻的……形式……」

好尷尬，氣氛越來越尷尬，渾身莫名地熱了起來，細汗正一點點鑽出皮膚。

「妳是說……外面？」他也尷尬地說，聲音變得沙啞：「外面……是可以……但是……沒有在繁殖季……我們利亞星人是不可以的……小雨，對不起，這是我的信仰……」

他突然彎腰對我鞠躬鄭重道歉，我完全哽住地看著他，看來我跟爵……還有一段路要走。

「看、看來……我們……還需要……彼此適應一下……對方的……習俗……和信仰……」

對於爵來說，那是他的信仰，我……不能讓他為我拋棄信仰。

「謝謝小雨。」他鬆了口氣，放鬆地重新站起看我，尷尬地側落羞紅的臉：「那……等小雨有所準備之後吧……」

「好，好……」好奇怪的感覺，好、好羞人……這種狀況，真是讓我失措凌亂……

「對了，小雨，能不能帶月走？」忽然，爵問我，我莫名地鬆了口氣，爵總算說一些讓我心跳不再停滯的話題了。

我擰眉深思，爵也目露憂急。

「月是我的好朋友，我真的不想看到他陷入痛苦。我知道他可以忍受跟伊莎結婚，但是他不會快樂的。而且，妳才是他真正的飼主。我了解他的性格，他有潔癖，如果換一個飼主，他會嫌髒。」

這也是我一直在擔心的，月靠我的血而活，可是眼下的情況，是顧不上他了。

「爵，我也很想拯救他，但是如果他現在跟我走，就等同於是跟我私奔，儘管我們並不是真的私奔，但是外界、伊莎，都會這麼認為。月的家族會因此受到連累，我想即使是月也不會跟我離開。」

我認真地看向爵，他大睜的銀瞳裡，是深深的憂慮和心痛，他嘆息地閉眸搖頭。

「月一直在撮合我們，而我為他……卻什麼都做不了……」

是啊，今晚顯然是月的撮合。月強行讓爵和我獨處，那時，爵其實是想逃避的……

「爵，我們不是神，不要過於自責了。」我拉起他的手：「或許，我們可以希望月最後接受了伊莎，能獲得幸福呢？」

他陷入久久的沉默，睜開銀瞳哀傷地看著我：「派瑞星人是一個性格極端的種族，或是放蕩像夜，或是專一到連飼主更換也無法接受，像月。所以，月是不會幸福的，因為月喜歡的是……」

忽然，他倏然消失在我的眼前，連帶我也被彈出了他的世界，這是被強行切斷連接了。是誰？我睜開眼睛時，正看到爵被龍掐住後頸，高高提在湖的上方。爵似乎陷入昏迷，無力地垂著頭。

我吃驚站起，憤怒地瞪視龍：「放開爵！」

「哼，這是給妳的回禮！」他陰冷地說完，直接鬆開了手，我就那樣眼睜睜地看著爵直直落入湖中。

「爵！」我奔向湖邊、躍起，忽然有人從空中截斷了我的身體，飛速推到花房的巨大花瓣上，掐住我的脖子，把我重重按住。頭盔褪去時，他立時俯下攫取了我的唇。灼灼的氣息充滿了侵略性，他霸道地含住我的唇，火熱的舌妄想撬開我的齒關。

我冷冷瞪視他，他瞇起的眸中燃起火熱的火焰，突然，另一隻手扣住了我的下巴，強迫我張開嘴接納他的火舌，他長驅直入，在我的唇內肆意侵略。

我憤怒地顫抖，右手捏緊要驅動調教環，原本扣住我下巴的手飛快扣住了我的手腕，手臂被他用力拉起，重重壓在了花牆之上。他繼續啃咬我的唇，我看到了他眼中的笑意，手腕的調教環被他扣住之後，竟無法離開我的手腕散開。

可惡！該死！這條混蛋的龍！

唇內被他的舌攪得天翻地覆，既然他不再扣住我的下巴，我毫不猶豫地咬下。他似是察覺到，飛快收回舌，但依然被我咬破了唇角，一絲血從他嘴角流下。他拉開與我的距離，揚起嘴角露出陰冷的邪笑。

「我來送回禮了，蘇星雨。」

「混蛋！是我整了你，你為什麼要傷害爵！快把他救上來！」我緊握他扣住我脖子的手，發急地朝他大吼，他利用衣甲把我輕鬆壓在花瓣上。

他勾唇一笑，並不顧及嘴角的傷：「哼，妳擔心什麼？他們利亞星人是兩棲的。」

我怔了怔，對了，爵是兩棲的，因為他一直在陸地上，我幾乎把這點忘了。但是，這不代表龍可以這樣肆無忌憚地把他扔到水裡。

怒火從心底而起，我憤怒地瞪視他：「即使爵是兩棲，你也不能這樣傷害他！」

他再次欺近我的臉，深邃的眼睛像是要看穿我：「蘇星雨，妳到底要把我的人怎樣？」火熱的氣息吐在我臉側上，把我呼吸的空氣全部染上了屬於他的味道。

我瞇起了雙眸，冷冷看他。他也瞇起了眼睛。

「因為妳，我發現他們開始一個個背叛我！哼！蘇星雨，我真沒想到妳還會用美人計從內部瓦解我們。」

「我根本沒有瓦解你們！」我憤怒地瞪著他：「如果一個團隊那麼容易被人瓦解，只能說明它本身就有問題！」

立時，他瞇起了眼睛，裡面是看不透的深沉心思。忽然，那股熟悉的邪氣開始從他身上燃起，他俯身慢慢壓上了我的身子，他用他灼熱的胸甲壓住了我聳立的胸部，他繼續一點一點壓下來，重量幾乎全部放在我的身上。

被他拉高的裸露手臂忽然被他扣緊，陰沉的話也從他口中而來。

「剛才妳玩過癮了，現在，該輪到我了。」

我早知他會報復，沒想到跟爵在一起，他居然也那麼肆無忌憚！爵！你可不能有事。他為什麼會昏迷？肯定是龍做的！

忽然間，濕濕熱熱的東西舔上了我腕側的嫩肉，瞬間，一陣酥麻竄過全身，打亂我的思緒，讓我不由得緊繃起來。

第7章 讓人無法直視的兄弟

「處子的身體，果然敏感……」上方傳來他戲謔的輕笑。

我感覺到了從未有過的巨大羞辱。我為什麼變得這麼無能？龍野穿衣甲的時候我不是也逃脫了？難道此刻我就要屈服在這條惡龍手中？

他一點一點舔過我手臂的內側，宛如一條熱乎乎的蠕蟲爬過我手腕內側的肌膚，敏感的肌膚在他舔過時全身寒毛戰慄。我捏緊了雙拳，他為什麼要對我做這種事？難道他想看我屈服在他的惡作劇之下？那這個混蛋絕對不僅僅是惡趣味，還相當變態色情！他是個十足的色情狂！

忽然，他舔上了我的頸項，依然是難以抵擋的麻癢，讓我全身莫名地漸漸無力。這種感覺讓我更加憤怒，憤怒自己的無力掙扎。他自負得意的目光瞟向我，我咬唇忍住那種特殊的麻癢帶給我的折磨，憤恨地、嘲笑地瞪他。

「哼！原來你還要靠穿衣甲來壓制我，真是太差勁了！」

他離開我的頸項勾唇看我鄙夷的臉，我繼續嘲笑他：「你靠的不是可以控制我的微腦細胞，就是調教指環，自以為強大的阿修羅和龍，也不過如此！」

他充滿玩味地繼續看著我，俯臉毫不猶豫地啄了啄我的唇，我立刻奮力掙扎。

「混蛋！別碰我！你這個變態！色情狂！流氓！」

「喔？怎麼我在妳心裡的形象如此不堪？」他微笑地看我，笑得人畜無害，但黑色的眸中是逼人的火焰。

「那你現在在對我做什麼？」

「品嚐妳。」他直接回答，沒有絲毫地害臊。

我殺氣騰騰地說：「所以，你認為我和別的女人一樣，喜歡跟你上床嗎？」

他瞇了瞇眼睛，勾起唇時，邪邪的笑容再次隱現：「不，蘇星雨，妳跟那些平庸的女人完全不同，所以，我才想征服妳，我想，在床上是最好的辦法。」

我瞠目結舌地看他，這是什麼理論？還是因為一千年過去，我跟時代脫節太久，為什麼他的話我完全聽不懂？

忽然，他再次俯落吻上我的唇：「小雨，給我，我會讓妳獲得快樂……」

這是個……性完全開放的時代。我不懂，我不懂！我知道就算一夜情，也要自己看得上眼的！但是這條龍，我完全無法接受！我毫不猶豫地張嘴再次咬他，這次他逃得更快，但依然沒有生氣，而是用近乎肉麻死人的寵溺目光看著我皺眉。

「真是不聽話，妳現在是我最寵愛的女人，還不滿意？」他放開我的脖子，手背撫上我的臉，輕輕摩挲。

「我不服！」我朝他大喊：「有本事你脫掉衣甲！你現在是強迫！」

「好。」他高傲地微微仰臉：「今天我就讓妳心服口服。」

說罷，他開始脫去衣甲，我立刻聚集全身的力量，準備在他收回衣甲時全力反抗。

他的全身閃現黑色的光芒，就像惡龍黑色的皮膚閃閃發光，光芒消失的那一刻，就是我反抗之時。突然，在光芒即將消失的時候，一隻手倏然插入我的衣領，直接握住了我的酥胸，我立時推他，他用胸膛繼續壓制我，一條腿強行擠入我雙腿之間，將我繼續壓制在花牆上。握住我酥胸的手猛然抓去了隱形的胸托，我驚慌看他，他對我揚唇一笑，在我眼前俯下了臉，黑色的髮絲帶著星月的光芒從我眼前掠過，他埋在我的胸前，而酥胸也被人隔著衣衫含在了火熱的唇中。

他怎麼可以……

沒有絲毫的停頓，他開始重重地吮吸我已經沒有任何防護的敏感蓓蕊，火熱的唇化作火焰燃燒著從沒被人親密侵犯過的敏感地帶，瞬間我全身的力氣被神祕的力量抽走，我的身體變得酥軟，這種感覺讓我又羞又急，又憤又惱。我的大腦裡，只剩下一片嗡鳴：「嗡——」

難怪師兄師姊們說，情慾的考驗……才是最磨人的……如果為了任務需要跟敵人上床，與其內心反抗，不如好好享受……這是……他們跟我說的攻略經驗……

有什麼隔著那已經濕濡的布料頂上我挺立的嬌嫩蓓蕊，他舔弄它、撩撥它、輕咬它、拉扯它。他用他的舌戲謔我的敏感帶，又用牙齒輕扯那已經堅硬飽脹的突起。空白的大腦漸漸出現了膨脹的火山，他不斷搏動著、膨脹著，馬上瀕臨噴射。我無法去享受，因為，他是龍！熱熱的手握緊了我的酥胸，讓我的挺立可以更加深入他的口中。他開始揉捏，似是覺得衣領有點礙事，他從我衣領收回手，直接從我的衣襬下進入。

我開始顫抖，極度的憤怒讓我大腦裡的那座火山，終於噴發了！

我受不了了！我需要力量！

我管不了那麼多了！我要我的衣甲！

倏然，心臟猛地收縮，血液像是被什麼催動，迅速朝一個地方湧去，那裡正是我胸針的下方。緊接著，一束耀眼的紅光從胸針裡射出，身前的人立時閃開，黑髮掠過我的面前，帶著一縷血絲，隨著那紅光帶出，飄飛在空氣之中。他捂住右眼踉蹌後退，鮮血從他的指縫裡慢慢滲出，我憤怒地，渾身殺氣地看著他，雙拳狠狠捏緊，指甲深深嵌入了皮肉。被他一直提起的手臂因為獲得解放，而微微有些發麻。

「龍……」我咬牙切齒地，全身顫抖地喊出他的名字：「今天……就讓我們好好算一下帳！」

他緩緩放落捂住眼睛的手，右眼已經血汙一片，他閉著右眼陰沉憤怒地看我。

「看來妳的崇拜者，送了一樣暗器給妳！」

他居然以為那是暗器？哈！太好笑了！我現在只想狠狠揍他一頓！想到此，我的拳頭已經飛了出去。他飛快後退，我一定要快過他！

心口的熱流倏然集中到了腳尖，腳尖點地向前衝的剎那間，我已經到了龍的身前，這超乎我所知的快，讓我也一時愣住了。

那一刻，我和他四目相對，他的眼中也是大大的吃驚。我很清楚，常人是無法達到這種速度的，但是這速度又不是瞬移，像是……衣甲給了我力量。

怎麼可能？

算了，管不了那麼多了，我在他一樣發愣的時候，直接一拳上去，毫不客氣地打在他俊美的萬人迷臉上。

「砰！」他被我打飛出去，我緊跟著又追了上去，超快的速度讓他來不及反應，我已經揚手又給了他一巴掌：「啪！」

「我蘇星雨可是你的祖奶奶！想上我？斷了奶再來！」再狠狠一腳，踹上他胸口，他直接飛了出去。

我停下腳步，摸上了心口的胸針，我和那件衣甲之間有什麼神奇的感應，讓我即使不穿上它，也能得到它的幫助。一個不可思議的想法掠過我的腦間——星凰戰甲，是活的！是我的血給了「她」神奇的生命！

被我踢飛的龍在空中一個後翻，穩穩落在地上，與此同時，他再次穿上了衣甲。他撫住胸口半天沒有起來，在衣甲裡咳嗽：「咳咳，咳咳咳。」

我輕鄙地俯視他：「哼，怎麼，孫子你打不過祖奶奶我，又躲到那件龜殼裡去了？」

「蘇！星！雨！」他咬牙切齒地狠狠叫出我的名字，跟那天被我裝上調教頸環的龍野如出一轍。

我冷冷看他，突然他衝了過來，極快的速度讓他已經到了我的面前，長長的手臂又朝我的脖子伸來。當我以為又要被他捉住時，他卻瞬間不能動了。就像我被微腦細胞控制時一樣，他一動不動地待在原地，甚至還保持著飛奔伸手的姿勢。這是怎麼回事？

就在這時，我面前的湖面漸漸映出了一片銀白的光芒，那光芒越來越亮、越來越亮，漸漸地一個被銀白光芒包裹的人影浮出了水面。我驚詫地看過去，在那銀白光芒裡的是爵！

我記得在爵施展較高級的精神力時，身上會發光，但是從未見過如此強烈耀眼的光芒，甚至可以說是小宇宙爆發一般的光芒。他的髮絲完全被光芒染成了星光色，在空氣中輕輕飄飛，他的腳尖離開了湖面，竟是懸浮在湖面之上。他右手平伸，巨大無形的念力控制住了龍。

「爵……」咬牙切齒的低語從龍的牙齒縫裡輕輕而出，他顯得有些痛苦，像是被神祕的力量給牢牢壓制住：「這就是你隱藏的真正實力嗎……」

「龍，不准靠近我的女人！」分外陰沉的聲音，從滿身光芒的爵口中而來。那冷酷霸氣的語氣，讓我一時愣在了龍的身前，爵已經知道衣甲裡的是龍？那、那是受到迷情香水影響後的爵，那是被聖靈小王子誘發出來的那個強勢邪魅的爵！

龍也在我面前面露驚訝，衣甲正慢慢褪去，露出他咬牙強忍痛苦的扭曲臉龐。

「蘇星雨是我的女人，我不允許任何男人碰她！」沉沉的話音從湖面上方傳來，爵又揚起了另一隻手，登時，面前的龍像是被巨大的力量入侵了大腦，痛苦地抱住了自己的頭。

「呃！」他在我面前慢慢跪了下去，咬牙忍住脫口而出的呻吟，他顯得非常痛苦，痛苦得完全失去站立的力量，抬不起頭：「精神……殘食！蘇星雨！快阻止爵，他完全失控了！」

他忽然朝我痛苦地大喊，揚起臉時，我看到了他眼睛裡的血絲。

我看他片刻，擰眉之時我放冷了目光：「我為什麼要阻止爵？放過你這個讓我噁心的男人？」

心裡雖然知道龍不是在說笑，爵確實失控了，我能感覺得出來，不然他不會判若兩人。

「快——」龍痛苦地朝我嘶吼：「我如果死了，有人就有機會發兵利亞星——」

他最後一句，近乎是在哀號！

龍在喊完最後一個字後，極度痛苦地抱住頭完全跪地，在我的身前痛苦的大吼：「啊——啊——爵——住手——」

他這一句話提醒了我，我不能讓利亞星成為第二顆妖星。我立刻摸上鳳凰胸針。星凰戰甲，如果妳真是活的，證明給我看！

倏然間，一束紅光從鳳凰的眼中飛出，射向了爵的上方，下一刻，紅光在爵的身後綻放，浴火重生的星凰戰甲居然出現在爵的身後，而她的身後，正是我上次以為是幻覺的翅膀。

她像一個女神一樣站在爵的身後，渾身火紅的光芒像是血液在沸騰，又像是火焰在燃燒。她跟上次所見完全不同，像是水晶融化在她體內，讓她全身如同鑲嵌了無數星辰，變得璀璨奪目。

慢慢地，她在爵的身後伸出了雙手，慢慢環抱住失控的爵。我感應到了什麼，立刻靜下心閉上眼睛，也伸出雙手環抱了身前，我甚至清晰地感覺到，我抱著爵，他的腰、他的觸感、他的一切都非常的清晰。

眼前的黑暗中，出現了爵閃耀光芒的身體。

「爵……我已經沒事了，休息吧……」我輕柔地說著，然後更加將他擁緊。

慢慢地，他在我懷抱中放鬆了身體，在我重新睜開眼睛時，空中的爵慢慢靠在了我的衣甲上，身上的光芒也漸漸消失。

「撲通！」龍倒落在地上，重重喘息：「呼呼呼呼。」

衣甲將爵輕輕送回草地，我立刻上前，紅光閃耀，衣甲化作一抹光束重新回到我的胸針。我撫上爵有些蒼白的臉，他的呼吸平穩，還好沒事，跟精神力過度使用時的狀況一樣，只要休息一下即可。

再回到龍的身邊，他的情況很糟糕，依然急促地呼吸，抱住頭蜷縮在地上。我費力地讓他平躺，因為他的身體好像都有點痙攣，過度緊繃。我捧住他的臉檢查他的雙眼，發現他的瞳孔擴散，幾乎快要爆炸。滿是血汙的那隻眼睛倒是因為眼角被我射傷，染滿了鮮血。

爵的精神傷害居然那麼厲害，感覺龍快崩潰了。以前還記得爵說過，龍的精神力非常強大，所以他無法進入。當然，那是指隱藏實力的他。但也說明即使能力較高的利亞星人仍無法侵入龍的大腦。

對利亞星人的精神力，我一直了解不深，一開始也以為只是讀心術、意識連接，之後就是剛剛才從爵那裡知道的，通過心靈融合後，可以千里探知，並通過配偶的身體使用精神力。

但現在，似乎精神力還有巨大的攻擊性，可以瞬間摧毀敵人！難怪各星族人對利亞星人會有所忌憚。

「他的情況很不好。」忽然間淡藍的光線從我胸口的神石射出，形成一個人的影像，是聖靈小王子艾利！

我吃驚看他：「你能出來？」

「這只是我的虛影。」他透明的身體對我聳聳肩：「是通過妳的神石能量來構成我的影像。」

「那你有沒有辦法救他？」

他點點頭：「把神石放上他的眉心。」

「好。」我開始摘神石，艾利急道：「妳不能拿下它！神石離體就死了。」

「知道了。」我隨即托起龍的後腦，讓他枕在我的大腿上，看著他擴張的瞳仁，像是陷入極度的精神混亂。心裡依然很恨，但是救人要緊，私人恩怨先放一邊。這傢伙可不能有事，就像他說的，如果他死了，有人會乘機發兵。沒想到在那種情況下，他還能用理智去思考後果。

「嗯嗯……」龍痛苦地在我大腿上呻吟，視線渙散，滿頭人汗。

我俯下身，讓胸口的神石貼上他的眉心，狠狠看他：「龍！這是你欠我的！」

淡淡的藍光如同藍色的液體從神石裡流出，緩緩滲入了龍因為痛苦而緊擰的眉心。他極度擴張的瞳孔開始收縮，慢慢恢復正常。他的神情終於不再痛苦，呻吟也在我的腿上漸漸停止，他疲憊地垂下了眼瞼，長長的睫毛上沾上了星星點點的汗珠，再次黑澈的瞳仁裡，是我的臉龐。

「你欠我一條命，龍。我們的帳以後再算。」

「小雨……」無力而疲憊的呼喚從他口中而出時，他伸出手像孩子抓住媽媽衣襬一樣抓住了我的裙襬，然後閉上了眼睛。「別走……陪我……」

幾乎是低吟的話語飄入空氣，他徹底暈眩過去，俊美的臉側落一旁，沉沉睡去。

「呼……」我鬆了口氣，把他的頭放落一旁的草地，起身時他還抓著我的裙襬。我皺皺眉，直接從他手裡扯出裙襬，匆匆回到爵的身邊，他的臉色微微恢復，讓我更加安心。不能讓他躺在草地上，他們利亞星人的體溫也有點偏低，在這裡會著涼的。心中嘗試呼喚衣甲給我力量，沒想到雙手真的擁有了力量，捏了捏，感覺很神奇。

然後，我用公主抱抱起了爵，不費吹灰之力。看著他蒼白的臉，既心疼也很內疚，如果不是為了我，他不會虛脫。把他抱入房內，輕輕放上床，撫上他蒼白的臉。艾利跟了進來，我不解地看他。

「精神殘食到底是什麼？」

艾利飄浮在爵的上方，有些驚嘆地看他：「沒想到他居然有那麼強大的精神力。那他能做的肯定不止是精神殘食，因為那還只是最簡單的精神系攻擊。」

我坐在爵的身邊認真聽著。

「精神殘食就是用強大的精神力入侵另一個人的大腦中，用巨大的精神力干預對方大腦，刺激大腦精神區，使大腦瞬間陷入混亂，最後崩潰。就像把妳的頭放到熱水裡煮一樣，讓大腦沸騰起來，極度的痛苦會一點一點剝離妳的意志力，在精神上壓迫妳，直到崩潰，一般能活下來的也會變成傻子。」

「你是說……有的活不了？」這是一種多麼可怕的能力！

「是肯定活不了。」艾利說得輕描淡寫，雙手放到腦後：「大腦會像短路一樣燒毀，那時就是腦死，沒救了。」

他聳聳肩：「反正下次再遇到這種狀況，救的方法我已經教妳，不想救就別管。」

說完，他俯身飄浮在爵的上方，好奇地看他。

「真沒想到啊！上次入侵他的精神樹，就覺得奇怪，他應該很有潛能，怎麼那麼弱，看來真的是隱藏了。一定是小雨讓他有自信起來，才誘發出他深藏的潛能。精神力的發揮跟自信、毅力和信念，有很大的關係。我看他會成為利亞星人裡最強的精神力者。」

我再次看向爵，握住了他微微冰涼的手，他平靜的睡顏透著祥和與安寧。爵說過，在利亞星，王位的繼承是由精神力決定，若他真是最強的，那我帶走的不僅僅只是一個王子，而是真正的王。

「他沒事了，妳不去看看龍嗎？他傷得比較重，我覺得還是叫人來幫他治一下傷比較好喔！不然讓他躺在那裡，被人發現，妳和妳的男人都會有麻煩喔！」

說完，艾利慢慢消失在空氣中。

艾利提醒了我，這樣可能麻煩不小。先去看看他傷得怎樣，光是嘴角的傷已經無法遮掩。嘴

角……撫額！這麼說來，上次在諾亞星他鬧那麼大一場戲，只是為了掩藏下嘴唇的咬傷？不過，那次胖叔應該揍得很過癮吧！哼！

龍這個自虐的人。這個S與M屬性兼備的變態！果然令人完全看不懂。

我還是回到龍身邊，開始檢查他的傷，發現他除了被我打中的地方紅腫之外，兩根肋骨也完全斷了。撫額，是我踹的那一腳，難怪他當時要穿上衣甲。他真是亂來，已經斷了就不要再亂動，難道不怕骨頭刺穿心臟嗎？這個意志強得可怕的男人，為了征服我，連自己死活都不顧了。

把他小心抱進房，放在爵的身邊，看著床上的兩個男人，心想自己闖禍了！

首先還是想到了月。在房內撥通了月的號碼，房內出現了他的影像，他又在那個水晶洞裡，而且好像只有一個人。他看見我時有些迷惑，我看到他一個人枯坐洞內，也有些迷惑。

「小雨？」

「月？你怎麼……」我愣愣看他。

「妳沒跟爵在一起？」他立刻問，然後雙眉皺起，側開臉輕罵一聲：「這個笨蛋！」

月難道在為爵的溫吞而急？我恍然明白，因為距離我離開的日子越來越近，月才變得越來越急躁，而爵今天也變得大膽起來。我定了定神，說：「月，我現在需要你，龍被我打殘了。」

「什麼？」他完全沒有反應過來：「妳不是跟爵在一起？怎麼又跟龍……」

我讓開了身形，讓他看到我身後的床，星光灑落在床上，照出兩個同樣死氣沉沉的男人。黑色的短髮染上星光的銀白，爵藍色的長髮隱隱散發銀藍的光輝。

月驚詫地睜大了琥珀的瞳仁，下一刻，他的影像已經消失，眼前只留下他月牙色髮絲飄飛的殘影。

我靜靜坐在床邊，守著兩個男人，龍這次被我揍得傷痕累累，破破爛爛。可是，為什麼我覺得還沒解氣？摸上被他摘掉隱形胸托的胸部，火焰再次而起。揪緊了胸口的衣衫，伸手毫不猶豫扣住了他的脖子，扯去遮蓋調教環的腕帶，低低說出：「束縛！」

立時，調教頸環再次環上他的脖子，我掐住他的脖子，冷冷俯視他萬人迷的臉。他熟睡時，神情是那麼的人畜無害，純善得像一個東方天使。

「小雨！妳沒事吧！」月的聲音已經出現在身後，我轉頭看去，他驚訝地看著我掐住龍脖子的手。

我放開龍，轉身，淡淡說：「我沒事。」

他眨了眨眼，右手裡是藥箱，左手放在身後。他微微蹙眉，低下臉湊近我說道：

「小雨，我們是最好的朋友，有什麼事，妳可以告訴我。我在外面撿到這個，是不是妳的？」

他背在身後的手慢慢移到我眼前，他手心裡掛著的，正是我的透明胸托。

我立時奪過，方才的一切再次襲上大腦，憤怒讓我失去理智，轉身就伸手去掐龍的脖子。

「小雨！」

「啪！」月扔掉藥箱扣住了我的手腕阻止我：「妳不能殺他。」

我深深呼吸，努力讓自己冷靜下來。他拉回我的手，在我身後上前一步，伸手忽然抱住了我的身體：「小雨，我不會讓他再傷害妳了。」

他緊緊地抱住我，我在他緊緊的冰涼擁抱中慢慢平靜，嘴角扯出一抹冷笑。

「哼，我也沒讓他得逞，而且讓他付出了一些代價。只是……」我心疼地看向爵：「爵因為我失控了，他對龍使用了精神殘食……」

「什麼？」月驚訝地放開我，掰過我的身體吃驚看我：「你說爵用了精神殘食？」

我有些疑惑地看他：「你也不知道他精神力的強弱嗎？」

他搖了搖頭：「爵跟我說過，為了考古，他甘願隱藏自己的能力，即使被整個利亞星人恥笑。但是他究竟能做到什麼地步，他自己也不知道，因為一直沒遇到過特殊的情況。沒想到他……」

他帶著驚訝地看向爵。我離開他的懷抱，俯身抓住了龍的衣領。

「爵應該沒事了，但是龍需要你治療一下。」

「妳讓我治他？」月的聲音瞬間冷淡：「他只是傷了臉。」

「臉上只是小意思，主要是這裡。」說罷，我一把撕開了他的衣領，「嘶啦！」一聲那件薄薄的短衫被我一撕為二，他的身體立刻暴露在空氣中，紅腫的胸口也映入眼簾。我轉身看月時，他已經陷入愣怔。我走到窗邊，看著月。

「龍被我打得骨折，必須處理，不然明天我沒辦法跟女王交代。」

月怔怔看著龍的胸口，忽然，他噴笑出來。

「噗，哈哈哈……」他在我房裡笑得前仰後合，細細的尾巴都搖擺起來：「哈哈哈……小雨，妳真厲害，哈哈哈……」

他一邊笑，一邊搖頭，走到龍的身邊坐下，拿起剛才被他扔在床上的藥箱，笑容漸漸止住，頗為感嘆地說：「這是我第一次看到有人赤手空拳把龍傷得那麼重，呵！自從他對妳有企圖開始，似乎總是在受傷。」

他的目光落在了龍嘴角的傷，眸光漸漸寒冷。

「如果不是他這特殊的身分，我覺得應該讓他繼續痛苦一會兒，給他一點教訓，讓他知道不是所有女人都是他能碰的。」

「他會繼續受教的。」我在窗邊的星光下雙手環胸，淡淡看著龍脖子上的調教頸環。

「這是調教頸環？」月終於看到了龍脖子上的調教頸環，今晚的事，讓他驚訝連連。

「我給他戴上的。」我淡淡地說。

「妳？哈！哈哈！哈哈……」月再次大笑起來，笑得很開心，這是我第一次看到他一連大笑幾次，心裡也莫名開心起來。看著窗外波光粼粼的湖面，嘴角也止不住慢慢上揚。

隨後，月取出了掃描器，那個東西像是無線的聽診器，但是掃過人的身體時，能構成透視的影像。平時，他也是用那個幫我掃描，不過因為我是女人，所以他會掃描我的後背。就像此刻，隨著月手中的掃描器掃過龍的胸口，龍胸口的透視影像已在床邊形成，是心臟前方的兩根肋骨斷了，而且稍微有點向內錯位。位置很危險，稍有劇烈運動，就有可能刺到心臟。而那時，龍居然還想著要征服我。

我淡淡看了一眼，轉臉看向窗外。正因為他這個強硬亂來的性格，才創造出了反對貪腐淫靡貴族的阿修羅。想必他也是壓抑許久，才會在化身阿修羅時肆意妄為。他把安德魯議員扔下了樓，也把維多利亞公爵生產的情慾藥水倒在他的身上，想讓他被人輪姦致死、自食其果。他在反抗自己，叛逆整個世界。所以，他的心，無人能懂。

現在我重傷他，一時也不知如何應對後面的事，又不敢告訴太多的人。只有等他醒過來，再跟他談。房內是月靜靜處理傷口的聲音，他可以直接在斷骨的位置打入含有奈米機器人的液體修復斷骨，當然，之後也需要固定、休養。

大約大半天過去後，遠處的音樂聲漸漸轉為輕悠，東方也露出一絲淡淡的白。月輕輕走到我的身後，我在窗邊站了幾乎一夜。

「謝謝你，月，總是你幫我收尾。」

我轉身感謝地看他，他俯臉看我，琥珀的瞳仁裡是脈脈的溫情：「我們是最好的朋友。」

「嗯，我們是最好的朋友。」和他相視而笑，我轉臉繼續看著窗外：「你知道嗎？爵也請我帶你走。」

他的身體在我的話中微微一怔，俯臉盯視我的側臉，帶著一絲清晨的涼風拂起了我頸項的髮絲，也吹入了我的衣領，把絲絲涼意吹上我的頸項和我的胸口。我擔憂地看著遠方，微微皺眉。

「其實，我也很擔心你的身體……我聽爵說，你對飼主有潔癖，所以……」

我轉回臉看向他，卻看見他正臉色蒼白地盯著我的領口。

他像是想起了什麼，瞪大琥珀的眼睛，呼吸開始變得急促。難道他犯血癮？不對啊，時間沒到啊！忽然，他捂住右眼，痛苦地低臉，我立刻扣住他的手臂，發現他的身體正在輕顫。

「小雨……妳是不是……月事沒有來？」

他突然提及月事，我有點尷尬。

「是，沒來。不過這沒什麼關係，只是遲了一個星期，月不用太擔心。」

「我……我……」他顫抖得越來越厲害，連聲音也顫抖起來：「我上次……到底對妳做了什麼？」

他忽然仰臉朝我大吼，放下捂住右眼的手緊緊扣住了我的肩膀，而他的右眼已經徹底變紅，顫抖的眼睛裡是我驚訝的臉龐。

第一次看到他在沒有發血癮的情況下，瞳仁變成紅色。自從我成為他的飼主後，不僅僅我的身體，似乎他的身體也發生了改變。

他迫切憂急地盯著我的眼睛，緊扣我的雙肩用力搖晃。

「我是不是、是不是、是不是對妳……」他無法再說下去，恐慌從他眸中溢出，他在怕什麼？回憶湧上我的心頭，那時的月、失去理智的月、在我胸口貪婪吸食我血液的月，細細的尾巴探入我底褲的月……臉瞬間紅起，他的雙瞳也在那一刻猛然擴張，他扣緊我肩膀的手，越來越深地抓入我的皮膚，溢出了一點血絲。

「嗯……」忽然，從床上傳來一聲輕輕的呻吟，是爵。

瞬間，面前掠過一陣冷風，揚起了我額前的髮絲。月逃了，他消失在我的面前，我愣愣站了片刻，直到晨光灑入房間。月……難道想起來了？

「小雨……」聽到爵的呼喚，我立刻回神，轉身回到床邊。

他還沒有完全甦醒，雙眉緊蹙，右手伸向空中，我立刻握住，坐在他身邊輕輕呼喚：

「爵，我在，醒醒……」

他長而捲的睫毛在晨光中輕輕顫動了一下，緩緩地，那雙銀瞳在他睜眼時慢慢映入眼簾。清澈的

銀瞳染上了晨光淡淡的金色，清澈見底得如同世上最清冽的泉水。

「小雨……」他的眸中映入了我安心的臉，我立刻撲在他的身上，他被我突然的舉動驚得一動也不動，全身僵硬。

「你沒事就好了，沒事就好了，下次不許再用精神殘食。」

「精神……殘食？」疑惑的聲音從他口中而來：「我做不到精神殘食。」

我撐起身體看他，他神情裡透著迷惑，我皺了皺眉，再問他：「那你還記得昨晚發生的事情？」

他側眸細細回憶起來：「我記得我被人……強行切斷了精神連接，我們利亞星人在精神連接時，如果被人強行打斷，建立連接的一方會陷入短暫的昏迷，所以我……奇怪，我怎麼昏迷了那麼久？」

他疑惑看我，我愣愣看他，看來他是完全不記得昨晚的情況了。

他看著我，迷惑的視線漸漸呆愣起來，他癡癡看著我，伸出手小心翼翼地撫上我的臉，在碰到我臉的那一刻，他變得有些激動。

「小雨，妳昨晚說的是真的嗎？我……不是在作夢吧？」他過於小心的觸摸，讓我想起了那個不問自取的自大混蛋。

爵是那麼的愛惜我，他對我的愛近乎有點卑微。雖然我認為愛情的雙方應該平等，但是被爵這樣重視著，心裡還是多多少少有點小小的開心。這種被人極度珍視的感覺，讓我為他心軟。臉在他熾熱的深情中漸漸發熱，低落目光點了點頭：「嗯……」

「小雨……」他在晨光下慢慢地撐起了身體，緩緩地靠近了我的唇，微微側臉避開我的鼻尖，在我的唇上輕輕地、小心地一啄，隨即離開。我側落臉，他的手細細撫摸我的臉龐，像是在撫摸易碎的珍寶般地小心。

然後，他再次慢慢靠近，吻上了我的額髮、我的眼睛、我的鼻尖，一點一點輕啜，都透著他的小心。我在他膜拜的吻中緩緩閉上了眼睛，在他再次吻上我的唇時，我感覺到了他呼吸的凝滯。他吻在我的唇上一動也不動，撫在我臉上的手變得越來越火熱。

「小雨……」

略帶一絲哽啞的聲音而來，我睜開眼睛看他，在觸及他火熱的目光時，心跳再次停滯。他緩緩坐起來，捧住我的臉深情看我。

「我該怎麼辦……我的神告訴我，我這麼做，是在褻瀆妳……可是，原來觸摸真實的妳，是那麼的幸福，讓我無法停止。」

「那就讓你的神暫時睡一會兒吧！」我開玩笑地說。

雙手隨意地撐落他的大腿，倏然間在無意中撐到了一個硬物，登時爵痛得擰眉驚呼：「啊！」

我立刻收手將視線下移，只見爵兩腿之間的薄薄裙褲，已經被某物高高頂起，撐起了一個緊繃的小帳篷！

「不要看！」他立刻用手擋住，我全身炸紅，轉身僵硬地看向別處。我跟男人在一起……真的可以嗎？他們不會……被我弄傷吧……我居然這麼不小心，如果真的撐下去，後果我簡直無法想像。忽然間，感覺爵像一個玻璃娃娃那麼脆弱，一碰就碎。我好擔心自己一個閃神，就把他傷了。

「小、小雨，對不起，褻瀆了妳。」

「如果這都算褻瀆，那龍應該被絞死！」我嘟囔著。

「什麼？」

我轉回臉笑看爵：「沒關係，男人早晨不都這樣，這是正常生理現象。」

爵尷尬地睜了睜水光盈盈的銀瞳，側開已經通紅的臉，雙腿慢慢屈起，緊緊抱住了膝蓋，遮住了他的硬挺：「我們……利亞星人沒有……這種生理現象……」

我的笑容僵硬在臉上，已經不知道該說什麼，滿臉通紅，連自己也能感覺到。尷尬地轉開身，雙手不知該放在何處，只有放在膝蓋上捏緊。

「小雨……我……我對妳……沒有色心……我……我是因為太喜歡妳了……所以才對妳……對妳……我也不知道怎麼回事……我們利亞星人的性慾並不旺盛……我不知道自己為什麼……忽然對小雨……有這麼強烈的……慾望……」他低低地、小心地解釋。

他不解釋還好，一解釋，更讓人覺得害臊。好尷尬，他們利亞星人為什麼不會說謊？

「小雨……妳……是不是……討厭我了……」他低低地、頹喪地問。

我尷尬地感覺呼吸有點凝滯：「我沒有……討厭你……只是……你說得太直接了……」

「對、對不起……我……」他朝我靠來，屈起的膝蓋順勢向前跪在我的身邊，伸手環抱住了我的肩膀：「我想抱妳……」

輕如呢喃的話傳來時，我全身立時緊繃。

他這個抱是什麼意思？

我雖然沒有過男人，但我不是性愛白癡。以前掃黃組的師兄需要幫A片定級數，但有時候他們實在無法直視男同志的片，會不負責任地扔給師姊們去定級，於是我好奇地尾隨……

「讓我抱你……我想抱你……給我抱……求你抱我……抱我……」

瞬間，一聲又一聲男人的聲音在耳邊迴盪……

在掃黃組試煉的日子是最短的，可是，卻畢生難忘……讓人……害羞……

兩片柔軟溫熱的唇印在我的耳朵上，我僵坐在他的懷裡，不行……真的不行……太快了……無法適應……

「小雨……」深情的呼喚吹入我的耳朵，吹熱了我的心、我的臉。

他環抱我的手，順著我的手臂慢慢滑落，碰到我的手時，纖纖的手指插入了我的指尖，覆蓋在我的手上。我呆呆看他與我十指糾纏的手，原來純純的爵還會因為褻瀆我而陷入痛苦，而現在……他卻越來越渴望觸摸真實的我……

「小雨……」他完全陷入了深情，聲聲呼喚隨著他的吻而出。我開始猶豫，每到這種情況，我都無法處理。

忽然，他僵住了身體，轉身看向了身後。我看過去，看到他的腳碰到了龍。對了！還有龍！忽然，好想死……完全忘記床上還有個人了。

「啊！」爵登時嚇得跳下了床，驚愕地看著龍：「龍、龍？他怎麼會在這兒？」

他驚疑地看我。我臉上的紅潮還來不及消退，認真地回覆爵：

「爵，在他甦醒前，你最好先離開，我怕他找你麻煩。」

他愣了片刻，倏地沉下臉：「我不會讓妳留下來跟他獨處的，這太危險了！」

看他忽然陰沉的神情，想起昨晚的他。屢屢變身，會不會對原先的爵有所影響？

「你放心，他沒力氣了，他傷得很重。」我指向龍的胸口，爵在看到時面露驚訝，隨即，他看到了月留下的藥箱。

「月也來過？昨晚到底發生了什麼事？我、我、我為什麼什麼都記不起來？」

他開始變得激動，抱住了頭，繃緊了身體。

「我，我果然不能保護小雨嗎？果然不能嗎？」

「爵！」我立刻起身捉住了他緊繃的手臂：「就是你保護了我，但是，你不記得了。你為了保護我而失控，對龍用了精神殘食……」

「我？」他不可思議地看著我：「我用了精神殘食？我、我怎麼會？」

他依然無法相信地搖頭。

「你用了精神殘食，所以昏迷了這麼久，具體情況，你可以去問月。你放心，龍知道你當時失控了，應該不會怪你。不過，在他醒之前，你還是先迴避得好，以免尷尬。」

他銀瞳裡的視線定定落在龍昏迷的睡顏上，擔憂從他眸中溢出。

「如果我真的用了精神殘食，那他……糟了，我的星球！」

「你放心，他沒事。」我試圖讓他安心，他現在有些混亂。他凝重地閉眼擰眉，雙眉深鎖。

「如果我傷了龍，後果將不堪設想。妳說得對。」

他再次睜開銀瞳，銀瞳裡出現了少有的、屬於王者的沉穩。

「我還是先迴避一下比較好，然後看龍的態度。這次的事如果被女王知道，我估計會被除名，不過已經無所謂了……」

笑容再次回到他的臉上，深情的目光從他銀瞳裡而出，落在我的臉上。他伸手環抱住我的腰，把我深深擁入懷中，撫上我的黑髮，柔軟的唇貼上我的耳垂，低低輕語：

「妳去哪兒……我就去哪兒……我只屬於妳……我的女神……」

深情的話，讓我的心跳再次因他而滯。爵，你的話雖然不是甜言蜜語，但是，真的讓我很感動。我想，我們是可以相愛的。我送他離開，他握住我的手戀戀不捨，我們相視傻傻地笑了很久。如果說東方給我的是戀人間的激情跌宕，那麼爵給我的是戀人間的脈脈深情。

「妳什麼時候能像對爵那樣溫柔對我？」身後傳來疲憊沙啞的話，原來龍已經醒了。

我關上門，轉身環胸重新回到床邊冷冷俯視他。

「等你進棺材，我會很溫柔地為你送上一朵花。」

「嗤……咳咳咳！」他笑了起來，隨後因為笑牽扯了傷口，而帶出一連串的咳嗽。一層細汗因為傷痛而滲出額頭，臉色也隨即蒼白起來。他摸上骨折的地方，那裡已經上了保護層。

「月幫你治好傷了。」

他閉上雙眸點點頭，調整呼吸讓自己休息片刻，再次睜開眼睛，視線落在我的胸針上。

我環胸冷冷說：「別想讓我交出胸針，跟你們星盟一起，隨時有生命危險，誰知道下次又有誰要攻擊靈蛇號，我需要武器防身。」

「哼，是防敵人，還是我？」他直直看向我，蒼白的臉上到處都是傷，右眼角是一條長長的傷疤，嘴角也是我咬破的傷。

我沉臉看他：「都防。」

他瞇起了眼睛，似是感覺到了什麼，他立刻摸上脖子的調教頸環，立時瞪大了眼睛。

我揚唇一笑，俯身撐在他的臉邊，靠近他的臉，瞇眸綻放冷光。

「你也別想讓我再幫你摘下來，如果我是你，從今天會開始穿高領。」

立刻，他瞇起了眼睛，雙眸裡是隱隱的殺氣。忽然，他竄起身體，張開嘴像是要咬上我的唇，我立刻揚手，他重重掉回床上。胸口的傷讓他痛得擰眉悶哼：「嗯！」

龍，是一個漢子。在他的身上，優點和缺點都異常的鮮明。

「真不乖，一大早就發情。」我站起身，他狠狠看我，眼睛裡是不服、不甘，以及更強烈的，征服的慾望。

「爵的事你想怎樣？」

他撇開目光：「你怎麼不關心我？」

我單手扠腰。

「我已經夠關心你了，不然不會把你抱進來放床上，也不會救你，更不會讓月來幫你治療。」

「哼！」他冷笑，斜睨看我：「不是怕我對爵不利嗎？」

我瞇起眼睛，他的嘴角漸漸上揚，露出他依然高傲的姿態。

「妳放心，這是我跟他的事，不是星盟和利亞星的事。」

真是不想承認，心裡對他這個人，還是有一絲欽佩的。他的處事態度，還有他重傷時首先想到的竟是利亞星的安危，僅此一點，似乎已經足夠掩蓋他身上的所有惡習。但是從性格的角度，這個人實在有夠人渣的！

我一直看著他，他也一直看著我，漸漸地，他的目光柔和起來，那種肉麻到死人的寵溺目光又從他的眼中流出。他伸出手碰到了我的指尖，我立刻收手不讓他握住，他依然微笑溺愛地注視我。

「妳一個晚上沒睡，回到靈蛇號好好休息吧！」溫柔的話，可以輕易闖入人心底最柔軟之處。我怔怔看他，這個男人……

「叮咚。」有人來了。

我莫名地鬆了口氣，看向他：「我要開門嗎？」

他點點頭。

我指指他的脖子：「不……遮一下？」

他收起笑容，摸上了調教頸環，呆滯了片刻。忽然，他竟揚唇露出有趣的神色。

「沒想到妳也喜歡這種遊戲，好，我陪妳。」

瞬間一身雞皮疙瘩抖落滿地。他的指尖輕觸在黑色的項圈上，瞥眸朝我睨來，倏然間的嫵媚讓我感覺全身被瞬間電擊，所以，龍其實很享受調教頸環嗎？

M，他絕對是個M！

頭皮發麻地轉身，因為我已經無法再直視這個悶騷的男人了。他喜歡打扮、喜歡肚臍上裝寶石、喜歡玩調教遊戲……龍實在有點超乎我對男人的底線了。東方只是賤，而龍，就是妖孽了。

太陽穴緊繃地去開門。開門時，意外地看到了夢，忽然又覺得她找來並不意外。她顯得很尷尬，神情也很複雜，她想看我的屋內，又強迫自己看著別處：「龍……昨晚不在自己房裡。」

「如果妳想問他是不是在我房裡，我可以讓妳自己看。」說完，我打開了門，她立刻轉身。

「還是算了，我只想知道他在哪兒，我還是去別處找找。」

「他就在這兒，而且，我想他需要有個人扶他。」夢頓住了腳步，背影有些僵硬，我揚唇壞笑：「因為……他可能下不了床……」

「蘇星雨！」夢雙拳擰緊立刻轉身憤怒看我：「妳別太得意了！妳只是現在得寵而……」

她忽地頓住了話音，因為她完全看到了我房內的情況。不過，她的話讓我很意外，原來夢可以容忍他的男人跟別的女人滾床單。或許，她已經習慣，月說過，龍的女人不少。這個年代，在人類的眼裡，生理需求跟吃飯拉屎一樣正常。

夢看到重傷的龍的那一刻，已經臉色蒼白。而龍的脖子上，多了一圈繃帶。看到一旁翻亂的藥箱，我心中暗暗一笑。夢直接跑到他的床邊，吃驚地看著狼狽的龍，俯身捧起他的臉，心疼地像是心都碎了。

「誰做的？」她沉沉地問，殺氣已經從她身上浮起。

龍揚起淡淡的微笑，朝我看來，我一怔，他還真要出賣我。

立刻，夢順著他的目光狠狠朝我看來：「蘇星雨！妳太過分了！」

說罷，她擰拳要朝我而來，被龍拉住：「夢，是我挑戰小雨，拳腳無眼，與她無關。」

「你！」夢氣結地轉回臉俯看他：「你居然還這麼縱容她！你、你！」夢越來越激動，激動得全身開始輕輕顫抖，淚水也從眼中流出。她顯得很痛苦、很掙扎，她真的很愛這條變態的龍。

「夢，去幫我拿套可替換的衣服，不要告訴別人，也不要找小雨，妳不是她的對手。」

龍的後半句，像是特意叮囑。夢擦了擦眼淚，無力地嘆口氣，側開臉半垂眼瞼。

「知道了。但是，龍，希望你清楚自己在做什麼。我知道你有很多女人，我也只是你其中一個，但是，有些女人，只會給你帶來傷……」

「夢。」忽然，龍沉聲打斷了夢：「妳知道，我不喜歡女人管我的事。」

瞬間冷淡的話，讓夢哀傷地閉起了眼睛。她深吸一口氣，然後直接從我的身邊跑過。我看著她飛速離開的背影，再轉身看平躺在床上忽然沒有任何表情的龍。

我是不是該做什麼？或是該解釋什麼？不過，我後天就要走了，到時我也不用做什麼、解釋什麼了。

後天……

後天當他們在看聯賽開幕式的時候，我就會乘機離開。摸上胸口的鳳凰胸針遙望高闊的天空，明天唐別應該已經到銀河星都了。那是人造的城市，它懸浮在銀河系四大星國的星際之門之間，是銀河系的中心，軸心會自轉。聽說那座城非常美，美的不是城市，而是可以看到總是變幻的天空。它的外壁用特殊材質建成，像是巨大的望遠鏡一樣，讓銀河星都裡的人可以看到附近宇宙裡的美麗星雲。光是這點，已經讓人非常期待。

「妳在看什麼？」身後，龍平靜地問。

「在看天空。」

「想自由？」

「嗯。」

「做我的女人，我可以讓妳自由。」

「你的自由還包括被你控制，被你隨心所欲地打扮，被你各種惡趣味捉弄，被你在床上……盡情地發洩……你送我的不是自由，呵……而是一個鳥籠……」我笑了。

久久地，他沒有說話。

我轉身看他，他已經撐起自己的身體，目光深邃地直直盯視我。

「蘇星雨，我想認真負責地告訴妳，我龍宇，不是在褻玩妳，更不是在對妳蘇星雨發洩多餘的性慾！」分外認真的話，透出了他作為星盟主席的沉穩，和成年男子特有的成熟。

「那是什麼？」

「喜歡妳。」他灼灼地看我，我怔立在原地，他依然沉沉看我：「星盟，靈蛇號，我的身邊，只有在我的身邊，妳才能獲得更多的自由，我會幫妳隱去身分。」

他的神情有些激動起來。

「小雨，爵買不起妳，他是無法帶妳走的！我是真心想幫妳！咳咳咳咳！」

他因為激動而咳嗽起來，傷口因為他的咳嗽而牽扯，他的額頭再次冒出細細的汗絲。

我慢慢平靜，淡淡看他：「你不是喜歡我，而僅僅是想要我，因為我是你唯一無法征服的，這就是你跟他的不同。你始終認為我是你的財產，但是爵把我當作一個人，他尊重我。」

他平息了咳喘，收緊了神情，看著我的黑瞳閃爍不定。

「師傅！」忽然龍野的聲音傳來，聲到人到，他整個人從我背後撲了上來，環住我的肩膀。「聽說妳把我哥打得下不了床了？」

他滿滿的笑意，讓床上的龍瞬間瞇起眼睛，陰沉的臉已經顯出大大的不悅。

夢低頭從我身邊默默走過，手裡是一套乾淨的衣服。龍立刻看向她，彷彿在質問她怎麼讓龍野知道了。夢側開臉，把衣服放下沒有說話。

「不關夢的事。」龍野放開我，從我身後走到他床邊，絲毫不掩藏他此刻歡樂的表情。「是我正好去你房裡找你，然後看到她拿衣服要給你，問起來才知道這麼讓人愉快的事。」

龍沉下臉：「那就別讓母親大人知道。」

「晚了。」龍野分外得意地說，雙手攤在臉邊：「我已經跟她如實彙報了。」

「你！」龍氣鬱地看他，一時動氣又讓他咳嗽出來：「咳咳咳！」

夢立刻輕撫他的後背。龍野笑容更大，忽然，他彎腰伸手竟直接伸入了龍的襠部，然後一把握住，我看得一時僵硬，夢也僵立在旁邊。

龍登時揚起眉角，臉瞬間陰沉，扣住龍野的手腕：「你做什麼？」

「喲，還在。」龍野收回手，雙手環胸：「看來師傅對你挺仁慈啊，師傅！」

他轉臉朝我不滿地翻白眼：「這種人，換作是我，直接廢了他，看來妳對他還是太溫柔啊！」

這對兄弟，真是讓人無法直視！

「師傅，妳偏心吶！」龍野朝我走來，伸手又要掛在我身上。

想到他那隻手摸過龍的私處，我就寒毛豎起，揚手直接打開他的手：「別碰我！我會爛的！」

龍野表情一僵，轉而扠腰仰天大笑，笑得龍的神情更加陰鬱。他冷冷瞪我，像是在質問我：我有那麼讓妳噁心嗎？

我轉開目光，不想看他。

外面傳來引擎的轟鳴，飛船的風也掃進了門，只見一艘飛船已經懸停在屋外的湖上，艙門打開，是迦炎的父親。是來接龍的？

我再次看屋內，夢正在幫龍小心地穿上衣服，她看到了龍脖子上的繃帶，心疼地想去觸摸，「啪」一聲，被龍扣住了手。龍野挑起眉揚起了壞壞的笑，輕咬下唇湊到我耳邊說：

「師傅妳果然沒讓我失望啊！」

龍緊皺雙眉，臉陰沉地想殺人。我直接轉臉走出花房，這對兄弟會讓我失去平時的冷靜。

迦炎的父親朝我看來：「星凰，女王陛下想見妳。」

我愣了愣。糟了，兒子的娘找上門了，真是麻煩！正說著，又一艘飛船停落，是小狼，還有迦炎，但不見爵和月。

「小雨姊姊，我們來接妳回靈蛇號。」小狼朝我揮手，迦炎一看見自己的父親，立刻閃身躲藏起來。

我把因為飛船氣流吹亂的長髮順在耳後。

「女王要先見我，你幫我把行李先帶回去吧！對了，爵和月呢？」

小狼不悅地看我：「小雨姊姊只想看到他們嗎？」

我尷尬地笑笑。

他一努嘴：「他們先回去了！胖叔被女王招去了，靈蛇號上只剩巴布一人，所以他們先回去幫巴布檢視靈蛇號，準備起航。」

我聽完點點頭，回房開始簡單收拾行李，夢還在幫龍穿衣服，龍野忙著取笑龍。我不動聲色地把消除儀放入小包，以及這幾天收到的小禮物、零食，一起拿出了房間。夢扶起龍也隨後出來，我走向小狼時，迦炎探出頭看到了龍。

「龍！」迦炎緊張地從我身邊躍過，直接跑向龍，驚訝地看他臉上大大小小的傷，大大驚嘆：「果然沒有人是小雨的對手嗎？」

他大張的紅瞳、驚詫顫抖的聲音，好像我是宇宙裡的大魔頭。

倒是小狼看見後揚唇一笑：「如果不知道實情，還以為阿修羅又來偷襲了。」

龍聽到這句話，沉沉朝我和小狼看了一眼，在夢和龍野的攙扶下，上了女王的飛船。迦炎感覺到自己父親的目光，立刻扭頭撤回。

「迦炎。」嚴厲的聲音從他父親口中而來。迦炎頓住腳步，繃緊了身體，迦炎的父親深深盯視他，他皺緊雙眉低臉不言。

空氣變得安靜，大家的目光都落在了他們的身上。我看著對父親有些敬畏，又有些叛逆的迦炎，如果他跟龍有血緣關係，那麼，他是女王的孩子？那他的父親……

「下次不許再犯這樣低級的錯。」在安靜了很久後，依然只是嚴苛的命令。迦炎閉上了眼睛，平日不羈的臉上浮出一絲輕笑，雙手放在腦後，頭也不回地朝我們這裡而來。

飛船再次開啟引擎，推動的氣流揚起了他紅紅的短髮，他對我揚手咧嘴壞笑，露出他平日不正經的壞壞神情。

「喲！小雨，妳這次可真沒留情啊！」他上來就攬住了我的肩膀，用身體撞我：「喂喂，我可是很了解龍的，找妳單挑這種事只有幼稚的小野才會做，我看龍是晚上想偷襲妳吧！」

「迦炎你說誰幼稚！」那邊已經傳來龍野不滿的話音。

迦炎下流地挑挑眉，滿臉淫蕩的春色，隨手拿過我的小包，走過我時，忽然「啪」一下打上我的屁股，然後傳來他懶懶的話：「靈蛇號上見！」

我眨眨眼，有那麼一剎那，我以為是東方回來了。呵，他跟東方本來就有點像，有點不羈、有點放蕩。而這次事件後，他又染上了東方曾有的頹廢。看來在臨走前，有必要跟迦炎說實話，消除他心裡的陰影，不然只怕影響他以後執行任務。

我上了女王的飛船，龍野再次到我身邊，抬手要勾住我肩膀時，我冷冷看他，他揚揚雙手，咧嘴一笑：「我洗乾淨了！」

我這才轉開臉，放任他掛在我的肩膀上，一手插入褲袋，挑釁得意地看向龍；而龍只是像看小孩一樣看了他一眼，就望向別處了。如果龍上了女王號，說不定不回靈蛇號了。那女王召見胖叔，估計是想讓他替代龍，因為龍傷得太重了。

坐在椅子上，龍野像高中男生似地不停玩我的長髮，不對，他本來就還是個學生。我握緊胸針看向飛船窗外，唐別應該已經在路上了，終於要再見到他了。

夢一直偷偷看著我，我和她的關係，變得越來越微妙。

★ ★ ★

飛出鋼蒂爾星時，滿眼的大型母艦和飛船停在周圍的宇宙裡，一艘接著一艘小型飛船和我們一樣飛出星球，登入那些巨大的母艦中，準備前往銀河系的中心，十分壯觀。我的眼前，也出現了一艘比靈蛇號足足大一倍的銀色母艦，巨大的母艦華麗而壯觀，前端還有一個像王冠一樣的光環，讓她如女王一般尊貴。那就是女王號了。與靈蛇號最大的不同是，女王號上駐紮了許多士兵，在我們進入時，通道裡已經滿是白色帥氣軍裝的士兵。

下飛船時，周圍空曠無人，來迎接的是奧晶。奧晶的身旁是上次見到過的、他的貼身侍衛，那個帥氣俊美的軍官。軍官手中推著一張移動椅，奧晶瞇著眼睛看龍下飛船，夢扶著他坐上移動椅。龍滿臉的陰沉，顯然不想讓這件事弄得人盡皆知。

這之後，再也沒看到其他人，像是有人清道，為了不讓人看到龍的狼狽模樣。靜靜的通道裡只有靜靜的腳步聲，沒有人說話，奧晶一直瞇著細細長長的眼睛看我，宛如我是一級危險物品。在進入一間巨大明亮的房間後，奧晶和他的侍衛一起離開。房內布置得很華麗，也很溫馨，像家的感覺。中間一張大床，柔軟舒適，這個房間比靈蛇號上的大了許多。

夢扶起龍坐到床上時，女王來了，她一身緊身的制服，完全英姿颯爽的女軍官裝扮。她沒有帶任何人來，頭髮高高挽起，用一個精緻的小王冠固定。而胸口的釦子快要被她飽滿的巨乳撐破。

她一進門，先是甜美地看向夢：「哎呀，總是麻煩小夢照顧我們家小宇。」

夢尊敬地站直：「女王陛下，這是應該的。」

「小夢真是見外，現在沒有外人，妳又是小宇的未婚妻，不該叫我一聲媽媽嗎？」

女王上前歡喜地握住夢的雙手，龍擰眉側開了臉。

夢的臉瞬間紅了起來，在龍身上受到的傷害一下子被女王治癒，甜甜的笑也隨之揚起。

「媽、媽媽……」

「哎！」女王開心地抱住她：「妳也快畢業了，等畢業就跟龍舉辦婚禮如何？」

「這？」夢驚喜地揚起臉，可是在看到我時，不知為何目光裡又露出了不甘，她的神情倏然變得凜然。「不，女王陛下，我要做出一點成績後再與龍結婚，我要成為配得上他的女人，讓他對我刮目相看！」

我眨眨眼，看向別處，夢到底是想證明給龍看，還是給我看。龍野勾唇站在一邊壞壞看我，我睨他一眼，他笑得更加肆無忌憚。

「我一直相信小夢的能力喲！小夢也辛苦了。小嵐，帶小夢去休息吧！」

小嵐？然後，我看到迦炎的父親沉著臉走了過來。不會吧！迦炎父親被女王叫做小嵐！

夢擔心地看向我，女王瞇眼笑看「小嵐」，「小嵐」把夢迅速帶了出去，房門關閉，只剩女王和他兩個兒子，還有我。

女王坐上床，親暱地去摸龍脖子上的繃帶，龍立刻轉臉打開她的手：「我要休息了！」

「不行喔！作為母親有必要仔細檢查自己孩子身上每一處傷痕喔！」

我、我肉麻了。

女王又要去勾龍脖子上的繃帶，龍第一次露出急色，去捉住女王不老實的手。而女王已經靠上他的身體，碩大的胸部壓上了龍受傷的胸口，旁邊的龍野倒是看得十分歡樂。在我還在擔心他的骨頭會不會再斷一次時，龍已經痛得叫出了聲：「老太婆！妳壓到我傷口了！」

女王故作不開心地離開。

「啊呀啊呀！小宇怎麼可以叫美麗的母親大人是老太婆呢？不乖喔，打屁屁喔！」說著，她站起身，從腰間拿出了一根小小的短短的銀色筆桿。

在她拿出來時，龍野立時面露緊張，連龍也緊繃了臉。

「咳！」我握拳咳了一聲，女王瞇眼含笑朝我看來，我低下頭：「女王陛下，我很抱歉打傷了您的兒子，我不會為我自己的行為做解釋，但能否在這次巡迴展後再懲罰我？」

房間裡變得靜靜的，女王那裡傳來「啪」地一聲，手中的小筆桿忽然變成了一根細細的銀色軟鞭。不知道是不是因為這軟鞭是女人用的，上面還裝飾了無數細細小小的鑽石。

我愣愣看她手裡的鞭子，不會吧？什麼年代了，難道還要體罰我？我摸上了自己的手臂，開始猶豫要不要連女王一起打。

「母親大人，是我挑戰她，不關她的事。」我看向龍，他低下頭，面無表情。

女王開始敲打手中的軟鞭，龍野踐踐地揚起臉。

「真的只是去挑戰師傅？不是去對師傅……做壞事？」

龍野壞壞地彎腰撐在龍的床邊，龍低頭斜睨他，龍野咧開嘴，嘴裡是白白的牙齒。

「啪！」女王的鞭子打在了床上，龍立時神情一緊，連龍野也立刻站直身體，變得老實起來。我尷尬站在床邊，這種場合，我這個外人在場並不合適。

「龍宇，你到底清楚最近自己在做什麼嗎？」瞬間，女王的聲音變得異常嚴厲深沉，直呼龍的名字，龍在她的話中深鎖雙眉低下頭。

「星際聯賽即將開始，而你在這個節骨眼上偏偏受了重傷，你這張被打殘的臉如何面對媒體？你

讓他們做出怎樣的揣測？還有你去找蘇星雨的時候，有沒有想過為自己的行為負責！」

我怔怔站著。龍是星盟主席，他的臉也已經不僅僅是他的了，而是星盟的，甚至是第一星國的。因為，這是四大銀河的聯賽。現代的科技可以遮蓋他臉上的傷，但如果一不小心露出破綻，比如早晨在轉移他時被媒體拍到，那會給星盟、星國帶來無數不良的花邊新聞。做一個公眾人物，真不容易，也難怪女王會如此生氣。

「蘇星雨一直活在相對封閉的環境裡，她不了解，但你會不知道嗎？龍宇，你這次太讓我失望了！」

龍沒有再說話，一直靜靜坐在床上，連龍野也不敢再出聲開玩笑。

「星雨。」忽地，女王看向我。

我一怔，立刻垂臉：「女王陛下。」

「我為小宇的行為向妳道歉。」

「不不不，是我，我不該出那麼重的手，只是挑戰而已……」龍看向我，我側開臉，我也不知道為何會幫龍遮掩隱瞞，可是我不想讓事態變得更嚴重。

「真的只是挑戰嗎？」女王沉沉的反問讓龍的目光再次下垂：「我很了解我的兩個兒子，小野向妳挑戰的事我也知道，但是小宇肯定不是向妳挑戰，他是不是想征服妳？」

征服……我想女王說得也算是隱晦了。我擰起眉，這個局面讓我很尷尬。

「是！我想征服她！我想得到她！」忽然，龍大聲地、直接地說出。

「啪！」一個巴掌毫不猶豫地落在了龍的臉上，我吃驚地看著打龍的女王陛下。龍咬緊下唇，雙手抓緊了被單，不做任何辯解。龍野變得更加緊張，連大氣也不敢出。

房間再次安靜下來，女王陰沉的臉上漸漸浮上一絲淡淡的疼惜，伸手再次捏住了龍脖子上的綳帶。這一次，龍沒有反抗，任由女王扯落那條綳帶。

女王看了一眼，擰眉輕嘆：「果然還是用在你的身上……」

我伸出手，收回了調教頸環。龍已經徹底沒了反應，宛如他最挫敗的一面已經被我看見，他無需再為自己的尊嚴、面子做任何挽回。

女王看向我，我尷尬地、抱歉地看她：「對不起，女王陛下，我實在……沒辦法滿足您兒子的要求。為了自保、不讓他用微腦細胞控制我，我才出此下策。」

她略帶疲憊地點點頭：「是我不好，從小給了小宇、小野兩個人太過高貴的身分，讓他們對女人唾手可得，也讓他們不懂得去尊重、珍視女性。星雨，謝謝妳。妳能替我待在他們身邊，我很放心，妳能教會他們我無法教好的東西。」

「我……」心情變得複雜，女王陛下怎能如此通情達理？讓我反而內疚慚愧起來，給她惹了這麼多麻煩。

她看了看手中的銀鞭，緩緩走到我的面前，鄭重地看我。

「我希望妳能成為我兩個兒子的特別教官！」

我怔怔看她：「我、我不能。」

「不，妳可以。」她美麗無雙的臉上揚起了信任的微笑：「星雨，妳是一個特殊的人才，是先賢給我們後人留下的珍貴人才。所以，我知道，妳可以的。如果讓這兩個孩子繼續自大任性下去，他們

沒有一個人可以接替我坐上第一星國主席的位置，他們會落選。為了這個星國的將來，請妳好好管教他們。」

她執起我的手，把教鞭放入我的手中，然後轉身離去。

手中的教鞭忽然變得沉重，但是我無法接下這額外的任務，因為，女王不是我的長官。

當她走到門口時，她頓下腳步，沒有轉身地問：

「星雨，我自認為我的兩個兒子也算優秀，是什麼讓妳選擇別人，而不選擇我的兩個兒子？」

龍和龍野的目光朝我而來，我陷入尷尬：「真的……要說嗎？」

「嗯！」女王依然背對我，似乎她也無法正面接受別的女人說她兒子的壞話：「但是請除掉之前所有的不愉快，去重新定位我的兩個兒子，說出能讓我作為一個女王更能信服的原因。」

我在她的背後點點頭，龍不再看我，目光低垂；龍野也轉開臉，雙手插在褲袋露出無聊的神情。

我深吸一口氣，平靜地說：「女王陛下，您的兩個兒子確實很優秀，他們脾氣壞點、有什麼惡趣味，都沒有關係，一旦喜歡，就喜歡他的一切。但是，我不能接受龍，是因為他女人太多……」

立刻，龍閉眼緊擰雙眉。

「而龍野，是因為年紀太小。」

「誰年紀小了！」龍野立刻不服氣地瞪我。

女王在那一刻轉身，完全放鬆地笑看我：「只是因為這個？」

「嗯！」我點點頭：「我來自一千年前，雖然婚姻觀跟現在已經完全不同，不過我也可以接受有過很多女人的男人，比如東方，他以前的女人也很多。但是，在擁有我之後，必須只能有我一個女人，對我完全忠誠。也就是龍不能再有夢、再有其他女人、再有各種政治聯姻。正因為我對他的政治聯姻有所理解，所以在權衡之後，我判定我跟他是不合適的。」

「原來是獨佔慾啊！」

女王放寬了心，她似乎很擔心從我嘴裡聽到關於她兒子能力上的問題。

「這個我明白喲！即使我有很多男人，但是那些男人也不能擁有別的女人。啊！星雨，我們真是越來越像了，真希望妳做我的女兒！妳似乎比我那兩個不成器的兒子更有可能當選女王喔！」

女王瞇眼可愛地一笑，我只當她是玩笑。

我繼續回答女王的問題：「龍野心理年紀還有點小，脾氣有點傲嬌，我不喜歡整天去哄一個孩子，我會覺得很累，所以，我不會選擇他。」

「誰要妳哄了！」

「不可以喔，小野。」女王笑咪咪看龍野：「大人說話，小孩不可以插嘴喔！」

「老媽！」龍野氣鬱地大喊，女王笑著將雙手背到身後，再次花季少女的模樣。

「這下，我放心了，好擔心從星雨口中聽到他們能力差的話。星雨，小宇現在就交給妳了，妳可以用我給妳的鞭子好好抽他喔！小野，你跟我來！」

「不要。」龍野噘起嘴：「我要看師傅抽大哥。」

女王瞇起了眼睛：「是想讓妳師傅一起抽你嗎？」

龍野眼睛睜了睜，滿臉不甘地跟女王離開。他雙手插在褲袋裡踟踟地看龍，龍也斜睨著他，直到他在女王笑咪咪的視線裡離開。門關閉之後，我看著手心裡的教鞭，想放下時，龍低頭坐起身，開始

解開他制服的鈕釦。「啪！」靜靜的房間裡，鈕釦跳出的聲音分外清晰。

我一時發愣，他低眼，面無表情地繼續一顆一顆解開那精美的鈕釦，打開了衣服，露出他精悍赤裸的身軀。那是成年男子的身體，健碩、結實，還帶著一絲淡淡的麥色。他雙手捏在衣襟上，揭開了衣服，瞬間，胸口的護甲和他淺褐色的雙乳暴露在空氣中，他不動聲色地繼續脫著，衣服脫到了肩膀。

「你要做什麼？」我驚訝看他。

他的手微微一頓，被我咬傷的唇角只是扯出一抹冷酷的笑，在我面前直接脫下了衣服，「嘩」地一聲，他右手扔出了衣服，白色的衣服撲簌墜地，落在我的腳邊。他仰臉看我，依然保持著他的高貴。

「受教啊，這不是母親的命令嗎？」

我立刻惡寒地扔掉了那根教鞭，一手撐在華美大床的床柱上，一手撫額深深呼吸，這一家子，根本不是地球人！

「這可不好喔！」他不知何時下了床，語氣跟女王一樣壞。他站在我的身後，一手圈住了我的腰，一手拾起那根教鞭遞到我的面前。

「這可是第一星國女王陛下對妳的信任喔！蘇星雨，恭喜妳！妳已經成為我母親的心腹了。」他貼到我的耳邊，冷嘲熱諷地低喃：「妳知道特別教官的含義嗎……」

他輕輕地用教鞭挑起我垂在臉邊的髮絲，貼上我的側臉。

「就是妳真的自由了，從此我們會隱去妳的身分，妳不再是蘇星雨，會有人替妳去做蘇星雨……」

「哼，變形人……」

我轉身推開他，他踉蹌後退到坐在床沿微笑看我，那笑容顯得無力而做作。我第一次看到龍露出這樣無神的微笑，讓我莫名地想起他……那個只能用胖叔身分活在世上的男人……

我撇開目光：「你受傷了，我不會再打你。」

「哼……真不打嗎？」他依然蒼白地微笑地看我：「錯過這次，以後可沒機會了……」

我終於受不了地忍不住罵他：「你犯賤啊！」

他苦澀一笑，看落別處：「我在妳面前還有尊嚴嗎？」

我一下子怔住了身體，他拿起那銀色的教鞭看著。

「我的母親，讓我在最想征服的人面前完全顏面掃地，我的自大、自負，我的一切一切，都在今天瞬間被妳擊潰。呵，呵呵，哈哈哈……」他撫額大笑起來，那笑容卻讓人莫名地心口泛苦。

他揚起脖子，半閉眼眸，手指插入額前黑髮之間。

「我的母親，讓我以後在蘇星雨的面前，完全抬不起頭來。她想讓我更乖、更乖、更乖一點……讓我完全放棄妳，讓我被妳看低一輩子，讓我永遠活在妳的陰影之下……」

終於，我忍無可忍地揚起手，重重甩落在他的臉上。

「啪！」

他怔住了神情，半閉的眸中失去了所有的神采。我扣住他赤裸的肩膀。

「我沒有看低你，你也沒在我這裡丟掉任何尊嚴！尊嚴不僅僅是別人給你，也包括自己給自己

的！我一直想要尊嚴，你們給了嗎？而別人那麼敬重你，你現在卻因為我一個人想主動放棄！這有必要嗎？我們不僅要懂得自尊自愛，還要獲得別人尊重，前提是我們也要尊重別人。而你現在算什麼？充其量不過是失戀，就失去尊嚴了？你有比我失去自由、東方失去生命，尤辛全族人都失去尊嚴更糟糕嗎？」

緩緩地，他垂下頭，抬起眼瞼看我：「呵，看來妳還是知道了，尤辛的事。」

「這一點都不難猜，難道不是嗎？既然你是阿修羅，那必然需要有一個人做龍的替身，才能讓阿修羅和龍同時存在。迦炎、小狼、巴布、爵和月都有了身分，只有胖叔嫌疑最大，你知道嗎？剛才你微笑的樣子跟尤辛一樣，自暴自棄，認為未來渺茫無望，打算渾渾噩噩、行屍走肉一般地活下去。你們兩個其實是一樣的，他用你的身分活著，而你是用阿修羅的身分活著。」

手中的身體微微一顫，他開始變得激動、變得緊繃。我深吸一口氣，有些話不想說，但還是要說出來：「最後，謝謝你幫爵隱瞞。」

「哼……」輕笑從他鼻息裡而出，自嘲地轉開臉。我扣住他肩膀的手緊了緊。

「其實，我能感覺到，你在保護靈蛇號上的每個人，包括尤辛。你重傷的時候，想的也是不能讓爵的利亞星被人乘機入侵。龍，我知道你心裡憋得很苦，所以你選擇用阿修羅來發洩，我想，尤辛應該也已經感覺到了你的心意，所以對你也是又愛又恨……」

「呵……」自嘲的苦笑從身下而來，他抱住了頭，緩緩彎下腰撐在自己的膝蓋上，十指深深插入黑髮之間，慢慢揪緊。「蘇星雨……妳到底想讓我怎樣？我真想殺了妳，妳為什麼要這麼懂我？讓我更想得到妳！」

我立刻放開他的肩膀，想走時身體已經不能動了。該死，又是微腦細胞。

他在我面前緩緩起身，俯下臉深邃地注視我。

「小雨……妳知道了我所有的祕密，妳認為我還會讓妳離開我嗎？」

我一動不動地看他，我也只能看著他。這條龍，真是不能有一時半刻地鬆懈。他就這樣一直看著我，然後他上前一步，把我深深抱住，我貼上了他胸口保護骨折部位的胸甲，全身不由得緊張起來。女王已經警告他不許對我亂來，他應該不會的。

「不用怕，我只想抱妳一會兒，我不會碰妳。」他在我耳邊淡淡地說：「對不起，我錯亂了，我應該更尊重妳，更顧及妳的感受。」

我心裡輕輕嘆息，終於，在臨走前得到了他的尊重。然後，他抱住我轉身，身體的重量壓上我前胸的那一刻，我向後倒落在軟軟的床上，他也順勢伏在了我的身上。

他抱住我，像是抱著一個抱枕一樣睡在我的身上。他閉上眼睛直接睡上我的胸脯，我全身羞紅起來，他依然緊緊圈抱我，一條腿也壓在我的雙腿上。

「看來妳還沒找回妳的隱形內衣……」他輕輕的話讓我全身炸紅：「這樣不是很好？那東西很礙事，這樣……也很舒服……」他在我軟軟的胸部上蹭了蹭，不再說話。而我分明感覺到，他壓在我雙腿的大腿下，有一根粗大的短棍。

我僵硬地躺在床上，不敢有任何鬆懈，所有神經集中在那硬物上。心知我根本無法反抗微腦細胞的存在，但是以我對龍的了解，如果這樣得到我，他會很沒成就感。

漸漸地，短棍慢慢消失，我暗暗長舒一口氣，他的呼吸也漸漸平穩起來。他兌現了他不碰我的諾

言，他是一個自制力極強的男人。我當他的抱枕，愣愣看著床的上方，他上次受傷，我睡在他身邊的景象再次浮現眼前。他跟尤辛一樣，只能活在別人的軀殼裡。龍宇不是他想做的人，所以這個身體對他來說，只是一個軀殼；而阿修羅，才是他自己。

而他如此混亂的性格，說明他正在漸漸失去自我。他比我更可憐，我只是軀殼被束縛，而他需要靈魂的自由和解放……

在他呼吸輕微時，我發現我能動了。輕輕離開，替他蓋上被子，他已經睡得深沉。把那根教鞭縮小放在他的臉邊，看著他如同嬰兒一般安心的睡顏。對不起，女王陛下，您的兒子還是您自己管教吧！第一星國的未來，我蘇星雨實在是無心也無力管，我只管我們冰凍人的未來。我相信龍會成為一位偉大的王者，因為他已經懂得尊重任何人了。

走出房門時，龍野就在旁邊，他送我離開女王號。一路走過去，全是侍衛。

「怎麼……不見女孩兒？」

「我媽不喜歡女人，只喜歡男人。」龍野雙手插在褲袋裡，桀驁不馴，在無人時忽然說：「大哥真可憐，成了老媽拉攏妳的犧牲品。」

我疑惑看他，他難得也面露難過：「大哥這麼自負的人，在妳面前完全失去了自尊，被打擊得一點不剩。虧他還能繼續笑出來，如果是我肯定躲到被子裡去哭了。」

似乎……笑才更糟糕吧！

「小野，不要誤會女王陛……」

「我沒誤會。」他落寞地說：「有本叫《三國演義》的古書，裡面劉備為了拉攏趙雲，當著趙雲的面把自己兒子摔了，只為體現趙雲比他的兒子更重要。這跟老媽剛才做的一切，是一樣的。」

我頓住了腳步，他低垂的臉上，是絲絲哀傷：「真希望大哥能早點解脫出來。」

「想解脫還不容易，不做主席不就行了。」我隨口胡說的話，讓龍野大大睜圓了眼睛：「那怎麼行？第一星國建國太久，各方面派系已經成熟而且錯綜複雜。妳知道大哥維繫得有多辛苦嗎？如果大哥不做，第一星國肯定會陷入內亂的，師傅妳怎能這樣說。」

龍野白了我兩眼，像是在說女人不懂政治。

「抱歉，是我短見了。」

龍野挑起眉開始朝我俯來，伸手拾起我臉頰邊的長髮。

「所以，師傅，妳做做我們的教官還行，做女王絕對不行。」

我拍開他的手，莫名其妙看他。

「我連你們的教官也不想做，教導你們兄弟，我壽命肯定會少十年。」

「嘿嘿！」龍野壞笑起來，又來拉我頭髮。

我再次趕開他的手：「人就是這樣，手裡有錢有兵之後，心就癢癢，野心和慾望開始無限膨脹。等到有外敵時，他們就會明白內部團結有多麼重要。」

龍野聽完摸了摸下巴，眨眨眼：「師傅說的……好像有點道理啊……」

我不再說話，國大事多，更別說第一星國是四分之一的銀河系了！現在我只想盡快離開這個讓我胸悶的女王號。

在踏入熟悉的靈蛇號通道時，爵正站在通道的盡頭微笑注視我，我立刻走向他。他伸出雙手迎接我，我猶豫了一下，還是走入他的懷抱，他緊緊抱住了我，像是失去我良久。然後，我看到了他身後不遠處的圖雅和伊莎，一時發愣。伊莎顯得有些驚訝，圖雅則愣愣地看著我們。

爵拉起我走到圖雅面前，溫柔地看她：「對不起，小雅，我果然還是不能放開小雨。」

圖雅愣愣地眨眨眼睛，在劃過一絲哀傷後，緊張地看我。我一怔，臉紅了紅。

「對不起，小雅，我想我不能把爵讓給妳了。」

「那就好……」她雙手撫上胸口，銀瞳裡流出了複雜的眼淚。

「小雅……」爵撫上她的眼淚，她搖了搖頭。

「月說得對，既然我真心希望爵哥哥開心，那我應該幫助爵哥哥和蘇星雨在一起，而不是以你們不能在一起為藉口糾纏你……」

伊莎微露驚訝，看著圖雅，在她的話中漸漸失神。

圖雅說完後，從我們身旁跑過，跑入了我進來的通道。爵嘆息一聲垂下了臉，卻沒有去追。或許，他覺得不該藕斷絲連。

伊莎看我們一眼後，去追圖雅。之後，她們離開靈蛇號，去了女王號。

「呼……」爵鬆了口氣，拉起我的手，臉上浮出尤其輕鬆的笑容。我與他久久對視，然後各自一笑，我挽住他手臂，一起進入靈蛇號。

我看了看周圍，不見月：「月呢？」

當提起月，他也露出擔憂的神情：「不知道怎麼回事，感覺月最近心事重重。小雨，妳去休息吧！胖叔不在，我要到駕駛艙和迦炎一起看著。」

月……看來是真的想起來了。哎……這下就尷尬了！好在，快走了，有時候逃避確實能解決不少問題。

爵把我送回房間，去了駕駛艙，胖叔也不回來了。整個靈蛇號只剩下爵、月、迦炎、小狼和巴布。馬上要進入星際之門，小狼和巴布這個時候是最忙的，不能片刻離開自己的崗位。

今天的靈蛇號，空氣變得尤其自由，沒有了龍、沒有了其他女人、也沒有了胖叔。奇怪！女王叫胖叔去幹什麼呢？說不定是讓他最近代替龍！他如果在靈蛇號上，其他人肯定會問胖叔去哪兒了？現在他去了女王號，那麼，他就能以龍的身分出現了。

女王真有肚量，我這樣打她兒子，她也沒有懲罰我，反而聘任我做特別教官。或許，真的像龍野所說，女王有心收我做她心腹，她所做的一切，已經讓我對她產生了敬意。如果沒有自身的任務，我想，我真的會效忠於她。

懶懶地躺在浴池裡不想起來，在飛船的片刻震動後，我知道，是進入星際之門，開始漫長的蟲洞航行。所有人的飛船在女王號的帶領下，全速駛向銀河系的中心——銀河星都城。

在此之前，我可以好好睡一覺。

第8章 讓我染上妳的溫度

醒來之時，發現自己還躺在溫暖的浴池，旁邊是伊可擔憂的大大眼睛。

「主人主人，下次不可以在洗澡時睡著喔！有生命危險喔！」

笑著摸摸它毛絨絨的頭，它眼淚汪汪地說：

「主人主人，妳離開了伊可怎麼辦？剛才伊塔麗姊姊說已經都準備好了！」

我笑了：「變回原來的樣子，我帶妳走。」

它立刻瞪大了眼睛，我從浴池裡起來，隨口問：「現在靈蛇號都睡了嗎？」

「嗯嗯，差不多都睡了。」

「好，我們去接伊塔麗。」

「好咧！伊可又可以跟主人在一起囉！」它跳到空中轉了一個圈，和它誕生時一樣，再次變成了一顆大大的蛋。

我抱起它放到床上，開始犯愁，即使伊可變成一顆蛋也很大，怎麼帶走呢？

床上放著乾淨的衣服和我的胸針，穿好衣服，拿起鳳凰胸針，再看看伊可的蛋，如果胸針裡的空間系統能放下伊可就好了。

「可以喔！」忽然間，胸針說話了。她懸浮起來，我立刻明白這是衣甲裡包含的智慧系統，但是智慧系統通常只有穿上衣甲時才會開啟。心裡越來越驚嘆，我的衣甲真的是活的。

「真的可以？」我看著懸浮的小鳳凰，她的眼睛隨著她說話而發出閃光。

「可以。只要在放入時告訴我她的名字，下次只需叫出名字，我就會放出。」小鳳凰眼光閃閃地說著。

我抱起了伊可，溫柔地看她：「它是伊可。」說話間，一束紅光從鳳凰胸針的眼睛裡射出，然後在我面前打開，形成了一個圓錐型的入口。我把伊可放入傳送埠，伊可被慢慢收入鳳凰胸針之中。

驚嘆之餘，我立刻問她：「還能裝多少？」

「普通衣甲本身就帶有武器，那些武器也是收入在人造空間裡。而我包含的方舟能源更多，應該還可以放一些東西。」

聽到這裡，我立刻開始整理行李，包括房裡的衣櫥。裡面可以變裝的衣物也帶上，以後應該會有很多用處。然後，看到了阿修羅的領巾，陷入與阿修羅的種種回憶，最後，還是把他的領巾也扔入了空間。解下調教頸環，這是專門為龍準備的東西，也可以收起來了。這東西已經給他留下足夠的陰影，不該再讓他看到。之後是我的鐳射劍、手銬。然後，我來到靈蛇號倉庫，快速打開了倉庫的門，來到自己的武器箱前，現代武器高超，但這些我帶來的還是捨不得分開。

「手槍、半自動步槍、全自動步槍……」我一邊說，一邊放入胸針打開的通道：「狙擊槍、消音器、聲控手槍……煙霧彈、閃光彈、爆音彈……手槍彈夾……散彈……」

把整整一箱武器放入胸針，心裡踏實了，對離開更有信心！最後，我站在東方的房門前，深吸一口氣，打開他的門，入眼的是他的鋼琴。自從他開始改造伊塔麗開始，已經很少看到他彈鋼琴了。

「星雨主人。」伊塔麗迎了上來，不再像最初的胸大無腦女孩，整天甩著胸部主人主人地叫，而是安靜地看著我，雙手整齊地放在身前，身上也是規矩的奴僕裙，不再坦胸露乳。

「伊塔麗，會彈鋼琴嗎？」

她點點頭。

我微笑看她：「為我彈一首東方經常會彈的曲子吧！」

她點點頭，走到鋼琴邊，開始彈了起來，竟是……「我的歌聲裡」……

我靠上伊塔麗的肩膀，在她的鋼琴聲中，輕輕哼唱：

「沒有一點點防備，也沒有一絲顧慮，你就這樣出現在我的世界裡，帶給我驚喜，情不自已……可是你偏又這樣，在我不知不覺中悄悄地消失，從我的世界裡沒有音訊，剩下的只是回憶。你存在我深深的腦海裡，我的夢裡、我的心裡、我的歌聲裡……」（註：作詞／作曲：曲婉婷）

最後，房間裡只剩下我、安靜的鋼琴，和伊塔麗的蛋。淚水還是忍不住從眼角滑落，我深吸一口氣擦去眼淚，用胸針收起伊塔麗的蛋。轉身出門時，怔住了身體。月靜靜地站在門外。他那麼安靜，安靜得不知從何時起就站在那裡。再次看到他，他的神情很平靜，但是在對上我的目光時，臉上微微爬上一層薄紅，最後還是因為顯得有些尷尬而側開臉。因為他的尷尬，使我也尷尬起來。

我們一時陷入尷尬，他沒有說話，我也不知道該說什麼。

我們面對面站立許久，我低下了頭：「我去通知爵，讓他準備一下。」

他還是沒說話，只是也低下了頭。

我從他身邊走過，擦過他月牙色的長褂。忽然，他的尾巴從衣襬下揚起，纏住了我的手腕，冰冰涼涼繞在我的手腕上，讓我停下了腳步。他側著臉，深深擰眉。

「小雨，既然爵會永遠跟妳在一起，妳能不能在這最後的時間陪陪我？」

「好，好……」月會這麼說，大概是沒想起那件事吧！

「呵……」他好像也鬆了口氣，轉身露出了笑容：「那正好幫妳做最後一次身體檢查，讓妳健健康康地離開。」

「好，那去我房間吧！」我說。他怔了怔，我指指腦袋：「我正好需要你的幫忙。」

他琥珀的瞳仁看我良久，笑了。他的笑容散發出一種月亮的溫柔光芒，其實，月的笑容真的很美、很療癒。我想，這也是伊莎愛他的原因。只要看著他的微笑，整個人就能在喧囂中，獲得一份安寧和平靜。

坐在床上，在月拿好東西來我房間時，把消除儀交到他的手中，他有些緊張地看我。

「拜託了。」我在他猶豫的目光中躺下，雙手交疊在胸前，深深呼吸，讓自己平靜。

雖然現在的消除儀已經是全自動掃描，但還是讓我有些緊張。而今天整個靈蛇號也特別安靜，這讓人更緊張起來。他手拿消除儀坐在我身邊，卻越來越緊張。手裡緊緊攥著消除儀，就像當初我緊緊握著消除儀為東方手術時一樣緊張。

「真的不會出差錯？」他擔憂地問。

我搖搖頭，伸手握住他緊張得有點僵硬的手說：「月，我什麼都不會，不是也幫東方除去了微腦細胞？所以，你一定行的，我相信你！」

我重重握了握他冰涼的手，他擰擰眉，拿起消除儀對準了我。

我深吸一口氣閉上了眼睛。

靜靜地沒有任何聲音，也沒有任何感覺，忽然大腦裡像是被刺了一下，我一時之間有些恍惚。

「小雨……小雨！」聽到月的呼喚，我睜開眼睛。立時，月牙色的長髮掠過眼睛，他撲在我的身上，緊緊擁抱住我的身體，激動地低語：「成功了，妳自由了！」

終於鬆一口氣，笑容從我嘴角揚起！我艱難地從他擁緊我的手臂裡抬起手，拍了拍他的後背。

「謝謝你，月，總是要麻煩你。」

他的身體微微一怔，從我身上慢慢離開，那月牙色長長的髮辮一點一點從我胸前提起。他側開了臉，雙手插入了口袋。口袋裡似乎有什麼東西，他捏了捏。

「讓我檢查一下身體，我才能安心。」他淡淡說著，從右邊的口袋裡拿出了那個小小的掃描器。

「嗯！」我坐起來，轉身背對他，然後像往常一樣把長髮歸攏身前，隨後掀起後背的衣衫，他會把那個像聽診器的掃描器放到我後背上，掃描出我的透視影像。

冰冰涼涼的東西輕輕落到了我後背的肌膚上，大小似乎不是掃描器，而是……手指。我一時愣怔，衣衫在我發愣時，從我指間掉落，遮住了後背也蓋住了他的手。

「在派瑞星人發情的時候，會分泌性激素……」我身後輕輕地傳來月淡淡的話音：「這種激素也會從牙齒裡分泌出來，對對方的新陳代謝和身體激素會產生一定的影響……」

我的身體開始僵硬，他還是記起來了。

冰涼的指腹在我後背的肌膚上一點一點滑落，然後，按在了我的後心上。

「不過妳放心，我們的性激素對你們地球女人有很多好處，可以延緩衰老、讓皮膚更有光澤、去除臉上的黑色素，還能豐胸……」

我持續僵硬，還有……那麼多好處？

「所以，你們地球的貴族女人，喜歡從夜那裡高價購買我們派瑞星的男人……」

「什麼？她們……付錢讓你們吸血？」我吃驚地想轉身看他，他用手按住我的肩膀不讓我轉身。

「不，牙齒分泌的激素只是一小部分，真正主要分泌的地方是……」他頓住了口。

我尷尬地臉紅起來，低下頭，果然不轉過去是對的：「我想我知道了。」

「所以……我……那天是對小雨發情了吧……」

我僵硬起來，沒有回答。

「因為我激素的影響，小雨的月事推遲了……」他冰涼的手心完全印在了我的後心上，後背有重重的物體靠落，是他的額頭。他像是抵住按在我後心的手背上，沒有再離開。

「小雨總是那麼善良、那麼體諒別人，為了讓我和爵不內疚自責，總是把這種讓人難堪的事情隱瞞在心裡，為了不讓我們難堪和自責……小雨，妳難道不怕我下次吸妳血時失控嗎……」

他的聲音帶出了一絲內疚的哽咽，他還是陷入了深深的自責中。

我輕嘆一聲，一時也不知如何回答。

細細的尾巴慢慢纏上了我的腰，小小的尾巴尖端緊緊貼在我的小腹上，我想，這大概就是他在我後背說話的原因。他無法面對我，我也無法面對面回答他。

「對不起，我想既然快離開了，所以……不過，月，我不是想逃離你，我是……」

「我明白……」他的話音震顫著他的手，也震顫著他的聲音：「即使妳不走，妳也無法永遠做我

的飼主。妳是星盟的人，而我也要跟伊莎回去結婚……」

他緩緩地用另一隻手圈緊了我的腰，完全抱緊了我的身體，在我的耳邊哽咽。

「月……」

「我欠小雨的真是太多太多了，我什麼都不能給小雨，而小雨的血卻讓我從混血朝純血轉換……我……我……」他的氣息突然激動起來，聲音也越來越哽咽，夾雜著痛苦和掙扎。

我感覺到了他的痛苦和掙扎，心裡不忍：「月，其實你真的不必為此而內疚自……」

忽然，他貼在我後心的手往上撫上了我衣服下的肩膀，順著我的肩胛撫上了我的頸項。

我腦中瞬間響起警鐘，就此止住了話音。可是最後，我還是完全放鬆了身體，最後一天，再餵他一次吧！

「小雨……小雨……」他的呼吸越來越急促，我低下頭，把頸項交給他。他那帶著一絲饑渴的呼吸，讓我想起了早上情動的爵。月，對不起，我顧不上你了。有機會，我會來看你。可是，他遲遲沒有咬我，我開始疑惑，聽著他一遍又一遍沙啞地呼喚我的名字：「小雨……小雨……」

忽然，他圈住我腰的手進入了我的衣衫，冰涼的手心是那麼的清晰，事情開始有些不對勁。現在的月，應該是清醒的吧？

那隻手撫上了我衣衫下的腹部，冰涼的手帶著強烈的刺激，讓它留下的觸摸深入皮膚上的每一處細胞。手還在繼續往上，開始攀上我的酥胸，我神經立時繃緊，當即轉身雙手推在了他的胸膛上。

他被我推開後，我往後坐，無法相信且驚訝地看他。他安靜地低垂臉龐，月牙色的額髮完全遮蓋了他的神情，讓我無法判斷他此刻到底想做什麼？他剛才做的又是為什麼？心裡也很亂，月一直很冷淡，也很沉穩，不會做任何出格的事。尤其，他們派瑞星男人很自重，不要說非禮女人，他們更怕被女人非禮而遠離女人。他今天怎麼了？剛才到底怎麼回事？

他就那樣了無聲息地坐在我的床沿，不再呼喚我的名字，也不再說話。沒有呼吸，沒有話音，什麼都沒有。他一下子靜得像是死了，手也無力地垂在身邊，一切的一切，變得讓人擔心起來。

他不像血癮發作，發血癮的他不會那麼安靜。可是，既然血癮沒有發作，他剛才又是怎麼回事？猶豫再三，我還是擔心地握住了他的肩膀：「月，你沒事吧？是不是……餓了？」

「呵……」終於，他發出了一聲輕笑，那淡淡的氣息吹起了他垂掛在臉側的長髮：「小雨……我喜歡妳……」

我握住他肩膀的手一時僵硬：「這個……我知道。」

「不……妳不知道……」他無力地，像是輕嘆地低聲說著：「我不知道自己是什麼時候開始喜歡妳的，明明以為自己這輩子不會再喜歡女人……可是，妳的善良、妳的寬容，縱容了我一次又一次的靠近……而妳對我卻從沒任何企圖……」

我怔怔地收回手，握在一起低下了頭。隱隱感覺，月口中的喜歡已經不再是我以前所想的那麼單純了……

他依然垂著臉，帶著一絲哽咽地在我面前繼續說著：

「起先，我靠近妳，只是想看看爵心目中的女神，一千年前的女人和現在的女人會有什麼不同？後來我發現，妳跟她們……真的不同……我在妳身上，看到了母親的影子，溫柔、善良、包容和體貼……我後來想睡在妳的房裡，也是因為妳地球人的身分讓我想起思念的母親，感覺很親切……」

我靜靜聽著。從沒想過，在安靜淡漠的月心裡，原來會有那麼豐富而細膩的感情。

「妳讓我越發想念母親，所以，我夢遊了！我夢遊到妳的房裡，而妳卻那麼包容我，也不會像那些好色的女人想乘機和我發生關係……」

不由擰起了眉，想起爵以前說的，關於月一些對女人不好的回憶。

「從那時我明白……我已經真的，喜歡上了妳……」

心跳在他的話語中越來越慢、越來越沉，房間裡的空氣，也像是漸漸不夠，讓我變得呼吸困難。我完全沒有想到，月對我會有這樣的心意。他一直隱藏得那麼好，而且……一直隱藏著……最近……是怎麼了？先是爵，再是龍，然後現在……是月……

「從我夢遊開始，其實已經是因為喜歡妳而渴望靠近妳、擁抱妳、從妳身上獲得溫暖。伊莎的到來，使我不得不遠離妳，這讓我晚上變得焦躁、失眠，我已經習慣睡在妳的身邊，聞著妳的氣味，還有……感受妳的體溫……」

身體因為他這些直接的告白而慢慢害臊發熱，這是他們派瑞星的習性，有點像飛蛾撲火，他們對溫暖有一種特殊的渴望。

「所以，在聖靈小王子上身時，我失控了，我咬了妳……我嚐到了我一直渴望的溫度，但也從此揹上了無法離開妳的詛咒……」

「月……」事情到此，已經不再是月單方面的事了。是我，在某種角度上「引誘」了他。

「這幾天，我心裡很亂，因為我快要失去妳了，而我甚至不敢告訴妳我的心意。我只有努力去幫助爵，好讓自己暫時忘記妳的離開，在爵成功時，我也能分享他的快樂和幸福……可是，如果再不告訴妳，我會後悔，因為這輩子……我們無法再見了……我希望能在妳的心裡留下一個位置，能讓妳偶爾想起曾經有一個派瑞星的吸血鬼，偷偷地愛著妳……」

呼吸在他說完時越發沉重，月說得讓我心傷，讓我內疚到心痛。我「引誘」了他，讓他對我的血上癮，讓他愛上了我，最後我卻這樣不負責任地離開他，拋棄了他……把他……扔給了伊莎……讓他再回到寂寞之中……我所做的一切，真的……對嗎？好不容易會笑的月、會跟大家開心在一起的月，又要再次回到我最初認識的那個淡漠疏離的月……心裡好疼……好疼……內疚地疼。

他輕輕地從左邊的口袋裡，拿出了一個水晶的小盒，放在我面前的床上。在看到那小盒裡的戒指時，我的心口再次被狠狠地揪了一下。和月在諾亞城挑選戒指的畫面浮現眼前，那時我還在羨慕他口中的女孩，能讓月那麼認真地挑選戒指。

「小雨，或許妳無法理解，我們派瑞星男人的初夜也很重要，所以，今天，我想給妳。」

我腦中瞬間電閃雷鳴，立時揚臉看向月，他站在我的床邊，低著臉已經開始解開他大褂裡的制服釦子。

我完全呆愣在床上。他一顆一顆解開釦子，雕花的釦子在他的指尖像是跳躍的小精靈，一顆接著一顆跳出了它們的小洞，為我打開了月的衣衫、揭開了包裹著月的神祕面紗，露出了月衣服裡面赤裸的、蒼白的身體。

慢慢地，他纖長骨感的手指捏住了衣襟，往外掀開了衣服，當他連同外褂和制服一起脫落肩膀時，我猛然驚醒，跳下了床，扣住他的手著急看他：「月！你瘋了！」

「小雨，我沒有瘋。」他的語氣顯得很平靜，他慢慢地抬起臉，我看到了他已經一紅一金的眼

睛。他深深地注視著我，雙瞳裡起了一層氤氳的水霧，讓他的眼睛變得更加迷人。

「希望妳能理解我，我只想把我的第一次給我心愛的女人！」

我踉蹌後退，完全無法理解地搖頭。

「對不起，我、我真的無法接受，我……」我抱住了頭：「月，我已經答應爵……」

「沒關係。」他淡淡地，帶著一絲落寞地說：「我知道妳無法理解，所以，我準備了這個。」

熟悉的小玻璃瓶掠過眼前，我立刻抬臉看去，他的手中是一個小小的噴霧瓶，他的嘴角浮出極淺極淺，卻帶著一絲讓人揪心的微笑。

「為了研究維多利亞公爵情慾香水而留的樣品，沒想到，今天我會用在自己的身上……」

「不可以！」我立刻朝他抓去，他倏然消失在原地，然後出現在更遠的地方。他的衣服掛在赤裸的手臂上，已經衣衫半褪的他讓人莫名地心疼。

他拿起了那瓶香水，對我抱歉一笑。

「對不起，小雨，請妳理解我的心。」說完，他噴在了自己的身上。

瞬間空氣裡瀰漫一絲淡淡的幽香，我慌忙捂住鼻子，屏住了呼吸，快速朝門跑去。在我快要觸及門口時，熟悉的寒風劃過面前，身體一下子被人攔腰截住，眼前景物瞬移，停落時，我已經被人壓在了床上。

月緊緊抱住我，一手鎖住我的腰，一手鎖緊了我的頭，雙腿鎖住了我的腿，把我牢牢箍在他的身體下，尾巴像蛇一樣牢牢綁住我。我怔怔看著上方，他月牙色的長髮絲絲縷縷落在我的臉上，癢癢的，而他的冰涼臉頰緊緊貼在我的臉邊。

「對不起……小雨……」當低啞哽咽的聲音傳來之時，熟悉的穿刺進入了我的肩窩。我的血瞬間流逝，他分泌的液體麻醉了我的傷口，也麻醉了我這個獵物。一旦被派瑞星人咬住，幾乎沒有掙扎的可能，他們會分泌麻醉液，以前分泌得不多，是因為我從不掙扎。

他赤裸冰涼的胸膛貼在我的胸脯上，那冰涼的感覺是那麼的清晰。耳邊是他吞咽的聲音：「咕嘟、咕嘟……」

就像被蟒蛇捲住的獵物會慢慢失去掙扎的力氣一般，血液的快速流失也讓我越來越無力、缺氧。忽然，月纏住我身體的冰涼尾巴鬆開了我，緩緩鑽入了我的褲腰，爬上了我的小腹，一點一點撫過，繼續往下，越來越瀕臨禁區。

「唔！」我瞪大了眼睛，漸漸麻痺的身體讓我沒有力氣掙扎，那冰涼的小東西越來越往下，尖尖的三角輕易插入了我蕾絲邊緣，然後伸入了我的密區之外，緊貼在我幽穴的入口，冰冰涼涼地開始上下摩擦。大腦瞬間空白，當它忽然鑽入我幽穴入口時，我倒抽了一口冷氣。

「啊——」完……了……

心跳倏然開始加快，濃濃的情意從心底溢出，我緩緩放開捂住嘴鼻的手，摸上了月清涼如蠶絲的月牙髮絲：「月……」

他怔住了身體，我摸上了他的長髮，他尖尖的耳朵和他那漂亮的耳釘：「月……」

他立刻離開我的頸項，放開了對我的桎梏，微微撐起身體欣喜地看我。我撫上他還蒼白的臉，他那隻紅色的眼睛，漂亮得像是晶瑩剔透的紅寶石，金色的那隻則像世上最清澈的琥珀。我看到了他嘴角還掛著我鮮紅的血絲，心跳加速地向他靠近，微微撐起身體靠近他的唇，然後伸出了舌頭，輕輕地

舔上了他的嘴角……

登時，雙唇被他攫取。他重重地吻我，我被他重新壓回床，他在我的唇內吮吻我的一切，我嚐到了自己血液的淡淡鹹腥味。我在他的激吻中更加抱緊了他冰涼的身體，他近乎瘋狂地啃咬我的唇，我的唇開始發麻、發熱，他微涼的舌進入我的牙關，挑起我的舌一起舞動、糾纏，不停地吞取我的蜜液，傳來他「咕嘟咕嘟」的聲音。

「嗯……嗯……」輕吟開始從我的口中而出，未知的感覺從身體深處被他的激吻喚醒，它們迅速侵襲了我的全身，加速了我的血液，讓我的身體開始發熱，熱得讓我難以忍受。

我更加用力抱住他的身體，因為他的身體是那麼的清涼，我撫上他已經赤裸的後背，貪婪地獲取那裡的清涼。忽然，一隻手隔著我的衣服開始抓捏我的酥胸，一下又一下地抓捏，讓我的呼吸更加急促，他也在我的唇內急促地呼吸：「呼呼呼呼！」

他抓捏了一會兒，焦躁地扯起了我的衣服，可以塑性的衣服彈性十足，也不用再戴隱形的護胸。當衣服被抓到我酥胸上方時，他一下子握住完全赤裸的酥胸揉捏起來。他一邊吞吐我的舌頭，一邊揉捏我的酥胸，忽然改以靈巧的手指開始揉搓拉扯我酥胸上的凸起。

「嗯……嗯……」讓人無法忍受的特殊感覺讓我全身戰慄起來，一層汗瞬間在這有些激情的逗弄中爬滿了全身，好熱、越來越熱。從沒被人碰觸的身體，第一次被人這樣激烈的愛撫，讓我瞬間失去了力量，只剩下空白的呻吟。

我迷濛地看著上方，只能去感覺他的吻、他的手指，還有他的尾巴正從我下身離開，而他的腿正在我的腿間焦躁地摩擦。

他在摩擦我的腿，摩擦之間，我感覺到了一根硬物正在我們的腿間擠壓滾動。

「嗯……」在我又一聲呻吟中，他離開了我的唇，癡癡地看我。被他如此火熱的視線盯視，讓我一時羞澀起來。

他的視線開始順著我的脖子一點一點往下，我宛如正被　根無形的手指慢慢從我的頸項滑落，然後到我的鎖骨、我的酥胸，接著他的視線停留在我那被他挑弄而敏感得已經飽脹的凸起，他火熱地凝視那裡。我心跳加速地側開了臉，長髮遮住了我羞紅的臉，也遮住了他火熱的視線。

他緩緩起身，徹底脫去了他的衣服，撲簌墜落在床邊。他跨坐在我的身上，視野裡是他蒼白赤裸的身體，不瘦不胖，雖然沒有龍那樣性感的肌理，但飽滿的身體也不會過瘦。雪白的身體、赤裸的月，他就像天空中的明月一樣，撐在我的上方。因為他的身體，白得彷彿帶著一絲月的蒼白。

他再次俯下身，貼上我火熱的身體，輕輕地吻上了我的頸項。他伸出舌頭在我的頸側來回輕舔，酥癢讓我開始輕顫，他似是感覺到了什麼，越發舔弄起我的頸側來。冰涼的胸口開始摩擦我的胸口，輕輕的呻吟不由得從我口中脫口而出：「嗯……」

他繼續來回地舔，一下一下又一下，然後雙手捏住了我的雙乳，開始一起揉捏抓握，手心時不時擦過我已經敏感的蓓蕊，更加刺激著從深處而來的情慾。細細的尾巴到了我的眼前，輕輕地挑起我臉邊的長髮，掃過我的眉毛、我的眼睛、我的鼻梁，然後來到了我的唇，貼著我已經發麻的下唇，從我半張呻吟的唇間鑽入。

「嗯！」月、月的尾巴鑽到我嘴裡了。那小小的三角壓住我的舌頭，然後到處亂闖：「色月！」

我一口咬住了他的尾巴，立時頸邊傳來他的悶哼：「嗯！」

「色尾巴！」我輕咬尾巴地說，舌頭因為說話而碰到了那小三角，立時，那平日無害的小三角突然硬挺起來。

月也在那時像是失去了力氣般，徹底壓在我的身上，立時，我感覺到那硬棍插入了我兩腿之間。

「小雨……放開我的尾巴……」他艱難地、沙啞地說，我搖頭，他揉捏我雙乳的雙手開始同時揉搓拉扯起我的凸起。

「嗯……嗯……」好難受，難受得讓我渾身躁動，我抱住他的後背，指甲深深嵌入他的身體。

他妄想用這個辦法來使我屈服，我絕不，我依然咬住他硬硬的小尾巴，緊抓他後背，沒有鬆口。

「看來……沒辦法了……」他雙手抓住了我的衣服，忽然拉住我的手，一下子把我的衣服拉過我的頭頂，拉出了我的手臂，把我的衣服扔在我的枕邊，我瞬間上身赤裸地在他身下。

他緩緩撐起身體，視線落在我赤裸的身上時，雙瞳裡的火焰立時燃燒起來，甚至，他沒有血色的臉也染上了一層淡淡的薄紅。見他盯視我赤裸的身體，我羞澀地焦躁起來，舌頭一捲，頂上了他的小三角。立時，他擰眉發出了男人的呻吟：「呃！」

他撐住身體的雙臂軟了軟，險些再次跌落在我身上，他滿頭是汗，火熱地注視我。月牙色的長髮垂在了我的身上，額髮已經全濕地貼在他精美的臉上。

「小雨……」他瞇了瞇眼睛，疏密的睫毛遮蓋住了他的眼睛，他再次俯下臉吻住我的唇，用舌頭撬開我的牙關，從我的口中解救出了他的小尾巴。那尾巴輕輕地撫過我的頸項，上面的津液在我的頸項上流下一條涼涼的濕痕。

那條色色的尾巴繼續往下撫去，撫過我的頸項、鎖骨，在那裡繞了一圈繼續往下，撫上我的酥胸，壞壞地擦過我的蓓蕊，然後撫上我的腹部，遊過我的小腹，再次鑽入我的褲腰，往深處而去。

他的吻也開始移開，他吻上了我的耳垂，用已經染上我溫度的舌頭舔弄我的耳垂。他含住了我的耳垂，吮吸吞吐，再用他的舌頭褻玩挑弄。身體越來越熱，我只有抱住他的身體，他沉下了身體，用他冰涼的胸膛貼上了我火熱的身體，開始一下一下，用他的胸口不急不徐地摩擦擠壓我的雙乳。

「嗯……」舒服的呻吟從他的口中和我的身體裡同時而出，他抱緊了我，放落身體，從上身到腳完全抱緊了我。我再次感覺到他下身的飽脹和堅硬，那個小東西還被包在他的褲子裡，無法解放。

他一邊吻著我的頸項，一邊揉捏我的雙乳，那色色的小尾巴再次到了我密區的入口，正用它堅硬的小腦袋嘗試擠入。我立時收緊了身體，他停下了吻，熱熱的呼吸噴吐在我的頸項上。

「小雨真暖和……」

我臉紅地側開臉，抱緊他冰涼的後背：「月……也很涼快……」

「小雨……」他沙啞的吻再次落我的頸項：「放開妳的身體，讓我染上妳的溫度吧……」

心跳在這句話中差點失速，我閉上了眼睛，咬緊了下唇：「嗯……」

他一點一點往下吻去，他吻上了我的鎖骨，我因為小尾巴鑽入密區而夾緊了雙腿，它的小腦袋開始一下一下，試探性地插入，然後退出。再進入，再退出，每一次的進入都刺激著我的幽穴為它張開一點，再張開一點，去接納它的探索。

忽地，右乳被火熱的口腔包裹，我瞬間繃緊了身體，呻吟從口中而出：「嗯……」

他開始大口大口吮吸我的凸起，強烈的刺激讓我大腦瞬間空白，完全無法顧及他的一隻手已經插入了我夾緊的雙腿之間，打開了我夾緊的雙腿。

瞬間幽穴被小小的三角鑽入，我全身戰慄起來，我想掙扎時，他含住了我的左乳，並用另一隻手繼續揉捏我已經飽脹的酥胸。

「不，不要……出、出去……」下身的密穴裡，小東西正鑽進鑽出，無法形容的難受中卻夾雜著某種極度的渴望，我被這種複雜的感覺折磨得如同螞蟻鑽入了全身，麻癢難耐。

「嗯……出去……嗯……」

「小雨，忍一下……馬上就好……」他憐惜地吻落我的唇，深情地看著我：「因為是第一次，我不想讓妳疼，所以，妳要盡量放鬆……」

「說得容易……可是……真的很難受……嗯……」我的雙腿忍不住屈起，摩上他的腿。好難受，難受得生不如死。

他已經渾身汗濕，隱忍紅瞳裡的火焰，我視線迷離地看著他，他呼吸開始急促起來。但他依然強忍某種慾望，更加放柔動作、放緩速度往下吻去。他的雙手依然愛撫我的酥胸，感覺到褲子被人徹底脫下，他的吻也落在了我的小腹上，舌尖掃過我的小腹，我不由猛地吸氣。忽然，下身被火熱的唇含住，我立刻大喊：「不可以！月！那裡不可以！」

可是，他用雙手鎖緊了我的腰，不讓我逃離，幽穴瞬間被熱熱的舌闖入，我立時揪緊了床單，難受而渴望交織的感覺，讓我想哭。

火熱的舌和那小小的尾巴一起在我的密穴裡翻騰，我被折磨得沒有半絲力氣，徹底癱軟在了床上，只剩呻吟：「嗯……嗯……嗯……」下身已經酥癢難耐，只有抓住他的長髮。沒有滾過床單的我，對現在的情景完全失去了掌控權，只能把身體完全交給了月。

他的舌在我的身下律動不已，冰涼的髮絲擦過我雙腿內側嬌嫩的肌膚，酥癢難耐。忽然，一陣強烈的刺痛而來，我的大腦立刻出現了片刻的中斷點，隨即是熟悉的、麻醉的感覺……

「咕嘟，咕嘟，咕嘟……」粗重的喘息和吞咽開始在安靜的房裡緩緩地響起。他從我雙腿之間揚起了臉，我看到了他已經全是紅色的雙瞳，他的另一隻眼睛也變成了紅色！那血紅的眼睛裡，是快要失控的情慾，他的嘴角又掛著鮮紅的血絲，一縷髮絲凌亂地黏在他的嘴角，染上了一縷刺目的血紅色。他火熱地注視我，像是月色下的吸血鬼正饑渴地盯著自己的獵物。月牙色的尾巴正從他身後高高揚起，血紅的三角直挺挺地豎起，鮮紅的血液從那三角上緩緩淌落月牙色的尾巴。

帶著處子之血的尾巴慢慢移到他的唇邊，他雙眸癡迷地伸出舌頭，一點一點舔去了尾巴上的血跡。我心跳停滯地看他，忽然，他扣住我的腰朝我猛地一挺，瞬間，被充分潤澤的幽穴擠入了巨大的硬物，瞬間頂到胃的感覺讓我一時無法適應地大口大口呼吸：「呼呼呼呼！」

「小雨、小雨、小雨、小雨！」他失控地粗吼起來，架起我的雙腿就開始猛烈地挺進：「小雨！小雨！小雨！小雨——」

他不停劇烈地馳騁，幽穴因為過於激烈而有了一絲疼，可是很快被源源不斷的快感淹沒。我的大腦開始失去思考能力，視野裡只有他因為激烈律動而顫動的月牙色長髮，和那縷髮絲上的一抹血紅。

那麼沉靜如雪的月，卻在床上如此地瘋狂，他還是失控了。

「小雨、小雨、小雨、小雨！」

「月……月……」

「小雨！小雨！」他忽然再次俯下，開始在我的身上到處輕咬、到處吮吸，血腥在房內蔓延。他

咬住了我的酥胸，用牙齒刺入，在他每一次挺進中，他都吸取那裡的血液。

「小雨……」他再次吻住我的唇，滿嘴的血腥也染滿了我的口腔。他雙手緊緊握住我的酥胸，大力而粗暴地揉捏，在每一次挺進時抓緊了我柔軟的胸部。

他繼續地馳騁，在我的身上粗吼。他抱緊我、埋入我的頸項，用雙手和尾巴緊緊圈抱我的身體。

「小雨，小雨！我愛妳，我愛妳，我愛妳！愛妳，愛妳，愛妳！」

如同魔咒的話深深印入我的心底，他的每一下撞擊都頂入了我最深的敏感處，讓我更加夾緊他的身體，渴望與他更深的碰撞。

「給我！給我！小雨，給我！我要妳，要妳！給我，快給我！」忽然，窄穴內的硬物猛地更加膨脹，他再次加快了速度，衝擊我的最深處，身後的尾巴也在那時鑽入了我的幽穴。又有異物鑽入讓我瞬間收緊了密穴，讓他全身都緊繃起來，發出了悶哼：「嗯！」

然而，房間裡迴響出更加激情響亮的聲音。

「小雨！給我！給我！給我——」突然，火熱、灼燙的液體在月的那聲大吼中衝入了我的幽穴深處，如同潮湧的、從未有過的幸福感襲遍了我的全身，他伏在我的身上，抱緊我的身體粗重地喘息。

「呼呼呼呼……」我在那潮湧之後，只剩下急促的呼吸，整個人開始變得昏昏沉沉，漸漸失去了意識……

隱隱感覺有什麼東西在我的嘴裡亂攪，迷迷糊糊睜開眼睛時聽到了「嘩啦嘩啦」的水聲和月粗重的喘息聲。發現自己在浴池裡，而在我嘴裡亂攪的正是月的尾巴。

「嗯……」我感覺到了下身正被熱杵侵入，雙乳也被人揉捏在手中，無論是雙乳還是上面的蓓蕊，已經被激烈的揉捏和吮吸弄得有點疼。他從我身後環抱我，一邊揉捏我脹痛的雙乳，一邊在我身後律動。

「月……」

他停了下來，一串吻落在我的後背，濡濕的舌頭緩緩舔過我的脊柱，我瞬間有了反應。

「呵……看來小雨也很喜歡被人愛撫這裡……」他開心說著，我側躺在浴池裡，完全沒了力氣。

「月……我……我好累……」

「對不起……」他從我身後抱緊了我：「再一次，一次就好……小雨……請再給我一次……一次就好……」他吻落我的肩膀，沒有等我同意，再次律動起來：「會，會讓妳恢復的……恢復的……」

房裡再次傳來讓人臉紅心跳的「嘩嘩」水聲。

下身的快感很快再次淹沒我的理智，我在他的律動中呻吟不已，他到底想要幾次……

★ ★ ★

不知睡了多久，醒來時感覺被人深深擁抱，我像是伏在一張冰涼的牛皮席上，很舒服，也很光滑。迷迷濛濛地睜開眼睛，還有些模糊的視線裡，是蒼白的月光。我撫上了那蒼白的、清涼的月光，撫到了一個凸起，立時，身下傳來一聲輕吟。

「嗯……別鬧，小雨……」有人扣住了我的手，按在那凸起上。

「嗡——」瞬間，嗡鳴貫穿了大腦，我的耳邊傳來了異常清晰、平穩的心跳聲：「撲通！撲通！

撲通！」

「嗯嗯嗯……」

「喝喝喝……」

聲聲呻吟和男人的喘息脹滿了整個大腦，讓我的頭立時脹痛地快要炸開。我登時從他的手下抽離自己的手，看到自己摸到的凸起原來是他粉紅的乳首。心跳登時加速，臉紅如同火燒，飛速坐起抱住自己快要崩裂的頭。

月！月！月！他怎麼可以這麼對我！為什麼會是月！為什麼對我做出這種事情的會是月？

「撲簌……」身後傳來他輕輕起身的聲音，然後冰涼的手臂圈抱住我赤裸的身體，我的後背也貼上了他赤裸冰涼的胸膛，而他的尾巴正纏繞在我被子下的左腿上！

「小雨……」他在我身後深情呼喚，輕柔的聲音裡透著像是獲得滿足的幸福感：「我愛妳……」

他熾熱的話宛如還想跟我再溫存一番。

「出去！」這兩個字從我的牙縫中而出。那一刻，他的身體開始僵硬。

「出去！趁我殺你之前！」

默默地，他收回環抱我的雙手，尾巴一點一點從我的腿上抽離。一件衣服輕輕蓋落我的後背，然後他默默撿起床邊的衣服慢慢穿上。時間在他每一個動作中變得緩慢，慢得讓我無法呼吸。我好亂、頭好痛，現在我只想一個人好好靜一靜。

水晶的戒指盒輕輕放在我的床沿，他默默地走到了我房間的門邊。靜靜地，他久久站在那裡。

「我吃了藥，所以妳不用擔心懷孕……」

「出去！」我捂住了耳朵，耳朵裡滿是嗡鳴：「嗡——」

在門關上的那一刻，我抓起那只戒指盒扔在了門上。

「啪！」重重的一聲，它在門上碎裂，化作顆顆細小的水晶墜落夜空，如同一個美人破碎的淚水，從眼角滑落。

我緊緊抱住了自己赤裸的身體，身上到處都是青青紫紫的吻痕，和細細的已經快要恢復的牙印。我無法相信月會對我用藥，對我做這種事。我更恨自己為什麼都記得！

「小雨、小雨、小雨！愛妳、愛妳、我愛妳！」越來越響的聲音衝破心底的封印湧入我的大腦，讓我陷入更大的混亂。

「啊——別說了！別說了！別說了——」最後我用自己的聲音強行將它們掩蓋，再次壓入心底。

我該……怎麼面對爵……我怎麼跟他說要他跟我離開，跟我在一起……

我開始陷入長時間的枯坐……我不知道……該怎麼辦……

「滴答……滴答……」時間在枯坐中不知不覺流逝，真希望……現在已經離開靈蛇號……

「小雨妳！」當龍的驚呼傳來時，我登時全身僵硬。被龍看見了？他什麼時候進房的？難道在我發呆的時候！

「吸——」忽然身邊有人深深嗅聞，我立刻抓緊被子轉身出掌推在了他的胸口。

「哎呀！」他被我推了一個腳步踉蹌，跌倒在地上，揚臉擔心地看我：「是月做的？」

他溫和擔憂的目光裡，沒有半絲龍的銳利和陰沉，他不是龍，是尤辛。

「小雨……」他心疼地瀏覽我裸露在空氣裡的每一處肌膚。我再次抱緊了身體，拉攏月蓋在我後

背的衣衫，遮住一切，也包括用自己的長髮遮住自己的臉。

他緩緩起身，坐回我床沿時，身體開始由上到下地發生變化，一頭淡紫色的長髮垂在了我雪白的床單上，像盛開的紫羅蘭。

「你怎麼突然進來了？」我抱緊身體淡淡地問。

「已經到銀河星都，我在外面叫了妳很久，也不見妳出來，所以想進來叫醒妳，沒想到……」他的話音尷尬起來：「怎麼會是月……」

「你怎麼知道是月？」我埋下臉，看著他鋪在床上的淡紫色長髮。

「我們妖星人，還有小狼等獸族的嗅覺都比較靈敏，也包括月。獸族的嗅覺最靈敏，而派瑞星人對自己熟悉的人氣味很敏感，妳身上留下了月的味道，而且……妳的身上也有他的牙印……」

我摸上了自己赤裸的手臂：「我的身上……有月的味道？」

「嗯，很清晰！所以，妳最好遮蓋一下，因為月是伊莎比較重要的男人，她對月的氣味會特別敏感，如果被伊莎聞到，月可能會是死刑。」

「什麼？」我驚詫地看向尤辛，他的臉上是深深的憂慮。

「月失控了是嗎？」他心疼地撫上我的臉，我立刻後退，他輕嘆一聲，身體開始又發生了變化。

這次，竟是變成了一個女人。

「這樣，妳是不是更容易接受我？」他的聲音已經完全女性化，讓我陷入呆滯。

他溫柔地再次撫上我的臉：「小雨，月怎麼可以對一個處子如此粗暴……」

他疼惜地撫落我的頸項，再撫上我鎖骨上的淡淡牙印。

「尤辛，我只想問你一個問題……」我再次低下臉。

「什麼？」他收回了手。

「對於月來說，他的第一次，是不是很重要？」

「是！」尤辛分外認真地、鄭重地回答我。

「比生命還重要？」我抬眸追問。

尤辛再次肅然點頭，紫色針尖的瞳仁裡是分外的鄭重：「是！」

我閉眼深吸一口氣，我想，我可以平靜接受之前的一切了。

「那派瑞星如何判斷這個男人失去了貞操？」我疑惑地再問尤辛。

他嚴肅地說道：

「很簡單。派瑞星人在歡愛後，會在對方身上留下強烈的氣味。這個氣味會殘留很久，派瑞星的女人以此來判斷自己的男人是否出軌。我想，正因為小雨是地球人，所以月才有了這樣的選擇。」

「因為我不會在他身上留下味道？」

尤辛點點頭。

「很多種族在歡愛後都會在對方留下氣味，小狼他們是，我們妖星人也是，所以妳最好遮蓋一下，雖然妳沒有在月身上留下氣味，但是月在妳身上留下了他的氣味。如果不想讓伊莎發現，只有遠離伊莎，或是用氣味遮蓋劑遮掩。妳的房裡有變裝的東西，應該會有，我去幫妳找一下。」

說著，他到我床邊，打開了櫥子，在看到空空如也的櫥子時面露困惑。

「奇怪，東西呢？」他看向四周：「妳的管家呢？小雨，妳到底想做什麼？」

他倏然轉身，驚疑地朝我看來。我複雜地看他，他始終忠心於龍，我不能告訴他。

忽然，他似乎想到什麼，匆匆拿出小平板開始點擊，從螢幕裡射出的光線組成了倉庫的影像，他點開了我的武器箱，裡面已經空空如也。在他愣怔的那一刻，我抓住了枕邊被月脫掉的衣服，上面是我的胸針。

「手槍。」我發出指令，立時，胸針紅光閃耀，手槍已經在我的手中，尤辛轉身看我的那一刻，我已經鎮定抬手瞄準了他的眉心。

他驚訝看我，我抱歉地看他：「抱歉，尤辛，我只有一次機會，不能出錯。」

「怎麼會？怎麼可能？」他無法置信地看我：「小雨，妳走不掉的！妳的微腦細胞怎麼辦？」

我瞇了瞇眼，再次輕語：「調教頸環。」

當紅光閃現時，尤辛大大睜圓了紫瞳：「異次元空間？怎麼可能？現在的科技根本沒有達到可以任意召喚的地步，而且也放不下這麼多東西，妳怎麼會有這麼先進的科技？」

調教頸環緩緩飄浮到了他的身邊，我本以為再也用不上了。再次抱歉地看他。

「為什麼會這樣，我也無法解釋，只能說是神明幫助了我。尤辛，我不能害你，我知道你效忠於龍，而且你的民族也需要你解救，所以你絕對不能再背叛星盟一次。尤辛，我會幫你戴上調教頸環，之後你只要說被我控制了即可。」說罷，調教頸環環上了他的脖子，他的神情反而平靜下來。

「原來這就是妳想證明給我看的事情……」他垂下臉，身體再次恢復男人的模樣。

「是。」我放落手槍，指尖轉動時，他已經轉身背對我，我開始穿上衣服。看到滿身的痕跡時，心口還是被狠狠揪了一下，強迫自己不去看、不去想，才能不讓自己害臊起來、失去冷靜。

站起時，腰有點痛，該死的月。不過，也因為他的激素，現在恢復得也很好，沒有貧血暈眩，或是腰痠腿軟的現象。

我跳下床，開始穿內褲：「東方已經走了，所以，我們是能走的。」

「什麼？原來東方沒死，而是走了！那你們的微腦細胞呢？」

「已經除掉了。我先幫東方除掉，然後是自己。尤辛，我不想騙你，也不想騙靈蛇號上的每個人，因為大家對我都很好。所以，在我離開後，你可以幫我告訴他們一切。」

我穿上長褲站到他的背後，摸上耳朵：「連線唐別。」

立刻，光束從我耳邊射出，構出了唐別的影像，他激動地看向我：「小雨！」

看著他依然坐在輪椅上的身體：「抱歉，現在才聯繫你。」

「沒關係，在沒有做好萬全的準備前，聯繫還是不要太多比較好。」在他的角度看不到我身後的尤辛：「只是東方這個傢伙，怎麼可以半途把擔子甩了？」

他有些生氣。落寞的哀傷從心底劃過：「他也有他的使命，他已經為我們打好了基礎。」

唐別擰眉垂臉。

「哎……也是啊，如果沒有他，我們這個網路根本建立不起來，可是，他怎麼可以扔下妳？」他依然帶著氣憤地看著我：「作為一個男人，怎麼可以拋下自己心愛的女人？」

我低臉沉默片刻，深吸一口氣對唐別揚起微笑。

「沒關係喔！唐別，我一個人也可以！而且，我沒打算等他。等他再出現的時候，或許連小老公也做不上了。」我開著玩笑地說，唐別的眼中卻為我露出絲絲心疼。

「這是他的選擇，既然他選擇了使命，那麼我就不再屬於他。」

「小雨……」

「說吧，哪裡會合。」

「哎……」唐別嘆了一聲，沒轍地看我：「自由號，在其他人進入銀河星都的時候，我們會在那時趁亂一起轉移到自由號上，自由號上有我們那時聯合國的標誌，所以應該很好認。」

我點點頭，冰凍計畫是全球性的，所以冰凍人裡有各個國家的人。不過，三千人裡的各個種族是均勻分布的，且是各個領域的菁英，可見確實是有人甄選過了！是婧吧？

唐別認真看我：「小雨，小心。」

我鄭重點頭，與他斷線。轉身走到尤辛的面前，他的眸中是大大的驚訝。

「你們……到底怎麼做到的？」

我微笑看他：「只要努力，什麼都能做到。我們是從智慧管家的系統入侵了靈蛇號的網路，包括你平日的監控，我們也已經處理，現在監控室已經看不到我房內的一切。所以，尤辛……」

我握住了他的雙手。

「不要放棄，一定要繼續努力下去。還有，龍應該是在保護你，比起做別人的人質，或許還是留在他身邊更安全一些，因為你長得這麼漂亮。」

他怔了怔身體，愣愣看我。我側開臉一臉氣鬱。

「真不想承認龍是個好人，他明明那麼惡趣味！但是，我還是希望你能相信他，他能讓你們妖星重歸自由！」

他紫瞳閃閃地看著我：「真的……可以相信他？」

我認真點頭：「真的，可以！」

他在我的眸光中變得安心。然後，再次變成龍的模樣，微笑看我：「謝謝，妳給了我希望。」

我淡淡一笑，幫他豎好衣領，扣上最上面的釦子遮住了調教頸環。

他卻握住我的手，認真看我：「原諒他，他只想把最珍貴的東西給自己心愛的人。」

我在他漸漸變成黑色的眸子裡，低下了頭，眼角閃過一抹光輝。那枚戒指孤零零地躺在黑暗的牆角裡。比生命還珍貴的東西……

尤辛在門外等我，我站在牆角對著那枚戒指蹲了良久，或許，我無法理解月的行為，但我是不是可以嘗試去理解他的心？

他即將失去我，為了家族要跟一個他不愛的女人結婚。月……我閉上了眼睛，深吸一口氣。睜開眼睛，毫不猶豫地撿起那枚戒指，然後收入胸針，提起禮裙昂首走出房間。身上是氣味遮蓋劑，還有很濃的香水。嗅覺敏銳的人對香水很反感，非常適合掩飾氣味。

和尤辛一起走過通道，靈蛇號比以往更讓人覺得冷清。似是知道我快要離開，尤辛帶著我走過靈蛇號每一個角落。廚房、中央花園、遊戲房、訓練室、駕駛艙等等，還有月的……生態艙和醫療室。這裡充滿了自我解凍以來一百多日的回憶，以及和大家建立起來的深厚感情。

我在這裡努力奮鬥，也收穫了一份份珍貴的愛。沒想到在離開前，我的心情會如此複雜。走了很久，我想到有一個問題還是問尤辛比較合適，因為心裡一直對月是不是第一次很迷惑。我知道，我不該去懷疑月的貞潔，可是昨晚……臉一下子紅了起來，我這受過記憶特殊訓練的腦子，讓情慾藥水無

法對我產生失憶的作用，這讓我也很苦惱。

「尤辛……」我低下臉，輕輕地問。

他俯落臉，溫和地看我：「怎麼了？小雨？」

「那個……咳，月……以前……真的……沒有女人嗎？」一直以來，尤辛胖叔的形象給我的感覺非常親切，以致於現在對他也有一種家人的親切感，如果非要形容，感覺他像是一個大姊姊。或許，姊姊有點不恰當，可是這是他給我的感覺。

「沒有。」他搖搖頭：「至少從我認識他開始，應該是沒有。因為他很討厭女人，他對女人很冷淡，偏偏女人對這樣的他更迷戀。」

「那個……我……他……」心跳開始加速，我難以啟齒。

「小雨，妳到底想說什麼？」他用龍的聲音，溫柔地問我。

我抓緊了裙子，深吸一口氣，一下子說出：「我懷疑他不是處男，因為他太熟練了。」

尤辛一下子頓住了腳步，我也不好意思地停在他身前，不敢去看他的臉。

「這個問題我不好意思去問他本人，感覺是在侮辱他，可是，我、我真的很迷惑……」

「噗哧！」他在我身後噴笑出來，我氣鬱地紅了臉，轉身瞪他。

「別笑了，你讓我更不好意思了。」

尤辛的臉也通紅起來，像是在問他是不是處子。他笑著轉開臉，做了大大的深呼吸後才忍住笑，臉上的潮紅減淡稍許：「妳有此疑問也不奇怪，因為派瑞星比較特殊。」

我迷惑地看他，他微笑地望著我說：「派瑞星是女性政權，而月被選中進入大公主後宮，除了陪伴大公主一起長大外，他們在十三歲時還會學習一門特殊的課程，這門課程就是教導他們將來如何服侍女王，讓女王獲得生理上最大的滿足。」

我目瞪口呆地看他。

「其實不僅僅是月，派瑞星大多數男孩到十三歲都會學習這門課程，因為派瑞星的男人是服務於女性的。所以……」他柔和地笑起，溫柔地注視我：「在黑市交易上，除去美形的人造人，派瑞星的少年也是賣得最好的。」

我無法相信自己的耳朵，原來真的有這樣的交易，我想起了月之前說的，很多地球貴族女人跟他的弟弟夜購買派瑞星的男人。

「月應該就是那時開始討厭伊莎的吧！知道了自己入宮的真正原因……」尤辛淡淡凝望遠方：「所以才申請了地球留學。伊莎是愛他的，不然不會同意他離開派瑞星。在派瑞星，男孩想外出留學，可不容易啊……」

尤辛的話，讓我久久深思。伊莎是愛他的……

再次和大家會合時，不見月和爵，迦炎、小狼和巴布看到龍時有些驚訝。

迦炎立刻到龍的身前，驚疑地看著我與龍之間的和平。

「龍，你怎麼還敢招惹小雨啊！」他摸上尤辛的胸口，擔心他的傷。

尤辛捉住他的手，低臉輕輕一笑，和龍形神完全一致，然後溫柔地注視迦炎。

「炎，果然你不在我身邊，讓我感覺很不安。」

立時，迦炎也露出和我以前一樣肉麻想死的表情，匆匆抽回手退開，避而遠之的神情道：

「那以後就別離開我視線，真是的，誰教你單獨去找小雨。」

尤辛依然用龍那種讓人可以瞬間肉麻死的溫柔目光注視迦炎。尤辛真厲害，他是最了解龍的人。

「小雨姊姊！妳怎麼還敢跟他單獨在一起？」小狼挽住我的手臂，然後皺緊了眉，捂住鼻子：「小雨姊姊，妳一直不喜歡用香水，今天怎麼回事？妳掉進香水池了嗎？」

我淡定地看他：「一不小心把龍送的香水瓶灑了，結果灑了一身。」

「喔！看來是有人想賠罪……」小狼終究還是受不了我身上濃郁的香水味而跑開：「喂，龍，小雨姊姊可跟普通女人不一樣，她不喜歡香水，她更喜歡槍支和武器。」

尤辛看著小狼點頭微笑：「是，我發現了，所以被她扔了。」

「哈哈哈……哈哈哈……」迦炎笑著撓頭。巴布也像是無奈地嘆了一聲：「哎……」

「爵和月呢？」尤辛問迦炎：「我回來時沒見到他們。」

迦炎聳聳肩：「沒注意。」

尤辛再看向巴布，巴布回憶起來。

「一個小時前月來找爵，爵就和他一起出去了，月的臉色看上去好像很差。」

我的心揪了揪，側開臉，努力保持平靜，以免臉紅起來。月去找爵，他會不會告訴爵我們之間的事？心跳開始加速，不行，蘇星雨，妳現在不能為這種事分心。尤辛單手隨意放在下巴思考的時候，小狼指向機場方向：「爵來了！」

我立刻看向爵，他笑著朝我跑來，神色無異，我莫名地安心了。他今天一身白色的長袍，銀色的釦子在衣服的偏左側，長長的藍髮全部紮起，只留下瀏海和鬢角兩邊較短的兩簇長髮，緊貼他的臉龐，讓他看上去格外有精神。原來月找他是為了告別，因為月今天會離開靈蛇號，不再回來，而且是跟伊莎一起離開，之後也會和伊莎在一起。所以爵幫月收拾行李，伊莎來接他去派瑞星皇族的母艦。

「對不起小雨。」爵拉住我的雙手，立時引來小狼刺刺的視線：「月說妳還在休息，不想打擾妳……」

哪裡是在休息，一整個晚上全跟他在一起，他再清楚不過。臉紅了紅，低下臉，爵果然什麼都不知道。

「所以沒通知妳，也沒跟妳告別。不過，之後我們還會遇到月，妳還有機會跟他道別。」爵繼續說著。

不跟我道別就走，是在逃避我。是因為事後我那聲痛恨的「出去」嗎？我那時應該傷了他的心吧！總覺得有些事情還是要解釋一下比較好。以後吧！等我安頓之後，找個機會再解釋也來得及。

稍稍平靜後，我對爵點點頭：「我準備好要走了，你準備好了嗎？」

我認真地看著爵，他微微一怔後，揚起大大的笑容，握緊了我的手，銀瞳炯炯有神。

「我也準備好了！」

尤辛看著我們一笑：「既然大家都準備好了，我們下船吧！別讓女王久等。」

「是！」大家異口同聲說道。尤辛朝我伸出手，微笑看我。爵也立刻拉住我，我對他露出讓他安心的微笑，然後一手挽住變成龍的尤辛，一手挽住爵，邁出了靈蛇號。

第9章 別了，靈蛇號

美麗的銀河星都像一顆圓潤的貓眼石鑲嵌在銀河系的中央。四條通道從星都之城裡伸出，布滿光道的長長通道裡，現在正有人飄浮在裡面，接受嚴格的檢查。四扇星際大門遠遠地矗立在宇宙四個方向，正好有飛船從裡面浮出，抵達銀河星都這個公共的宇宙星域。

從各個星國而來的船艦停泊在各自邊境的星域裡。我將看到第一星國以外的人種，不過現在，大家都忙著進入銀河星都。

四國學生的競技聯賽與平時比賽的最大區別就是觀眾。因為星都之城容量有限，所以觀眾只有四大星國的政府要員和貴族，普通百姓只能看轉播了。

為了展現四大星國之間的和平與信任，大家不會攜帶武器入場，不過可以帶保護作用的氣壓儀。所以在進入賽場通道時，迦炎身上的武器全部被卸載，包括每個人的衣甲。也因為入場的都是四大星國主席和要員，所以會有嚴格的檢查通道，只要是有任何危險性的物品，通道就會發出感應。

我們的飛船停落在通道口，檢查的人員對我們恭敬一禮，迦炎就開始拆身上的武器，大大小小一大筐，然後入內。

我有些緊張，這裡的檢查連衣甲也能感應到。尤辛看向我，目光裡也帶有一絲擔心。他走了進去，通道裡的光帶沒有發出任何武器警告。我面無表情地走過光帶，忽然光帶一陣閃爍，我緊張起來，檢查人員上前，恭敬看我：「對不起，星凰，請容我們再檢查一下。」

我點點頭，他們拿出更加精密的儀器掃描我的全身。掃過我胸針時，他們停了停，向一旁的檢察官彙報：「原來是胸針，沒有其他武器反應。」

檢察官點點頭，尤辛露出龍的微笑看我：「胸針有一部分是金屬，所以會有金屬反應。」

我點點頭，立刻離開檢查端，雙腳開始離地飄浮。

見其他人還在檢查，尤辛疑惑地小聲問我：「為什麼妳的空間系統無法被感應？」

我擰起眉：「或許……因為她是活的，她已經成為我身體的一部分……」

「活的？怎麼會？」尤辛的眼睛裡是更多、更大的迷惑。關於我胸針已經超出了現在科技的領域，只能用神奇兩個字來形容。

爵經過檢查後，立刻趕了過來，他依然不放心讓我跟龍單獨相處太久。他握住我的手，看了一眼變成龍的尤辛，拉我直接朝前而去。尤辛垂眸一笑，也跟了上來。飄浮一段時間後，我看到了前方熟悉的身影，是夢。她今天沒有在尤辛的身邊！是啊，她應該知道今天的龍不是龍，而是尤辛。

夢似是感覺到什麼，停落身形轉身，然後，一眼看到了我身側的尤辛，立時，她的眸中劃過一抹哀傷，但還是停在了通道裡。就在這時，我在更遠的地方看到伊莎的身影，但是不見月，我握住爵的手緊了緊，開始心亂如麻。

「怎麼了？」爵停下來看我，我看著遠處的伊莎：「只有伊莎，不見月，有點不正常。」

爵笑了笑：「別擔心，月說今天身體不舒服，不來看比賽了。」

身體不舒服？還是在逃避我，果然是見不到最後一面了，也沒辦法跟他好好解釋了。

夢等我們過去，然後沉下臉挽住了變成龍的尤辛。尤辛微笑看她，她沉臉看向別處。爵帶著一絲疑惑，我立刻拉起他直接飄出了通道。

在離開通道的那一刻，引力出現，我們雙腳落地，眼前一片開朗。巨大的城市映入眼簾，各式各樣的會場或在下方，或飄浮在空中，形成大大小小無數小型的比賽場，還有街道、商店、酒吧，層層疊疊、錯落有致，原來這個城市是這樣利用有限的空間的。

大家集合的地方是在最中心一個像體育場的地方，一輛圓形的雙人座飄浮車飛到我們面前，接我們直接前往。巨大的會場，連觀眾席也是層層疊疊的。來接我們的小飛車直接成為觀眾席，帶我們嵌入指定的位置。往前看去，女王已經站在了會場中央，除了她，還有一個紫皮膚銀色短髮的人形外星人，一個一身綠皮膚、有一根粗大尾巴的外星人，以及一個也是人類模樣的中年男子。他們四人坐在一起，另外三個外星人應該是其他三個星國的首腦。

大約一個小時後，整個會場已經坐滿人，伊莎和圖雅就坐在我們前方第三排，但是不見龍野。這似乎有點奇怪，他可不是那種會陪在受傷哥哥身邊的人。小狼和巴布坐在我們旁邊，迦炎擠在龍和夢的座位裡，他是龍的護衛。

「今天，是一個讓人激動的日子。」女王的話音已經傳來：「我們將在這幾天檢視我們四大星國的才子菁英們，這些孩子將是我們各個星國的未來！孩子們，請盡情展現自己的風采，讓我們為各自星國的未來努力奮鬥！」

說話間，四面八方的參賽者已經紛紛站起，伊莎和圖雅也立時站起。浩浩蕩蕩的學生們，身著各色漂亮的學生裝，他們齊齊揚手行禮，場面分外壯觀，生機勃勃，讓每個人的血液也因為他們的青春和朝氣激動起來。

忽然，有一個座席直接飛向了中央，讓觀眾們迷惑起來，他們開始竊竊私語，交頭接耳。

我看到那個座位上有兩個人，都是和小狼一樣有著狼耳和狼尾巴的男人，是獸王星的人。靠前的是一個魁梧的中年人，而中年人身後的是浚，是小狼的哥哥！他們停落在女王的面前，而就在那時，其他三國的主席站了起來，移開了身形。女王面露一絲迷惑，看向那中年狼人。

「普頓公爵，您是想對孩子們致辭嗎？」

普頓公爵在眾人疑惑的目光中仰天大笑。

「哈哈哈，不錯，我確實是有事宣布。我想宣布的是，今天經過議員決議，我們要彈劾龍希慧女王，由我普頓執掌第一星國！」

「什麼？」驚呼聲四處而起，但也有很多人相當淡定地依然坐在席位上，似乎早有預料。

與此同時，無數人從席位上驚訝站起，也包括尤辛和夢、伊莎和圖雅、巴布和爵。只有小狼依然鎮定坐在原位上，嘴角露出了我曾經見過的陰邪笑容。

「哈哈哈……哈哈哈……」普頓公爵分外得意，張狂地笑著。

「普頓！開玩笑要有一個限度！」女王沉沉地說，普頓揚起手，立時，浚已經舉槍對準了龍希慧！

「嗚——」忽然間，會場周圍升起了金屬板：「啪啪啪啪！」金屬板在上空連接，把整個會場瞬間籠罩在那銀灰的鋼板之下，成為一個密封的牢籠，任何人都無法逃出。

我立時看向小狼，他淡然地看我，嘴角掛著隱隱的笑，這件事他也參與了！難怪在艾利進入他身

體時，他說他早晚會替代龍！難怪那之後龍跟龍野會面時會問起浚的動向。難道，龍已經有所察覺？

今天，在銀河星都的會場中央，他們獸王星發動政變！為什麼挑在這個時候？看向場內，其他三個星國的元首已經站立一旁。明白了，普頓是受到了其他三國的支持，而今天第一星國所有議員和要員都在場，容易控制裡面的反對者。

「普頓！你居然公然發動政變！」女王沉臉看他，依然保持鎮定。普頓輕蔑冷笑。

「哼，這個國家應該讓更有能力的人來領導！龍希慧女王，您應該休息了。」說罷，他轉身向其他三國的元首行禮：「各位辛苦了，請回座休息。」

那三個男人淡淡點頭，面無表情地直接離開，和他們一起離開的，還有他們的貴族和學生。

「可惡！」迦炎憤然瞪向小狼，小狼不疾不徐地揚起手，手中赫然是一把槍！迦炎惱怒地瞪大眼睛，小狼起身只是看著尤辛：「對不起，以後星盟主席的位置，是我的了。」

「哼……」尤辛一聲輕笑，露出龍的深沉和無謂，還帶著一絲輕蔑。

小狼見狀，忽然伸手扯住了我的手臂，邪氣而笑：「蘇星雨也是我的了！」

「小雨！」爵、迦炎和尤辛立刻朝我看來。而我現在該擔心的，是之後的局勢會不會影響我的人身安全。

我立刻摸上耳朵：「唐別！」

立時，立體的影像在我面前出現，事到如今，沒時間再隱藏，我必須爭分奪秒。

「怎麼回事？」小狼驚訝看我，握緊了我的手臂：「我們明明遮罩了訊號！」

原來他們還遮罩了訊號，以免裡面的人跟外面的人聯繫，暴露他們的政變。我在大家驚訝目光中沉沉說道：「唐別，快離開！」

唐別疑惑看我，萊蒙特的臉也衝了出來，期待地看我。

「小雨姊姊，妳什麼時候來！大家都在等妳。呀！怎麼那麼多人！」

他和唐別都吃驚起來，目露擔憂。我立刻說道：

「銀河星都發生政變，我懷疑其他星國會利用這次政變入侵第一星國，稍後可能會打仗，你盡快帶人離開！」

唐別和萊蒙特瞬間驚得目瞪口呆。

「蘇星雨！妳不要亂說！」小狼朝我大喝：「入侵這種事絕不會發生，我會保證妳的安全！」

我不看他，繼續看唐別，唐別擔心地看我：「那妳？」

「我不會有事，稍後跟你們會合，快走！」說完，我直接結束影像，轉臉看小狼：「這是我們特殊加密的無線訊號，不通過你們的訊號站，所以也不會被遮罩。小狼，我不相信那三個星國的主席，你現在回頭還來得及。」

小狼碧藍的眼睛不可思議地看我：「蘇星雨，妳到底在做什麼？」

我站起身，在尤辛、夢、迦炎、巴布所有人的驚詫目光中，昂首看他。

「我在讓我的人離開，我要保證他們的安全。」

小狼怔怔看我，士兵開始湧入，包圍了現場。開始有第一星國的議員有說有笑地離開，他們應該是發動政變的那一派。他們像是政變已經勝利，第一星國已是他們囊中物似的。真是挑了個好日子，反對他們的議員和貴族，全數被控制在這座銀河星都裡，比他們一個星球一個星球地征戰更簡單。

遠遠地看到了生氣憤怒的剛鐸族，愛好和平的他們對眼前的情形十分不滿，那裡還有萊蒙特的父母，不能讓他們出事。再看看四周，讓人難過的是，除了絕對效忠夢的西風外，其他兩個軍火家族也都加入政變當中。他們正圍住西風家族，似乎想讓西風家族也到他們的陣營中。

走來兩名士兵，客氣地請我進入小狼的座席。爵立刻抓住我，小狼目光冰冷，撇唇看爵。

「爵，沒用的，你知道這裡限制了你們利亞星人的精神力。」

爵憤然擰眉，看向上方的金屬板。

小狼笑看他：「我勸你現在去找你的父親，勸他支持我父親比較好。」

爵立時看向遠處的席位，那裡是藍髮的利亞星人。他更加擔憂起來，下面的圖雅已經被士兵圍住，急得朝爵看來。

「爵，沒事的。」我握了握他的手，在他憂急的目光中站上了小狼的座席。一個士兵拿出電磁手銬，銬住我的雙手。小狼伸手扣住了我的下巴，把我拉到他的面前。

「抱歉，小雨姊姊，妳太厲害了，所以要委屈妳一下。」

我瞇眼看他：「小狼，你會後悔的。」

「我不會後悔的，小雨姊姊……」他探臉朝我吻來，忽然一道白色的衣袖掠過我的身邊，「砰」地一拳打在小狼的臉上。

「不許碰小雨！」

是爵，我有些驚訝地看爵，他憤怒地捏緊雙拳！他這一拳讓旁邊的迦炎、尤辛他們也目露驚訝。士兵立刻上前扣緊了爵的身體，爵奮力掙扎著，小狼甩臉陰冷看他。

「看住他，如有異動，殺了他！」

爵憤然看他，小狼「哼」一聲，拉起我被銬住的手直接離開。爵在兩個士兵的鉗制中掙扎，他身邊的迦炎、巴布、龍、夢和所有人，都被士兵圍起控制。

所有支持普頓的議員和貴族已經離開了那個鳥籠，剩下的就是擁護女王的人。我現在最擔心的，就是如果其他三國發動入侵，那今天銀河星都就成為第一星國所有要員的墳墓，也包括小狼家族。

小狼把我拖入一座單獨的玻璃小屋，落地玻璃窗可以看到不遠處已經被金屬板牢牢包裹的會場。

他把我重重一扔，我被扔上了小屋裡的大床。「噗！」蓬蓬的裙子佔滿了整張大床。小狼直接撐在我的上方，雙腿在我的腿邊，他腦後的銀灰黑小辮垂了下來，落在他小巧的、還是少年的頰邊。

他可愛的狼耳朵高高豎起，尾巴正在我的裙襬上搖擺，他一手拉住我的手銬拎高，把我的雙手壓在我的頭頂，一手撐在我的臉邊。

他碧藍的眼睛陰陰沉沉地俯視我：「小雨姊姊，香水破壞了妳身上原本的香味，真讓人不爽。」

他沉著臉看我，我躺在他身下認真看他：「小狼，難道你對靈蛇號真的沒有半絲感情？」

他眯起藍色的眼睛：「誰對那裡有感情？」

「難道你不記得大家一起吃泡麵？一起打遊戲？一起游泳？一起被聖靈小王子……」

「別再說了！」他朝我大喊，打斷了我的話，然後碧藍的眼睛泛出了層層水光，癡癡地撫上了我的唇：「小雨姊姊的嘴唇……很甜……」

他俯下身吻住了我的唇，我吃驚的同時，他小小的舌頭伸入我的口中，挑起我的舌頭想要糾纏。

倏然，他頓住了身體，一下子離開我的唇，定定看我：「妳……妳身上為什麼有月的味道？」

我閃了閃眼神。

「妳跟月做了？」他忽然扣住我的下巴，憤怒地看我：「妳居然跟月做了！」

我撇開臉，幸好月沒有來，還有龍和龍野。

「妳居然跟派瑞星那種下賤的男人做……」

「住口！」我憤然打斷他，他碧藍的眼睛吃驚地看我，我心痛地看他：「原來，你是這樣認為你的同伴、你的朋友的！小狼，你讓我太失望了！」

他眯起碧藍的眼睛，明明是少年的臉卻瞬間陰沉到了極點。他抓住我的裙子。

「本來還想等回去再吃了妳，不過既然妳已經跟男人做了，那麼，妳也不值得我忍耐了！」

說完，他就要撕我的裙子。

就在這時，有人進來了。小狼憤怒地轉臉，髮辮飛揚：「誰？」

熟悉的金髮進入眼簾，居然是維多利亞公爵！

他飄然走到床邊，笑咪咪地看小狼：「啊！小孩子不太適合做這種事喔！」

小狼陰沉地離開我的身體，站在床的另一側，維多利亞公爵可憐地看著我。

「星凰女神，我這就來解救您。您還是那麼美麗，如果不是尹拓殿下看中了您，我也很想品嚐您的美味……」

「原來你們是一夥的。」我一邊說一邊坐起，被銬住的雙手放在大大的、蓬鬆的裙襬內，巨大的裙子淹沒了我的雙手。

「不不不，他只是我們利用的一顆小小棋子而已！讓您受驚了，我這就解決他！」維多利亞公爵連連搖擺手指，手指上的紅寶石戒指異常閃亮。

「布洛特，你說什麼？」小狼生氣瞪他。

維多利亞公爵開始大笑起來，笑得前仰後合。

「哈哈哈哈……你們這些頭腦簡單的獸族，哈哈哈……以為我們真的會讓你們坐上王位，哈哈哈，別搞笑了！」忽然，他揚起手，手中赫然是一把射線槍，對準了小狼的眉心。

小狼立時怔立在原地，驚詫地看著維多利亞公爵。

維多利亞公爵好笑地看他。

「你父親有不少擁護者，如果不這樣，怎麼分化議員內部？好讓我們成功入侵？」

「你！你這個混蛋！」小狼憤怒地顫抖起來。

「要不是銀河星都的安全系統是你們獸王星負責控制的，真不想跟動物一起合作！」

維多利亞公爵滿臉鄙夷地說著，小狼在他話語中繃緊了全身，尾巴更是繃直豎起。

忽地，維多利亞公爵挑挑眉：「喔，我的主人找我了！再留你的命一會兒吧！」

他毫不避諱地在我們面前直接打開聯絡器，他的面前、我的床邊，立刻出現了一個紫色皮膚、白金色長捲髮的冷酷男子。雖然是紫色皮膚，但他異常肅殺冷酷的容貌讓他不失俊美，還宛若地獄的魔王，渾身散發邪魔的氣息。在他的眉心，還有一顆淺紫色的水晶。他身穿一身尊貴挺直的淡金色長袍，顯然身分尊貴。而他的身邊，有一個身穿黑色長袍，戴著銀色面具的地球人。

「布洛特，普頓的人都殺了嗎？」深沉冷冽的聲音從那魔王口中而出，無情而冷酷。

維多利亞公爵微笑行禮。

「尊敬的尹拓殿下，正在解決。稍後我的人就會進入會場剿滅剩餘的人。」

果然是屠殺嗎？可惡！女王陛下和爵他們都在裡面！他們手上沒有任何的武器！

「很好，星際之門即將打開，我們三國的戰艦很快會到。到時一鼓作氣拿下第一星國的第一片星域！」

「為什麼？」小狼登時大聲質問：「你們為什麼要違反盟約？」

那叫尹拓的魔王只是淡淡瞥了小狼一眼。

「我們幾時有過盟約？是你們獸王星發動政變，謀殺了第一星國的龍希慧女王和所有星盟成員。我們第三星國為了維護第一星國各星球、種族之間的和平，以免發生內亂，不得已和第二星國、第四星國入駐第一星國，為女王報仇，幫助第一星國重新建立政權而已。」

當尹拓說完，小狼踉蹌地後退，臉色開始蒼白起來。

「哼，這個藉口果然好。」我不由冷笑。

影像裡的兩個人朝我看來，我低頭握緊手中的麻醉槍，電磁手銬早被我用衣甲的力量切開。

「所以，你們不僅僅會殺死女王，還會殺死在銀河星都裡的每個人，殺人滅口？」我冷冷看向尹拓。

他淡淡看我片刻，深紫的嘴唇開啟：

「妳就是星凰一號吧？妳放心，我受人之托，會保妳安全。」

「謝了，不用！」我瞬間揚手，直接開槍。

「啪！」麻醉針打在維多利亞公爵的脖子上，他大睜碧藍的眼睛緩緩倒落，「撲通」一聲，僵直地躺在地上，金髮鋪滿了白色光亮的地面。

我起身冷冷站在床上，在小狼愣怔的目光中和尹拓銳利的視線中，俯視被麻醉的維多利亞公爵。

「殺人還這麼多廢話，活該被人殺！」

他的喉嚨裡發出「呃呃」的聲音，最後因為麻藥徹底無法出聲。

「哼！有趣。」尹拓的聲音傳來，他用一種重新審視的目光看向我。我躍下床冷視尹拓。

「既然你知道我是星凰一號，我也不想跟你廢話。我不屬於第一星國，所以只要你們發動攻擊，我就引爆靈蛇號上的方舟能源，生成黑洞。你們三個星國的艦隊只要一過星際之門，就會被吸入黑洞。大家同歸於盡！」

「妳敢！」他好笑地睜大他白金色的眼睛，我恨恨看他。

「我為什麼不敢？我最恨控制我的星盟，和這些把我們冰凍人當作骨董的現代貴族！你們這些自以為是的現代人，過了一千年還是自相殘殺，毫無半點長進！一點都不尊敬我們這些先賢前輩！還有你這種長得讓人崩潰的外星人！我受夠了！受夠了！你們都去死吧！去死吧！我會讓你們看到惹怒一個瘋女人的代價！」

「妳居然說本殿下長得讓人崩潰！」他也憤怒起來，我抬腳踩向維多利亞公爵手中的通訊器。

「你去死吧！你這個死茄子！和那些貴族全部都去死吧！老百姓沒有你們會過得更好！」一腳狠狠踩落，「啪！」在通訊器破碎之時，也切斷了尹拓那張憤怒到抽筋的紫色臉蛋。

「小雨……姊姊……」身邊傳來小狼愣愣的聲音。

我走過去，直接一巴掌打上他的臉：「啪！」

他呆呆地側著臉，我生氣地看他。

「現在知道叫小雨姊姊了嗎？看看你們家做的好事！呼……」我長舒一口氣，努力讓自己從憤怒中抽離。

右手抓住裙子的衣領，「嘶！」一聲直接撕掉身上礙事的裙子，小狼吃驚朝我看來。我抬手紮起了長髮，身上是我藏在裙子裡精幹緊身的戰鬥服。撿起維多利亞公爵手中的射線槍扔給小狼。

「你沒聽見嗎？他們要殺了你全家。你還愣在這裡做什麼？」

小狼立時回神，握緊了手中的槍。立刻想聯繫自己的父親。

「該死！會場那裡的訊號被遮罩了，我必須盡快通知裡面的人。」他咬了咬牙，看向我：「妳待在這兒，這兒暫時安……」

他還沒說完，我已經走到窗邊：「我可不會坐以待斃！啟動！星凰戰甲！」

我在窗前撐開雙臂，閃耀著鑽石光芒的衣甲立刻開始遍布全身，源源不斷的力量注入了我身體裡的每一個細胞，衣甲像是完全長在我的身上，沒有絲毫不適。

「妳怎麼會……有衣甲……」

在小狼驚詫的話音中，雙手甩出了鐳射劍，轉身看向目瞪口呆的小狼。

「快把武器還給大家！通知你的人備戰！」說完，頭盔遮住了臉，身後的翅膀揚起，面前的玻璃全數震碎。我破窗而出，飛向了已經滿是戰機的天空。

這些該死的混蛋，我都要離開了，還給我找事！一定要好好教訓他們！教訓這些自以為是的現代人！忽然，光束從四面八方而來，是還不知情的小狼家族的叛軍。忽然，黑色的身影從前面飛速而來，所到之處爆炸連連。他的身後，是更多的戰士。我看過去，一眼認出了那件衣甲，是阿修羅！

我飛到他身前：「龍，外面怎樣？」

他怔了怔，我伸手握住了他的手，立刻建立起連接通訊，在光束再次而來時，我和他分開，面前出現了他吃驚的臉：「小雨？」

「龍，這是一個陰謀！」

「我知道。」他面色淡定：「小狼家族要政變，我已經做了準備，小野和夢的父親正在部署，我以阿修羅的身分來支援。」

「不是的！」我急道：「小狼家族被其他三國利用，其他三國的戰艦正準備通過星際之門前來入侵第一星國！」

他一下子怔住了神情，吃驚地追問我：「妳說什麼？」

他立刻揚起手，他的人馬上停止戰鬥。與此同時，對方也停了下來，雙方停戰在空中。

我和他飛到一處：「看，小狼讓他的人停了！」我指向小狼的人。

他因為震驚而一時難以平靜：「小野，聽到小雨的話了，計畫有變，迅速集結兵力備戰！」

他似乎在跟龍野對話，看來龍野知道他阿修羅的身分。然後他擰眉看我。

「我只知道普頓要政變，但不知道具體有多少議員和貴族成了他的人，所以我們事先埋伏，等他政變時一網打盡。現在看來，是螳螂捕蟬、黃雀在後了！」

正說著，忽然有大批的飛船從下面飛出，似要逃出。就在這時，從上空闖入了更多不像是第一星國的戰船，開始了大規模的攻擊。鋪天蓋地而來的戰機，像是大黃蜂遮蓋天空，蜂擁而入。立時，那

些想離開的飛船被擊落，周圍到處是爆炸聲，原先待命的戰士和戰鬥機紛紛開始迎敵。我們的上方登時光束交織、爆炸連連，成為洶湧的戰場。

一架飛船在我們身邊爆炸，裡面正是倒向普頓的一名議員，我和龍匆匆閃開爆炸，在面前的螢幕裡見到龍更加凝重的神情。

「我們只準備了捉拿普頓的兵力，不足以對付其他三個星國所帶來的人，援兵也來不及趕到。一旦他們的戰艦穿過星際之門，銀河星都的人都有生命危險！必須抓緊時間撤離！」

當下的情況，能成功撤離已是勝利。

「沒關係。」我閃過飛船爆炸後的碎片：「我恐嚇了他們，說我恨你們星盟，所以我要引爆靈蛇號的方舟能源，製造黑洞，讓大家同歸於盡！」

龍的眼睛睜了睜，無奈地笑了起來：「果然符合妳的風格，小雨，妳已經讓我愛得無法自拔！」

我飛速閃過從上方墜落的機體碎片：「這個時候不要說這麼變態的話影響我戰鬥力。所以，我一定要引爆靈蛇號嚇唬他們！讓他們逃回自己的星域！」

「妳……妳真要那麼做！」龍吃驚起來：「那我先掩護所有人撤離。」

我們兩個在空中背靠背在一起，我轉臉看他：「你放心，在引爆時我會轉移方舟能源。只要引爆靈蛇號，就足以嚇到他們了。也爭取讓所有人撤離的時間。」

他的臉上露出贊同的神色：「這不失為一個好辦法！好！就這麼做！」

我點頭要走，準備按計劃行事，他忽然拉住我的手，鄭重看我：「這件事太危險，我去！」

我怔了怔，抽回手，張開身後的翅膀。他在看到我翅膀的那一刻，怔住了神情問：

「對了，妳的衣甲哪裡來的？我從未見過這樣的衣甲。」

我沒有回答，而是對他揚唇一笑。

「你身上有傷，戰鬥力應該沒我高。而且，如果你出事，你想讓星盟戰後陷入混亂嗎？」

他愣愣看著我，無論是身穿衣甲的阿修羅，還是我面前龍的面容。我露出讓他安心的微笑。

「相信我，我不會有事，我有衣甲保護。連你都是我的手下敗將，你認為我會輸給其他星國的人？而且，他們受到我的恐嚇，必然會注意我的動向。我能為你們成功轉移敵人視線，拖延他們入侵的時間，掩護你們撤離。」

「小雨！」他緊緊地盯視我，我看到了小狼的衣甲，他正朝我這裡飛速而來，手裡拎著一個巨大的、足有一間小屋那麼大的包包。

就在這時，更多戰船開始從雲層大肆入侵，顯然要趕盡殺絕。我對龍點點頭，迎上小狼，他停下身形，我抓住了他的胳膊，建立衣甲之間的連接。

「小狼，武器呢？」

他拎起手中的包袱：「都在這兒，但是現在敵人太多，送下去的話太慢了。」

我們看向身下，下方也都是密密麻麻的戰機和身穿衣甲的士兵，正在和龍還有小狼的人浴血戰鬥。硝煙四起，四處已經破敗不堪。

我看向那個被鐵皮封住的牢籠：「那就灑下去。」

「灑？」他愣怔看我。

「嗯，跟我來。」我直接俯衝下去，小狼立刻緊跟在我的身後，龍隨即前來，為我在前面開道。

「星凰戰甲，妳有超大規模的攻擊武器嗎？」

「我想，我應該讓妳見識一下翅膀的威力了。」

我微微吃驚，我以為那翅膀只是一個裝飾，因為星神戰甲本就能飛，不需要翅膀，現在看來，那是一件隱藏的武器。

「好！」我和戰甲合而為一，我能感覺到她的力量開始朝我後背彙聚。身後的尾巴瞬間開始張開，我俯衝下去時，那對簡單線條的翅膀完全震開，化作了兩把鋒利的刀刃，在經過敵軍的戰機時，直接燒穿戰機的身體。戰機在空中爆炸，被切斷的部分像是完全被融化。

好厲害！這是高熱量、高能量的光線。

眼前已經是會場的頂蓋，我立刻翻轉身體，飛速旋轉向前，翅膀如同旋轉的刀刃飛速地在金屬板上留下一條粗大的、灼燙的、因為融化而火紅的痕跡，形成大大的破口，完全破壞了金屬板對利亞星人造成的限制，也露出了裡面激戰的畫面。

但是這幅畫面在我破開天頂後，徹底靜止，所有人都僵立在原地，揚臉朝我看來。充滿能量的翅膀漸漸縮小，我佇立在戰鬥交錯的暗沉天空之中，揮揚手臂，登時，小狼在我身邊甩開了那個巨大的包袱，灑落了裡面各式各樣的武器。

裡面依然是第一星國的叛軍，因為通訊的遮罩，他們還不知道外面到底發生了什麼事情！

我和那些武器一起飛落，朗聲說道：「普頓公爵！你已經被你的同盟出賣了！三大星國的人利用你來入侵第一星國，他們正要把你殺人滅口！」

站在會場中央挾持女王的普頓公爵面露驚訝，他身後的浚吃驚地看著我身邊的小狼。小狼立刻飛落到普頓公爵和浚的面前，露出了自己的臉。

「是真的！剛才布洛特那個混蛋要殺我！我們的人已經被他的人偷襲了！」

登時，普頓公爵大驚失色，身體微微踉蹌，跌坐在座席上。浚無法相信地看向正在激戰的上空，其他星國的戰機見這裡破開，正朝這裡而來，被龍的人擋住。

龍迅速飛落在我的身旁，護起我的上方，我繼續說道：

「中國有句古話：『敵人的敵人就是朋友』，你們現在是繼續內亂，還是一起對抗外敵？」

正說著，上方敵軍的戰機向我俯衝而來，龍在那一刻迎了上去，瞬間貫穿了戰機。戰機的碎片墜落下去，眼看著就要砸落會場，巴布的巨岩星族人忽然挺身而出，一起接住了那巨大的墜落物。

所有人立刻開始行動起來，撿起了我們灑落的武器、衣甲，一個個準備完畢。我揚手指向天空。

「今天，不再是演習，而是實戰！第一星國未來的菁英們！為女王而戰吧！」

「為女王而戰！」大大的吼聲震耳欲聾，一個個年輕的菁英們立刻衝出會場，飛向激烈的戰場。

緊接著，身穿衣甲的敵軍也向我們飛來，我聽到有人喊：「殿下命令！活捉星凰！」

我知道，是來阻止我引爆靈蛇號的，我擾亂了對方的戰局，也打亂了他們的計畫。他們不敢冒險，所以他們要確定把我跟靈蛇號安全分開。

我看龍一眼，他對我點點頭，我揮起鐳射劍，朝那些人飛去。我必須讓他們知道我蘇星雨的恐嚇不是隨隨便便可以被輕視掉的，我也不是那麼容易被活捉的，必須讓他們見識到我的霸氣，他們才會對我產生忌憚和畏懼，才會正視我對他們的恐嚇。

十餘人朝我衝來，被注入方舟能源的鐳射劍有神奇的力量，當我朝他們刺去時，他們的衣甲在我

的劍中完全失去了防禦的能力，瞬間在空中將他們切斷。

看到這一切的敵人瞬間恐懼起來，他們不敢再靠近我，我霸氣凜然地昂首矗立在他們面前，緩緩揚起手，對著他們，勾了勾手指。倏然，他們抱住頭一一墜落，我立刻明白，是爵在幫我。我轉身看去，果然爵正和他的利亞星人，在派瑞星人的保護下，對空中的敵人進行精神干預。

就在這時，有人朝變身為龍的尤辛衝去，在千鈞一髮之際，龍竟擋在尤辛的身前，保護了尤辛。尤辛怔住了，目光顫顫地看著龍。龍轉身抱住他，似是跟他說了什麼，他立刻也穿上了衣甲，和夢護住那個應該也是變形人的女王，開始後撤。既然今天要政變，女王必然也有所準備，難怪龍野和夢的父親都沒來。

忽然，有光束朝爵他們射去，我立刻衝向他們，轉身幫他們擋住了光束的攻擊，下一刻，那艘戰機被人擊落。我轉身望向完好無損的爵，安心地打開頭盔露出自己的臉，他驚詫地注視我，他身後的其他人也都驚訝地朝我看來。

「星凰？」驚呼從他們口中而出。

「蘇星雨！」圖雅也瞪大了銀瞳：「妳、妳怎麼會有那麼神奇的衣甲？」

我笑了笑，看到了爵身後的一對中年利亞族夫婦，他們微帶驚訝地看我，而那個中年女人在驚訝之後，銀瞳裡是暖暖的溫柔和讚嘆。

「小雨，對不起，我暫時不能跟妳走了。」爵抱歉地對我說，他直接說出口的話讓他身後的中年夫婦，以及圖雅和其他利亞星人更是大吃一驚，爵不覺地繼續說著：「我要保護我的族人。」

我笑著點點頭，看來他誠實的話讓他的家人吃驚不小。

我拍上他的肩膀，直接說：「如果這時候你離開，我會看不起你！」

他激動地看著我，像是有千言萬語似的，我笑看他身後的那個中年男子。

「國王陛下，您有一個非常了不起的兒子，相信他，他會成為一個真正的王者！」

中年男子怔怔看我，我鼓勵地看著爵。

「爵，相信你自己，為我打開你所有的潛能，幫助我回到靈蛇號，因為我有很重要的事要做！」

他立刻凝起精神，閉上了眼睛，立時，銀藍光芒開始從他的身上綻放，他藍色的髮辮也緩緩散開慢慢飛揚起來。此情此景讓一旁的圖雅看愣了，也讓他的父王、母后和所有利亞星族人驚呼出聲。

「小雨，我準備好了。」

他的精神力把他沉穩的話語傳到我的耳中，我再次戴上面具，在他的護航中，衝上了天空。

「小雨，結束後，我一定會去找妳。」

「不，等安頓後，我會來接你。」

「好，我等妳。」

我所到之處，身邊的敵人全部因為爵的精神干預而停止了攻擊，一一墜落。此刻整座銀河星都已經成為一個浴血的戰場，四處是光束的閃耀，到處有巨大的爆炸，敵人的、我們的，第一星國的所有人都在為保衛自己的領土而戰。

不僅僅是爵，派瑞星人也在一件金紅的衣甲帶領下，為我開道。是伊莎！我看向她，她回頭對我做了個手勢，帶著她的人四處閃現，擾亂敵人的視線。很快地，我衝出了銀河星都已經被打得支離破碎的天頂。銀河星都強大的引力系統讓裡面所有的物體定在原位，不被吸入到宇宙之中。

當我衝出星都之城的那一刻，我看到了更多的戰機、更激烈的戰鬥。四大家族母艦裡的智慧型機器人、戰鬥機都出動了，這也足夠抵擋一陣。幸好龍為政變做了準備，帶來了一部分兵力，否則無法堅持那麼久。

我繼續衝向靈蛇號，靈蛇號和女王號因為有方舟能源，正被人圍困，但沒有被大規模攻擊。而此刻，靈蛇號周圍密布戰機，宛如一國的兵力全用在保護靈蛇號上。

忽然，有人落到我的面前，他身上是一件紫色的、和第一星國衣甲款式不同的衣甲。他在我面前亮出了一根長長的電磁長槍，橫在我的面前：「我不會讓妳靠近靈蛇號的！」

「茄子？」

「可惡！」他捏緊了長槍，渾身的殺氣。

我也甩出了我的鐳射劍：「你的軍隊怎麼還沒來？我真想看看一切都被捲入黑洞的壯觀畫面！」

「妳這個瘋女人！妳不管第一星國的人了嗎？」

「抱歉，我對他們沒好感，他們都是貴族。引發黑洞，除掉他們，也阻止了你們，可以讓第一星國的普通百姓過上更好的日子！」

他怔了怔，身上紫色的衣甲騰湧出隱隱的能量，和我後背的翅膀有點相像。

「雖然我答應我的朋友不殺妳，但是我可以切掉妳的腦袋，那樣也足夠復活妳了！」說完，他朝我揮槍而來，我舉起劍迎擊，我們立刻進入了近戰。

我們在戰機之間碰撞、分開、追逐、糾纏。他比其他人厲害許多，實力應該跟龍不相上下。

「只要纏住妳，直到我們的戰艦過來，一切就成定局！」他真的纏我纏得很緊。

我雙劍揮去：「可惡！精神力、精神力、精神力！艾利！幫幫我——」

立時，胸口的神石綻放銀藍的光芒，艾利的影像忽然衝出我的胸口，直接侵入尹拓的身體。

「呃！」他拿住長槍僵硬地站著，無法動彈。

我舉起劍放落他的心口，想到他是王子殿下的身分，抽劍離去。政治太複雜，不能給別人藉口掀起戰爭。

他依然僵立在宇宙中，朝我大吼：「妳這個瘋女人——阻止她——」

我頭也不回地朝靈蛇號衝去。

瞬間，無數戰船圍攏在我的面前。就在這時，星凰戰甲忽然加速，如同瞬移的速度讓戰船根本無法防住我，轉眼間我已經在靈蛇號的上空。

聖者的預言在這一刻迴響在耳際：「靈蛇號會隨之一起消失，每個人的命運將會就此終結……」

今天，果然應驗了。

我張開了能量翅膀，星凰戰甲的能量再次聚集，翅膀漸漸撐開，巨大的能量像火焰一樣在翅膀線條周圍熊熊燃燒。轉身遙看遠處僵立的尹拓，他突然往回飛去，他能動了。

在他往回飛的那一刻，所有的戰船都開始快速撤退。

我揮動翅膀衝上了靈蛇號：「龍，對不起，毀了你心愛的玩具。」

龍的畫面出現在我的眼前，他寵溺地、微笑地看我：「現在我最心愛的，是妳。」

「我說了，在我戰鬥的時候不要說那麼噁心的話。」

「呵……」

「答應我，把妖星還給尤辛，還有，赦免小狼家族的死罪，他們只是被利用了。」

龍目光變得深沉而憂慮：「知道了。」

「再見了。」

「小雨！」他著急起來：「妳答應我要活著回來的！」

「師傅！」畫面中切入了龍野焦急憤怒的臉龐：「如果妳敢弄傷自己一根汗毛，我絕對不會放過妳！」

我淡淡看他們一眼：「再見。」

說完，切斷了所有的影像。我從靈蛇號的眼睛裡衝入，再從另一隻眼睛衝出，我開始在這條黑色的大蟒蛇裡鑽進鑽出，讓它變得千瘡百孔，一處接著一處爆炸。

俯身直接穿透靈蛇號，衝入了方舟系統，站在那顆靈蛇號能源面前，它像是一顆普通大小的水晶球，晶瑩剔透地懸浮在它的保護層裡。

周圍已經開始爆炸，它的保護層資料顯示危險係數，到處都是紅色警報。我伸手穿透方舟能源的保護層，想用胸針的空間收入方舟能源時，奇怪的現象發生了！那顆水晶球像是感應到了什麼，從水晶球的一端化作一注細流朝我的指尖探來，再碰到我指尖的那一刻，便開始滲入我的衣甲。不，更像是我的衣甲吸食了方舟能源，整顆水晶球般大小的方舟能源被吸入我的衣甲，我的衣甲瞬間綻放出更強烈耀眼的光芒，翅膀無限延伸，瞬間貫穿了整個靈蛇號。

身體被一種火熱包裹，我開始擔心這麼多方舟能源集中在我的衣甲上，會不會出現我所無法預計的危險？

但是，面前漸漸平穩的資料讓我安了心。

「轟！」劇烈的爆炸在我身周綻放，我在那一刻張開翅膀衝出了火海、衝出了靈蛇號。在熊熊燃燒的火焰中，我像浴火重生的鳳凰，在火焰中飛翔！

有人忽然截住了我的身體，他飛速的移動讓我安心。是月，他還是出現了。我們停落在一處飄浮的戰艦殘骸裡，遠處星際之門正在開啟，三個星國的母艦已經鑽入星際之門，他們相信了，他們真的以為黑洞快要生成。

我看著月，打開避光層好讓他看見我的臉。他轉身想走，我拉住了他的手臂。

「不想聽聽我說什麼嗎？」

他頓住身形，月牙色的衣甲在靈蛇號爆炸的火光中染上了一層淡淡的金色。

「在你們派瑞星，男人的初夜很重要，但在我那個年代，女人的第一次同樣重要。所以，我們扯平了，誰也不再欠誰。」

他驚訝地轉身，露出了他複雜的、痛苦的、掙扎的，還夾雜著一絲欣喜的臉。

「至於之前的種種，依然是你欠我的，所以，你的戒指……」我攤開掌心，戒指浮現在手中：「我還是收下了。」

「小雨！」他激動地抱住我。

我揚起了微笑：「不替我戴上嗎？」

「嗯！」他立刻放開我，顫顫地拿起那枚戒指，再顫顫地端起我的右手，戴上了我的無名指。原來在他的心裡，我才是他的妻子。

心裡沉沉的、澀澀的，再次心煩意亂，有什麼話要衝出喉嚨。

「謝謝……」他再次擁緊了我：「小雨，謝謝妳收取了我的愛，謝謝……」

「跟我走吧！」這四個字還是衝出了口，我已經顧不了太多了。

他怔住了身體，有那麼一刻我感覺到了他的激動，可是下一秒他更用力地抱緊了我。

「讓月死吧！到處都在打仗，沒有人會知道你去了哪裡！」我立刻說。

「但是我不能不顧傷者……」他緊緊擁住我，痛苦地哽咽：「我是一個醫生，小雨。受傷的人需要我……」

我在面具下深深呼吸。我鼓起所有勇氣做出這個完全不計後果的決定，然而，月強烈的責任感不允許他這樣不負責任地離開。

忽然，他推開我，鄭重地扣緊我的肩膀。

「妳走吧！我為妳準備了飛船，妳現在再不走，就來不及了。爵呢？」

我擰了擰眉：「他也要保護他的族人，他跟你一樣，有自己的責任。」

「這個笨蛋！」月深深嘆氣。倏然，他拉起我進入瞬移，再次停落時，他把我直接扔進了一艘飛船，飛船的艙門關閉，他貼在玻璃上哀痛不捨地看著我。

「月！」我拍上玻璃，撫上他玻璃外的手心，他擰眉咬牙轉身，飛船飛速離開，我心痛地望著他已經消失的地方。到底誰才是笨蛋？他也是……他們，東方、爵、月，一個個因為使命和責任離開了我，男人的責任感，讓我又愛又恨。

飛船被設定成自動導航，他們都知道，我不會開飛船。我甚至來不及跟月、跟爵說再見，飛船已經進入了空間跳躍，朝深淵的宇宙快速躍進。最後……還是我一個人離開了靈蛇號，而靈蛇號，也隨我徹底地消失在人間。他們的命運果然終結在此。原來，這個命運是指每個人在靈蛇號上的命運。從此以後，他們的命運將會發生徹底的改變。

爵強大的精神力被他的族人發現，他會不會被強行帶回，成為利亞星的國王？而月自然是跟伊莎回去，成為她的丈夫之一。靈蛇號沒了，巴布也會離開吧？至於小狼，自然而然會成為戰犯。最後是尤辛，他們妖星人在這次戰鬥中的貢獻，能否將功抵過，重新獲得星盟中的政治權力？龍……希望你能兌現你答應我的諾言。所有人裡，變化最不大的，應該還是迦炎吧！他之後依然會是龍的護衛嗎？所有人在靈蛇號上的命運，在靈蛇號隨我消失的那一刻，終結……

飛船導航的座標是距離銀河星都不遠處的一片星域裡，應該是月只想把我送離，所以隨便設了一個座標。看看手腕上的調教環，已經因為距離太遠而沒有了反應。尤辛的調教頸環應該隨我跳出了那片星域而脫落了吧！調教環還是有一定的距離限制的。

飛船停下後，我開始聯繫唐別，他幫我遠端設定了自動導航的座標，我才跳躍到他們的星域裡，和他們會合。在看到不遠處一艘大型飛船上的聯合國標誌時，淚水因為激動，還有跟月和爵分別的悲傷交織而成的極度複雜心情中，滾滾落下。我徹底暈眩過去。是那為了自由而努力的強烈信念支撐我走到了今天，現在，我終於可以好好休息一下了。

因為……

我回家了……

第10章 躍進吧，星凰少年團！

「滴答，滴答。」

熟悉的水聲迴蕩在自己的耳邊，我緩緩睜開眼睛，看到了熟悉的神域殿堂。我躺在大大的石台上，艾利飄浮在我的上空。

「謝謝你，艾利。」我平靜地、感謝地說。

艾利擠眉弄眼對著我看來看去。我疑惑地坐起，看看自己，並無異樣：「怎麼了？」

他透明的手托在同樣透明的下巴上。

「看來是方舟能源對神石起到了加強作用。好奇怪，為什麼妳的方舟能源會有生命反應？」

他迷惑地看我，我摸上自己的身體。

「可能……是我的血混入了方舟能源……」我揚起臉感謝地看他：「謝謝你，在關鍵的時刻幫了我。」

「不是我喔！」艾利雙手環胸，飄浮在空曠的殿堂裡搖搖頭。

「不是你是誰？」我陷入迷惑。

他的手慢慢指向我的臉，我愣愣看他，見他久久指著我，我驚訝地大喊：「我——？」

他收回手慢慢地點點頭，雙手枕在腦後在我面前飄來飄去。

「所以才說是方舟能源擴大了妳精神力的輸出。我在神域，怎麼可能去幫妳，而且我們只要離開神域，就灰飛煙滅了。不過，整個過程我看到了。應該是妳的潛意識裡強烈需要我的說明，所以妳精神力的輸出在能量的作用下化成了我的形態。妳這次不僅精神力使用過度，衣甲也讓妳的身體消耗過度，應該會昏迷很久。」

昏迷我並不擔心，因為我現在安全了，我低下臉安心地笑了。

「難怪神石會挑中妳。一般正常情況，妳應該只會一種特殊能力，而正常情況下，方舟能源和神石的能量也不可能互相補給。妳的方舟能源有了生命跡象，才能受妳意志控制。不過，這後來出現的第二種精神控制能力，只會在妳身穿衣甲時出現，因為需要方舟能源的供給，而且只能用一次，時間也很短，所以要慎用，知道嗎？」

他在我面前非常認真地囑咐我，而我只想著自己終於回家了，始終安心地笑著。

「喂！妳到底有沒有在聽我說話！」他拍上我的頭，我還是笑著。

「我回家了……以後……安全了……」

「白癡……別以為那是妳最後的戰鬥，戰亂馬上就要開始了！」

「第一星國的事，我不管……呵呵……反正……我回家了……」

「白癡。你們不是還是住在第一星國裡啊！」

「那我們中立。」

「啊？」艾利僵在了空中，半天沒說話，然後撓了撓頭：「好像……我們也是，如果真的打仗，我們也是中立的……因為誰領導第一星國……與我們神域無關……不過……小雨，如果有人侵略我

們，妳可要來幫忙啊！妳那件衣甲現在應該能以一敵百了。」

我對他豎起拇指：「知道，如果打到你們那兒，我絕對會趕來保護你們！」

「嗯！」艾利笑了起來，伸出透明的手與我拍在一起……

真的……要發生銀河系戰爭了嗎……

不知昏睡了多久，醒來時感覺全身無力，右手被人握在溫暖的手中。自己躺在一個寧靜的房間裡，熟悉的格局應該是飛船上的房間。我疲憊地看向身邊，看到唐別單手拄著臉靠在輪椅上假寐，另一隻手正握著我的手。

「唐別……」我嘗試喚他，但發現自己幾乎發不出聲音。

我努力地動了動被他握住的手指，他一下子驚醒，欣喜地朝我看來，緊緊握住我的手。

「小雨妳終於醒了！」

「我……」

「妳說什麼？」他傾身貼近我的嘴。

我無力地說：「我……好……餓……」

「呵……好！好！」他起身撫上我的臉，吻落我的眉心：「這就幫妳準備食物！」

說完，他按落扶手，大聲道：「萊蒙特！你小雨姊姊醒了！」

片刻後，整個自由號沸騰了。

不久之後，很多人圍在我的房間門口，只為了看我吃飯。一下子被那麼多人圍觀吃飯，感覺很彆扭。

他們或是好奇、或是激動、或是羨慕地看著這裡，羨慕的似乎是因為萊蒙特餵我吃飯，唐別和山田老博士坐在一旁安心地看著我。大家都靜靜地看著我吃飯，靜得只有我吃飯喝水的聲音。有點……奇怪……

門外站著的大多數是老年人，還有很多是孩子，唐別這樣的青年和萊蒙特這樣的少年不太多，不由得想起了東方說的那段殘忍的歷史，這段年齡的人，正好適合送上戰場。看著萊蒙特和大家的笑容，大家不知道這也是一種幸福。

他們靜靜看我吃完，紛紛露出安心的笑容，被那麼多人擔心著、關心著，很幸福。大家只在門口看我，即使我現在吃完坐在床上，他們也沒有進入，也沒有說話，依然安靜地站在那裡。

一個可愛的、長得像芭比一樣的捲髮小女孩，羞怯地倚在門邊，紅著臉偷偷看我。我笑看她，萊蒙特鼓勵她進來，她才羞澀地慢慢走進來，手裡是一張畫。她紅著臉走到我的床邊，把手裡的畫害羞地遞到我的面前，上面畫著所有人，一個身穿紅色衣甲的人站立在最上方，她的翅膀張開，宛如保護著翅膀下的每個人。

畫紙的最上方寫著：「祝小雨姊姊早日健康！」

鼻子發酸，眼淚一下子從眼眶中湧出，「啪搭」一聲掉落在畫紙上。她伸出小小的、胖胖的手為我擦去。我匆匆擦去眼淚，笑看她：「姊姊變個魔術給妳看。」

她好奇地張大閃亮漂亮的眼睛看我，我輕輕說了聲：「伊可。」

胸口的鳳凰胸針閃現光芒，下一秒伊可巨大、粉紅色的蛋已經在我的被子上。

小女孩驚奇地伸出手，戳了戳伊可的蛋。

「啪！」伊可跳了出來，高喊：「呀伊——我是伊可——」

伊可粉紅色、毛絨絨的可愛胖兔子模樣，讓小女孩歡喜地瞪大了眼睛：「哇——」

立刻，門外的小孩全部湧了進來，激動興奮地看著伊可，紛紛摸著伊可的身體。伊可笑著在他們之間蹦蹦跳跳，頓時，房間熱鬧起來，伊可笑呵呵地跳了出去，孩子們馬上追上前，嘻嘻哈哈的歡笑聲瞬間滿溢整個自由號，生機勃勃。

萊蒙特含著眼淚上前緊緊抱住了我，我感覺到了他肩膀的顫動，摸了摸他的金髮，讓他擔心了。

「小雨姊姊……下次不許這樣……」他在我耳邊哽咽地說著。我在他的肩膀上點點頭。

隨即一個又一個人進來，他們張開懷抱，抱住了我和萊蒙特，大家開始抱成一團，一個個抱著身前的人，一直抱到門外。我們緊緊地抱在一起，享受這份安靜的團聚。

和家人在一起的感覺……真好……

坐在和唐別一樣的移動椅上，和他一起坐在觀景窗邊，看著遠處迷人的星雲，他開始慢慢告訴我在我通知他們離開後發生的事情。

原來自由號上是剛鐸家族的人在駕駛，所以在我通知唐別快離開時，政變與入侵的消息已經被剛鐸族人傳出。援兵很快開始集結，準備趕往銀河星都。沒想到援兵趕到時，其他三個星國的母艦已經紛紛撤回，只剩下一些零星的戰機，然後他們被第一星國俘虜，第一星國也關閉了自己星域的星際之門，暫時封閉休整。

而我則足足昏迷了半個月，也讓大家為我擔心了半個月。這半個月裡，唐別和萊蒙特輪流看顧我。

這半個月裡，第一星國也發生了很多事，最大的事就是對獸王星家族政變的審判。小狼的家族瞬間成為甲級戰犯，被分開關押，而整顆獸王星暫時進入軍事管制。這個結果多少還是讓人哀傷，但是，龍至少兌現不殺小狼家族的承諾。

之後，第一星國開始進入大規模的肅清，加入政變的家族一律被拘押候審，結果還未知。星盟也借此事件，宣布了星龍和星凰的死亡，整個星國陷入對我和東方死去的哀傷中。我們強大的粉絲聲討發動政變的小狼家族，並要求女王向其他三個星國宣戰，奪回第一星國的尊嚴。

整個世界開始躁動不安起來，有害怕戰爭的，也有宣揚戰爭的。戰還是不戰，成為現在最熱議的話題，無論主戰派還是反戰派都情緒激烈。政府開始擔心這股現象延伸到現實中，外敵未到、國內已先亂。難保這其中是不是還有外星的間諜進行煽動。

而其他三個星國的入侵目的已經明朗，現在他們只是還在忌憚星際之門的對面是否會有一個巨大的黑洞等待他們，讓他們一時不敢貿然進攻，一旦發現根本沒有黑洞，戰爭就會一觸即發。

因為三國入侵事件發生，第一星國啟動有史以來最嚴密的搜查，為了抓捕外星間諜，每座星際之門的盤查也嚴密起來，讓我們無法前進。因為到我們落腳的地方，需要經過兩道星際之門。

我們那麼多冰凍人，無法一下子全部隱藏，只要在星際之門被盤查，就會暴露，到時大家就走不了了。所以，自由號在蒼茫的宇宙裡擱淺至今。幸好飛船上的生態系統可以供應我們很久，但一直擱淺在荒蕪的宇宙裡也不是辦法。

「唐別，你怎麼不治你的腿？」在聽完後，我看向他的腿。

他愣了愣：「小雨，妳怎麼只關心我的腿？我們現在擱淺了，無法到落腳的地點，妳不急嗎？」

「急也沒用吶！而且，我們落腳的地點本就是剛鐸家族的一顆領地星，現在盤查得這麼嚴密，我們已經不適合去星盟裡任何一個家族的星球了。」

唐別聽完，擰眉搖頭：「本以為一切順利，沒想到最後功虧一簣。」

「你還沒回答我為什麼不治你的腿？其他人的病都治癒了吧？」

他點了點頭，帶著一絲凝重地看向自己的腿。

「我是癱瘓，麗麗說要神經系統重建才行，這需要時間，現在我可沒時間去治我的腿……」

「麗麗？」我壞笑看他，他臉紅了紅，轉開臉。

「咳，稍後介紹大家給妳認識……」

正說著，一個美麗的東方直髮女人和萊蒙特一起來了。

萊蒙特跑到我身後：「小雨姊姊，你們說完了沒？我帶妳參觀自由號。」

而那女人也已經走到唐別身後，雙手推上他的移動椅：「該幫你按摩肌肉了，不然會萎縮的。」

唐別似乎因為我在，而顯得格外羞澀。

我笑看那女人，她已經朝我伸出右手。

「謝謝妳救了我們大家，我是錢麗，以前是個醫生，現在暫時是大家的保健醫生。」

我伸出手和她握在一起：「唐別是我們新世界不可或缺的英雄，他的身體就麻煩妳了。」

「什麼英雄！」唐別臉紅起來：「小雨妳才是英雄。」

錢麗和我一起笑了起來，我笑看他：「我打打殺殺還行，但是新世界的建立需要的不是刀槍，而是知識與文明，這就要靠大家了，你們才是未來的創世者。」

唐別紅著臉看我，我笑了笑，讓萊蒙特推我去駕駛艙。身後傳來錢麗和唐別輕悠的對話。

「現在你該得意了，一個宅男，忽然成為英雄了。」

「別別別！麗麗，我知道自己的斤兩，讓我寫程式，駭進別人的系統還行。真要建立一個國家，我可沒那個統領的本事。」

「你倒有自知之明……」

「呵呵……」

每個人有每個人的專長，有人或許不會用槍，但是卻有特殊的領袖才能。想要真正建立起一個有系統的國家，可不像東方和唐別建立網路那麼簡單了。在駕駛艙裡，我看到了熟悉的剛鐸族人，他們看見我來，都對我行禮表達對我的敬意。駕駛艙裡除了剛鐸族，意外地還有很多比萊蒙特年紀更小的少年，各個國家的少年在看到我的那一刻都激動地圍了上來。

「小雨姊姊！」

「小雨姊姊！」

萊蒙特立刻攔住他們，以大哥哥的口吻嚴厲地說：「小雨姊姊剛剛甦醒，你們不要圍上來！」

「真是的！萊蒙特看小雨姊姊看得好緊啊！」

「就是就是！萊蒙特，小雨姊姊昏迷的時候，只有你和唐別哥哥能進她房間，你可別太過分啊！」

「喂喂！小雨姊姊不是你一個人的，我們都是她的粉絲！快讓開！我們要見識見識小雨姊姊那件

神奇的衣甲！」

他們把萊蒙特直接拽開，萊蒙特氣得臉紅脖子粗，剛鐸族的大人們則在旁邊看得哈哈笑。少年們把我圍起，他們的身上穿的都是統一的白色銀邊飛船制服，讓他們看來格外帥氣。

「小雨姊姊，快給我們看看妳的衣甲吧！」他們個個眨著大眼，滿臉期待。

我笑著點點頭：「可以，不過稍等一會兒，現在是誰在駕駛飛船？」

「我們！」他們自豪地揚起下巴，開始一個個自我介紹起來。

「我是李在熙，負責飛船的定位系統。」

「我是默罕默德，負責飛船的生態系統。」

「我是阿什，負責飛船的推進系統。」

「我是達也，負責飛船的監控系統，有點像以前的雷達。」

「我是楊傑，暫任副艦長！」

我驚訝地看著這一張張純真無邪的少年臉龐，他們一個個居然都那麼厲害！

「孩子們很聰明，一學就會。」一位剛鐸族讚嘆地說。他們剛鐸族的人總是很和平祥和。

「那你們的艦長是誰？」忽然，萊蒙特的厲喝從他們身後傳來。立時，他們一個個或是吐舌頭，或是撓頭，或是憨笑地低下頭讓開身體，然後筆直地朝萊蒙特行了一個軍禮。

「是萊蒙特！」

萊蒙特陰沉著臉，擰眉滿意點頭：「嗯！我還以為你們已經忘記了！」

他們哄笑起來，孩子就是孩子，到哪裡都能帶來歡樂。

沒想到萊蒙特是自由號的艦長了，他明明才十七歲。萊蒙特開始為我介紹幫我們駕駛自由號、並悉心教導少年們的五位剛鐸族成員，分別是阿米亞隊長、拉瑞副隊長、阿什、萊恩和金布利。按照原定計劃，他們把我們送到指定地點後就離開，而現在是沒辦法了。我看向阿米亞隊長，他的眼睛有點小，對著我的目光時，眼神有點閃爍，好像在心虛什麼，這讓我有一種不好的直覺。

可是這才初次見面，他還在幫助我們，不太適合去調查他。

「隊長，真的沒有別的落腳處嗎？」

他擰眉搖頭，我低臉沉思。大家變得安靜，一起看著我，我想了想，說：

「也就是需要像幽靈號那樣的自帶蟲洞系統……」

「幽靈號！」忽然，阿米亞緊張地驚呼起來。

嗯？有問題。我抬臉看他：「隊長，幽靈號好像讓你很緊張？」

雖然其他人在聽到幽靈號時也緊張起來，但會有一絲恐懼。而面前的阿米亞隊長沒有恐懼，只有高度緊張和心虛。

他緊張地乾笑起來：「幽、幽靈號，聽到……都會害怕吧？」

萊蒙特和其他少年們奇怪地看他。這些牛犢們，可不像第一星國的人那麼懼怕星際海盜王索倫。

我瞇起眼睛看阿米亞。

「隊長，你的神情告訴我，你不是在害怕，而是在心虛，怎麼，幽靈號上有你認識的人嗎？」

他一下子緊張地瞪大眼睛，語塞地看我。忽然，他身上的通訊器響了起來，立時，驚喜和解脫又從他緊張的神情裡浮出。他拿起通訊器的同時，突然拔槍對準了我的臉，大家震驚地看著他！

「隊長！」

「阿米亞叔叔！你在做什麼？」萊蒙特和大家驚詫看他，他忽然凶狠地看向眾人。

「都不許動！不然我開槍了！」說罷，他只是按了一下通訊器，並沒有和對方說話，然後關閉駕駛艙的門笑看我：「星凰，對不起，妳實在太值錢了！」

我恍然明白地笑了：「是想出賣我們是嗎？」

他的臉因為興奮的笑而扭曲起來。

「大家都以為妳死了，但是妳還活著！所以，妳已經成為傳世之寶！不過，在這個節骨眼還真是很難把妳賣出去。現在星盟又搜查得厲害，每條訊息都會從他們的情報機構裡流通，很容易被他們發現。幸好，我還是聯繫到了夜都，總算是把妳賣掉了！今天夜都就會來接手妳，還有這一船的冰凍人，我就要成為富翁啦！哈哈哈哈！哈哈哈——」

我冷冷看他，剛剛甦醒就看到這樣的人渣，真讓我不爽。

「阿米亞！你怎麼可以這麼做！星凰是我們剛鐸族的恩人！」拉瑞和其他人憤怒地說了起來。

阿米亞煩躁地舉槍射中其中一人的腿：「囉嗦！再吵把你們全殺了！」

「拉瑞叔叔！」萊蒙特和其他人扶住受傷的副隊長拉瑞，憤怒地瞪視阿米亞。

我想了一會兒，開心地笑了：「看來有人為我們送幽靈號來了。」

「妳說什麼？」阿米亞瞪大眼睛緊張地看我，手裡的槍捏得緊緊的：「星凰一號！我知道妳很厲害，但是妳現在沒有武器，我勸妳最好不要亂動！不然我就殺其他人！」

他把槍揮來揮去，破綻百出。但是，我現在還不想揍他，因為還想多套些話出來。而且，他看來並不知道我胸針的祕密。萊蒙特望向我，視線落在我胸針上，我對他微笑點頭，他不再看我。

我再次望向高度緊張的阿米亞。

「我只想問你，來接手我們的是不是幽靈號？」除了幽靈號，其他飛船載著我們都無法通過星際之門。

阿米亞緊張地點點頭：「不錯，夜都不方便直接接手，所以他們會讓幽靈號來運送你們。幽靈號自備蟲洞系統，可以來去自由。然後我們一起分帳。」

「喔！」我揚唇笑了：「如果我再沒猜錯，他們肯定沒有把你的份算進去。」

他驚愕地瞪大了眼睛：「妳、妳說什麼？」

就是這個時候！我毫不猶豫地踢高腳，一腿掃上他的手，他手中的槍直接被掃落，萊蒙特立刻撿起拿在手中，對準了他！

與此同時，我撐住移動椅的扶手跳起，臨空一腳狠狠踩在阿米亞的胸口上。他被我直接踩落在地，齜牙咧嘴地看我：「索倫已經來了！妳逃不掉的！」

「誰說老娘要逃了！」我重重地踩在他胸口上，沉沉而語：「老娘就等著幽靈號來！搶了幽靈號！」

他震驚地，確切地說是每個人都震驚地看著我。

我彎下腰單手撐在膝蓋上，沉臉看他。

「你這個白癡，我們現在是贓物，你居然還跟黑道打交道，你知道黑道最喜歡什麼嗎？就是黑吃黑！」

他驚詫地睜大了眼睛。

「他們為什麼要分你錢？他們完全可以殺了你，因為來的是星際海盜王索倫！他就喜歡殺光飛船上的所有人，只帶走貨物！」

阿米亞隊長徹底呆滯，富翁的美夢瞬間破碎，讓他的臉分外蒼白。

「小雨姊姊！右側方出現幽靈號！」負責監控的達也高喊起來。

立刻，他為我打開所有螢幕，只見右側幽靈號正在緩緩靠近。他們應該還不知道他們的內應阿米亞被我制伏了。

我冷冷一笑，站起身。

「很好，手銬！」喊出口時，手銬已經浮現手中，阿米亞和其他剛鐸族人看得目瞪口呆。

「可、可召喚的空間系統？」

我直接銬住阿米亞，扔給拉瑞他們，然後對少年們說道：「打開艦橋，讓他們進來！」

「什麼？」大家不可置信地看我。我揚唇一笑。

「讓大家待在房裡不要出來，關閉所有通道的門，只打開一條通路，把這些海盜集中在一起，我要奪下幽靈號！」

大家愣怔地看我片刻，忽然，他們眸光激動閃亮起來，立刻齊齊高喊：「是！」

下一刻，年輕的少年們在萊蒙特的指揮下開始忙碌起來。

「大家請回房間，具體情況稍後會做出解釋，請回房間……」

「艦橋開啟。」

「連接準備，10、9、8、7、6、5、4、3、2、1，連接完畢！」

「三號通道關閉……八號通道關閉……開啟二號通道……」

「小雨姊姊，他們進來了。」

看著這些鑽入甕的海盜們，我走向只通往主控室的通道。

「小雨姊姊！」萊蒙特急急抓住我的手臂：「妳的身體還不能穿上衣甲，而且，妳的衣甲太奇怪了，還有妳的空間……」

我對他揚起笑容：「放心，對付海盜，還不用衣甲。」

說話間，我手中已握著鐳射劍：「稍後比較血腥，兒童不宜，大家盡量不要看。」

萊蒙特愣了愣，忽然堅決地說：「讓我和妳一起去吧！」

我想了想：「這樣吧！等我進入幽靈號，你坐上魁拔在外面支援我。」

萊蒙特碧綠的雙眸立時閃亮，對我重重點頭：「是！」

門在面前開啟，雙手甩開了鐳射劍。索倫，今天你碰到我蘇星雨，算你倒楣！你做海盜的快活日子，今天算是終結了！

跑了很長一段路，我才聽到海盜們的聲音，我站在通道當中，直接等他們來。

「奇怪，阿米亞怎麼沒回音了。」

「不方便吧！他不是開了艦橋讓我們進來了。」

「不錯不錯，一想到能捉到那個星凰，我整個人都興奮起來了。」

「那星凰居然沒死！她到底是什麼做的！」

「是啊，其實想想，覺得那星凰還真是可怕，上次在鋼蒂爾星，還有在銀河星都……」
「所以才讓老大那麼興奮，老大都已經快要忍不住了！」
「哈哈哈……可惜人家要原封不動的星凰，老大只能看不能吃，哈哈哈……」
「你說星凰怎麼就是個處女，她如果不是，我們還可以享用一番再給夜都王。」
「誰讓那個夜是該死的派瑞星人，他們對處女的嗅覺最靈敏。」
「好啦好啦，星凰不就是個女人，想要怎樣的女人還擔心沒有？有了錢，讓老大多買幾個人造人給我們快活還不是一樣。」
「對對對。」
這些話聽得我擰起雙眉。沒想到居然是夜！以我對人口販子的了解，他們喜歡親自驗貨，那麼，今天夜很有可能也在幽靈號上。繞了一大圈，最後居然還是回到他手裡。
通道的盡頭，終於看到了那幫骯髒、臭氣熏天的海盜。
而當他們看到我的那一刻，也僵硬在通道裡，石化地瞪視我。整條通道瞬間沒了聲，他們目瞪口呆地看我。
我對他們揚唇一笑：「你們太慢了，我站得腰都疼了。」
「星、星凰！」
「不好！阿米亞被發現了！快撤！」
「來不及了！」我抬步直接朝他們跑去，他們立刻舉起手中的槍。
「不行！星凰要活的！」

「她活了我們就活不了了！」

「那就撤！」

海盜們一窩蜂地往回跑。

我收起鐳射劍插在腰後，再次伸出手時，兩隻手上已經是我自己的手槍，對準他們的背影開始開槍。

「啪！啪！啪！啪！」一顆顆都是價值千金的骨董子彈吶！他們被我射中也值了！果然還是自己的槍用起來順手。

一槍槍打中他們要害，我可不能給他們機會開啟電磁護罩。進來的海盜在子彈聲中倒落一片。我站在殺人如麻的海盜屍體間，抬臉看向不遠處的出口，毫不猶豫地跑去。

兩個海盜站在出口處，正在等待。當他們看到跑來的不是同伴而是我時，立刻舉起了槍，我揚起手對準他們眉心開槍。

「啪啪」兩槍，他們倒落在地，我收起沒有子彈的手槍，隨手撿起了他們的射線槍，繼續前進。

艦橋的對面也是看門的海盜，他們看到我的那一刻，立刻緊張起來。我聽到了警報的聲音，他們要關門時，我揚手開槍，他們倒落在門旁。門還在關閉，我加快速度，在關閉的霎那間躍進了門，翻滾中已經看見跑來的海盜，起身時直接開槍，槍槍命中。就在這時，十多個海盜跑來，他們似乎接到了命令，朝我射擊，但射出的不是光線，而是一張光網，他們要活捉我。

我立刻閃開，光網擦到了我的肩膀，立時一竄電流電麻了我的手臂，原來是電磁網。

「大家小心，要活捉她！」

「好！」

他們朝我湧來，每個人手中都是那種電磁網的槍。他們朝我射出了網，我連連後翻，手中拿出了爆音彈，在落地時直接扔了出去，讓小蜘蛛為我開啟隔音模式。

立時，刺耳的爆鳴響起，讓周圍所有人痛苦倒地。趁此機會，我再次用鐳射劍從他們之間突破，往更深的地方跑去。

「嗚——嗚——」整個幽靈號響起了越來越緊張的警報，海盜們混亂地跑來跑去，看見我時用手中的槍攔截我，殺人如麻的海盜們在見到我時，無不面露恐懼，有的咬牙硬上，有的快速逃跑。

「轟！」手榴彈扔出。雖然我那個年代的手榴彈對飛船不會造成破壞，但對血肉之軀來說，還是有足夠威力的。

旁邊的一扇門被炸開，我躍進去暫時閃避，感覺到有人，立刻用鐳射劍指向他，卻是一個傷痕累累，大約只有十三、四歲的少年。淡綠色的頭髮前短後長，有些凌亂；穿著破破爛爛的衣服，雙腳赤裸，裸露在外的身體上有大大小小的淤青和傷痕。我看著他全身的傷一時發了愣。少年很漂亮，若不是嘴角的傷，他漂亮得像尤辛一樣雌雄莫辨，讓我分不清是男是女。如果不是他平坦的胸部，我會把他當作女孩。他有著一張小巧的瓜子臉、水汪汪的眼睛，還有長而濃密的淡綠色睫毛，然後我看到了他如針尖的淡綠色瞳仁以及眼角那一直到鬢角的淡綠色天然眼影。

「妖星人？」

他怔了怔，害怕地看著我。

忽然有海盜衝入，我不回頭一劍上去，直接刺穿了他的胸膛。臭烘烘的海盜咯出一口血，我伸手用力把他推出了房間，然後轉身看那少年。他顫顫的目光看我看得出神，陷入了呆滯。

「是不是海盜？」我問。

「不、不是！」他回神慌張地擺手。

我點點頭：「好，那就別出來。現在外面很危險。」

說完，我轉身準備再次衝出去，他忽然衝上來，從我身後抱住了我的身體，小小的身體只到我的肩膀，還在輕輕顫抖。

「救、救我，還有爺爺！」沙沙的少年聲，他確實是一個少年。

我擰了擰眉，把右手的劍轉身給他。

「現在的情況我很難顧到你，如果你是男人，就趁亂去救你的爺爺！」

他怔怔拿著我的鐳射劍，我拿出了煙霧彈，一手摸上他的頭頂。

「別害怕，你行的。你往我剛剛來的方向去，那裡已經被我清理乾淨，沒有海盜。在我扔出煙霧彈後，你就往那裡跑，知道嗎？」

他握緊鐳射劍全身顫抖地看向我，咬唇點點頭。

我溫柔地看著他，對他揚起微笑：「沒事的，你行的，因為你是妖星人，好好運用你的本事。」

他再次看我出了神，聽到外面雜亂的腳步聲，我立刻斂眉看向外面，更多的海盜正從前方而來。

沒有時間再等待，我扔出了煙霧彈。

「滋——」煙霧炸開時，他忽然急急地、顫抖地說：「幽靈號上總共一百三十二個海盜，其他是慾奴，請不要殺他們。」

我回頭看他，他立刻轉身，朝我的來路跑去。這船上還有無辜人！來不及多想，屏住呼吸，閉上眼睛，拿起鐳射劍，殺入了煙霧。聲聲慘叫在煙霧中響起……

拎起苟延殘喘的海盜，看著那些房間裡蜷縮在角落裡惶恐的慾奴，或是少年，或是女人。看著被折磨得眼裡只剩恐懼的孩子，我憤怒地舉起劍，將他就地正法！最恨用孩子來洩慾的人渣！即使在我的年代，這種人也會被執行死刑！

「控制艙在哪裡？」我沉沉地問。

孩子們齊齊指向右側，我直接朝控制艙衝去。

「星凰衝過來了——快擋住她——」

「都讓開！讓我來！」

通道的盡頭，出現了綠皮膚的索倫，他似乎是第三星國的種族。他的身後，正是一條粗大的、光溜溜的尾巴。

他還是穿著那件兩條細細吊帶的吊帶褲，上身赤裸，全是肌肉。興奮淫邪的笑容從他嘴角咧開。

「星凰一號，妳真是讓我興奮地都快高潮了！」

我握緊了鐳射劍，擰眉憤怒地看他，無法原諒！無法原諒這種人渣！

他張開了嘴，伸出了長長的舌頭，舔過嘴唇，眼睛裡是淫邪興奮的光芒。

「太棒了！太棒了！味道一定很棒！真想看看妳這種女人在我身下求饒、呻吟、銷魂的摸樣！」

我沉沉看他，他握起了拳頭。

「妳難道還打得過身穿衣甲的人嗎？」

說罷，綠色的衣甲已經開始遍布他的全身，包括他那條粗大的尾巴。衣甲！

他飛速而來，我立刻閃開，他直接趴在過道的牆壁上，像壁虎一樣，轉臉興奮地看我。

「速度很快嘛！跟我多玩一會兒吧，星凰一號！」

他一下子朝我撲來，我飛快地再次閃開。心知索倫在戲耍我，想跟我玩貓捉老鼠，有意不抓我。

我被逼到了控制室門口的海盜之間，他們朝我伸出手來，要來摸我，索倫立刻閃到我身邊，把他們一個個抓起來扔了出去。

「滾！都給我滾！滾！星凰是本大王的，誰想碰她，本大王剁了他的手！」

他們被身穿衣甲的索倫扔到了過道的盡頭，忽然巨大的綠色尾巴直接掃上了我的腰，我無法閃避地被直接掃入了控制艙，幾乎掃斷我腰的力度，立刻湧起劇烈的疼痛，讓我瞬間冷汗直冒。

「砰！」我被掃落在地上，綠色的蜥蜴一下子撲了上來，雙手按在我手腕上，把我壓制在地。他俯下臉，興奮不已。

「爽！真爽！妳讓我下面快炸了！」他伸出舌頭舔上了我的臉，腥臭的味道讓我作嘔。

忽然，身邊寒風閃過，一件黑袍在我身邊飄揚。

「索倫，你可不能碰她，你應該知道，地球女人不合你的尺寸。」陰邪下流的話正是夜的聲音。

很難想像，乾淨貞潔的月，會有這樣下流放蕩的弟弟。

索倫咧開嘴角，淫邪地笑了起來。

「你說得對，我們現在不能破壞生意，你可以先把她賣了，然後我再搶回來，哈哈哈，錢財兩

得！是不是處子，那是你們派瑞星人的喜好，我可不在意。合不合尺寸，慢慢適應也就合了，哈哈哈哈……」他在我身上仰天大笑，如果不是他穿了衣甲，我真想一拳打掉他的牙！

身邊的人蹲了下來，挺直的黑袍讓他更像夜裡的帝王，當他那張與月略微相似的臉出現在我上方時，他對我邪邪一笑，伸手直接扣住了我的下巴，黑色的尾巴在他身後邪惡地搖擺。

「星凰一號，妳最後還是回到了我的手上。」

黑色的尾巴忽然朝我的嘴伸來，我立刻張嘴要咬他，他的尾巴迅速後縮，索倫哈哈大笑。

「夜，你可要小心，你們派瑞星人的尾巴可不像我們西夷星人，咬斷了你可就沒命了。」

夜看著我，眯了眯眼睛，尾巴緊貼在他的肩膀上，宛如蓄勢待發。

「夜，我看還是先把她關起來，這小野貓殺了我不少人。」索倫依然身穿衣甲，把我壓制在地上。

壞壞的笑容從夜的嘴角揚起，他不疾不徐地從衣袋裡取出了一個指環，在看到那指環時，心底的陰影瞬間襲遍我的全身。

「不用，我這裡有更好的，在賣她之前，我想好好調教她一下！」說著，夜朝我的手伸來：「星凰，我讓妳戴上一個妳從沒見過的好東西，它會讓妳快樂無比！」

不、不！你錯了！這東西早有人給我戴過了！調教指環的陰影讓我憤怒地全身顫抖，和龍的種種浮上眼前，一幅幅畫面在腦中閃過，紅光掠過龍的臉的情形讓我片刻發怔，立刻，我大喊道：

「星凰戰甲！攻擊！」

登時，熟悉的紅光從胸口的胸針裡射出，遠遠比上次偷襲龍的光束更加粗大、更加快速，直接射穿了索倫的衣甲，在他的右胸口燒出一個碗口大的大洞！

登時，整個駕駛艙都安靜了。

「喀答！」夜手中的調教指環掉落在地。索倫怔怔地放開我，摸上胸口的大洞。

在他收回手的那一刻，我立刻起身、後縮，腰部的疼痛讓我一時無法站起，只有靠坐在駕駛台下。

一步、兩步，索倫踉蹌地後退，低臉僵滯地看著胸口的大洞。燒焦的傷口沒有鮮血湧出，但是整個房間瀰漫著鮮肉烤焦的味道。

「妳到底是什麼……」身邊傳來夜不可思議，甚至帶著一絲恐懼的聲音。

「我也想知道自己是什麼。不過，只要能保護大家，無論變成什麼，都無所謂了。」

我再次手握鐳射劍，牢牢盯著索倫。

「哈！哈哈哈！哈哈哈——」索倫捂住胸口忽然瘋狂地大笑起來：「爽！太爽了——這種被貫穿的感覺，這種快要死的感覺，這種被人捅破身體的感覺——我終於有感覺了！有感覺了！星凰！快殺死我，快讓我的鮮血迸射開來，讓我徹底地高潮吧——」

他朝我伸出綠色的雙手，手上是一片血汙。他興奮地睜圓眼睛，裡面居然是近乎瘋狂的情慾！

寒毛戰慄全身，我噁心地看他，我終於見到比龍更變態，更讓我惡寒的人了！不，他根本不是人！這種長得讓我崩潰的外星人，我真是受夠了！

「快給我吧……快給我……」他雙眼暴突、興奮地朝我狂吼，衣甲慢慢褪下他的身體，我愕然看到他的下身真的高高頂起了他的吊帶褲，那可怕、巨大的尺寸讓我瞬間明白夜之前那些下流話。

我受不了了！我要殺了這變態！殺了這個東西！忽然，他身後的駕駛室門大開，隨即，綠色的鐳射劍貫穿了索倫的胸膛，刺穿了他的心臟。那是我給那孩子的鐳射劍！索倫睜了睜眼，往前慢慢撲倒，鐳射劍也跟著掉落，從索倫的身後，漸漸現出了纖弱的、顫抖的、僵硬的身影。他雙手顫抖地站在那裡，淡綠色眼睛恐慌地不停顫抖。

「撲通。」他跌坐在地上，身後是目瞪口呆、僵滯的海盜們。

「沙耶你小子居然敢叛變！」一個海盜登時抓起了那少年淡綠色的長髮，而叫沙耶的少年只是呆滯地看著索倫的屍體，然後他那雙失去焦距的眼睛大大睜開，滿臉蒼白地輕笑起來。

「呵，呵呵，呵呵呵，死了！終於死了……我為爺爺報仇了……報仇了……呵呵呵……」

「你居然還笑，老子殺了你！」海盜揚手朝沙耶打去……

「撲通！」拎著沙耶的海盜在還沒打到沙耶前已經撲通倒地，胸口上正插著我甩出的鐳射劍。門外的海盜們驚得目瞪口呆，面色蒼白。

我咬牙忍痛，扶著駕駛台緩緩站起，冷冷掃視門外僵硬的海盜們：「要嘛滾！要嘛死！」

「啊！啊！啊啊——」立刻，門口的海盜們逃命似地往外面衝了出去。

我鬆氣的同時，又再次滑落駕駛台，坐在地上，腰部像是斷成兩半的疼。

沙耶依然呆滯地坐在索倫的屍體旁，無神的眼睛、臉上沒有表情，小小的少年卻經歷著常人無法想像的恐怖，讓人心疼。

整個幽靈號徹底安靜了，靜靜的過道裡一片瘡痍。

「哈哈哈——」忽然，夜在一旁又瘋了一般狂笑起來，身邊寒風刮過，他已經閃現我的面前，一手扣住我的脖子，一手扣住了我的手，一腿擠入我的腿間，黑色的尾巴捲住了我另一隻手，把我牢牢壓制在駕駛台下。

「很好，很好！現在連幽靈號都是我的了！」他的眼睛裡，全閃爍著金錢的興奮光芒。

「我不會把幽靈號給你的！」我冷冷看著夜。

「是嗎？妳身上還有什麼暗器？胸針嗎？」他看落我的胸針：「這也是個寶貝，看來我這次收穫真的不小，哈哈哈……」

我咬了咬牙，正要開口，他立刻捂住了我的嘴，邪魅地瞇起了細長的眼睛。

「還想召喚？我可是看得很清楚，雖然我不明白妳的胸針怎麼會這麼神奇，但我是生意人，不是科學家。我不必搞懂它，只要知道怎麼用它、它值什麼價錢。很顯然，它是聲控的。」

「唔！唔！」我開始掙扎，他邪邪地看著我，視線在我的脖頸上流連，眼神也開始變得渾濁。

「月一直跟妳在一起，真是讓人嫉妒吶……一想到他的牙齒刺入妳雪白的頸項，我就嫉妒得胃都痛了。可以隨時隨地品嚐到一千年前最純正的處子之血，讓我……」

他的氣息急促起來，急促到連聲音都變得暗啞顫抖。

他俯下臉，鼻尖落在了我頸項上，然後發出一聲深深長長的嗅聞。倏然，他僵住了身體，剎那間，他離開我身前僵硬地看我。

「妳、妳、妳居然成了月的女人！」

他的話讓我微微一怔，沒想到月的氣味能保留那麼久。

「妳居然成了月的女人！」他再一次、更大聲地說了出來，臉上的神情複雜到變得扭曲：「月居

然會這麼大膽，哈哈，我真是小看月了，他居然會有這樣的膽量！他居然下手那麼快！真是看不出，原來他也能這麼放蕩……」

「住口！」我揚起手狠狠拍在他扭曲的臉上，他立刻瞪大眼睛瞪向我，我心痛地看他：「如果不是你，月怎麼會為了自己的家族去跟伊莎結婚！你怎麼可以說他放蕩！你怎能說得出口！」

「跟伊莎結婚有什麼不好！」夜同樣大聲地朝我吼：「伊莎那麼愛他，他卻跟妳鬼混在一起，他就是下賤！就是放蕩！」

「那是你愛伊莎，他根本不愛！」

夜怔住了神情，深深的恨正從他的眼底源源不斷地湧出，他開始顫抖，渾身顫抖。

「是……我愛伊莎，我全心全意愛她，而她跟我上床的時候，喊的卻是月的名字！我成了什麼？我成了什麼？啊？我成了我哥哥的替代品！哈！哈哈！我只是我哥哥的替代品——」

他痛苦地、抓狂地大吼著，圓睜的眼睛裡，寫滿被痛苦和愛同時折磨的混亂與不堪。

我心痛地看他。

「既然你明白那種痛，那你應該明白你哥哥同樣無法跟心愛的人在一起的痛……」

他痛苦的神情漸漸呆滯，蒼白的臉朝我看來。我揪住心口低下頭。

「我還記得那天月對我說，在派瑞星，男人的第一次很重要，他說他只想給心愛的女人，他請我理解他的心。但是，我無法理解，我無法接受，他最後選擇對我用藥……」

「哥哥……」

我在夜顫顫的聲音裡撫上了額頭，心痛地無法呼吸。

「是我負了他，是我傷了他，是我不好，不該讓他愛上我。但是，我最後努力了，我想補救，我想給他、給我一個機會的！我讓他跟我走，跟我在一起……可是……他最終還是選擇了他的家族、他的責任……他不能拋棄家族跟我離開，跟我私奔……」

我痛苦地抱住了自己的頭，每一次呼吸都讓我痛徹心肺。

「夜……因為你的叛逃，月為了讓家族能夠在派瑞星繼續生存下去、不受責罰，所以選擇回去跟伊莎結婚。他覺得他沒得選擇！如果你覺得你自己無法跟心愛的伊莎在一起，是痛苦的；那麼你的哥哥月，現在，也跟你一樣了……」

我抬起臉，心痛地看著他蒼白的臉龐。

「他甚至連你都不如，至少，你現在是自由的，你想做什麼就做什麼。而他，以後無法再進行他喜歡的科學研究，只能在伊莎的後宮裡獨自承受一切的痛……」

一想到他在後宮裡孤獨地枯萎，我就被深深的自責纏緊。我是可以帶走他的，但是……他還是選擇了留下……保護他的家族……

他怔怔地看著我，顫顫的目光裡是更加複雜的感情。我看得出，他因為伊莎而恨月，但是他依然愛著月，因為他們始終是兄弟。

「月……你這個白癡……」他失神地轉身站起。

我握緊了雙拳說：「替我帶句話給伊莎，要她好好對待月，否則，我隨時會把他帶走！」

夜的身體在微微一怔後，搖搖擺擺地走出了駕駛室，然後消失在通道中……

我無力地靠坐在駕駛台下，呆呆地坐了許久，讓自己慢慢平靜……

月……

門外陸陸續續、靜靜地走來那些被海盜囚禁的慾奴們，他們或是無助，或是驚惶，或是不知所措地看向我。我擰眉忍痛，對他們揚起了微笑：「沒事了，放心吧……」

眼淚從他們眼中流出，他們開始彼此擁抱，輕輕哭泣。忽然，外面有什麼激戰開始，傳來聲聲轟鳴，讓他們再次緊張起來。

我看向那個還在發呆的少年：「沙耶！」

他聽到我的呼喚，呆呆朝我看來，我放柔目光看他。

「會開幽靈號嗎？能不能打開外殼，讓我看看外面發生了什麼事？」

他呆呆地點點頭，然後匆匆爬起來，跨過索倫的屍體、跑到控制台前，打開了上方的外殼，魁拔戰鬥的畫面立刻映入我的眼簾——是萊蒙特。

所有人都在那一刻愣愣地看著巨大的魁拔，沙耶失神的淡綠雙眸終於慢慢恢復神采，吃驚地、崇拜地看著魁拔。

「沙耶，幫我打開通訊，連接上旁邊的自由號。」

他匆匆點頭，在鍵盤上飛快操作，然後螢幕打開，看到了自由號上的人。他們看到沙耶時目露疑惑。我扶著駕駛台站起，沙耶見狀趕緊過來扶我，默罕默德和拉瑞他們看到我時，立刻露出欣喜的笑容。我隨即說道：

「自由號就麻煩你們清理了，別讓大家看見，我不想讓大家害怕。」

成熟的剛鐸族人點點頭，派出了清理機器人。

畫面切入了萊蒙特，他看到我時，忽然瞪大眼睛鼓起了臉，瞪向我身邊的沙耶：「他是誰？」

我捂住腰擰了擰眉。

「萊蒙特，不到萬不得已，不要殺人，捉活的，交給星盟。魁拔，別讓萊蒙特太過亂來了。」

「魁拔知道了。」魁拔沉穩的聲音讓我放了心，而萊蒙特還在盯著我身邊的沙耶看。沙耶倒是癡癡地看著他，目光裡是滿滿的崇拜。

在與萊蒙特聯繫後，我喚出了伊塔麗，讓它負責清理幽靈號，這艘烏煙瘴氣的飛船，充滿了情慾和糜爛的味道，讓人無法忍受。而它只是伸出手指插入了幽靈號操作台的一處小孔，就侵入了幽靈號，成了幽靈號的職能管家。所有智慧清掃機器人在它的命令下，開始打掃幽靈號，恢復迅龍號原本的大氣與精緻。

索倫的屍體被拎了出去，裝入存屍艙，因為他是銀河系通緝的要犯，所以屍體也要送到星盟。

我看向沙耶：「沙耶，你救出你爺爺了嗎？」

他哀傷的垂下眼瞼，睫毛顫顫，沾上了淚光。他默默地帶著我站起來，又上來一個衣衫襤褸的秀美長髮少年，幫我推來了移動椅，他們扶我坐下，然後沙耶推著我慢慢前進，走在靜靜的走廊裡。

沙耶推著我一路走，我一路看。幽靈號裡的設施非常俱全，包括我熟悉的生態系統，而且還有一個連靈蛇號都沒有的巨大內建人工清水池，可以隨時轉化為溫泉。這艘原本為皇家量身打造的星艦，設施十分齊備，甚至還有許多舒適的休閒娛樂設施。漂亮的湖水邊是綠茵茵的草坪，幽靈號自成生態，人住在裡面一百年也不成問題。

然後，沙耶推我到一扇嚴密厚重的密封門前，他按上了門邊的按鈕。沙耶應該不是普通的孩子，

他對幽靈號非常熟悉，從他會操作幽靈號即可知。他絕對不是慾奴，他到底是誰？

當那扇厚重的、密封的門在我面前移開時，我驚詫地呆坐在移動椅上，心臟開始顫抖，深深的恐懼從身體深處而起。在我面前的，是一個已經沒有手腳、被植入方舟能源保護層內的老人，四顆如同蘋果大小的方舟能源在他周圍迴旋，有四根管道連接在他的身上，宛如從他體內汲取飛船所需的能源！這情景讓我全身惡寒，我無法相信眼前是一個活人！這根本不是人會做出來的事情！

「爺爺說如果妳無法戰勝索倫，我們誰都逃不了，所以我又偷偷回到海盜們的身邊，和他們在駕駛艙門口偷看……」

他推著我進入了這間核心密室，巨大的方舟能源保護層懸浮在中央，旁邊是一圈可以移動的浮板。而他的爺爺，就在方舟能源的保護層裡，白髮的老人緊閉雙眼，同樣懸浮在方舟能源裡。

能源室的門在我們身後關閉，只剩下我和沙耶。我捂住嘴，在看到如此殘忍的景象時潸然淚下。

「爺爺是設計迅龍號的法耶里安博士，在被海盜突襲的時候，爺爺為了保護我的安全，順從了海盜，而海盜也以我來要脅爺爺，為他們操控迅龍號……」

沙耶的聲音很淡，淡得宛如已經習慣了眼前的景象、已經順從了所有的命運。

「星凰……」核心裡的老人開口。他睜開眼睛，那是和方舟能源一樣顏色的瞳仁：「是妳嗎……星凰……」

我坐在椅子上哭著點頭，我的腿已經徹底無力支撐自己的身體。

「他們怎麼可以這麼對待你！」

「因為我發現了一個方舟能源的祕密……我是自願進入的，只有這樣，我才能真正保護沙耶，方舟能源只要與生命體結合，就會同樣有生命反應……」

原來老博士也發現了方舟能源這個奇特的地方。

「我在方舟能源裡，可以看到整艘飛船，可以更好地保護沙耶。我一直期望有人將沙耶帶走，然後，我就可以跟這些海盜同歸於盡！」

「博士……」

沙耶的身體在我身邊開始繃緊。

老博士微笑地看向我：「現在，妳來了就好了……妳能幫我送這個孩子回家嗎……」

我擦去眼淚，讓自己努力站起：「我知道了，我會送他回家。」

「好……幽靈號已經可以進行生命體的短程傳輸，這點我沒有告訴海盜，我犯的錯已經夠多了。沙耶會告訴妳如何操作的。」

「嗯……」

「星凰……幽靈號畢竟是我一生的心血，我不想要它被摧毀，但是，請答應我，別讓幽靈號的科技，再落到惡人手裡……」

我鄭重點頭：「一定！如果真的遇到，我會摧毀幽靈號！」

「謝了……我為了沙耶，背叛了星盟……讓這些海盜佔領了迅龍號，肆意妄為，殺了無數人。那些人的死，都是因為我的順從……星凰……我能感應到，妳也知道了方舟能源的祕密……所以……幫我解脫吧……」見他緩緩閉上了眼睛，我顫抖地擰緊雙拳。

一隻冰冷的手，握住了我緊握的拳頭，身邊站著那位冰涼的少年。

「幫爺爺解脫吧！求妳……」他的聲音終於有了一絲哽咽，一絲無力和一絲顫抖：「求妳了！」

他低頭大吼出口，我深深感覺到少年的痛苦，他之前的平淡只因為哀莫大於心死。

我閉眼點點頭，摘下了胸口的胸針，撫上她美麗的身體，哀求她：

「幫他解脫吧，求妳了，星凰戰甲……」

緩緩的，我將胸針送入方舟能源的保護層。星凰戰甲從胸針裡閃現而出，飄浮在法耶里安老博士身前，然後，緩緩擁抱住他。

那個宛如回到母親體內的溫柔擁抱，讓老博士露出了安詳的微笑。漸漸地，紅光填滿了整顆方舟能源，老博士安靜地消失在方舟能源之中，星凰戰甲站在方舟能源邊，四顆方舟能源彙聚到了一起，融成一整顆，神奇的能源似乎因為獲得了老博士的生命，像心臟一般微微膨脹、收縮、膨脹、收縮……

星凰戰甲並沒有離開方舟能源，而是放落那顆搏動的透明心臟，並且慢慢地注入了另一股方舟能源——是靈蛇號的。幽靈號的方舟能源開始變大，它變成了一顆更加巨大的心臟，在新的幽靈號體內有力地搏動！

沙耶緊緊握住了我的手，然後抱著我無聲地哭泣。老博士，您安息吧，我會送沙耶回家……

回到自由號時，唐別迎了上來，他憂急萬分地看著我，可是下一刻他就劈頭蓋臉地把我狠狠罵了

一頓。愛之深，責之切。他把我罵了好久，直到麗麗來把我帶走、為我療傷才停止。但是，他還在生悶氣，回房不再見我。

我的腰被那一尾巴掃得差點骨折，軟組織挫傷嚴重，麗麗幫我裝好護甲支架，我需要好好療養。

「唐別也是擔心妳。」麗麗一邊幫我檢查一邊說。麗麗是一個長相很溫婉，還有點古典美的女人。

「我知道……」腰好疼啊！

「妳這次真是把他嚇壞了，我看得出，妳在他心裡，是和我完全不同的。」她的語氣變得有些落寞。

我立刻解釋：「麗麗姊，妳是不是誤會什麼了？」

「我……」她有些尷尬地轉開臉。我握住了她的手。

「唐別不是很隨便的男人，我了解他，他如果愛妳，他心裡就不會有別人。我在他心裡之所以很重要，是因為當初只有他和我還有東方一起建立這個網路，不止是我，東方在他心裡同樣重要，我們已經不再是簡單的朋友，我們更像是家人，更像是兄妹。無論誰，都不想再失去自己的家人，不是嗎？尤其是東方的離開，所以他更加不想再失去我。同樣的，我也不想失去他……」

麗麗靜靜看了我一會兒，微笑地含淚點頭。不久之後，拉瑞和他的剛鐸族們來了。

「星凰妳真是太厲害了！」他們不可思議地看著我。

我坐在病床上，麗麗正在幫我檢查別的地方。

我淡淡笑道：「海盜平時襲擊商船時，船上的商人們沒什麼戰鬥力。」

「但妳一個人奪下幽靈號，已經是一個傳奇了！幽靈號不僅僅在第一星國，它也常常到其他星國擄劫商船，星凰，妳到底是怎麼做到的！」

他們驚詫地看著我。我笑了笑。

「因為他們想活捉我吧！所以他們都沒有對我用殺傷性武器，才讓我有機可乘……」

最後，連夜也放棄了對我的捕捉……

為什麼……僅僅是因為我說了和月的事？

如果是這樣，那代表這個人還有心。

「等我們調取幽靈號的錄影，就知道了。」

其他人紛紛點頭。

「對了，海盜們我們帶走了，自由號也留給你們。」

我有些驚訝，剛鐸族人面露決心。

「請收下這份禮物！您為四大星國消滅了幽靈號，一艘自由號根本無法表達我們深深的謝意和敬意，請務必收下！當然，這件事我們也會替您保密，請您放心！」

既然他們堅持，我也不客氣了，兩艘飛船上的物資對我們來說非常重要。

「妳真的不去我們剛鐸人安排的安全地了？」他們擔心地看著我們。我笑了笑。

「不能再麻煩你們了，也不想再連累剛鐸族。你們放心吧！有了幽靈號，我們可以去任何地方。」

他們彼此看了看，然後注視我良久。

與山田老博士、唐別、萊蒙特和大家一起目送好心的剛鐸族人離開，他們帶走了海盜們的屍體，也帶走了剛鐸族的叛徒——阿米亞。

山田老博士擔心地看我：「小雨啊，既然決定不去暫居地，妳是不是有了更好的去處？」

我笑看大家點點頭，拿出了東方給我的儲存器，按照他教我的方法打開時，立刻一幅星際地圖炸開，填滿了整個幽靈號的駕駛艙。

我指向那個標記為紅色的星球：「東方說，那裡可以找到我們的新世界。」

大家圍攏上來，萊蒙特迅速讓他的人定位那顆星球。

駕駛艙外，還站著幽靈號上的受害者們，都是美形的人造人，他們求助地看著我。在他們擔心被拋棄的目光中，我安撫他們：「抱歉，請你們再等等，等我們安頓好，我自然會送你們回家。」

他們這才露出安心的神情，彼此的手緊緊握在一起。

我再看向沙耶，在我還沒開口時，他卻堅定地對我說：「我哪裡也不去，這裡有我和爺爺所有的記憶，而且我知道，爺爺依然在這幽靈號上，我是不會離開的！」

我認真看他一會兒，他對我堅定地握緊了雙拳，襤褸的衣衫上還有斑斑血跡。

「請不要把我送回妖星，我要和爺爺在一起！」

見他如此堅決，我也不再說什麼。現在回妖星也沒什麼好處，妖星還在政治監管中，把他送回監獄沒有益處。

「小雨姊姊，定位好了。」達也向我彙報，我立時高興地看他，他的眼睛裡有著驚訝：「那顆星球就是被星盟拋棄的邊緣星球，也正好就是人造人的星球。」

他指向駕駛艙外的人造人，我既驚喜又驚訝。

那顆傳說中荒蕪的邊緣星，真的是先賢口中所說的，充滿新希望的星球？

在說出這個結果時，人造人孩子們開心起來。他們怯怯地看我，小聲地說：

「我們人造人……只有兩萬人口，所以……那顆星球是住得下的……」他們彼此相看，最後充滿期待地看向我：「請你們去我們的星球吧！我們……實在太弱了，如果你們去了……我們……就不再害怕被抓走了……」

他們期待和祈求的目光，讓人無法拒絕。我決定相信先賢，相信他們不會害我們後人，他們用生命守護的地方，一定是他們最寶貴的希望。

轉身看向萊蒙特，對他鄭重點頭。

於是萊蒙特揮起手臂：「星凰的少年騎士團！準備起航！」

「是！」少年的高喝讓我一時發愣。

什麼？星凰的少年騎士團？這些孩子，竟然替自己取了這個名號？

「星凰號！前進！」

呵，這些可愛的孩子們，還替幽靈號改了名。跟少年在一起，果然更有活力。我也不禁喜歡上他們，我的少年騎士團，嗯嗯！不錯，我喜歡！

「讓我來，我熟悉爺爺的蟲洞系統！」滿身瘀傷的沙耶立刻站到了相應的駕駛位上，大家也全部各就各位。

萊蒙特大模大樣地坐在艦長椅上，沉下的臉還真有幾分艦長的模樣。

「蟲洞系統開啟！」

「推進系統準備！」

「推進系統準備完畢！」

「方舟能源全部打開！」

「座標鎖定！」

「星際之門準備打開！5、4、3、2、1！打開完畢！」

立時，我們不遠處的前方出現了熟悉的三角大門，裡面是絢麗多彩的蟲洞空間。

「進入！」

在萊蒙特一聲命令中，星凰號拖著自由號，一頭栽入了蟲洞，開始向我們的新世界——邊緣星球，躍進！

番外　**東方的使命**

「如果這項實驗成功，我們雖然無法實驗空間上的時間穿越，但也可以在時間上前往未來！」東方老博士對自己的的孫子東方白激動地說著。

小小的東方白懵懵懂懂看著那冰凍艙，心裡卻想自己長大才不要造棺材，而是要造機甲機器人！像機甲一樣穿在身上，威風無比！

二十年後，冰凍計畫開始，這是一項把現代無法醫治的人冰凍起來，送往未來治療的計畫。這項計畫從公諸於世開始，反對聲浪就不斷。因為這是違背人生老病死的自然規律，身患重症的人本該死去，如果他們可以獲得前往未來醫治的機會，那對社會有貢獻的人也應當被送往未來！

每個人都有前往未來的機會，冰凍計畫開始變了味。政府迫於壓力取消了冰凍計畫，關閉所有試驗的儀器。

然而就在此時，一批已經被冰凍的人正偷偷運往南北兩極，政府需要收回在冰凍計畫上耗費的資金，冰凍的船票成了地下買賣，很多人為了買這張登往未來方舟的船票付出了巨額的金錢。

這批冰凍人被送往南北兩極後，將建造基地，進行長達百年的檢測試驗計畫。東方白隨東方老博士一起前往冰凍基地。

在北極星升起時，東方老博士面帶憂慮地凝望北極星。

東方白此時已是頂尖的機械機甲專家，也參與了冰凍艙的改進與加強。他站在老博士的身邊，摟住自己爺爺的肩膀，笑容不羈而調皮地說：

「帥哥，又在想什麼？」

老博士笑了笑。

「在想可能回不了家了，爺爺不該帶你來，這裡連個女孩兒也沒有，你怎麼交女朋友。」

東方白笑了。

「誰說沒有？不是有五千個在冰凍艙裡嗎？可以隨時解凍一個做老婆。」

東方老博士哈哈大笑起來，似乎想起了什麼，拉東方白進入冰凍倉庫，走到一個冰凍艙前。

「這裡還真有一個適合你，只有她是健康的，沒有得絕症。」

東方白吃驚地望向冰凍艙內，那是一個看似嬌小玲瓏的女孩兒，帶著江南女孩的婉約，但在眉宇之間卻有一股英氣。

「健康的？」東方白挑挑眉：「花錢去未來？」

東方老博士搖搖頭，反而尊敬地看那個女孩兒。

「這可是最高機密，說起來她還是被騙來的。她是頂級的特務人員，身負一項使命前往我們的未來。」

東方白大為吃驚：「什麼使命？」

東方老博士面露凝重。

「守護這些冰凍人。未來的事無人可知，若是這些冰凍人被外星人發現並作為試驗品時，她會啟

動終極命令……」

「什麼？」

東方老博士沉沉地說：「守護我們地球人最後的尊嚴！」

東方白驚訝地睜圓了眼睛，這是要毀滅所有地球人樣本，不能淪為實驗小白鼠。他再次看向那個女孩兒，這樣嬌柔的女孩兒居然背負這樣冷酷沉重的使命，她到底叫什麼？

他伸手撫上冰凍艙的蓋面，上面顯示了女孩兒的名字——蘇星雨。

蘇星雨對他的觸動非常大，在選擇技術人員一同前往未來時，他主動請纓。大家都知道這是一趟或許沒有未來，但已經無法回頭的任務，選擇前往的人都帶著一種自我犧牲的精神。

但是，他決定了！

他陷入了沉睡，這一睡，就是五百年……

誰也沒想到，外面的科技突飛猛進，冰凍計畫也漸漸被人遺忘，在發達的醫學面前，誰還記得冰凍計畫。

這些冰凍人被永遠地遺忘在南極和北極。直到……第三次世界大戰，第一次星球大戰開始……

為了爭奪能源，地球人幾乎耗竭了武器，在開始肉搏時，大批人死在了戰場上。叛軍首領血赫被逼退回地球北極，在建造基地時，儀器探測到了冰層下五千公尺的神祕基地。

科研部部長婧立刻帶人進行挖掘，當進入基地啟動照明時，眼前的景象讓他們瞠目結舌。隨著燈光照亮，一個又一個冰凍艙出現在他們眼前，密密麻麻如同蜂巢，壯觀得讓人窒息。

深入調查後，血赫越來越興奮。在戰士奇缺的狀況下，這一萬個冰凍人無疑是上天送給他的戰士！他們本就是絕症患者，本就要死，在此刻讓他利用一下又何妨！

他瘋狂地解凍所有男人，除了十六歲以下的少年兒童和六十歲以上的老人，無一例外地被他植入晶片，改造成了死士。晶片可以迅速讓人學會各種戰鬥的本領，是製造戰士最快的方法。

在植入晶片時，婧發現了東方的特殊，以及冰凍人更深的祕密。她發現雖然大多數冰凍人身患絕症，可是有很多冰凍人擁有特殊的才能，尤其是孩子。有的是數學家，有的是歷史學家，孩子中也有不少是神通，或是在物理、化學方面有天分等等。

她恍然明白，這是人種保護計畫！是以防地球滅絕，保留這些人在新世界裡可以迅速建立新的國度！

東方白從昏睡中醒來後，怎麼也沒想到眼前會是這樣一幅景象。太空中到處是戰鬥的機甲，人類的戰爭已經擴張到了宇宙！

這讓他興奮，他熱愛機甲。不知情的東方白開始為血赫工作，晶片的植入更讓他跨越了原來的學術領域，科學研究有了極大的突破！

血赫欺騙了他，告訴他，他們是正義的，如果要保護剩餘的冰凍人，他們必須要贏得這場戰爭。

東方白相信了血赫的話，效忠於血赫，為保護冰凍人而努力。

然而戰爭是殘酷的，當血赫要解凍女人製造成戰鬥武器時，東方白漸漸明白了真相，對他有愧疚的婧也向他說出了真相。東方陷入痛苦，他究竟做了什麼？

他忽然想到有個人他必須要守護。她是剩下的冰凍人的希望。

他急急跑到蘇星雨的冰凍艙前，卻看見血赫也呆呆地注視著冰凍艙裡的蘇星雨，意外地留下了

她，沒有將她解凍。

蘇星雨的冰凍艙被單獨存放起來，血赫每天會去看她，每一次東方白都會提心吊膽，害怕血赫解凍了蘇星雨。他開始策劃叛變，他知道時間已經不夠，他要消滅這個魔鬼，解救最後剩餘的冰凍人。

他努力勸說婧，雖然他知道她愛血赫，但是他看得出，婧也在為血赫的改變而心痛。在血赫想解凍剩餘的孩子作為人體炸彈時，婧做出了決定。

他們把剩餘的冰凍人送往了火星地下基地，告知敵人血赫的位置，對方順利突襲，血赫潰敗躲入火星基地。

東方白拿起了劍，他要為所有冰凍人報仇，為那些曾經被他間接害死的人報仇。他已經不配站在冰凍人面前，因為他曾經助紂為虐。

曾經惺惺相惜，彼此欣賞的兩個男人陷入了激戰，血赫在他的臉上留下了一道火熱的傷痕。炸彈很快炸毀了火星基地，在千鈞一髮之際，婧把他塞入了冰凍艙，而婧卻在戰火中消逝。

隨著火星基地的炸毀，生命探測儀在沒有探測到生命跡象後，長達兩百年的星球大戰，終於結束。人類用新的能源——方舟能源達到了光速，從此衝出了自己的星系，找到了繁華的外星世界，地球也進入了宇宙聯盟，最後成為舉足輕重的政治力量！

時間如同流水，誰也不再記得當年星球大戰的慘烈，地球被開發成了文化生態中心，除了建造學校，地球只是一個生態生物和歷史的博物館。地球終於獲得了平靜，恢復了往日的美麗與寧靜。

在開發火星老基地作為戰爭博物館時，負責開發的宙斯集團發現了冰凍艙，他們祕密地把冰凍艙送往新水星，祕密解凍。

東方白從昏迷中再次甦醒，但是，他卻害怕自己醒來。

他微微睜開眼睛，發現自己是在一個白色的圓形房間內。和血赫的大戰宛如昨日，而此刻，他卻彷彿又進入了另一個世界。

對於他來說，這環境的突然轉變讓他產生了強烈的不適應，似是活在真實與夢幻之間，讓他頭痛欲裂。他痛苦地站起來，倏然面前飄浮來一塊同樣白色的平板，上面有一顆綠色的藥丸。

「恭喜您從冰凍中醒來。」他的身邊傳來柔美的女聲。他看過去，是一名護士，穿著與他出生的年代無異，讓人倍感親切。

護士微笑地看他：「請您放心用藥，可以緩解您對時空穿越心理上的不適感。」

東方白立刻吃下了藥，立時全身舒暢，大腦變得異常清晰。他心裡湧起難以描述的喜悅，他們安全了！他們終於獲救了！

他立刻起身，焦急地問：「其他人呢？」

他情急地伸手去抓那個護士，但他的手卻穿透了護士。這個護士居然是全像投影！顯然比他那個時代先進許多，完全真實，無法分辨出來。

護士微笑看他。

「我是人工智慧235號，為了讓你們感覺親切，不會心生恐懼，因此以你們時代的人顯現。您的其他同伴正在被拍賣。」

「拍賣？」東方白驚訝地看護士。

「是的，因為你們是珍貴的超級骨董。根據宇宙星際聯盟法，誰發現了你們，你們就屬於發掘

者，而發掘你們的是宙斯集團。您不必驚慌害怕，來購買你們的很多是人類，也有小部分是外星人，根據特殊超級骨董保護法，他們購買你們後，不得進行破壞與傷害，所以，他們會好好保護你們、照顧你們，你們可以認為是宙斯集團在為你們找尋一個適合的家。」

「呵，領養嗎……」他的大腦陷入了空白，他們穿越到未來，居然成了骨董被拍賣。

這很好……他這麼想，對於經歷了戰爭的他來說，這樣的結局也很好……只要他們是被好好照顧著，是不是被當作骨董來拍賣並不重要，只要好好活著……

「我……能看看同伴們的資料嗎？我想找一個人。」他看向護士。

護士點點頭：「可以，這是被允許的。」

護士的手揮舞起來，立時出現了一個全像投影螢幕，東方白伸手觸摸，全像投影螢幕上面的資料已在他的觸摸中翻閱起來。

當看到蘇星雨時，他面露安心：「她在哪兒？」

「她和您因為身上沒有疾病而變成殘次品，將會賣給星際聯盟地球博物館。」

東方白一愣，他居然……和她在一起……

護士微笑看他。

「從某種角度來說，這是好事，你們可以回家了。星際聯盟已在博物館裡為你們安置好住所，你們將會在那裡養兒育女……」

他再次發愣，什麼……養兒育女？下一刻，他的高智商解開了這個謎題，他和她是被當作珍貴的公母骨董來養了！

這個結局讓他有些哭笑不得。

他的手從全像投影螢幕上離開，知道她安全，他就放心了。可是，在他的手指離開時，帶動了全像投影螢幕的翻頁功能，蘇星雨被翻了過去，下一頁出現的人，讓他怔立在全像投影螢幕面前，大腦徹底陷入空白。

深深的戰慄因為全像投影螢幕上的這張臉而席捲全身，他的雙手不由自主地顫動起來，宛如昨日的記憶再次被喚起，他顫顫地摸上自己的臉，摸到一道深深的傷疤。

他的全身開始繃緊，雙手也深深握緊，咬牙切齒地叫出了那個名字：「血、赫！」

他和他的戰鬥，從這一刻起，再次展開。

國家圖書館出版品預行編目資料

星際美男聯萌 / 張廉作. -- 初版. -- 臺北市：臺灣角川, 2013.11-
冊； 公分

ISBN 978-986-325-666-3(第1冊：平裝). --
ISBN 978-986-325-784-4(第2冊：平裝). --
ISBN 978-986-325-934-3(第3冊：平裝)

857.7 102020209

星際美男聯萌3

王子紛紛來求愛

2014年5月24日　初版第1刷發行

作　　者：張廉
插　　畫：Ai×Kira
發 行 人：塚本進
總　　監：施性吉
主　　編：陳正益
責任編輯：林秀儒
美術副總編：黃珮君
美術主編：許景舜
美術編輯：宋芳茹
印　　務：李明修（主任）、張加恩、黎宇凡、張則蝶

發 行 所：台灣角川股份有限公司
地　　址：105台北市光復北路11巷44號5樓
電　　話：（02）2747-2433
傳　　真：（02）2747-2558
網　　址：http://www.kadokawa.com.tw
劃撥帳戶：台灣角川股份有限公司
劃撥帳號：19487412
法律顧問：寰瀛法律事務所
製　　版：尚騰製版印刷有限公司
ＩＳＢＮ：978-986-325-934-3

香港代理：香港角川有限公司
地　　址：香港新界葵涌興芳路223號新都會廣場第2座17樓　1701-02A室
電　　話：（852）3653-2804